魔法使いにキスを

シャンナ・スウェンドソン

免疫者《イミューン》のはずなのに，〈月の目〉を破壊した時の衝撃でどういうわけか魔法を使えるようになったケイティ。本業のマーケティングが暇なため，同様に魔力が戻ったボーイフレンドのオーウェンに魔法の使い方を教わる毎日だ。そんなある日，ケイティはアシスタントのエルフの様子がおかしいことに気づく。〈魔法使いがエルフを抑圧している〉というビラが配られ，㈱MSI に勤めるエルフたちも動揺しているというのだ。周囲では，エルフたちが次々と姿を消しはじめる。ひそかに調査に乗り出したケイティとオーウェン。やがてふたりの身にも敵の魔の手が伸びる……。大人気シリーズ第七巻。

登場人物

ケイティ(キャスリーン)・チャンドラー……㈱MSIのマーケティング部長
オーウェン・パーマー……㈱MSIの研究開発部理論魔術課の責任者。ケイティのボーイフレンド
マーリン(アンブローズ・マーヴィン)……㈱MSIの最高経営責任者《CEO》
ロッド(ロドニー)・グワルトニー……㈱MSIの人事部長
サム……㈱MSIの警備部の責任者
ダン……㈱MSIの警備部の秘密捜査員。エルフ
アール……㈱MSIの社員。エルフ
パーディタ……ケイティのアシスタント。エルフ
ジェイク……オーウェンのアシスタント
グラニー(ブリジット・キャラハン)……ケイティの祖母
マック……評議会《カウンシル》の法執行官
マクラスキー……マックの相棒
ブラッド……エルフの地下組織のリーダー格
シルヴェスター……エルフロード

㈱魔法製作所

魔法使いにキスを

シャンナ・スウェンドソン

今 泉 敦 子 訳

創元推理文庫

KISS AND SPELL

by

Shanna Swendson

This book is published in Japan
by TOKYO SOGENSHA Co., Ltd.
by arrangement with Shanna Swendson
c/o Nelson Literary Agency, c/o The Fielding Agency, LLC, California
through Tuttle-Mori Agency Inc., Tokyo

魔法使いにキスを

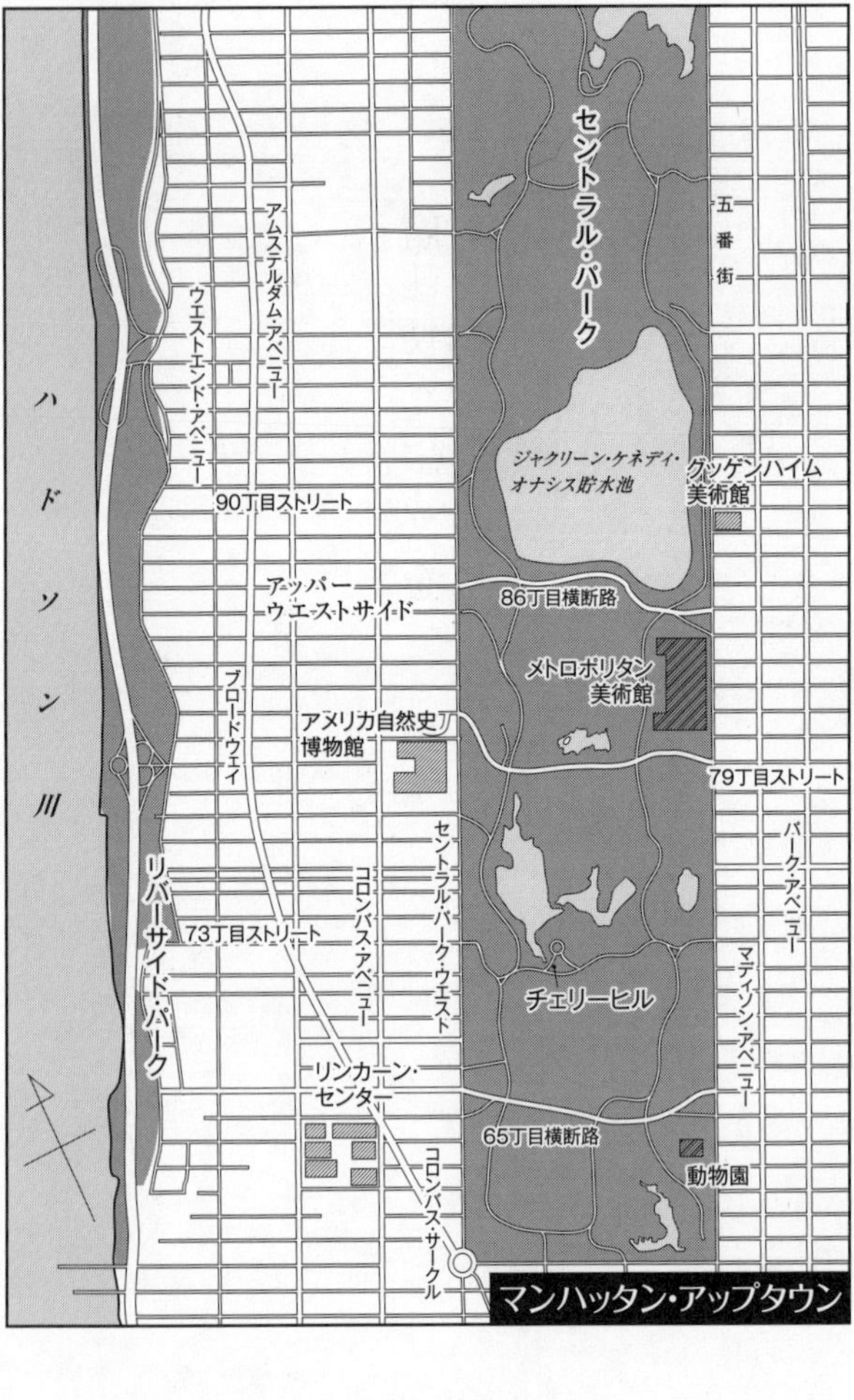
マンハッタン・アップタウン
セントラル・パーク
五番街
ジャクリーン・ケネディ・オナシス貯水池
グッゲンハイム美術館
86丁目横断路
メトロポリタン美術館
79丁目ストリート
パーク・アベニュー
マディソン・アベニュー
チェリーヒル
65丁目横断路
動物園
ハドソン川
リバーサイド・パーク
ウエストエンド・アベニュー
アムステルダム・アベニュー
90丁目ストリート
アッパー・ウエストサイド
ブロードウェイ
アメリカ自然史博物館
73丁目ストリート
コロンバス・アベニュー
セントラル・パーク・ウエスト
リンカーン・センター
コロンバス・サークル

1

わたしが来ることを彼らは知っている。でも、こんなふうに現れるとは思っていないだろう。部屋の入口でポーズを取り、気づいてくれるのを待つ。待ちくたびれて、色っぽい咳払いの仕方を考えはじめたとき、オーウェン・パーマーがノートから顔をあげて言った。「すみません、ここは立入禁止です。ちょっと待っててください。いまだれかを呼んで別の場所へ案内させますから」

自分のボーイフレンドが目の前に現れた金髪のナイスバディにいちいち関心を示さないことがわかったのはうれしいが、一方で、こうも反応がないと、何か間違えたのではないかと不安になってくる。でも、ロッド・グワルトニーの反応がその不安を払拭《ふっしょく》してくれた。わたしに気づくなり、彼の顔はアニメ番組に出てくるオオカミのそれになった。そう、目玉がバネじかけのように飛び出し、舌が地面につかんばかりに伸びたあの顔だ。よし、間違ってない。わたしは心のなかでにんまりする。

声を一オクターブほど下げ、お色気たっぷりの外側に合うハスキーな声でため息交じりに言う。「あら、呼ばれたから来たんだけど……」ふだんの声とはかなり違うはずなのだが、オーウェンはいぶかしげに顔をしかめた。ロッドは相変わらず、なめるようにわたしを見ている。頬が緩みそうになるのを必死にこらえる。ああ、楽しい。澄ましているのがついに不可能になり、わたしは吹き出した。

「ケイティ？」ロッドが言った。

「めくらまし《イリュージョン》の評価はAだね」オーウェンがにっこりする。「わたしがスーパーセクシー美女のめくらまし《イリュージョン》を落とすと、彼は続けて言った。「やられたよ。そのイメージはどこで見つけたの？」

「〈ヴィクトリアズ・シークレット〉のカタログよ。一応、服は着せたけど」そう言いながら部屋に入ると、ふたりのいるテーブルまで歩いていき、腰をおろして、虚空からコーヒーを出す。特に飲みたいわけではない。そうしたのは、そうすることができるからだ。この技はいくらやっても飽きることがない。「でも、めくらまし《イリュージョン》って思ったよりずっと難しいわ。魔術そのものよりも、魔法を説得力のあるものにするための魔術以外の部分が」

ロッドは〝うわ、妹の下着姿を想像しちまった〟的な顔をしていたが、気を取り直したように言った。「そうだね。めくらまし《イリュージョン》を成功させる秘訣は、キャラクター全体をつくることなんだ。声、歩き方、仕草、態度。それらをすべてものにできれば、魔術は最後の仕上げにすぎないよ」ふだんから自分をよりハンサムに見せるためのめくらまし《イリュージョン》を使っているだけあって、さすがによくわかっている。つい最近まで、わたしに彼のめくらまし《イリュージョン》は効かなかった。ところが、ある想定外の出来事が魔法に対する免疫を魔力に変えてしまったため、わたしはいま魔法にかかるだけなく、魔法を使えるようになっている。

いま、こうして株式会社マジック《M》・スペル《S》＆イリュージョン《I》の本社内につくられた仮設の教室にいるのも、それが理由だ。ロッドがわたしにこの新しいパワーの使い方を教え、オーウェンがそれがどのように機能するかを観察する。今回のようなケースは過去にほとんど例がないということらしい。

ロッドは講義を続ける。「変身といっても、必要になるのはたいてい、髪の色を変えたり、服装を変えたりといった部分的なものだ。でも、たまに、まったくの別人に変わらなくてはならないこともある。そのときのために、二、三、決まったキャラクターをもっておくといいよ。魔法を使う前に、まず声や仕草を練習して、それらのキャラクターをしっかりつくっておくんだ。そうすれば、めくらまし《イリュージョン》の効果もぐっとあがる」

「まあ、彼女が別のキャラクターを必要とすることはないだろうけど」オーウェンが言った。

「この仕事では――」ロッドが反論する。「いつなんどき質の高い変身が必要になるかわからないんだ。いいかい、ケイティ、いちばん重要なのは態度――魔法以外の部分だからね。よく覚えておいて」

「つまり、態度ができていれば、魔法はなくてもいいくらいだってことね？」わたしはあえて意味ありげな表情をしてみせる。ロッドもずいぶん変わって、ハンサムなめくらまし《イリュージョン》と併用していた魅惑《チャーム》の魔術の方は使うのをやめたけれど、素顔のままで十分魅力的になり得ることをわかってもらうまでには至っていない。たしかにめくらまし《イリュージョン》の方が美形ではあるけれど、わたしは彼の本当の顔の方が好きだし、それを見られないのがさみしい。

ロッドはわたしの視線を無視し、話題を変えた。「そろそろ護身魔術の練習も始めるべきだな。免疫を失ったいま、きみは魔術の攻撃に無防備だ。いざというとき身を守れるようにしておいた方がいい」

「それが必要になるのは、相当に特殊な状況だけどね」オーウェンが口をはさむ。

「あ〜あ、つまらない」わたしはため息交じりに言った。「せっかく魔力を手にしたのに、使えるのはこの部屋のなかだけなんて……」でも、それはしかたのないことだ。わたしに魔力を与えることになった〝出来事〟は、同時にオーウェンの失われた魔力を復活させた。現状を考えれば、彼が魔力を取り戻したことはしばらく伏せておく方がいい。魔法界は依然として、オーウェンの生みの親が魔法界を乗っ取ろうとしたことに神経をとがらせている。わたしたちの敵は彼を貶《おとし》めるため、この事実を暴《あば》いた。もくろみどおり、いまや魔法界のほとんどの人たちが彼に不信感を抱いている。魔力を失ったままだと思われている方が、オーウェンへの風当たりは少ない。それには、わたしが魔力を得たことについても秘密にする必要があるのだ。

「魔法に対して免疫があるように見せられる盾《シールド》の魔術をいくつかつくってみた」オーウェンはロッドに手書きの紙を渡す。「どんな攻撃の魔術でもブロックして消すことができる。よく注意して見ていれば魔力の使用は明らかだけど、多くの魔術が飛び交う戦いのさなかでは、気づかれることはまずないと思う」そう言うと、わたしの方を向いて恥ずかしげにほほえんだ。

この笑みを見せられると、いまだにひざから力が抜けてしまう。「身を守るためというのもあるけど、ぼくたちが魔法にかかれば、必然的に知られたくないことまで知られてしまうからね」

わたしたちはレッスンを開始した。わたし用に魔術をつくってくれるのはオーウェンだが、それを実際に教えるのはロッドの担当だ。オーウェンは魔法の技術と理論のエキスパートではあるけれど、教師には向かない。彼は自分の魔力を直感的に使うため、相手にも自分と同じように瞬時に把握することを求めてしまうのだ。なぜいくつかのステップに分けてひとつずつ順番に習得していく必要があるのかが理解できない。そういうわけで、ロッドがわたしに幼稚園レベルのレッスンを施すのを観察しながら、もっぱらわたしの魔力がどのように機能するかを分析することに専念している。

いや、いまなら小学生レベルと言って差し支えないだろう。少なくとも、小学二年生くらいの水準には達しているのではないだろうか。レッスンを始めてまだ数週間しかたっていないことを考えれば、これはなかなかのペースだ。わたしの仕事は当面の間、これまでどおりマーケティングの仕事をしているように見せながら、必要なときに役に立てるだけの魔術を身につけつつ、オーウェンの研究のモルモットを務めることだ。

ロッドはオーウェンの魔術に何やら二、三書き加えると――たぶん、例によってオーウェンにはあたりまえすぎて必要のない習得のためのステップだろう――顔をあげて言った。「よし、じゃあ、やってみようか。オーウェン、あとで何か攻撃の魔術を放ってもらうから、そのつもりで」

ロッドはわたしに、必要な呪文と思い描くべきイメージと魔力のコントロールについて説明した。呪文は考えなくても自然に言葉が浮かぶよう完全に覚えて、魔術を実行することだけに集中できるようにしなければならない。そこさえしっかり押さえれば、あとは簡単だ。魔力が勝手に仕事をしてくれる。わたしはいま、魔術の習得が楽しくてしかたがない。何かを学ぶのをこんなに楽しんだことがこれまであっただろうか。

「オーケー、それじゃあテストしてみよう」わたしが練習するのを見ていたロッドは、やがて満足したようにうなずいた。「オーウェン、何か比較的安全で目で確認しやすいものを頼む」

オーウェンは光の玉をひとつこちらに向けて放った。わたしは身をかわしたい衝動に耐えながら、魔術に集中する。玉はわたしにぶつかる寸前にしゅるしゅると消えた。

男たちは互いを見る。「どう思う？」ロッドが訊いた。「魔法の盾《シールド》を使ったように見えた？それとも免疫が働いたように見えた？」

「盾《シールド》のように見えたね。でも、それはぼくが盾《シールド》だと知っているからで、実際の戦いのなかでは大丈夫だと思う。使われるのは光の玉だけじゃないし、ほかの魔術をブロックする際は、より目立たないはずだよ」

「つまり、これを使えば、だれもわたしをカエルにはできないってこと？」

オーウェンはにやっとする。「まあ、そういうことだね」

「じゃあ、わたし、ずっとこの盾《シールド》を張ったままでいればいいんじゃない？あなたたちだってそうすればいいのに」

「ずっと使っていれば魔法の存在に気づかれる」オーウェンは言った。「エネルギーも消耗するしね。でも、たしかに、もう少し手を加えたら、特定の状況で使える盾《シールド》として商品化できるかもしれないな。魔法版防弾チョッキみたいな感じで……」声が次第に小さくなる。頭のなかでアイデアを練りはじめたらしい。

「行っちゃったよ、自分の世界に。ぼくたちたったいま、新たな大ヒット商品の誕生に立ち会ったのかもしれないね」ロッドが可笑《おか》しそうに言う。「さてと、それじゃあ、どれだけ早く盾《シールド》を張れるかやってみよう」

それから約一時間、わたしはロッドから魔術の特訓を受け、その間オーウェンは、ときおりひとりごとをつぶやきながら、ものすごい勢いでノートを取っていた。レッスンが終わったとき、かなり疲れているはずなのに、わたしは浮き立つような高揚感に満たされていた。自分が本当に得意なものをようやく見つけた気がしていた。「天性だな」ロッドがにっこりして言う。

「天性とは言えないわ。突然変異だもの」

「きみはそれだけ特別ってことだ」ロッドはわたしの肩をぽんとたたいた。「さて、そろそろ仕事に戻るとするか。書類が山のようにたまってるからね。どういうわけか、最近、やけに無断欠勤者が多くて……。明日も同じ時間でいい？」

「ええ」部屋を出ながら、振り返ってにっと笑う。「どんな姿で登場するかお楽しみに」

廊下へ出るとオーウェンが追いついてきて、教室から十分遠ざかったところで言った。「さっきのめくらまし《イリュージョン》はなかなかの出来だったけど、ぼくはその下にあるものの方がずっと好きだな」

「まあ、お上手ね」ふざけて返したが、内心かなりうれしかった。映画スター級にハンサムで、そのうえ優秀な魔法使いでもある男性が、わたしのような普通すぎて記憶に残らないタイプの子を好きになるという構図に慣れるのに、かなりの時間を要した。いまでもわたしは、ランジエリーモデルのめくらまし《イリュージョン》でもまとわなければ道行く人々を振り返らせることはできない。でも、オーウェンが素のままのわたしをいいと思ってくれるなら、できなくて大いに結構だ。

「ロッドの言うとおりだよ。きみには才能がある。ぼくたちが魔法を使うのをずっとそばで見てきたからこんなに習得が早いのか、それとも、きみが考える以上におばあさんからの遺伝が大きいのか、その辺はわからないけど、いずれにせよ、この上達のスピードはすごいよ。基礎的なことはほぼ習得してしまったからね。もうすぐ、きみの得意分野も判明するんじゃないかな」

「せっかく得意分野がわかっても、だれも知らないんじゃ、あまり意味がないわ」わたしはぼやく。

「例の出来事から十分時間がたてば、きみが魔力を得たことが知られても、そこからぼくの魔力の復活を勘ぐられる危険性は低くなると思うよ」

少し元気が出てきた。「どのくらい時間が必要かしら」

「さあ、もうひと月かふた月？　きみの得意分野が判明して、それに特化したトレーニングを始めるころには、おそらく大丈夫だろう」

「じゃあ、マーケティングの仕事はあと二、三カ月でいいってこと?」

「年明けには配置がえと考えていいんじゃないかな」

いまは十月。そのくらいならなんとか耐えられそうだ。「わたしの得意分野って何かしら」

「まだ基礎の段階だから、この時点で判断するのは難しいな。ただ、ここまでの印象だと、きみは魔術に対してかなり分析的なアプローチをするようだから、研究開発部《R&D》に来てもらうっていうのもありかもしれない」

「悪くないわね。そこのボスにはけっこう気に入られてるし」にっこり笑ってみせる。「というか、彼はもう、ほとんどわたしの言いなりね」わたしはふだん、たとえボーイフレンドが相手でも、こういう類の軽口をたたくタイプではない。魔力を手にしたことが想像以上に自信をもたらしているようだ。自分がいままで、会社のなかで、そしてオーウェンに対して、どれほど不相応感をもっていたか、あらためて思い知った。魔力に対する免疫も特別で貴重なものではあるけれど、魔法を使えるというのは、またまったく別の次元のもの。自分がとても強くなったように感じる。望めばいつでもランジェリーモデルばりの美女になれると思うと、たとえめくらまし《イリュージョン》を使っていなくても、ランジェリーモデルばりの美女であるような気分になるのだ。

「いまのところ、ぼくはまだきみの上司じゃないから、自宅での夕食に招待しても倫理上問題はないよね?」

「料理するのがわたしの祖母だということを考えると、デートというより、家族行事って感じね。彼女、あなたを困らせてない?」

「全然。家に帰ると手料理が待っていて、しかも料理したのがきみのおばあさんだという状況が、ちょっと不思議な感じではあるけどね」

「そんなに長居はしないと思うわ。とりあえず、レッスンが順調に進んでることをよーく強調しておかなくちゃ。わたしが魔力を正しく使うかどうかなんて確認するまでもないってことをわかってもらうために」

オフィスに戻るため、それぞれ別の方向へ分かれる場所まで来た。「それじゃあ、あとで」オーウェンはわたしの手をつかんでぎゅっと握ると、自分の部署の方へ歩いていった。

わたしは足取りも軽く意気揚々とオフィスへ向かう。BGMにノリのいいポップソングをリクエストしたいくらいだ。少し前まで、いまの仕事がいやで、この会社に自分の居場所は果たしてあるのだろうかと絶望的な気持ちでいたのが信じられない。わたしはいま、魔法を学びながら、最高に楽しい毎日を過ごしている。

もちろん、この仕事が嫌いなことに変わりはない。でも、いまその職務はあくまで体裁にすぎないから、向き合うのも前ほどつらくない。次の異動先がどこになるかはわからないけれど、とにもかくにも、わたしには魔力があるのだ！　そう思うだけで、朝ベッドを出るのがはるかに楽になった。

はずむようにオフィスに入っていく。「何かメッセージは？」

アシスタントのパーディタがわたしをしげしげと見つめた。うっすら笑みを浮かべて――。その顔を見て、はたと気づく。長い〝ミーティング〟のあと、目をきらきらさせ、紅潮した頬でスキップせんばかりに戻ってくれば、大きな誤解を受ける可能性があることに。とりわけ、ボーイフレンドが同じ会社で働いているとなれば——。彼女が守衛室かどこかにいるオーウェンとわたしを想像していることを想像し、わたしの頬はますます赤くなった。おかげで、ますます後ろめたそうに見えているはず。いっそロッドに頼んで、人事部長とのミーティングであったことを保証する署名入りのメモでも書いてもらおうか。トレーニングは実際、人事部の仕事なのだし。

「特にありません」エルフ特有のつりあがった眉の片方をさらにくいとあげて、パーディタは言った。

「そう、ありがとう。わたしたちが企画した新しい魔法のトレーニングプログラム、だいぶ形になってきたわ。その、ロッドとわたしが企画したやつね。これはかなりヒットしそうよ」顔がどんどん熱くなっていくのを感じながら——まったく腹立たしいことこのうえない。恥ずかしがる理由など何もないのに——大急ぎで自分の個室へ向かう。

ふと、妙なことに気がついた。パーディタはさっきからたったひとことしかしゃべっていない。これは実に彼女らしくないことだ。考えてみたら、いまのひとことが、今日彼女がわたしに向かって発した唯一の言葉かもしれない。朝、出社したときも何も言わなかったし、わたしが魔法のトレーニングへ向かうため、戻る時間を告げてオフィスを出たときも、ただうなずいただけだった。ふだんの彼女なら、言葉の洪水のようなおしゃべりとともに、こちらが辟易《へきえき》するくらいあれこれ世話を焼こうとしてくるのに。

わたしは立ち止まり、振り返った。「何かあった?」

パーディタは肩をすくめただけで、視線を合わせようとしない。「いいえ、別に」そう言うと、目を伏せて、デスクの上のいたずら書きで埋まったノートを見つめる。

これは、〝はい、思いっきり何かありました〟という世界共通のサインだ。一方で、〝でも、それについては話したくありません〟というサインでもある。わたしはそれ以上追及せず、「そう。まあ、何かあったらいつでも相談に乗るから、気軽に声をかけてね」と言って、自分のオフィスに入った。おそらく、妹とけんかしたとか、新しい恋の相手に冷たくされたとか、そういう類のことだろう。明日の朝には、きっといつもの彼女に戻っているに違いない。

一日のうちの数時間を〝ミーティング〟名目のトレーニングセッションに費やすようになったおかげで、古来ほぼ独占状態の市場でマーケティングプログラムを率いることが前ほど退屈ではなくなった。仕事の量は変わらないが、使える時間が減ったため、それなりに忙しくしていられる。休憩のたびに魔術の練習がしたくなるけれど、そこはぐっと我慢。社内ゴシップ網の重要な一員であるパーディタのそばでそれをやるのは、わたしが魔力を得たことを社員の半数に一度に発表するようなものだ。

退社するときも、パーディタは何も言わなかった。さすがに心配になってくる。迎えにきたオーウェンに「どうかした?」と訊かれて、自分がずっと顔をしかめたままでいたことに気がついた。

「わたし、パーディタを怒らせちゃったみたい」

「彼女を怒らせるなんて、相当難しいことだと思ってたけど」

「わたしもよ。ひょっとして、今朝、彼女にコーヒーを出してもらうのを忘れたかしら」魔法でコーヒー専門店のそれを模したさまざまなコーヒー飲料を出すことはパーディタ自慢の特技であり、わたしにとっても、ゴシップの発・受信力と並んで、彼女の最も使える能力のひとつだ。「気をつけなきゃだめね。人前で魔法を使わないだけじゃなく、これまでの習慣を変えないことも重要だわ」

「きみとは関係のないことだと思うよ」上着を着るのを手伝ってくれながら、オーウェンは言った。「何かいやなことでもあったんじゃないかな。お母さんとけんかしたとか」日ごろのパーディタの話から推察すると、彼女の母親はうちの母とかなりタイプが似ている気がする。だとしたら、彼女には同情の念を禁じ得ない。

社屋を出ると、正面玄関の日よけの上から声が聞こえた。「よお、そこのふたり!」見あげると、MSI警備部の責任者、ガーゴイルのサムがいた。「あら、サム。どうしたの?」

「道中、十分気をつけな」

「ぼくの場合、常にボディガードを引き連れてるようなものだから、心配いらないよ」オーウェンは見えない監視チームに向かって手を振った。わたしにはいま免疫がないので、魔法で姿を隠している彼らのことは見えない。でも、オーウェンは、自分が公的、私的さまざまなグループから見張られていることを知っている。彼が悪に転じて魔法界を乗っ取ろうとする可能性を依然として疑っている人たちだ。

「そういうことじゃない」サムはらしくないぴりぴりした口調で言った。何者かが水道管にふだん陽気な人たちを不機嫌にする魔法薬でも流したのだろうか。あるいは、どこか高いところから街じゅうに振りまいたとか？　そのての広域魔術が使われるのは、はじめてのことではない。「とにかく、気をつけろ。ここは大都市なんだから」

「この街の犯罪率は大きく誤解されてるわ」わたしは言った。「たしかに犯罪は起こるけど、一部の治安の悪いエリアにさえ行かなければ、たいていの都市よりかえって安全なくらいよ。わたしたち、売人のアジトには行ったりしないから大丈夫」

「おれはただ、お気に入りのふたりの安全を気にかけてるだけだ。おれに心配されるのがそんなにいやか？　だったらしかたねえ」

「エンパイアステートビルの上を調べた方がいいんじゃない？」地下鉄の駅に向かいながら、わたしは言った。敵は以前、そこから街全体に魔術を放った。「だれかがイライラ魔術を飛ばしてるのかも」

「あるいは、本当に何かあるのかもしれない」

「いつだって何かあるわ。わたしたちのまわりで何も起こってないなんてことが、これまであった？」

　駅に入ると、オーウェンはわたしの手を取った。わたしは一瞬目を閉じて、体のなかを流れていく軽い魔力の刺激を楽しむ。免疫者《イミューン》だったときも魔法の存在を感知することはできたが、魔力をもつようになったいま、微妙なニュアンスの違いを感じ取れるようになった。オーウェンの魔力のフィールドとわたしのそれが重なるとき、何かがスパークするような独特の刺激が起こる。わたしたちが魔法的に相性がいいということなのか、それとも、以前オーウェンがわたしのなかに潜在するエネルギーを使ったことが関係しているのか。いずれにせよ、非常に官能的な体験であることに変わりはない。彼が魔法使いでわたしがイミューンだったときも、ふたりはいいチームを組んだけれど、彼と魔力を分かち合うことにはまた格別な魅力がある。

「おばあちゃん《グラニー》が参加できるような園芸クラブはないかしら」混んだ電車に乗り込み、互いにくっついて立つ。ああ、こんな素敵《マジカル》なつながり方ができるようになったのに、ふたりきりになるチャンスがまったくないなんて……。わたしにはルームメイトが三人いて、オーウェンのアパートにはわたしの祖母が居候《いそうろう》している。ラッシュアワーの地下鉄の方が、家のなかよりよほどプライバシーがある。少なくとも電車内には、わたしたちが何をしようと気にする人はひとりもいない。

「マンハッタンで?」オーウェンが片方の眉をあげた。

「花壇はあるわ。コミュニティガーデニングはすごく盛んよ。屋上庭園やコンテナガーデンだってあるし。彼女なら、いろんなことを教えられるわ」

「ボスに頼んで彼女をディナーにでも誘ってもらおうか」

「ちょっと、恐いこと言わないで!」社長とうちの祖母がいい仲になるなんて、想像しただけでむずむずする。

「別にデートじゃなくていいんだ。ただ普通に仕事の話をしたっていいわけだし」

「でも、もし必要以上に意気投合して、ずっとここにいるなんて言い出したらどうする？　たとえあなたの家を出たとしても、何かにつけて顔を出して、おせっかいを焼き続けるわ」

「わかった、やっぱり園芸クラブにしておこう。ネットで調べてみるよ。明日、会社でも訊いてみよう」

思わず頬が緩む。彼もわたしと同じくらいふたりきりになれる時間を求めているようだ。ユニオンスクエア駅で電車を降りたあとも、わたしはまだにやにやしていたが、オーウェンのささやいた言葉で笑みは消えた。「後ろを振り返らずに、できるだけさりげなく周囲を見回してみて」

思わず息をのむ。「じゃあ、サムは正しかったってこと？　彼、予知能力をもってるの？」

「わからない。これだけ人が多いと、つけられてるかどうかを見極めるのは難しいけど、なんだか胸騒ぎがするんだ」

駅を出ると、オーウェンはいつもより遠回りの道を選んだ。公園付近は地下鉄から出てきた通勤者たちで、まだかなり混み合っている。わたしたちはいつものようにアーヴィング・プレイスへは向かわず、人通りの多いパーク・アベニュー沿いをアップタウン方向へ歩いた。それでも、オーウェンの家に向かうためには、いずれどうしても車も人の通りも少ない横道のひとつに入らなければならない。この辺りはふだん、夜ひとりでもさほど怖いと思わずに歩けるエリアだけれど、横道に入って、路肩に駐車してある車のサイドミラーを見たとき、今日はいつもと様子が違うことがわかった。わたしたちの後ろを数人の若い男たちがついてくるのが映っている。

　男たちは見るからに不良という風貌をしている。ただ、不良は不良でも、高校の演劇部が演じる『ウエストサイド物語』のギャングという感じだ。このグラマシー・パーク近辺ではまず見かけることのない今風のストリートギャングとは、かなりタイプが異なる。不安とは裏腹に、このまま前屈みになって両手の指を鳴らしたくなってくる。次の車の横を通り過ぎるとき、サイドミラーに何かがきらりと反射するのが見えた。連中は刃物をもっているらしい。どうやら、往年のミュージカル映画のまねでわたしたちを脅かすことだけが目的ではないようだ。

「今日習った盾《シールド》の魔術は覚えてる？」オーウェンがささやく。

「覚えてるけど……彼らが魔法で攻撃してくると思うの？」

「近くに魔法の存在を感じる」

　そう言われれば、たしかに感じる。「でも、連中のかしら？」

「彼らのいる方向から最も強く感じる」

「盾《シールド》ならあなたの方がうまくやれるわ。そもそもあなたがつくった魔術だし、あなたの方がパワーがあるもの」

「ぼくは魔法を使えない」

「わたしが使えば、あなたが魔力を取り戻したこともばれるんじゃなかった？」

「彼らが見ているのはぼくだ。きみじゃない。だからきっと気づかないよ。魔法による攻撃があれば、きみの盾(シールド)は全体的な魔力のうねりに紛れてわからなくなる」わたしが緊張しているのがわかったのか、オーウェンは安心させるようにわたしの腕をぎゅっとつかんだ。「きみならできるよ。きみは今日、ロッドとぼくが放った魔術をことごとくブロックした。そして、その間ずっと免疫が働いているように見えていた」

「でも、連中はナイフをもってるのよ。この魔術じゃナイフをブロックすることはできないわ」

「あれはたぶん見せかけだ。魔法が使えるなら、わざわざ接近してぼくらを刺そうとなんかしないよ」

後ろで笑い声が聞こえた。ごろつきが自分より弱い相手を見つけたときの笑いだ。仲間たちが笑いに加わり、互いに残忍な気分を盛りあげていく。オーウェンの家まではまだ一ブロックある。

「彼らがわたしたちを知っていて、魔力に免疫があると思ってたら? そしたら、連中、魔法は使ってこないわ」

その可能性については考えていなかったのか、オーウェンははっとしたようにわたしを見た。

背後の足音が次第に大きく、はやくなる。わたしは身を硬くした。

2

どうしよう。この場にとどまって戦うべきか、それとも逃げるべきか。オーウェンの家まではあと少しだ。そこには……おばあちゃん《グラニー》がいる。ふとそのことに気がついた。祖母は、わたしが近い将来、彼女の助けが必要になることを感知して、遠くテキサスからはるばるニューヨークへやってきた。ほんの一ブロック先でわたしが生命の危機にさらされれば、気づかないはずはない。魔術のレッスンではまだメンタルコミュニケーションはやっていないけれど——きわめて高度な技で、これをマスターしている魔法使いは数えるほどしかいないらしい——頭のなかでSOSを叫ぶくらいなら試す価値はあるだろう。わたしは自分のなかのすべての思考と感情をぶつけるようにして、祖母の名を呼んだ。

とりあえず、SOSは送ったが、このまま攻撃されるのをただ待っているわけにはいかない。わたしはくるりと方向転換し、彼らの方を向いた。どうやら、祖母のことを思い出して助けを叫ぶまでの時間はほんの一瞬だったらしい。彼らはまだわたしたちに追いついていなかった。わたしが彼らの方に向き直るのは予想外の行動だったのか、男たちは一瞬ひるんだ。オーウェンをつついて、同じように後ろを向かせる。わたしは妙に清潔感のあるレトロチックなストリートギャングたちに向かって言った。「何か用？」

彼らは答えるかわりに、扇状《おうぎ》に広がって三方から威嚇《いかく》するようにわたしたちを囲んだ。でも、それ以上は寄ってこない。彼らといっしょに魔力が動くのがわかった。体の輪郭がときおりかすかに揺らめく。めくらまし《イリュージョン》を使っているようだ。わたしは表向き、免疫者《イミューン》ということになっているから、めくらまし《イリュージョン》が見えることを悟られてはならない。ここはどんなリアクションを取るべきだろう。彼らの本当の姿は何？　魔法を使えるのは実に結構なことだけれど、こういう状況では魔力に対する免疫の方がはるかに役に立つ。

男たちは依然として、わたしたちを威嚇すること以外何もしようとしない。攻撃してくるわけでも何かを要求するわけでもなく、猫たちが二匹のネズミをもてあそぶように、ただこちらを横目で見ながらのらりくらりと歩いている。連中の望みがわたしたちを恐がらせ怖じ気づかせることなら、彼らをがっかりさせる方法は、恐がりも怖じ気づきもしないことだ。

わたしは腕組みをして、やれやれというように目玉を回し、あくびを噛み殺した。「何か不都合なことでもありました？」

オーウェンは気でも狂ったのかというようにわたしを見たが、すぐにこちらの意図を察したらしく、彼らに向かって言った。「彼女のおばあさんが夕食の支度をして待ってるんだ。遅れるとご機嫌ななめになるんで、強盗するならさっさとやってくれないかな」

男たちは驚いたように顔を見合わせた。彼らはどんな反応を期待していたのだろう。悲鳴をあげて逃げ出すとでも思ったのだろうか。悪いけれど、魔法界とつき合うようになってから、わたしはこれよりはるかに恐ろしいものをたくさん見てきている。

「彼ら、あなたのヘイトクラブのひとつ？」わたしはオーウェンにささやく。「けんかをふっかけて、応戦したら、やっぱり悪人だったって言うつもりなのかしら」

「さあね」オーウェンはうんざりしたように言ったが、ふと顔をしかめた。「この連中、エルフかもしれない。使っている魔法がエルフ的だ」

「やっぱり！　絶対めくらまし《イリュージョン》を使ってると思ったの」

「よく気づいたね」

「ロッドにちゃんと言っておいてね。単位に加えてもらわなくちゃ」

えせギャングのひとりがナイフを突き出した。でも、実際にけがをさせるほど近くまでは来ない。「きゃ」あまり反応がなくても気の毒だと思い、とりあえずそう言っておく。

すると、だれかが合図でも出したかのように、男たちはいっせいにこちらに向かってきた。今度は脅しだけではないようだ。「逃げろ！」オーウェンが言った。わたしたちはふさがれていない唯一の方向に向かって走り出す。誘導されているような気がしないでもないが、そこしか進める方向がない。

　突然、大きな音とともに稲妻が走り、わたしたちは足を止めた。ギャングたちもあとずさりしたところを見ると、彼らの仕業ではないらしい。稲妻が残した煙のなかから小さな人影が現れ、杖を地面に打ちつけた。「夕食の時間だよ」祖母の有無を言わさぬ声が響く。おばあちゃん《グラニー》！　メッセージが届いたのだ！　オーウェンとわたしは祖母に駆け寄る。

　そのとき、三頭のガーゴイルが建物の屋上から舞い降りてきた。同時に、虚空から全身黒ずくめのふたりの男が出現する。さらに、自転車便のメッセンジャーが猛スピードで角を曲がってきた。逃げようとする男たちをメッセンジャーが追いかけ、ガーゴイルたちも空から追う。乱闘が始まると、黒服の男たちもそれに加わった。

「いったいなんの騒ぎだい、これは」祖母が言った。

「ぼくも同じことを訊きたいです」オーウェンはそう言うと、もみ合う男たちの方へ歩き出す。祖母とわたしもあとに続いた。

「よう、大丈夫か」サムが乱闘から抜け出てきて、近くの道路標識の上に舞い降りた。

「あなたが警告したのはこのことだったの？」わたしは質問を無視して訊く。「わたしたちが襲われるって知ってたの？　わたしたち、何かのおとりだったわけ？」

黒服の男たちがエルフのギャングのうちふたりを拘束し、手首を縛った。そばで自転車便のメッセンジャーが大声で抗議している。サムはそれを聞いて、怒鳴りながら彼らの方へ行った。

「おい、これはこっちのヤマだ！　うちのおとり捜査だぞ！　そっちはたまたまパーマーを尾行してて現場に居合わせただけじゃねえか」

「ここは評議会《カウンシル》の管轄だ」黒服のひとりが言った。

サムは鼻を鳴らす。「ふんっ、日ごろ面倒な仕事は全部うちに押しつけといて、気が向くと、なんでもそっちの管轄になる」

「おれたちはどちらの管轄にも属さない」捕まったエルフのひとりが言った。「おれたちが属す相手はエルフロードただひとりだ」

祖母がわたしのひじをつつく。「けんかはバカどもに任せて、あたしたちは家に帰ろうじゃないか。夕食が冷めちまうよ。ここにこうして突っ立っててもしょうがないだろう。おとりだかなんだか知らないけど、連中をおびき出すって役割はちゃんと果たせたらしいから、かまうことないよ」

ＭＳＩの警備部チームと評議会《カウンシル》の監視チームは口論するのに夢中で、わたしたちが立ち去ったことに気づいていないようだ。もっとも、わたしたちが必要なら、連絡先はわかっているのだから、問題はないだろう。厳重に魔法除け《ワード》の施されたオーウェンの家に入り、祖母お手製のポットローストとたくさんのつけ合わせを前にして、ほっとひと息つく。

「さっきのはいったいなんだったの？」祖母にせっつかれないようある程度食べてから、わたしは言った。「サムはああなることを知ってたみたいだけど」

「そんな感じだったね」オーウェンが同意する。「評議会《カウンシル》の連中が現れたのは想定外だったようだけど」

「エルフたちはどうしてあんなことをしたのかしら」

「おそらく、ぼくがまだあのブローチをもってると思っているんだろう。あるいは、ぼくが破壊したと思っているのか。ブローチがどうなったかについて、いろんな噂が飛び交っているらしいからね」

「手がお留守だよ！」オーウェンの山盛りのままの皿をフォークでさして、祖母が言う。

「ブローチを破壊したのはわたしよ。いっそプレスリリースでも出そうかしら」

「実際に何が起こったのかを知る人は、できるだけ少ない方がいいと思う」オーウェンはそう言うと、祖母がにらんでいることに気づいて、おとなしくローストを口に運んだ。

「おばあちゃん《グラニー》が現れなかったら、サムはどうするつもりだったのかしら」わたしは言った。

「まさにぎりぎりのタイミングでメッセージが届いたのね。というか、わたしのメッセージ、届いたのよね?」

「ああ、はっきりとね。それにしても、会社ではこの子に何を教えてるんだろうね」祖母はオーウェンに向かって言った。「あんなひどい救助の要請は聞いたことがないよ」

「でも、ちゃんと通じたわ!」わたしは抗議する。

「実は、伝心術についてはまだ何も教えていないんです」オーウェンは誇らしげにわたしを見た。「彼女、ひとりでやってのけたんですよ」

「なら、またやらなきゃならなくなる前にちゃんと教えてやっておくれ。ああ、まだ耳鳴りがしてるよ」そう言うと、祖母はわたしの方を向いた。「きちんと助けを呼ぶ方法を教わらなくて、いったい何を教わってるんだい」

「今日は、イミューンであるように見せつつ身を守る防御の魔術を習得したわ」

「ふうん」祖母は不満そうに鼻を鳴らす。どうやら食卓が片づき次第、魔法のレッスンが始まりそうだ。おばあちゃん《グラニー》式魔法の授業が――。祖母の魔法に対するアプローチはＭＳＩのそれと大きく異なる。ＭＳＩの手法はきわめて分析的で、何世紀にもわたる厳密な研究に基づくものだが、祖母が使うのは、ほかの魔法使いコミュニティから隔絶した土地で代々受け継がれてきた民間伝承的な魔法だ。そもそも、わたしは最近まで自分の家族に魔法使いがいることを知らなかった。今年になってはじめて、母方の家系に魔法使いと魔力に免疫をもつイミューンの両方がいることが判明した。三人いる兄のうち、ひとりは魔法使いでひとりはイミューンだ。

　オーウェンが食後の魔法トレーニングにストップをかけたときには、わたしはスポーツジムで集中ワークアウトをこなしたあとのようにへとへとになっていた。魔力の使用は有酸素運動になるだろうか。「これだけ違うことを言われると、なんだか混乱してきちゃうわ。ロッドとおばあちゃん《グラニー》、いったいどっちを信じればいいの？」オーウェンのエスコートでアパートに戻る道すがら、わたしは言った。

「自分がやりやすい方でいいんだよ」オーウェンは肩をすくめる。「魔法というのは、結局、できるだけ少ないエネルギーでだれにも危害を加えることなく実行できる方法が、唯一の〝正しいやり方〟なんだ。各自、試行錯誤しながら探り当てるしかない。でも、きみのおばあさんのアプローチには、たしかに興味深い点がいくつもある。きみの故郷の町は魔力のパワーラインが弱いせいか、彼女はエネルギーを効率的に使うのがすごくうまい。実は、すでにいくつか彼女のテクニックを研究に取り入れさせてもらったんだ」

「それ、おばあちゃん《グラニー》に言ったら、手に負えなくなるわよ」

「だから言ってないよ」オーウェンはいたずらっぽく笑う。「でも、もし何か商品化できたら、彼女にアイデア料を払わなくちゃならないな」

　アパートの前まで来た。オーウェンはわたしにおやすみのキスをすると、大きな声で言った。

「今夜も何も悪いことは企んでいませんが、家まで護衛してくれるというなら、遠慮なくお願いします」それから、にっこり笑ってわたしに言う。「使えるものは使わないとね。じゃあ、明日」

階段をのぼり、アパートの部屋に入ると、ニタが——三人のルームメイトのうち彼女だけが魔法のことを知らない——ひざにポップコーンの入った大きなボウルをのせてソファに座っていた。「あ、おかえり」テレビの画面から目を外さずに言う。「マルシアは残業で、ジェンマはお出かけ」

「オーウェンの家で夕飯を食べてきたわ」わたしはニタの横に腰をおろす。テレビでは、カップルが恋に落ちていく様子をモンタージュ技法（さまざまなシーンを短いカットでつなぎ合わせる映像編集法）で見せる、よくある類のロマンチックコメディ映画をやっていた。主人公の男女はポップバラードをBGMに、公園にピクニックに行ったり、湖でボートに乗ってあやうく落ちそうになったり、手をつないで雨のなかを歩いたり、レストランでテーブル越しに夢見る表情で見つめ合ったりする。

わたしはため息をついた。ニューヨークで恋をするというのは、本来こういうことのはずだ。エルフのストリートギャングを撃退したあと、魔法の使い方についてお説教されながら祖母といっしょに夕飯を食べたりするのではなくて——。オーウェンとわたしは映画で見るようなデートはおろか、ごく普通のデートすら、いまだ一度も実現できていない。いちばんそれらしいところまでいったのは、まだつき合いはじめる前、友達としていっしょに出かけたときのこと。悪い魔法を阻止することが仕事の一部である以上、これはもうしかたのないことなのかもしれない。

でもいま、わたしたちは戦いの最前線にいるわけではない。どういうわけかエルフの標的になっていることをのぞけば――。いまこそ、お互いの関係のロマンチックな側面にフォーカスすべきなのだ。相次ぐ危険が生み出すアドレナリンやともに戦術を練るという特殊な親密さに影響されない状況で、自分たちがどんなふうになるかを確かめてみたい。週末、ピクニックでもしてみようか。でも、そうすると、わたしはいったい何人分の食べ物を用意しなくてはならないだろう。オーウェンの正式な監視チームに、彼を非公式に尾行するさまざまな派閥、それから、MSI警備部の面々に、わたしたちをねらうエルフたち……の分まで、食べるものを用意しなくてはならないだろう。ほんの一日、戸外でボーイフレンドとロマンチックな時間を過ごしたいというのは、そんなにぜいたくな望みだろうか。

「うそよ、こんなの！」ニタが言った。わたしは驚いて彼女の方を向く。まさか、無意識のうちに考えていることを送信してしまったんじゃないわよね。

「何が？」

「このロマンチックな秋のニューヨークってやつ全部がよ。なんだか業界全体がこういう話を売りつけようとしてるみたいだけど、実際のところ、みんな本当にこんなことしてるわけ？男にこのてのことをひとつでもやりたいなんて言ったら、映画の見すぎだって言われるのがオチだわ。彼らによると、セントラル・パークでボートに乗るのは観光客だけらしいから。それとも、男ってのは、お金を出したくないときそう言うものなの？」

「あなた、実際、映画の観すぎだわ」

「まあ、たしかにそうかもしれないけど、でも実際にしちゃいけないって法はないでしょ？ケイティはこういうロマンチックなニューヨーク的なこと、何かしたことないの？」

「去年のクリスマス、セントラル・パークでスケートをしたわ」そして、氷が割れて水のなかに落ちた。リンクはコンクリートの上につくられているのだから、本当ならあり得ないことなのだけれど。「でも、それくらいね。仕事が忙しくて、会社でのランチがデートみたいなものだよ」

「それがこの街のデートのやり方みたいね」ニタはため息をつく。「まったく、宝のもち腐れもいいとこだわ」同感だ。映画の残りをいっしょに観ながら、心底そう思った。わたしには素晴らしくハンサムでゴージャスなボーイフレンドがいる。たまにはロマンチックコメディみたいな世界を体験してみたいものだ。

翌朝、オーウェンとわたしが会社に到着したとき、定位置である正面玄関の日よけの上にサムの姿はなかった。昨日のことを問いただそうと手ぐすね引いていたのに──。「彼、わたしたちを避けてるわ」

「上からの指令だろうからしかたないよ。それに、彼なりに警告しようとはしてくれた」

「サムが言えないんじゃ、直接ボスに訊いたところで教えてはもらえないわね」

「きっと近いうちにちゃんと説明があるよ」

「ふたたびナイフで襲われる前にそうしてくれることを願うわ」

「ああ、エルフと刃物の組み合わせは危険だからね」わたしのオフィスへ通じる廊下まで来ると、オーウェンは言った。「じゃあまた、午後のトレーニングセッションで」

オフィスに向かいながら、パーディタの機嫌が直っていることを祈る。何が理由なのかはわからないが、いまは腫れもののまわりをつま先立ちで怖々歩き回る気分ではない。むしろ、いろんなものを踏みつけて歩きたい心境だ。

パーディタはすでに自分のデスクにいた。これ自体、かなり珍しい。彼女はちらっと目線をあげたが、またすぐに下を向いた。ふだんなら、少なくともコーヒーはどうかと訊いてくるところだ。たいていはそれに加えて、わたしが自分の個室に入るまで噂話や質問の集中砲火を浴びせてくる。「おはよう」あえて明るく言ってみたが、パーディタはうなずいただけで、何やら忙しそうに仕事をしている。いま彼女に頼んである仕事はないから、それがふりであるのは明らかだ。これではどうしようもない。わたしはそのまま自分の個室に入った。

デスクの手前まで来たところで、パーディタの声がした。「あの、ケイティ、ちょっと話があるんですけど、いいですか?」いつになく深刻な口調だ。

わたしは入口まで戻る。「もちろんよ。どうしたの?」

パーディタは意を決するかのようにひとつ大きく深呼吸した。まさか辞めるなんて言うんじゃないでしょうね。たしかに彼女はおっちょこちょいで、失敗も多い。でも、彼女のそういうところには慣れてきたし、それに、ときどきとてもいいアイデアをくれるのも事実だ。わたしのせいで辞めるのでなければいいのだけれど。自分がさんざんひどいボスに悩まされたから、同じ過ちは犯さないよう気をつけてきたつもりだ。「見てもらいたいものがあるんです」パーディタは目を合わさずに言った。

わたしはパーディタのデスクまで行くと、机の横のゲスト用の椅子に腰かけた。「どれどれ」できるだけ朗らかな口調で言う。「何かしら」

パーディタは周囲を見回し、声の届く範囲にだれもいないことを確かめると、かがんでデスクのいちばん下の引き出しを開けた。もう一度周囲を見回すと、ごくりと唾をのみ、茶封筒の束の下から一枚の紙を引き出す。「これです」そう言って、それをすばやくわたしの方に押し出し、ぶたれるのを覚悟するかのようにぎゅっと目を閉じた。

それはカラー紙にコピーされたビラだった。ユニオンスクエアでよく政治団体が配っているタイプのものだ。〈魔法使いはエルフを抑圧している？〉ビラは大きな太文字でそう問いかけている。その下には、一行ずつ異なる書体でその根拠が箇条書きされていた。最初の一行を読んで、思わず顔をしかめた。魔法使いが古来エルフが大切にしてきた魔法のブローチ〈アーンホルドの結び目《ノット》〉を盗み、破壊したと書いてある。

ちなみに、破壊したのはこのわたしだ。そして、わたしは当時まだ魔法使いではなかった。

さらに言えば、エルフからブローチを盗んだのは魔法使いではない。彼らのリーダーが自分の陰謀に利用するためにブローチを盗み、それをまた別の者が盗んで売り、それをわたしたちが盗んだのだ。ややこしい話だが、とにかく世界を救うためにはそうすることが必要だった。

〈結び目《ノット》〉は世にも邪悪な魔法の石と合体していて、わたしが鉄道の第三軌条に投げつけなければ、第三次世界大戦に発展していた可能性さえあった。いずれにせよ、ビラはわたしがその際に魔力を得たことには触れていない。名前があがっているのは、わたしではなくオーウェンだった。彼の生い立ちが強調されている。昨日わたしたちが襲われたのは、これと関係があるのだろうか。

ほかにも気になる〝訴え〟がある。魔法使いが魔法使いを非難するエルフを次々に拉致しているというのだ。ビラは、魔法使いとの関わりを絶ち、自分たちのために闘おうという呼びかけで締めくくられていた。どうやらエルフロードのシルヴェスターは陰謀をあきらめてはいないらしい。魔法の宝石でできなかったことを、今度はこんなプロパガンダを使ってやろうとしているようだ。「見せてくれてありがとう、パーディタ」わたしは言った。

パーディタはおそるおそる片目を開ける。「これってうそですよね」

「全部がうそってわけではないわ」わたしは認めた。「でも、かなり深刻に的が外れてる。ここに書かれているのは事実のほんの一部で、重要なことがほとんど抜けてるわ」パーディタはもう一方の目も開けたが、あまりほっとしたようには見えない。「エルフたちはこれを真に受けてるの？」わたしは訊いた。

「真に受けてる人たちもいます。今週、友達がふたり会社を辞めました。うちもママが転職しろってうるさくて」そこまで言うと、パーディタははっとしたような顔をし、慌てて続ける。「あたしは辞める気ないですよ。あたし、この会社好きだもん。でも、最近は、これまでエルフロードを嫌ってた人たちのなかにも、彼の話に耳を傾ける連中が出てきて……」赤毛を指にくるりと巻きつけながら、ささやくように言う。「正直言うと、これをあなたに見せること自体、すごく後ろめたいんです。これって、自分の種族を裏切る行為でしょ?」

「種族の全員じゃないわ」わたしは言った。「ひとりの権力者《ロード》に支配されることを拒否しているエルフたちがいる。彼らはエルフたちがこれ以上シルヴェスターの支配下に入ることを阻止するために、わたしたちと手を結んでいるの」

「うちの家族がそんなふうに理解してくれるかどうか……」

「大丈夫。ビラの入手経路を知られることはないわ。この会社にはたくさんのエルフがいるんだもの」いまとなっては、いたと言うべきかもしれないが――。このビラがエルフたちの気持ちを代弁するものだとすれば、会社はまもなくエルフの社員を大勢失うことになるだろう。わたしは立ちあがった。「これ、もらってもいい?」

「ええ、もちろん」

「ありがとう、打ち明けてくれて」オフィスから出ようとして、ふと思いつき、立ち止まった。「その茶封筒、一枚くれる?」パーディタが差し出した封筒にビラを入れる。ここ営業部には何人もエルフがいる。これをもってオフィスを出るところは見られない方がいい。

そのまま社長室へ向かう。もちろん、彼はいつものようにわたしが来ることを知っていた。自分の行動を社長に逐一予測されるというのも、なんとなく落ち着かないものだが、社長がマーリンの場合――そう、あのマーリンだ――それもしかたのないことだろう。それなりに慣れるものだし、ボスに面会するのに待たされることがないという利点もある。

「何か気になることがあるようですな、ミス・チャンドラー」マーリンは机の前の椅子を勧めながら、あいさつがわりに言った。

わたしは茶封筒を差し出す。「エルフの社会でこういうものが出回っているようです」

封筒からビラを出して読みはじめるマーリンの顔を注意深く観察したが、その表情からは何も読み取れなかった。マーリンは小さく「ふうむ」と唸り、ビラを机の上に置いた。

「ゆうべの一件はこれと関係があるんですか？」

マーリンは返事をするかわりに、電話の受話器を取って、サムとオーウェンとロッドに社長室へ来るよう告げた。さらに、もう一本電話をかけ、アールも呼んだ。シルヴェスターが〈結び目《ノット》〉を悪用しようとしていることをわたしたちに教えた若いエルフだ。

全員がそろうと、マーリンは何も言わず、会議用のテーブルの中央にビラを放《ほう》った。皆いっせいに身を乗り出す。

ビラを読むオーウェンの顔が青ざめる。「なるほど、ゆうべの一件はこういうわけか」冷ややかにそう言うと、マーリンの方を向く。「この件について、すでにご存じだったんですか？」

「妙な噂があることは知っていましたが――」マーリンは言った。「具体的なことはつかめていませんでした」

「でも、わたしたちをおとりに使って確かめる必要があるくらい深刻ではあったんですね？」

わたしは言った。

「ゆうべは悪かったな、お嬢。でも、おまえさんたちからは一瞬たりとも目を離さなかったぜ」サムが言う。「なんとかエルフらの化けの皮を剝ぎたかったんでな」

「彼らがなぜぼくを襲おうとしたのか、これではっきりしたわけだ」オーウェンはため息をつく。かわいそうに。彼はすでに魔法使いの社会で、その一挙一動を監視される立場にある。それがいま、エルフ界でまで最重要指名手配リストにのってしまったのだ。

「この件について何か耳にしていますか？」マーリンがアールに訊いた。

アールは眉をひそめてビラを見ると、首を横に振る。「いいえ、直接的には。ただ、シルヴェスターのシンパにとって、ぼくはかなり好ましくない存在になっちゃってますから。でも、これはたしかにシルヴェスターっぽいやり口です。共通の敵をつくって人々の注意をそっちに向けることで、自分の権力を絶対化するために〈結び目《ノット》〉を隠しもっていたことを忘れさせようって魂胆《こんたん》なんですよ」

ロッドがビラを手に取った。「なるほどね、これでいろいろ合点がいくな」険しい顔でうなずく。「この一週間に受け取った辞表の数は、過去二カ月のそれを軽く超えました。しかも、全員エルフです。ひどいパワハラをする問題上司でもいるのか、調査しようと思ってたところですよ」

「問題エルフロードがいたってわけだ」アールは憎々しげに言った。

「彼らはまるで、沈む船から逃げ出すネズミのように会社を辞めている」ロッドは肩をすくめる。「ぼくらと関わりたくないってことなのか、それとも、何か起こったとき危険地帯からできるだけ遠くにいたいということなのか……」

「これは本物の脅しだと思いますか?」マーリンが訊いた。「単なる悪ふざけ以上のものに発展するでしょうか」

アールが咳払いをし、周囲を見回してからおずおずと言った。「実は、ちょっと気になることがあって……」いったん黙る。そして、わたしたちが彼の以前のボスのように彼の話をさえぎることも無視することもないようだとわかると、ふたたび話し出した。「人々が失踪しているという噂を聞いたんです。エルフたちってことですけど。シルヴェスターを非難したエルフたちが次々に消えてるんです。失踪したエルフのなかにぼくが個人的に知っている人はいませんけど、そういう噂が流れています」

「シルヴェスターはエルフ用の流刑地でもつくったのかしら」

アールは周囲を見回すと、申しわけなさそうに言った。「実は、失踪に関わってるのは魔法使いだってことになってるんだ。だから、ゆうべエルフたちを逮捕したのは、まさに噂を裏づけることになったってわけ」

「逮捕したのはMSIじゃねえぞ」サムが唸るように言う。「評議会《カウンシル》のやつらが特権振りかざして勝手なことをやったんだ」

「わたしたち、まんまと引っかかったのね」わたしは言った。「すべて芝居だったのよ。こちらが確実に予測するような襲撃を準備して、あえてわたしたちに逮捕させるの。そうすることで、エルフの失踪が魔法使いの仕業だっていう証拠をでっちあげるのよ」

マーリンは腰をおろし、しばらく考えていたが、やがて何かを決断したかのようにうなずいた。「サム、調査チームを結成して、会社と関わりのあるすべての失踪者について調べてください。アール、あなたには地下組織のネットワークを使って情報収集をお願いします。ミスター・グワルトニー、失踪した社員のリストをサムに提供するとともに、残っているエルフの社員と連絡を取ってください。いずれも、進捗状況を逐次わたしに報告するように」

わたしは咳払いをする。「わたしは何をすればいいでしょうか」

マーリンは優しくほほえんだ。「あなたにはいま休息が必要です。大きな働きをしたあとですからね。あなたは魔法のトレーニングの方に集中してください」言いかえれば、変身したエルフやカモフラージュされた活動を見破ることができないわたしは、会社にとってさほど利用価値がないということだ。

「とりあえず、わたしたちがエルフの失踪と無関係であるというメッセージをうまく発信できないか考えてみます。こちらが〈結び目《ノット》〉を破壊したことは認めず、一方でシルヴェスターを真の悪としておおっぴらに非難することもせずに、メッセージを伝える方法がないかどうか――。もちろん後者については、確固たる証拠が手に入れば別ですけど」

「そうですな。では、お願いしましょう」マーリンは言った。

いちばん手っとり早くて効果が高いのは、やはりパーディタに頼んで、噂は誤りだと友人たちに言ってもらうことだろう。〈エルフの日〉と銘打って大きなパーティでも開いてみようか。いや、やめておこう。わたしたちのマーケティングイベントは、正直、これまであまり好ましい結果をもたらしていない。ほとんど毎回、敵につけ込む機会を提供するはめになっている。

考えてみたら、今回はオーウェンも任務を命じられていない。これは、普通のロマンチックなデートに挑戦してみるいい機会かもしれない。ふたりそろって世界を救う役割を任されていないなんて、めったにないことなのだから。


午後の魔法トレーニングの時間になった。今日は自分の姿のまま、張り切って教室に入っていく。「先生、今日は何をやるの？」

「そうだな、めくらまし《イリュージョン》と、盾《シールド》の魔術と、物体の移動は、ほぼ習得できたし、食べ物や飲み物の出し方についても、だいぶこつがつかめてきたようだからね」ロッドが言った。

「初歩の伝心術をやってはどうかな」オーウェンが言った。「万一また危険に見舞われたとき、だれかのシナプスを破壊するようなことになったら困るからね。それに、この魔術は魔力があることを第三者に知られずにできるものだし」目を合わせると、オーウェンはほんの少し赤くなった。彼もわたしと同じことを考えているような気がする。ふたりがテレパシーでコミュニケーションを取れるようになったらきっと楽しいだろうなと——。

　ロッドがオーウェンとわたしを交互に見る。「何かあったの？」

「ゆうべおばあちゃん《グラニー》に助けを求めたとき、声が大きすぎたらしいの」

「なるほど。それじゃあ、今日はコミュニケーション魔術でいこう」ロッドはそう言うと、ホワイトボードに手順を書いていく。わたしが本能的にやったこととさほど違わないものの、何がよくなかったのかもわかった。書き終えると、ロッドは何かメッセージを送るよう言った。

わたしは言われたとおりにする。ロッドは目を細めて集中しているようだったが、やがて首を横に振った。「きみが何か言っているのはなんとなくわかるんだけど、聞き取ることができない。もしかすると、ゆうべのように大声にならないよう気を遣いすぎてるのかもしれないな。力を抜いて、もっと楽にやってごらん」

もう一度やってみる。心のなかで声のボリュームをあげてみたが、ロッドは首を振った。

「まださささやき声だな」

ずっと様子を見ていたオーウェンが、立ちあがってわたしたちの方へ来た。「ぼくが相手の方がやりやすいかもしれない」彼は言った。「ぼくの場合、きみが意図せずに出したシグナルでも感知するからね」

一瞬、何かきわどいメッセージを送ってみようかとも思ったが、考え直して、次の土曜日、天気がよかったらピクニックに行かないかと誘ってみた。オーウェンの顔に例の恥ずかしげな笑みが浮かぶのを待ったが、彼は真顔のまま、「いいよ、送って」と言った。

「送ったわ」わたしは声に出して言った。「何が間違ってるのかしら」

「いや、必ずしも何かを間違えてるとはかぎらないよ」オーウェンがなだめるように言う。「たまたまきみの得意な分野ではないという可能性もある。あるいは、ゆうべこの分野のエネルギーを使い果たしてしまったのかもしれない。エクササイズと同じで、前日にあまり激しく消耗すると、翌日ベストなパフォーマンスができないこともある」

「何か簡単なものをやってみよう。すでにマスターしてるものを」ロッドが提案した。「まずは、そうだな、ホワイトボードの文字を消してみて」

　わたしはイレーザーに意識を集中させると、それをコントロール下に置く呪文を心のなかで唱え、ロッドが伝心術の手順を書いた場所まで上昇するようイメージした。イレーザーは動いたが、いつものような切れがない。動きが鈍く、やけにパワーがいる。ボードを消し終えたときには、額と鼻の下に玉の汗が浮いていた。わたしがどれだけ苦労していたか、彼らはわかっただろうか。

「ほらね、ちゃんとできるじゃないか」ロッドが言った。「伝心術はまた後日にして、今日は何か楽しいことをやろう。オーウェンとぼくが屋内で雪を降らせたときのこと、覚えてる？」

　入社間もないころの懐かしい思い出がよみがえり、わたしはにっこりした。「あれは本物の雪だったのよね？　わたしにも見えたんだから」

「ああ、本物だよ。めくらまし《イリュージョン》でも同じような効果は出せるけどね」ロッドはホワイトボードにやり方を書き、まずは手本を見せた。繊細な雪片が軽やかに宙を舞う。こうして何を見るべきか知ったうえで見ると、ロッドがどのように魔術を操っているかがわかる。雪はとてもリアルで、本物ではないとわかっているのに、部屋のなかが寒く感じられるほどだ。

　次はわたしの番だ。呪文に目を通し、雪のクリスマスイブをイメージしながら、魔術を放つ。現れたのは、軽やかな粉雪ではなく、テキサスの雪だった。重くて湿った大粒の雪。にもかかわらず、床に着く前に消えてしまう。雪は次第に弱まり、やがてどんなにがんばっても現れなくなった。

「いったいどうしたっていうの？」わたしはいらいらして声をあげた。

オーウェンがわたしの肩に腕を回す。「だれだって調子の悪い日はあるよ。ゆうべは思った以上にパワーを使ったんだ。筋肉痛は感じないかもしれないけど、きみの魔力の筋肉はきっとかなり凝ってるはずだよ。今日はトレーニングを休みにすべきだったね」

「たしかにそうだな。今日はオフにしよう」ロッドが言った。彼はにっこり笑ってみせたが、一瞬オーウェンと不安げに視線を交わすのがわかった。昨日までの成功は、ビギナーズラックにすぎなかったのだろうか。

3

翌日、トレーニングセッションが始まるときには、十分に休息して疲れも取れ、気分は上々だった。昨日はきっと自分が思う以上に疲れていたのだろう。凝っためくらまし《イリュージョン》をつくり、テレパシーで助けを呼び、祖母の課外特訓まで受けたのだから。

今日は準備万端だ。「さあ、全力でいくわよ」わたしはロッドに言った。

ロッドは首を横に振る。「いや、まずはウォームアップしてからだ」

「魔力の靭帯《じんたい》を伸ばすかもしれない?」

「そうじゃないけど、魔法には何よりも自信が大切なんだ。自らの意志ですべてを具現化できるということを心から信じること。どんなに強力な魔力をもっていても、信じることができなければ、魔法は実現しない。だから、今日は何か確実にできることから始めて、徐々にレベルをあげていこう」ロッドは部屋のなかを見回すと、テーブルの上のマグカップを指さした。

「じゃあ、手はじめに、ぼくのコーヒーを温め直してくれる?」

それなら簡単。温めはいちばん最初に習ったことのひとつだ。分子運動を活潑化させればいいだけ。エネルギーを一点に集め、マグカップに向かって放つ。ついでにカップも温めておこう。いつものように魔力のうねりが体のなかを駆け抜けるのを感じた。よかった。やはり昨日はたまたま調子が悪かっただけなのだ。「コーヒーができました、サー」カップに向かって大げさに手を差し出す。

ロッドはマグカップに手を伸ばし、指が触れた瞬間、びくりとした。「うん、これは文句なく熱いね」そう言うと、あらためてそっと取っ手に指を通し、カップをもちあげ、慎重にひと口する。そして、顔をしかめた。

「どうしたの?」

「カップは熱いんだけど、コーヒーの方がいまひとつなんだ。ちゃんと液体の方にフォーカスした?」

「ええ、もちろん。そっちが目的だもの。外側はコーヒーを冷めにくくするために温めただけよ」

「いい心遣いだね」オーウェンがフォローを入れる。

「でも、うまくいかなかったのよね?」これは初級レベルのはず。子どもたちが火傷に注意できる年齢になったとき、最初に教わる類の魔術だ。

「たぶん、照準の定め方を誤ったんじゃないかな」ロッドが言った。「魔術は両方ともカップの方にかかってる。コーヒーじゃなくて」ロッドはマグカップを置く。「もう少し近くから試してみようか」

もう一度やってみるが、今度はわたし自身が半信半疑のためか、魔力の動きも鈍く感じられた。もし目に見えるものだったら、わたしの放った魔術はマグカップのまわりをもたもたと回りながら、何度かカップのなかに入ろうとして、そのたびに失敗しているに違いない。それでも、やがてなんとかなかに入り、十分温まったと思えるまでその状態を維持することができた。

「飲んでみて」わたしは軽く肩で息をしながら言った。

ロッドはカップをもちあげ、ひと口飲むと、にっこり笑った。「ほうら、できた！　ばっちりだよ」

ひとまず安堵のため息をついたものの、こんな基礎的な魔術にこれほど体力を消耗して、果たして〝ばっちり〟だったと言えるのだろうか。普通は数をこなすにつれてどんどん楽にできるようになるものじゃないの？　トレーニングの流れをテンポのいいカット割りで見せる八〇年代の映画ならたくさん観ている。主人公は最初、うまくいかなくて四苦八苦するけれど、懸命にくらいついていくうちに飛躍的な進歩を遂げ、やがてコーチも驚くような実力を見せるようになる。そして最後に、大舞台での勝負に挑むクライマックスシーンを迎えるのだ。いまのわたしに必要なのは、やはり、気持ちを奮い立たせるパワーバラード系のＢＧＭだろうか。

会社からの帰り、周囲を警戒しなければならないことを忘れるほど、わたしは魔術がうまくいかなかったことで頭がいっぱいだった。「きっとビギナーズラックだったのよ。やっぱり魔法使いには向いてなかったんだわ」いらいらしながらオーウェンに言った。「十一歳になったときフクロウをもらわなかったのには、それなりの理由があるのよ」

オーウェンの思考回路は大衆文化をベースにしていないので、一瞬意味がわからなかったようだが、すぐににっこりして言った。「十一歳のとき、きみは魔法使いじゃないか。でも、いまは魔法使いだ。新しく何かを習得しようとすれば、調子の波は必ずあるものだよ。でも、少しでも気が楽になるなら、明日いくつか検査をしてみよう。何かがきみの魔力をブロックしている可能性もないとは言えない」

「エルフがわたしに何かしたってこと？」

「いや、もしそうなら、ぼくが感知できると思う。でも、実際、敵がきみの能力に手を加えるということは、過去にあったからね。確かめておくのは悪いことじゃない」

幸い、会社からの帰り道、エルフが襲ってくることはなかった。やはり昨日の一件は、魔法使いに罪を着せるための罠だったようだ。もし、彼らが本当にオーウェンを標的にしているなら、今日もきっと何かあったはず。

気がつくと、オーウェンはわたしと手をつないだまま当然のように自分の家へ向かっていた。夕食に招待するような言葉は特にない。いっしょに彼の家に帰ることがいまやすっかり習慣になっていて、わざわざ口に出す必要を感じていないようだ。おばあちゃん《グラニー》とふたりきりで過ごす時間を少しでも短くしたいのだとしたら、その気持ちはよくわかる。祖母の気分を害さずに、いつまでいるつもりなのかうまく訊く方法はないものだろうか。オーウェンは全然かまわないと言ってくれるし、実際本当にそう思っているようにも見える。彼には祖父母がいないから、祖母という立場の人にあれこれ世話を焼かれることを案外楽しんでいるのかもしれない。

一方、わたしはというと、もうほとんど限界にきている。そもそもわたしがニューヨークに来た理由のひとつは、自分のクレイジーな家族たちから逃れるためだ。その家族がこっちに来たのでは、彼らから逃れるために今度は故郷へ帰らなくてはならなくなる。

わたしたちがアップルパイの最後のひとかけを口に入れると、祖母は鋭い視線でわたしを見据えた。「それで、何が問題なんだい？」

「問題？」思わず赤くなる。早く帰ってほしいという気持ちを読まれたのだろうか。

「トレーニングで壁にぶつかってるのかい？」

ああ、そっち……。でも、どうしてわかるの？　「昨日は疲れてたから、あまり調子が出なかったの」

「今日は昨日よりよかったよ」オーウェンがすかさず言う。

そんなことでごまかされる祖母ではない。「なんだい、はっきりお言い」

わたしはオーウェンの方をちらっと見てから言った。「はじめはとてもよかったの。なんでもすぐにできるようになって。でも、いまは四苦八苦してるわ」

「基礎段階を終えて、その先に進めば、だんだん難しくなるのは当然だよ。学ぶ価値があるものは、それ相応に時間と努力を要するもんだ」

「そこなのよ。わたしがいま四苦八苦してるのは、その基礎段階の魔術なの」声にフラストレーションがにじむ。「週のはじめに簡単にできたことが、いまはものすごく難しいの。わたし、なんだか魔法が使えなくなってきてるみたい」ずっと思っていたことをついに口に出して言った。オーウェンは驚きと心配がないまぜになったような顔をしている。

「そうかい、じゃあちょっと見てみよう。皿洗いを済ませてからね」祖母はごく当然という口調で言った。

三人いるので、後片づけはすぐに終わった。わたしたちはリビングルームへ移動する。オーウェンが少し離れた位置に座ったので、なんだか検査中の標本になったような気分になった。彼の心配そうな顔を見て、さらに不安が高まる。「わたし、カエルに変身したりしないわよね」オーウェンはすぐに表情を和らげて言った。「そうなる理由は特に思いつかないけど」

「あなたの部署に前例があるわ」

「彼は危険な魔術に手を出したんだ。きみがやってるのは基礎だよ」

「教わった方法が悪いんじゃないかい?」祖母が言った。「あたしのやり方でやってごらん」

祖母のテクニックを使うと、午後のトレーニングセッションのときよりいくぶんましな結果になったが、ごく初歩的な魔術を行ったにもかかわらず、やはり大きな魔法の戦い《マジカルバトル》をたったひとりで戦ったような疲労感が残った。ふたりは大丈夫だと言ってくれるが、何かがおかしいのは間違いない。

「これからはおばあちゃん《グラニー》のやり方でやるって、ロッドに言っておくんだね」わたしがトレーニングを切りあげ、アパートに帰る準備を始めると、祖母はそう言った。「まったく、あんたたち都会の魔法使いのやり方は、あたしには理解できないね」

「たしかにぼくたちは、魔力のエネルギーが潤沢な環境に甘んじて努力を怠《おこた》る傾向にありますね」オーウェンは言った。祖母は出端をくじかれたような顔になった。議論する気満々でいたのだろう。わたしは笑いを嚙み殺す。オーウェンは祖母を家に帰りたくさせる最良の方法を見つけたかもしれない。彼女の挑発にことごとくのらないという方法を。

翌朝、わたしは依然として、エルフに何かされたのではないかという疑念をぬぐえずにいた。わたしの魔法の能力はあの襲撃を境に大きく低下した。ただの偶然とは思えない。パーディタにエルフの魔法についていくつか当たり障りのない質問をしてみるつもりでいたのだが、オフィスに着いたとき、彼女はまだ来ていなかった。これはよい兆候と考えていいだろう。いつものパーディタに戻りつつあるということだ。あのアンチ魔法使いのビラをわたしに見せたことで、気持ちが楽になったのかもしれない。

パーディタは正午になっても現れなかった。病欠の連絡もない。だんだん心配になってきた。彼女の場合、曜日を間違えて週末だと思い込んでいる可能性も十分あり得るが、エルフたちの失踪や退職が相次いでいることを考えると、そう簡単に結論づける気にはなれない。彼女の携帯電話にかけてみる。留守番電話だ。連絡をくれるようメッセージを残す。

午後のトレーニングセッションの時間になってもパーディタから連絡はなかった。教室へ行くと、わたしは開口一番ロッドに訊いた。「パーディタ、辞めてないわよね?」

「今日、来てないの?」

「ええ。連絡もないの。休むときやふだん以上に遅れるときは、いつも必ず電話をくれるのに。一応留守電にメッセージを残したんだけど、なしのつぶてで……」

「彼女については特に報告は受けてないな。ちなみに、無断欠勤があと二日続けば、職場放棄の調査を開始できるけど」

あのビラをわたしに見せたために、危険に身をさらすことになったのだろうか。でも、そのことはだれも知らないはず。わたしはビラの入手方法をだれにも言っていないし、彼女がビラを見せてくれたとき、まわりにはだれもいなかった。

オーウェンが何やらいろいろ入った箱を抱えて現れた。「遅れてごめん。準備に時間がかかってしまって」

「それが検査の道具?」

「検査?」ロッドが訊く。

「エルフに変な魔法をかけられてないか確かめるために」わたしは言った。

「連中、きみに魔力があることを知らないのに、魔法をかけようとするかな」

「でも、それ以外に、わたしがいきなり天性の魔法使いから落ちこぼれに転落した理由を説明できる?」

「おまえもエルフのせいだと思うのか?」ロッドはオーウェンに訊いた。

「わからない。でも、魔力の流れを計っておくのは悪くないと思う。ケイティに起こった変化はたしかに劇的だし、ぼく自身、理由を知りたい」

「おまえがどうかは知らないけど、少なくともおれは、フルに充電されてるよ」ロッドは言った。「この建物のなかにデッドスポットがあるなんてことはないだろ?」

「まあ、可能性がないとは言えないな」オーウェンがなかばうわの空で答えるのを見て、いよいよ不安になってくる。エルフが何かしたという説については、わたしに調子を合わせているだけだという気がするけれど、彼も実際、何かがおかしいとは感じているようだ。オーウェンは箱からアンティークのブローチのようなものをふたつ取り出して、わたしのセーターにつけた。それから、小さな金属製の物体をわたしの額にはりつける。わたしは寄り目になりながらそれを見あげる。オーウェンは続いて、箱から金属のフレームがついた水晶を取り出し、テーブルの上に置いた。彼がそれに向かって数回片手をひるがえすと、水晶のなかでカラフルな光の帯が上下に動いた。

「それは何?」

「きみの体から流出入する魔力の量を計る道具だよ」オーウェンは似たような金属のオブジェを自分にもつける。「ぼくたちは同じアクシデントで魔力を得たから、ふたりともテストした方がいいと思うんだ」そう言いながら手をひるがえすと、水晶のなかの光の帯が増えた。「ロッド、おまえが対照群《コントロール》だ。おまえの魔力には最近何も起こってないからね」オーウェンはロッドにも同様の装置をつける。「それじゃあ、これから三人で同じ魔術を行う」

ロッドの合図で、基礎的な魔術をいくつかやっていく。わたしにとっては、もはやとても基礎とは言えないものになっているけれど。それでも、祖母のやり方でやると、いくぶんましだった。その方が明らかに結果がいいので、ロッドも非正統的な方法を否定するわけにはいかないようだ。もっとも、決して喜べるような出来ではない。かろうじて失敗ではないというレベルだ。今回も、本来なら目をつむってでもできるような魔術で、すぐに疲れてしまった。オーウェンを見ると、テーブルの上の装置を前に顔をしかめている。集中というよりは、懸念の表情だ。

　ロッドが次の魔術をホワイトボードに書いている間に、なんとか息を整える。気合いを入れ直そうとしていたら、突然オーウェンが叫んだ。「ストップ！　テストは中止だ！」

「ほら、やっぱり！　わたし、カエルに変身するんでしょ!?」

「カエルにはならないよ」オーウェンは装置を見つめながら言った。「でも、ぼくの見方が正しいとすれば、きみの魔力はなくなりかけてる」

「なくなりかけてる？」ロッドが言った。「どうして？　ここにはエネルギーが十分すぎるほどあるじゃないか。社屋内のパワー回路は増強したばかりだ」

「彼女はそのエネルギーを利用できていない」

「やっぱりわたし、何か間違えてるのね」ため息をつく。

「いや、そうじゃない。きみはもっている魔力で最大限のことをしているよ。ただその魔力の量自体が少ないんだ」

「つまり、わたしはレベルの低い魔法使いってこと？」

「きみは魔法使いじゃない。それが問題なんだ。どうやら、あのブローチの爆発は、きみに魔力を与えたわけじゃなかったようだ。きみのなかに潜在する魔力を活性化しただけなんだよ」

「でも、わたしには魔力はいっさいなかったはずよ。それが免疫者《イミューン》というものでしょ？」

「いや、厳密にはそうじゃないんだ。きみからパワーを引き出させてもらったときのこと、覚えてる?」

「ええ」握り合った手を通して彼とつながったときのことを思い出し、頬が熱くなる。あれはとても官能的な体験だった。

「その魔力は、きみのなかでは不活性の状態なんだ。だからそれを利用するには、活性化しなくちゃならない。魔法使いであるというのは、言ってみれば、そういうことなんだよ。つまり、周囲の環境や人々のなかに潜在する魔力を引き出して、それを利用できるパワーへと変換する能力をもつ者が魔法使いなんだ。普通の人たちは、そうしたパワーがただ体内を流れるだけだ。だから、彼ら自身は魔法を使えず、でも魔法にはかかる。イミューンの場合、魔力は不活性のまま、まったく使用されない。魔力はきみのなかから取り出されないかぎり、だれに対しても働くことはない。ところが、例の爆発はあの時点できみのなかに潜在していた魔力を活性化した。きみが魔法を使うと、魔力はきみのなかから出ていく。でも、新たに取り込まれることはない。活性化されたパワーを使い切るまでは魔法を使えるけど、それがなくなれば、そこで終わりだ」

「あなたもそうなの?」このことがわたしにとって何を意味するのかまだよく整理できないが、オーウェンは魔力を取り戻せて心底ほっとしたはず。ふたたび失うことになるのは、あまりに酷だ。

オーウェンは首を横に振った。「いや、ぼくは随時、魔力を活性化している。ロッドもそうだ。あの爆発は、魔力を活性化するのに必要だったパワーをぼくに与えることで、魔法使いとしてのシステムを再起動させてくれたらしい。でも、きみは本来イミューンだから、魔力を活性化する能力はもっていない。爆発によって、あの時点できみのなかにあった魔力は活性化されたけれど、その量には限りがある」オーウェンは愛情と同情に満ちたまなざしでわたしを見た。「残念だけど、そういうことらしい」

「魔力を活性化する方法を教えてもらうことはできないの？」

「すべての魔術には活性化のテクニックが含まれている。きみは正しくやってるよ。ただ、きみにはそれを実現する能力が備わっていないだけなんだ」

「そういうことなら、魔力を得たことを秘密にしなくちゃならなくてかえってよかったわね。でなきゃ、もうとっくに使い切ってたわ」平静を装いながら言う。魔法が存在することを知り、自分はそれをまったく使えないことが判明しただけでも、十分がっくりくる話なのに、魔力を手にして、しかもかなりうまく使えることがわかってから、また失うことになるなんて、あんまりといえばあんまりだ。これではまるで、お涙ちょうだいテレビ映画のヒロインではないか。盲目の女性が手術で奇跡的に視力を取り戻して、はじめて夫や子どもたちの姿を目にしたあと、その状態に期限があることを知る——みたいな。まあ、わたしのケースはそこまで悲劇的ではないかもしれないけれど。

「じゃあ、残る魔力は非常時のために取っておくべきだな」ロッドが言った。「トレーニングは理論面にしぼってやっていこう」

オーウェンはうなずく。「練習せずに魔術を暗記するのは簡単じゃないけど、知識が多ければ多いほど、いざ使うとき、より効果的にパワーを活用することができるからね」

「全部使い切ったら、どうなるの？」わたしは訊いた。「またイミューンに戻るの？　それとも、普通の人になるの？」

「わからない」オーウェンは言った。「今回のことはまったく前例がないんだ。きっといい論文が書けるな」

「オーウェン！」彼は本当に心の優しい人だけれど、いざ研究モードに入ると、人間の感情にとんと無頓着になることがある。

オーウェンは真っ赤になった。黒髪なのに肌はとても白いので、赤面が人一倍目立つ。「ごめん。きみにとっては大変なことだよね。でも、これは実際、とても興味深いケースなんだ。ぼくの想定では、パワーがあるレベルまで減少したところで、おそらくきみは、いったん通常の非魔法使いになる。魔法にかかるだけの魔力はもつけれど、自ら魔法を使うことはできない。その後、残りのパワーも完全になくなると、きみは本来のきみ、つまりイミューンに戻る」

「パワーはあとどのくらい残ってるの？」

「おそらくいま、半分くらいまで減ったところだと思う」

魔法が使えるからという理由で、意味もなくやったくだらない魔術のことを考える。めくらまし《イリュージョン》、コーヒー、座ったままものを自分の方へ飛んでこさせること。そんなどうでもいい遊びのために、いざ本物の危険に見舞われたとき、身を守ることができなくなるのだろうか。もっと恐いのは、救える命を救えなくなることだ。「はじめに知っておきたかったわ」わたしは大きなため息をつく。

「ぼくがもっと早く気づくべきだった」オーウェンがわたし以上に意気消沈した様子で言った。

「これは前例のないケースなんでしょ？　気づかなくてもしかたないわ」わたしはそう言うと、無理やり笑顔をつくった。「それに、何も悪いことばかりじゃないわ。魔力を使い切れば、おばあちゃん《グラニー》がニューヨークにいる理由はなくなるじゃない？　わたしが魔法を学ぶのを手伝うためにいるって言ってるんだから。あなたはまた家をひとり占めできるようになるわ」

　そのシナリオを考えて少し元気が出たが、オーウェンの表情は変わらなかった。わたしが魔力を失うのは、彼がそうなることに比べたら、大したことではない。わたしにとって魔力は、新しいおもちゃみたいなもの。普通の非魔法使いで止まってしまうのはいやだけれど、たとえそうなったとしても、もともとわたしは人生のほとんどを自分は普通だと思って生きてきたのだ——。すべて頭ではわかっている。でも、感情的にはまだそこまで割り切れていない。心から正直にそう言えるようになるには、少し時間がかかりそうだ。

　いちばんの問題は、この状況がわたしの将来にとってどういう意味をもつのかわからないということだ。こうなる前から、社内での自分のポジションには危機感をもっていた。それが、魔力を得たことで、魔法使いとしての可能性がはっきりするまでは、ひとまず猶予期間を与えられたような形になった。魔力に期限があるとなれば、わたしはますます宙ぶらりんの状態だ。魔法使いとしては使いものにならず、かといってイミューンでもない。いっそさっさと魔力を使い切ってイミューンに戻ってしまいたいという気持ちがある一方で、魔力を手放すのを惜しむ自分もいる。

おばあちゃん《グラニー》が夕食のデザートにチョコレートケーキをつくってくれていることをせつに願う。

祖母にテキサスに帰る理由を提供できるのは、とりあえず、この状況下で唯一の救われる点だが、祖母にこのことを伝えるのは気が重かった。孫のなかで魔法使いの血を受け継いだのは、魔法でさんざん悪さをした兄のディーンだけだ。わたしに魔法を教え、自分の知識のすべてを伝授することを祖母が楽しんでいたのは明らかだ。魔力が一時的なものだと知ったら、どんなにがっかりするだろう。期待をかけていた孫に、せっかく入った医大を退学になったと告げられるようなものだ。

オーウェンはわたしが祖母とふたりで話をしたがっていることを察したようだ。夕食後の片づけが終わると、彼はロッドとスカッシュをすると言って出ていった。話を切り出すために勇気をかき集めていると、祖母が言った。「で、なんだい？　あたしに話したいことがあるんだろう？」

「どうしてわかるの？」

「魔法じゃないよ。ただの常識ってやつだ。おまえが何かに悩んでることくらい、目がついていればだれだってわかる。おまけに、家の主がそそくさと出ていったとなれば、理由はひとつしかない。おまえはあたしと話がしたいってことだ。さあ、なんだい？　言ってごらん」

こうなったら単刀直入に言ってしまおう。絆創膏《ばんそうこう》をいっきに剝がすように――。「わたし、結局、本物の魔法使いではなかったみたい。ただ、ある一定量の魔力を得ただけなの。それも、どんどん減ってきてるわ」

息をのんで祖母の反応を待つが、彼女はただうなずいて、「ふうむ」と言っただけだった。

気まずい沈黙を埋めるために、わたしはひとりでしゃべりはじめる。「オーウェンがテストしてくれてわかったの。最近、急に魔法が下手になったのはそのせいだったのよ。魔力の量が足りなくなってたの。きっと早い段階でかなり使ってしまったのね。練習もちょっとやりすぎたかもしれない。使い果たすのはもう時間の問題みたい。魔法の使用は全面的に禁止されたわ。本当に必要なときに使えるようにって」

「それは賢明な判断だね。ここに来なくちゃならないと感じた本当の理由がやっとわかったよ。おまえはあの大ばか者の兄とは違う。魔法を悪いことに使うなんて、はなから思っちゃいないよ。いい人たちに教えてもらってるしね。でも、魔力をもっていながら、いざというときのために使わないでおくっていうなら、話は別だよ。それこそあたしの助けが必要なことだ」

祖母はやおらソファから立ちあがると、何やらぶつぶつ言いながらキッチンへ向かった。わたしもあとに続く。「この家にどれほど材料があるかはわからないけどね。本を別にすれば、ここに魔法使いが住んでるとはだれも思わないだろうよ。まあ、いずれにせよ、会社に行けばある程度そろうだろう。あるいは、マーリンなら入手できる場所を知ってるはずだよ。こっちには最低限の荷物で来たから、何ももってこなかったんだ。あとからおまえの母親に服を送ってもらったときも、頼まなかったしね。このてのことは、とてもあの子に任せる気にはなれないよ」

キッチンに入ると、祖母は戸棚のなかをあちこち探して、舌打ちをした。「だめだね。会社からもってきてもらうものをメモして渡さないと。それでそろわない分は、次にマーケットが開くときに、あたしが買いにいくよ」

「おばあちゃん《グラニー》、何やってるの？」なんとか口をはさむ。

「決まってるじゃないか。魔法薬をつくるんだよ。体力の回復に効くものがいくつかある。魔力の減少を止められるわけじゃないが、遅らせることはできるよ」

「そんなことしても意味ないわ」わたしは調理台に寄りかかって力なく言った。「長引かせてなんになるの？　魔法使いとしては、ほとんど役に立たないんだから。いっそ、早いとこ普通に戻った方がいいのよ。普通だけは昔から得意だもの」

祖母はくるりとわたしの方を向くと、人差し指を振った。「魔力を授かったのは何か理由があるからだと思わないのかい？　神様にはいつだって考えがおありなんだ。おまえに魔力が与えられたのは、神のおぼしめしなんだよ。おまえ以外のだれにもできないことをするためかもしれない。だから、いざそのときがきたら、与えられた魔力を最大限に活用できるよう、しっかり準備をしておくんだ。おまえは役立たずなんかじゃない。いったい、いつからそんなふうに自分を卑下するようになったんだろうね。やっぱり母親が悪いんだね」

「でも――」

反論しようとするわたしをさえぎって、祖母は続ける。「ああ、言いたいことはわかってる。自分みたいな平凡でつまらない子にはだれも目をとめてなんかくれない、だろう？　それで、いったいだれを責めてるんだい？　口紅を塗ろうが塗るまいが、そんなことは関係ないよ。あたしのあの愚かな娘はそのあたりがまるでわかっちゃいないけどね。だいたい、平凡でつまらない娘が、どうしてあの青年の目をとらえることができたんだと訊きたいね。あの青年はばかじゃない。ましてや、平凡でつまらない男とはほど遠い。そろそろ、彼がおまえを見るように自分自身を見てみたらどうだい。同じ労力なら、意味のない自己卑下に費やすんじゃなく、いちばんいい自分でいるために使う方が利口だと思うけどね。とにかく、いま、おまえは魔法使いだ。いざというとき、役に立てるだけの力を備えた魔法使いだよ。さ、もうひときれケーキをお食べ。あたしは買い物リストをつくるから」

叱られて、小さなキッチンテーブルに向かって座り、チョコレートケーキをひときれ切る。祖母のお説教は少し元気をくれたが、この先何が起こるのか考えると、やはり不安になる。わたしのこの限られた魔力が必要になることとは、いったいなんなのだろう。

4

翌日もパーディタは会社に現れなかった。電話をかけると直接留守番電話につながる。ロッドにその旨メールを送った。魔法使いを信じるという気持ちに変化があったのだろうか。それとも、わたしたちと関わっているせいで彼女の身に何か起こったのだろうか。

心配で仕事に集中できない。それでも、だれかがドアの枠をノックしたとき、跳びあがるほど驚いた。見ると、金茶色の髪を無造作に伸ばした若い男性が立っていた。「ごめん、驚かすつもりはなかったんだけど、アシスタントがいないんで……というか、それが理由で来たんだけど。ぼく、警備部の者で、社員の失踪を調べています」

警備部にガーゴイル以外のメンバーがいることは知っていたが、これまでいっしょに仕事をしたことはない。彼にはなんとなく見覚えがある。そうだ、この間のおとり捜査で、自転車便のメッセンジャーをやっていた人だ。「ああ、どうぞ、入って」わたしは言った。「コーヒーでもと言いたいところだけど、いつもアシスタントにやってもらってて……」

彼は片手をさっとひるがえし、デスクの上にコーヒーカップをふたつ出した。「これでどう?」そう言うと、ゲスト用の椅子に腰をおろす。「まだちゃんと自己紹介していなかったよね。サムのもとで秘密捜査員をやってるダンです」

「お顔は覚えてるわ。あのときはありがとうございました」

ダンはにやりとする。「あの場はすでに、きみのおばあさんが制圧してたけどね。まあ、ぼくらもずっと尾行してたから、どのみち本当に危ない目には遭ってなかったと思うけど」それから、真顔になって言った。「で、パーディタだけど、連絡が取れないのはいつから？」

「昨日は会社に来なかったから、最後に話したのはおとといの終業時ね。それ以降、電話してもつながらないの」

「彼女の政治的立場について何か知ってる？」

「彼女に政治的立場があるのかどうか……。パーディタはあまりものごとにこだわらないタイプみたいだから。とにかく、エルフたちの間で反魔法使いのプロパガンダが始まったあとも会社には来てたわ」彼女が情報源であることを話していいものか迷ったが、現時点でそれが状況をさらに悪化させることはないと判断し、言うことにした。「実は魔法使いについてのビラを見せてくれたのはパーディタなの。彼女、ビラを見せることを不安がってた。でも、あのとき周囲にはだれもいなかったし、わたしも彼女からビラをもらったことはだれにも言ってないわ」

もう一度躊躇《ちゅうちょ》し、やはり警備部はできるだけ多くの情報をもっているべきだと考えた。「ただ、彼女には人の言うことを鵜呑みにしやすいところがあるの。この夏も、スペルワークスの広告や一連の噂を信じてしまって、オーウェンが悪人じゃないってことをわからせるのに少し苦労したわ。それも、彼の両親についての話が公になる前のことよ。今回も、噂だけでけっこう半信半疑になってた。だから、あのあとだれかに何か言われて、結局それを信じて、自分の意志で会社に来なくなったという可能性も、まったくないとは言えない……」

　ダンはノートにメモを取る。「そういうことだと思う？」

「だれかに何か言われたのなら、少なくともわたしに意見を訊いてきたと思う。前はそうしてくれたわ。彼女とは、あれからいろんなことをいっしょにやってきたし。あくまで直感だけど、今回のことは彼女の意志じゃない気がする」

「きみの直感については、高い評価を耳にしてるよ」ダンはにやっと笑った。「サムはいつもきみのことを褒めてるからね」

「行方不明になってる人たち、危険な目に遭ってると思う？」

「いまのところなんとも言えない。少なくとも、エルフの死体がゴミ置き場に捨てられてたり、川に浮いてたりということはまだないよ。いくつか手がかりはあるんだけど、情報が多ければそれだけ手がかりも有効になってくるから、情報提供は助かる。ありがとう」

「こちらこそ」

　ダンはノートを閉じると、立ちあがった。「何か気がついたり、聞いたりしたら、どんなささいなことでもいいから知らせて」

　わたしはそうすると約束して彼を見送ると、やきもきを再開した。魔法《マジカル》の戦い《バトル》のさなかにいるときは、あれほど休みを切望したのに、いざ当事者でなくなってみると、こちらの方がなお悪い。役に立つことは何もできないし、かといって、ようやく手にした普通の日常を有意義に過ごせるわけでもない。かねがね時間ができたらやると言っていたことは、何ひとつできていないのが現状だ。

トレーニングが理論面に限定されたので、教師役はロッドからオーウェンに引き継がれた。オーウェンは魔法理論のエキスパートで、理論をかみ砕いて教えるのがうまい。少しの間魔力を失った経験のおかげで、実際にやってみることができない状態で魔法を学ぶというのがどういうことかについても、理解が深まっている。

魔法を使わずに魔法について学ぶというのであれば、わたしに魔力があることがばれる心配もないので、秘密の教室ではなく、オーウェンのオフィスで会うことになった。その方が必要な参考文献にアクセスしやすくていいというのが彼の弁だが、こうすることのもうひとつの利点は、オーウェンが並行して自分の仕事もできるということだ。わたしとしては、こちらが勉強している間に彼が自分の仕事を進めることができれば、職場の外でいっしょに過ごす時間も増えるのではないかと、ひそかに期待している。

オーウェンのオフィスへ行くと、ページの端から色とりどりの付箋が突き出た本の山が待っていた。「知っておくといい理論をいくつかピックアップしておいた。ほとんどの魔術の基盤になってるものだよ」オーウェンは言った。「で、こっちは覚えておくべき魔術。呪文は声に出さずに暗記すること。書くのもだめだよ。呪文と手の動きは別々に練習すること。そうすれば、問題ないはずだ」そこでにやっと笑う。「大丈夫。間違えても、カエルに変身したり、だれかをカエルにしてしまうことはないから。問題があるとすれば、きみの魔力がその分少し消費されてしまうことだけだ。それじゃあ、何かわからないことがあったら、そのつど訊いて」

いろんなものを宙に飛ばしながら魔法を学ぶのは、とても楽しかった。古い本を何冊も読みながらの学習は……必ずしもそのかぎりではない。とりあえずオーウェンが印をつけてくれた箇所を読んでいこうとするものの、なかなか集中力が続かない。気持ちはすぐに、姿を消したアシスタントのことや、なくなりつつある自分の魔力のことや、週末のプランの方へさまよってしまう。

次の本のタイトルを見て、思わず頬が緩んだ。『ジュニア・マジック・スカウト・ハンドブック』。一見、兄たちのカブスカウト（ボーイスカウトの年少団）の手引書によく似ているが、ひもの結び方やたき火のおこし方のかわりに、ひもを結んだりほどいたり、火をおこしたり消したりといった基礎的な魔術を教えている。「マジック・スカウト？」わたしは片方の眉をあげて言った。

「魔法の教育は学校の正規のカリキュラムには入っていないんだ。親が教える場合もあるけど、多くの子どもたちはこうしたプログラムを通して学んでいく。もっと早く思いつけばよかったよ。魔法の補習教育としては、非常に優れた方法だからね。そこで学ぶ魔術は理論的にも健全なものばかりだし」

ページの余白に、オーウェンの完璧な手書き文字の子ども版のような字が書かれていた。彼は子どものころから、教科書の内容を変更したり訂正したりしていたらしい。「わたしは教科書のとおりに学ぶべき？　それともあなたのバージョンを覚えるべき？」小さなオーウェンが魔法を学んでいる様子を想像して、思わず笑みがもれる。彼の養父母の家で見た写真には、ぶ厚いメガネの奥でフクロウのように大きな目をした小さな男の子が写っていた。

オーウェンは赤くなり、答えようと口を開いたが、ちょうどそのとき、彼の携帯電話が鳴った。オーウェンは着信画面を見て顔をしかめると、電話のフリップを開いた。「やあ、アール」そう言って、しばし黙り、さらに顔をしかめる。「アール？　もしもし？」耳から離して電話を見つめ、そのままフリップを閉じた。「なんだろう」

「うっかり誤発信しちゃったんじゃない？」

「今日は彼から電話をもらってないから、誤ってリダイヤルしてしまったとは考えにくいけど」

「アールからはよく電話があるの？」

「今回の件に関して何度か相談を受けてる。このところ、見慣れない魔術に出くわすことが続いてるらしくて」

そのとき、コンピュータから着信音が聞こえた。オーウェンはメールのチェックを始め、わたしは魔法の勉強に戻る。「妙だな」オーウェンがつぶやいた。

「どうしたの？」

「アールが携帯からメールを送ってきた」

「さっきの電話と関係があること？」

「わからない。テキストはなくて、写真が一点添付してあるだけだ」

「なんの写真？」本を置いて、彼の後ろへ回り、肩越しにコンピュータの画面をのぞき込む。写真には建物が写っていた。後期ヴィクトリア朝様式のレンガづくりの工業用建物で、街のあちこちでよく見かけるタイプのものだ。「どうして建物の写真なんか送ってきたのかしら」

「わからない。訊いてみるのがいちばんはやいな」オーウェンは電話をかけると、しばらく待って、首を横に振った。「だめだ、出ない」

「よくないわね」わたしは言った。「彼もほかのエルフたちみたいに消えてしまったのかしら。アール、きっと何かを見つけたのよ」

「あるいは、電波の届かない場所にいるかだ」オーウェンはもう一度アールにかけると、電話をくれるようメッセージを残した。そのあとすぐにサムに報告の電話を入れたところを見ると、電波の届かないところにいるという説については、彼自身、信じていないようだ。

その後、それぞれ自分のやるべきことを再開したが、お互い仕事が進んでいるとは思えない。机の上の電話が鳴ったとき、オーウェンとわたしは同時に顔をあげた。オーウェンは受話器を取り、「わかりました。すぐに行きます」と言った。電話を切ると、コンピュータのキーをいくつか打ち込み、立ちあがる。「この写真には何かあるらしいな。ボスがこれについて話したいと言ってる」

わたしは瞬時に立ちあがると、彼のあとについてオフィスを出る。来いと言われてはいないが、おそらく来るなとも言われていないと思う。少なくともオーウェンは、わたしを止めるような動作はしなかった。

社長室に入ると、マーリンはコンピュータの画面を見つめていた。「この写真に心当たりはありますか?」さっきからずっといっしょにいたかのような口調でオーウェンに訊く。

「建物に見覚えはありません」オーウェンは答えた。

「彼はこの写真を送ってきたのとほぼ同時に、あなたに電話をしようとしたのですな？」

「はい、そのようです」

マーリンはあごひげをなでる。「なるほど。おそらく彼は手がかりを送ってよこしたのでしょう。しかし、これで何を伝えようとしたのか……」

サムが部屋に入ってきて、椅子の背に舞い降りた。「アールからまだ連絡はありません」

「調査しましょう」わたしは言った。「手がかりを送ってくるなんて、何かあった証拠です」

サムは首を横に振る。「お嬢はこの件に関わっちゃいない。おまえさんたちふたりともな」

反論しようとしたが、マーリンの鋭い視線を感じて口をつぐんだ。「サムの言うとおりです」

彼は言った。「ふたりとも、今年はすでに十分すぎる働きをしてくれました。それに、本案件はあなたたちとは関係ありません」

「でも、パーディタはわたしのアシスタントです。アールだって、わたしたちに関わらなければMSIには入っていません。彼らが危険な目に遭っているとしたら、それはある意味わたしたちのせいでもあります」

「アールはエルフロードの宮廷《コート》で秘密工作員をしていたのです。すでに十分危険な環境にありましたよ」マーリンは言った。「むしろ、わたしたちのもとへ来たことで、これまで彼の身はより安全だったと言えるでしょう」

わたしも関わるべきだということを納得させられる理由を探したが、すぐには見つからない。わたしの職務記述書をどれだけ独創的に拡大解釈しても、正当化するのは難しそうだ。それでも、何かしなければ気がすまない。

　オーウェンが反論してくれるのを期待したが、彼はただ黙ってうなずいただけだった。戦略を練るマーリンとサムを残して社長室を出ると、オーウェンが言った。「今夜、いっしょにディナーをどう？」

「ディナーなら毎晩いっしょに食べてるじゃない」

「外に食べにいこうと思ってるんだ」

　わたしは両手を腰に当て、わざとらしく非難の表情をつくって彼を見あげた。「オーウェン・パーマー、まさかわたしをデートに誘ってるんじゃないでしょうね」

「男女がロマンチックな時間をいっしょに過ごす場合、世間ではそれはデートと呼ぶみたいだけど。で、どうかな。行きたい？」

　わたしは彼の腕に自分の腕をからめる。「〝ロマンチック〟って部分にやられたわ。おばあちゃん《グラニー》に、今夜は外で食べるって言わないと」そう言ってから、ふと不審に思って顔をしかめた。

「何を企んでるの？」

「ぼくたち、つき合ってるんだ。そんなに変なことかな」

「たしかにつき合ってるけど、いっしょに出かけるっていうのは、かなり珍しいことだわ。何かを追跡したり、何かから逃走したりするのを別にすれば」

　オーウェンはこのうえなくかわいい赤面を披露した。「たまには普通のことをしてみようよ。七時ごろ、きみのアパートに迎えにいくのでどう？　そこそこきちんとした服装がいいけど、足もとはなるべく楽なものにして。あとでちょっと歩くかもしれないからね」

「いったい何を計画してるの？」

オーウェンはにやっと笑った。「それはまだ秘密」

わたしを迎えにきたオーウェンは、ネクタイこそ外しているものの、会社で着ていたスーツのままだった。もっとも、男性のスーツはどれも同じに見えるから、必ずしもそう言いきるべきではないかもしれない。白いシャツを新しい白いシャツにかえ、まったく別のスーツを着てきた可能性もある。いや、オーウェンのことだ。やはり、職場から直接来たというのが正解だろう。

「外で食べるって言ったとき、おばあちゃん《グラニー》の反応はどうだった？」オーウェンにコートを着せてもらいながら訊く。

「今夜はやることがあるから、ぼくがいない方が作業しやすくていいって」

「魔法薬の材料をそろえてあげたのね」

「実際、試す価値はあるかもしれないよ。テキサスで彼女がつくってくれた薬は、たしかにエネルギーレベルをあげるのに効果があった。ただ、警告しておくけど、味はかなり強烈だからね」

「でしょうね。不思議だわ、料理はあんなにうまいのに」

わたしたちはタクシーに乗り、ウエストヴィレッジにある感じのいい小さなイタリアンレストランへ行った。テーブルにはキャンドルが灯り、BGMにシナトラが流れている。オーウェンとのはじめてのデートを思い出し、同じような展開にならないことをせつに願う。あのときは、レストランで魔法の火事が起こり、客たちが出口へ殺到して大混乱になった。

「で、今日はどうしたの？」ウエイターがワインとパンの入ったカゴを置いていったあと、わたしは言った。「たしかに、デートらしいデートをしたいっていう話はずっとしてたけど、どうして今日、急に？」

「縁起が悪いから、これまでのデートの顚末について話すのはやめておこう。ただ普通の人たちのように出かけたいと思っただけだよ。今夜はふたりとも予定がなかったし」

なるほど。でも、彼のこの目つきはよく知っている。ロマンチックな夜を期待するなら、これは決してよい兆候とは言えない。彼がこの表情をするのは、たいてい何かとんでもなく無謀だったり、危険だったり、ばかげていたり、あるいはそのすべてだったりすることをやろうとしているときだ——世界を救うために。彼は別に好んでスリルを求めるタイプではないけれど、仕事を途中で放置することが我慢できない人なのだ。

「何を企んでるの？」

「何も企んでなんかないよ」オーウェンは言い張る。「ガールフレンドとデートする、ただそれだけだよ」そう言うと、心底申しわけなさそうな顔をした。「ぼくはそんなにひどいのかな。多くの男たちがおそらく毎週末していることをしただけで、何かあると勘ぐられてしまうくらい……」

「ひどいっていう言葉が適切だとは思わないけど……。それに、いっしょに出かける機会が少ないのには、相応の理由があるわ」たとえば、すぐ横のテーブルに座っている黒服のふたり組とか。いまをときめくセレブのカップルの方が、わたしたちよりよほどプライバシーがあるかもしれない。

オーウェンはわたしの心臓を後方宙返りさせるような笑顔を見せた。「彼らがいたたまれなくなるくらい、熱々ムードになってみようか」

「そんなことで彼らが去ってくれると思う？」

オーウェンはため息をつく。「まあ、だめだろうね。でも、ありがとう、いろいろ我慢してくれて。たいていの女性はぼくを見捨てたと思うよ。こんなにたくさん問題を抱えてる男じゃあ……」

「わたしは本当のあなたを知ってるもの。ほかの人たちがあなたをどう思おうと」

オーウェンはテーブルの下でわたしの手を握った。「きみと出会えて本当によかった」

わたしも彼の手を握り返す。「わたしもよ。あなたと出会って、わたしの人生は大きく変わったわ」

「いい方に？」オーウェンは心許なげに訊く。

「もちろん。たしかに、しょっちゅう危ない目には遭うし、いろいろ尋常じゃないことは起こるけど、ほかのどんな人生とも取りかえる気はないわ」

オーウェンはうなずき、何か考え込むように唇を噛んだ。「よかった、そう言ってもらえて……」どこか上の空でつぶやく。ウエイターが料理を運んできた。

途中でとんでもない事件が勃発したり、魔法の攻撃を受けたりすることもなく、無事食事を終え、わたしたちはすがすがしい秋の夜へと繰り出した。「この近くにベーカリーがあるんだ。腹ごなしに少し歩いて、そこでデザートを食べるのはどうかな」オーウェンが言った。

「いいわね。連れてって」

アップタウン方向へ歩き、ベーカリーでカップケーキとココアを買って、そのまま散歩を続ける。十四丁目ストリートを渡ると、オーウェンは上着のポケットから小さくたたんだ紙の束を取り出し、いちばん上の紙を見た。地図だ。そして、紙の束をポケットに戻すと、次の角を曲がった。

「オーウェン、何をしようとしてるの?」おせじにも眺めがいいとは言えない界隈を数ブロック行ったり来たりしたところで、わたしは訊いた。

オーウェンは恥ずかしそうな顔をする。「アールが送ってきた写真、たぶんこの辺で撮ったものじゃないかと思うんだ」

「あなたってほんと、女心のつかみ方を知ってるわ!」わたしはそう言うと、つま先立ちになって彼にキスをした。「あなたが何もせずに手をこまねいているはずはないと思ってたもの」

「あの通信を中継した電波塔はこの辺りのものなんだ。まあ、だからといって、必ずしもアールがここにいたという根拠にはならないんだけど。圏内でさえあれば、別の場所からの通信でもキャッチされるわけだから。でも、ネットで写真の検索をしてみたら、写真に写ってるタイプの建物はこの界隈に多いことがわかったんだ。だから、ちょっと辺りを散策して、それらしい建物がないか見てみようかなと思って」

「名案ね。次の通りも見てみましょう」

わたしたちはアールの写真のプリントアウトと周辺の建物を見比べながら、さらに何ブロックか歩いた。「似ている建物はたくさんあるんだけど、どれもちょっと違うのよね」捜しはじめて一時間ほどたったとき、わたしは言った。「もしかしたら、見ている角度が違うのかも」

「ぼくらもアールが写真を撮ったのと同じ角度で見ることができるはずだよ。そのときどこにいたにせよ、彼は何かを見て、それをぼくに知らせたかったんだ」

「でも、ポケットのなかで誤発信したんじゃないとすればね」

「ポケットに入れたまま写真を撮ることはできないだろ？　彼は失踪の件を調査していた。写ってる建物は特に美しいわけでも面白いわけでもない。何か理由があって写真を撮ったに違いないよ」

「明るいときに捜してみた方がいいんじゃない？」さらに三十分歩き回ったところで、わたしは言った。「彼の写真は昼間に撮られたものよ。周囲が暗いと、同じものでも違って見えたりするわ」

「でも、周囲が暗ければ、屋内の電気がついていた場合、外から内部が見える可能性がある」

「あなたのお目付役たち、この行ったり来たりをどう思ってるかしら」

「脚にきてるといいね」オーウェンが自分を見張る人たちについて話すときの口調には、いつもあきらめのような響きがあるのだが、いまの言い方はどこか楽しげですらあった。彼らのことをどう思っているのか彼がはっきり口にすることはないけれど、なんとなく想像はつく。

次の角を曲がったとき、ふいにそれは現れた。「オーウェン、あった！」思わず彼の腕をつかむ。

オーウェンは立ち止まると、ポケットから写真を出して見比べた。「ああ、これだ。間違いない」

「サムに電話しなきゃ……でしょ？」

返事をしないのでにらむと、オーウェンはしぶしぶ携帯電話を取り出して、警備部長のガーゴイルに電話をした。住所を告げ、しばし黙ってから、ふたたび口を開く。「もちろん、ばかなことなんかしないよ。ケイティと散歩してたら、たまたま見つけたんだ。それで、きみに知らせた方がいいと思って」電話を切ってポケットにしまうと、オーウェンはわたしの方を向いた。「調べてみる？」

「それって、たったいまサムにしないと約束した〝ばかなこと〟の範疇《はんちゅう》に入らない？」

「ちょっとのぞいてみるだけだよ。それに、評議会《カウンシル》の優秀な法執行官ふたりがぼくの一挙一動を監視してるなかで、そうそうばかなこともできないだろ？　悪事をはたらかないよう見張るのが彼らの任務だとしても、ぼくが危険な目に遭うのを黙って見ていることもしないはずだよ」

正直言うと、わたしも調べてみたいと思っていた。「なんの建物なのかしら」上階の窓から奇妙な光がもれている。「案外、エルフたちのレイブとかアングラのナイトクラブなんかじゃないかしら。だからアールは写真を撮ったのよ。イ、ケ、て、る、スポットは看板なんか出さないから」

「アールがそのてのイ、ケ、て、る、場所に出入りするタイプに見える？　しかも、そこにぼくを誘うかな」

「それもそうね」わたしたちはブロックを一周し、四方から建物をチェックした。一度、建物の入口の方へ向かう人たちが見えて、慌てて壁の窪《くぼ》みに身を隠したが、彼らはそのまま入口の前を通過していった。しばらくすると、また入口の方へ向かうグループが現れた。さっきのこともあるのですぐには警戒しないでいると、今度はまっすぐドアに向かっていく。グループは三人で、わたしの勘違いでなければ、そのうちのひとりはここに来たのが本意ではないように見えた。

「あの人、むりやり連れてこられたみたいだな」オーウェンがささやく。「助けないと」

「失踪したエルフたちは、ここに連れてこられてるのかしら」

「少なくとも、彼は拉致されたように見えるね」

「助けるって言っても、どうやって？」

「評議会《カウンシル》の法執行官たちを彼らの方に誘導しよう」

「頭いいわね」

周囲に人がいないことを確認し、壁の窪みを出ようとしたところで、オーウェンがわたしを押し戻した。「きみはここに残って。法執行官たちはぼくについてくるんだから」

「何言ってるの？　あなただけあのなかへ行かせるわけにはいかないわ。それに、こんな時間にこのての場所で、ひとりで歩道に立ってるのもお断りよ」

　彼は反論しなかった。わたしたちはドアの前まで来た。びりっという刺激を感じ、オーウェンが魔法で鍵を開けたのがわかった。「魔法除け《ワード》の存在は感じないな」オーウェンはつぶやく。

「罠かもしれないわ」

「ぼくらを見くびってるのかもしれない」

　電気のついていないせまい廊下を忍び足で進んでいく。なんだかいやな予感がする。やがて倉庫のような巨大な空間に出たとき、後方でドアが開き、そして閉まる音がした。オーウェンのお目付役たちだといいのだけれど。

ただ、もしそうだとしても、彼らが逮捕する相手を見つけるのは難しそうだ。人間の姿もエルフの姿もまったくない。もちろん、拉致されたとおぼしき人はどこにもいない。そのかわり、巨大な空間の奥に奇妙な明かりが見える。上階の窓からもれていた光は、おそらくあれだろう。

「何かしら」

「行ってみよう」

　壁に沿って倉庫のなかを移動していく。依然として人の姿は見えないけれど、できるだけ暗がりを通り、音を立てないよう気をつけながら進む。ようやく明かりのある側に到達した。光の正体に目を凝らす。思わず息をのんだ瞬間、目の前が真っ暗になった。

5

昔ながらのベル式目覚まし時計の音で、深い眠りから目が覚める。ふとんから片手を出してベルを止め、勢いよく体を起こし、あくびをしながら伸びをした。さあ、一日のはじまりだ。ベッドから出ると、朝の日課を開始する。片手で歯を磨きながら、もう片方の手でブラウスを二着もち、鏡の前でどちらにするかを考える。

支度を終えて、部屋を出る。ブラウンストーンのアパートメントの正面玄関を出て、階段をおりながら、顔なじみの郵便配達人に手を振る。「今日は請求書はないよ、ケイティ！」郵便配達人は言った。

なんだろう。目が覚めてからずっと、背後で軽快な音楽が聞こえているような気がする。たぶんどこかで耳にした曲が頭にこびりついて離れないのだろう。まあ、よくあることだ。

角を曲がり、行きつけのコーヒーショップに入る。「おはよう、ケイティ。いつもの、準備できてるわ」ウエイトレスが言った。彼女はカウンターの上からテイクアウト用のカップを取ってこちらを向いたが、そのままつんのめって、カップが宙に飛んだ。コーヒーまみれになった自分の姿が目に浮かんだが、一瞬早く、だれかの手がさっと伸びてカップをつかんだ。

「どうぞ」救世主はカップを差し出しながら、そう言った。目をあげると、ふたつの深いブルーの瞳がこちらを見ていた。その瞬間、時が止まったかのように思えた。瞬きをする。ハンサムな顔と黒い髪が目に入った。彼も同じように固まっている。続いて、現実が大きな音とともに戻ってきた。

「ごめんなさい、ケイティ！」ウエイトレスが駆け寄ってきた。赤毛のカーリーヘアの生え際まで顔が真っ赤になっている。「あたしってほんとドジなんだから。コーヒー、かからなかった？」

「大丈夫よ」わたしは言った。救世主の方を振り返ると、彼はもういなくなっていた。ああ、これでお礼すら言えなくなった。電話番号を訊くこともできなくなった。彼と結婚することも……。まあ、しかたない。そういう運命ではなかったということだろう。コーヒーをひと口飲む。「ん〜、完璧。ありがとう、ペリー！」

頭のなかのBGMは、いまの騒ぎの間、少し小さくなっていたが、いつもより若干遅れて職場への道を歩きはじめると、またもとのボリュームに戻った。道をはさんで書店の向かい側にある公園には、すでに常連たちが来ている。毎日そこでチェスをして過ごすふたりの男たちの姿も見える。ふと、デジャヴの逆のような奇妙な感覚にとらわれて、わたしは立ち止まった。前にも見たような気がする、というのではなく、前にも目にしているのに、はじめて見るような感じがするのだ。

書店を見あげながら、コーヒーを飲み干す。本に埋め尽くされた三つのフロア、併設のコーヒーショップ。ここで働きはじめたころは、まさに天国のような場所に思えたものだ。腰かけ仕事のはずだったが、いい転職先が見つからないまま、まもなく一年になろうとしている。ため息をつき、空になったカップを近くのゴミ箱に捨てると、道を渡り、店内に入った。

階段をのぼって二階のコーヒーショップへ行く。カウンターのなかに入り、エプロンをつけ、名札の位置を直す。「おはよう」同僚で親友のフローレンスが言った。「レギュラーとデカフェと本日のコーヒーは全部準備できてるわ。ベーカリーの方をやってくれる？ もう届いてるから」

「オーケー」わたしは言った。

フローレンスは瞬きをし、顔をしかめ、鼻をくんくんさせた。「あなたの息、コーヒーのにおいがする！」

「ブレスミント、食べた方がいいかしら」

「コーヒーショップに出勤する途中でコーヒーを飲んだの？」

周囲を見回し、近くに上司がいないことを確かめる。「ここのコーヒーがまずいことはあなたも知ってるでしょ？」

「わたしにとってコーヒーは全部まずいの。まずさの違いなんてわからないわ」

「だれにも言わないでよ」わたしはそう言うと、ベーカリーの箱を開け、パイやタルトをショーケースのトレイに並べはじめる。「でも、本当の話、うちは相場の半額で仕入れたペストリーをびっくりするような高値で売って、コーヒーもひどいものを出しているわ。それでも人は買うのよね。こういうところのはおいしいはずだっていう思い込みと、本屋でコーヒーを飲むのはおしゃれだっていうイメージのために」

フローレンスは保温ポットにレギュラーコーヒーを入れる。「この書店、わたしたちがいなかったら、とっくの昔につぶれてるわ。コーヒーショップがいちばんの稼ぎ頭なんだから。うそみたいな話だけど」

わたしは作業の手を止め、彼女の方を見た。「ねえ、こんな仕事のやり方してて、いつかバチが当たるって思うことない？　わたしたち、もっと意義のあることをすべきなんじゃないかしら」

「この書店の財政を支えてるのはわたしたちよ。ノーベル賞ものの貢献度だわ。書店にとって、わたしたちはまさに英雄よ」

「たしかに、そういう見方もできるわね。わたしたちは人々の教養を支えてる——。まあ、そう思ったところで、このコーヒーがおいしくなるわけじゃないけど」

開店時刻になり、わたしたちは雇い主の悪口を中断した。朝のコーヒーを求める常連客たちがどっと店内に入ってきた。思わず、カウンターの上に立って、もっとおいしいコーヒーとペストリーを出す店がすぐ近くにあることを大声で教えてあげたくなる。それでクビになるなら、それもいい。そうすれば、いやがおうでも新しい仕事を探さなくてはならなくなる。でも、次次に入るカフェラテの注文に追われて、誘惑に屈する暇がない。

朝のラッシュがようやく一段落した。ランチ時のラッシュまで、少しゆっくりできる。わたしはテーブルを片づけながら、客が残していった本をカートに積みあげていく。カウンターを拭いていたフローレンスが、ポットのひとつをのぞき込んで言った。「あと一杯分くらい残ってるけど、飲む？　いらないなら、捨てちゃって新しいのをつくるけど」

「それ、レギュラー？　それとも本日のコーヒー？」

「レギュラーよ」

「じゃあ、もらうわ」出勤前に摂取したカフェインはすでに切れている。それに、職場がコーヒーショップの場合、コーヒーブレイクに外へ出るのは簡単ではない。カウンターのなかに入り、客が置いていった新聞の求人欄に目を通しながら、焦げた味のコーヒーをすする。

「相変わらず仕事探し？」わたしが求人広告のひとつを丸で囲むのを見て、フローレンスは言った。「今度は実際に応募するの？　それとも、またなんだかんだ理由をつけて断念するの？」

「どのみち結果は同じよ」わたしはため息をつく。

フローレンスはタオルでわたしをぱしっとたたいた。「そんな態度の人にいいことなんか起こると思う？」

「態度は関係ないわ。いまじゃ面接を受けるチャンスさえないんだもの。とにかく、広告の仕事はまったくないの。もう一年も探してるのに」

「そうしてるうちに、だんだんここが居心地よくなっちゃったわけね」

「ここが？　居心地いい？　冗談はやめて。もちろん抜け出したいわよ、一刻も早く」

フローレンスは慎重に周囲を見回すと、わたしの方に身を乗り出してささやいた。「なら、ギアを入れ直して就活を再開した方がいいわよ。ネットでも、掲示板でも、使えるものはなんでも使って。どうやらここ、買収されるらしいから」

「買収？　大手チェーンのどこかに？」

「さあ、わからないけど、いずれにせよ、大規模なリストラがあるのは確実だと思うわ」

「でも、書店のまま営業を続けるなら、コーヒーショップは残すはずよ。あなたも言ったように、ここは稼ぎ頭なんだから」

「書籍販売はもはや成長産業とは言えないわ。買い手はただ不動産がほしいだけなんじゃない？」

わたしはため息をついてカウンターに突っ伏し、新聞に額をつけた。「ああ、もうこの際、ジョシュのプロポーズを受けて専業主婦になろうかな。仕事で成功するのは無理そうだもの」

「まあ、ロマンチックだこと」フローレンスは皮肉たっぷりに言った。「ジョシュにプロポーズされたなんて、わたし聞いてないわよ」

プロポーズされたときのことは、ぼんやりとしか覚えていない。実際に経験したというより、夢で見た出来事のような感じだ。「プロポーズと言っても、正式なものじゃないの。どっちかというと、提案みたいな感じ？　就職活動の話をしてたら、ぼくと結婚すれば仕事の心配はしなくてよくなるって言われたの」

フローレンスは胸の前で片手をぱたぱたさせる。「まあ、ステキ。涙が出そう」

「わかってるわよ、言いたいことは」彼女のわざとらしいリアクションに、思わず笑いながら言った。「一度、結婚の話題を出しておきたかったんだと思うの。前もって何も話し合うことなく、いきなりプロポーズする人なんていないでしょ？　機が熟せば、ちゃんとロマンチックなプロポーズをしてくれるわ」

「きみはダメ人間だけど、ぼくが食わせてやるから安心しろってね」

「彼はそういう意味で言ったんじゃないわ」頬が熱くなる。「それに、食べさせてもらうつもりなんて、これっぽっちもありませんから。ただ、少しの間プレッシャーから解放されて、本当にやりたい仕事をじっくり探せるのは、悪くないかなと思っただけ」

「店がなくなれば時間はたっぷりできるわね。ま、プレッシャーの方は増すだろうけど」

「店はなくならないわ」そうつぶやきながら、求人欄に視線を戻す。それに、ジョシュと結婚するのはそんなに悪いことだろうか。彼は頭がいいし、魅力的だし、経済的にも成功している。何より、人としてちゃんとしている。心臓が止まりそうになるようなロマンスなんて、しょせん映画のなかでしか起こらないこと。あとは、コーヒーショップのなか――。今朝の出来事を思い出しながら、ふと思った。あの深いブルーの瞳を見つめた瞬間、時が止まったように感じた。わたしにもついに運命の瞬間が訪れたのかと――。


　フローレンスの心配とは裏腹に、数日後、買収が成立したあとも、特に何かが大きく変わる気配はなかった。新しいオーナーから当面はこれまでの業務体制を継続するという通知があり、相変わらず同じような毎日が続いている。ジョシュがその後、結婚について口にすることはなかった。やはり、ただの冗談か、思いつきの発言だったようだ。ということは、いよいよ本腰を入れて就活に取り組まなければならないということでもある。

朝のラッシュのあと、客の流れが収まったところで、わたしはいつものように新聞の求人欄に目を通していた。フローレンスは休憩を取っている。「職探し?」だれかが言った。

顔をあげると、深いブルーの瞳が目に入って、またあの時が止まるような感覚におそわれた。あのときコーヒーショップで会った人? 顔をはっきり覚えていないので、なんとも言えない。青い目に出くわすたびにぼうっとしてしまうというのは、よくない兆候だ。それが意味することについては、あえて考えたくない。「いらっしゃいませ」わたしは新聞を置いて言った。

「ここのコーヒーはどう?」わたしが躊躇《ちゆうちよ》するのに気づいたのだろう。彼はにっこり笑って続けた。「正直なところ」

「そうですね……わたしの好みとはちょっと違うかもしれません。ここのは、その、少し強いというか……」

「豆を焦がしすぎ?」

「意欲的にローストされています」

「紅茶は?」

「紅茶はなかなかおいしいです。ティーバッグなので、セルフサービスになりますけど。その棚にいろんな種類が入っています」

「では、紅茶にするよ」

わたしがカップにお湯を注ぎはじめると、彼はカウンターに寄りかかって言った。「本と紅茶っていい組み合わせだと思うんだけど、書店に併設されたカフェでちゃんとした紅茶を出すところって、意外にないんだよね。どこもティーバッグしか置いてないんだ」

カップを渡すと、彼はティーバッグを選んだ。わたしは代金をレジに打ち込む。「紅茶のグレードをあげたら、スコーンのグレードもあげなくちゃなりません。つり合いが取れなくなっちゃいますから」そう言ってからすぐに、軽率な発言だったと思った。自分が売っている商品をけなしてどうするのだ。

「スコーンはおいしくないの？」彼は片方の眉をあげる。

「決してまずいわけではないんですけど、ただ、その、食べるよりも、テーブルがぐらつくときに脚の下に詰めるものとしてちょうどいいっていうか……。ベーカリーはおそらく、前日の売れ残りをもってくるんじゃないかと思うんです。わたしたちが気づかないとたかをくくって」

「じゃあ、スコーンはやめておこうかな」彼はそう言って、紅茶の代金を支払った。それから、求人広告に赤丸のついた新聞に向かって軽くあごをしゃくる。「まずいコーヒーとスコーンから逃げようとしてるの？」

「いえ、そういうわけじゃ……。ここはもともと、自分の専門分野で仕事が見つかるまでのつなぎのつもりだったんです。それが、当初の見込みより若干時間がかかっていて」ふと妙なことに気づき、新聞を見つめる。新聞の求人欄を見るのは、専門職を探すのにベストな方法だと言えるだろうか。

「どのくらい探してるの？」

会話の途中だったことを思い出す。「ええと、もうすぐ一年になりますね。自分で最初に一年と決めたんです。その期限まであと三週間です」

「期限がきたらどうするの？」

「たぶん、あきらめて街を出ます。じゃなかったら、結婚して専業主婦になるかな……」

彼はティーバッグをカップのなかに入れ、ぐるぐる回した。「夫を見つけるのは、仕事を見つけるのと同じくらい大変なことだと思うけど」カップを見つめたまま言う。

「ああ、そっちは大丈夫です……たぶん。正式なプロポーズはまだですけど、彼とは結婚についても話をしているので」

彼はもう一度、新聞に目をやる。「広告業界で探してるの？」

「ええ、クリエイティブではなくて、ストラテジーの方ですけど。実際に広告を制作するのではなく、どういうアプローチを取るべきか、ターゲットはどこにするかといった戦略を練る仕事です」

「なるほど、幸運を祈ってるよ」彼はにっこりしてそう言うと、ティーバッグをゴミ箱に捨て、店から出ていった。

「キュートね、いまの彼」休憩から戻ってきたフローレンスがエプロンをつけながら言った。

「そうね。それに、感じもよかったわ」

「そして、あなたに興味がありそうだった」フローレンスは片方の眉をあげて、にやりとした。

「わたしにはボーイフレンドがいるの。その話もしたわ。彼は単にわたしと会話をしてただけ。

紅茶だったから、ティーバッグが蒸れるまで待つ必要があったの。時間をつぶしてたにすぎないわ」だったらなぜ、わたしの頬はこんなに熱くなっているのだ。

「はい、はい」フローレンスはそう言うと、話題を変えた。「明日の朝、従業員全員出席の会議があるってこと、聞いた？」

「朝の何時？」

「八時。開店前にやるんだって」

「うそでしょう？」

「しかも、会議はここでやるそうよ。全員にコーヒーを出すそうだから、わたしたちは七時半には来て、準備しなくちゃならないわ」

「早朝出勤扱いにしてもらわなくちゃね」

「そんなこと、すぐにどうでもよくなるわ。新しいオーナーが全従業員を集めて話をするのよ。それが何を意味するかわかる？」

「今後の改革案について発表するんじゃない？」

「そう。つまり、書店を閉めて、もっと利益のあがる事業をやるってことよ」

「あなたって、つくづくペシミストね」

「リアリストって言って。書店での仕事はここが三つ目よ。今度こそなんとか大学院を卒業するまでもたせたかったのに」

「店は大丈夫よ」わたしは言った。本当にそう思っているのか、そう思いたいだけなのか、自分でもよくわからないけれど。

翌朝、いつものようにけたたましい目覚ましの音で目が覚めた。夢を見ていた。やけに生々しい夢だ。夢のなかで、わたしはまったく別の人生を生きている。危険な目に遭ったり、恐怖に身の縮む思いもしたけれど、一方で、達成感のような充実した感覚もあった。しばしベッドに横たわったまま、夢のなかのシーンや気持ちを思い出そうとしてみたが、あっという間に薄らいでいく。奇妙なことに、それでも夢のなかのイメージの方が、たとえば十日間にあったことの記憶より、まだ鮮明だった。アルツハイマーになるには、いくらなんでも早すぎる。もっとも、最近の記憶よりも昔の記憶の方が鮮明なのが、アルツハイマーの症状のはず。過去の記憶が時間とともにあやふやになっていくのは、ある意味普通のことだけれど、一年前の出来事だって、これよりははっきり思い出せていいような気がする。

ため息をつき、ベッドから出て、仕事へ行く準備を始める。服を着ながら、このアパートはなんて素敵なんだろうとあらためて思った。アッパーウエストサイドのブラウンストーンのアパートメント。いまだワンルームアパートに分割されることなく、一フロア全部が一世帯というぜいたくさだ。書店のコーヒーショップで働くわたしが、ルームメイトももたず、どうしてこんな場所に住めるのだろう。そのとき、特殊な事情で家賃が低く抑えられたこの夢のようなアパートを見つけたときのいきさつが、ぼんやりと脳裏に浮かんだ。ああ、そうか、そうだったわね。わたしはコートを着て、仕事に向かった。

今日は途中で不義理なカフェイン摂取を行う時間がなかったため、かすんだ目で書店の正面玄関の鍵を開け、よろよろと二階へ向かった。コーヒーショップのなかは、すでにテーブルと椅子が大学の講堂のように並べかえられていた。わたしはため息をつく。店を開ける前に、これをすべてもとに戻さなくてはならない。コーヒーの準備を始めたところで、フローレンスがベーカリーの箱を抱えて現れた。

「いつもより早いから、こっちから取りにいかなくちゃならなかったわ」

「ということは、今日のは焼きたてかしら」

「え〜、だとしたら困る〜。壁に絵を飾るから、釘を打てるくらい固いのが必要なのに」

従業員全員に行き渡るだけの皿とカップを用意すると、ひと足先にコーヒーをいただく。いれたてだというのに、相変わらずまずい。エプロンを外し、いちばん後ろの席に座る。書店のスタッフが続々と入ってきた。皆、早朝のミーティングに不満そうだ。内容についてあれこれ臆測する声が聞こえてくる。書店がどうなってほしいのか、自分でもよくわからない。仕事を失いたくはないけれど、そうなれば次へと動き出さざるを得なくなるので、この膠着《こうちゃく》状態を脱するためにはかえっていいとも言える。いつの日か、あれが転機になったと、今日のミーティングを感慨深く振り返るときがくるかもしれない。

コーヒーショップのなかがほぼいっぱいになったとき、各部署のマネジャーたちが入ってきて、前方の席についた。全員が着席したところで、見覚えのある男性が前に立った。「皆さん、おはようございます。今日は朝早くからありがとうございます。わたしはオーウェン・パーマー、この書店の新しいオーナーです」

昨日、店で会話を交わした客だ。そう、青い目をした黒髪のあの客。ああ、これでもうクビは確実だ。正直さが評価されて、首の皮一枚で解雇をまぬがれる可能性は……まあ、ないだろう。だれかが新聞を置いていってくれることを願う。いよいよ本腰を入れて求人欄をチェックしなければならなくなった。

新オーナーは、書店の営業を継続することを明言し、厳しい経済状況下で利益をあげるための改革案を発表した。店内のレイアウトをより独創的にすることや、チェーン店と違ってトップダウンの命令に従う必要がないことをいかに強みとして生かすかといったことが主な内容で、客が見つけやすいよう同じ本を店内の複数の場所に配置することなどが提案された。あっと驚くアイデアというわけではないけれど、実践している書店はそう多くない。ほかに、購入を迷う顧客にはどのような助言をするのが効果的かということや、推薦した本が購入に結びついた場合の賞与についても話があった。

話題がコーヒーショップの運営に移り、心拍数があがる。いますぐクビを宣告されることはないと思うが、〝ポジティブな顧客経験の提供〟について二、三、お説教があるのは避けられないだろう。「皆さんはお気づきかどうかわかりませんが、ここのコーヒーはひどいです」彼は言った。スタッフのなかに苦笑が広がり、わたしは身をすくめる。コーヒーがまずいのはわたしのせいではないけれど、彼はそういうふうに理解してくれるだろうか。「コーヒーショップは大幅にてこ入れする必要があります。まずはサプライヤをかえることから検討したいと思います」〝てこ入れ〟というのは、仕事中に求人広告をチェックしたり、客に向かってあからさまに店のコーヒーを批判したりするスタッフの解雇も含むのだろうか。しかし、彼が言及したのは提供する商品の質のことだけで、従業員についての話はなかった。おそらく、このあと個別のミーティングに呼んで、直接、解雇を言い渡すつもりなのだろう。

ミーティングが終了し、皆、それぞれのもち場へ、遅番のスタッフは自宅へと戻っていった。書店のスタッフたちは、早くも店内のレイアウトをどう変えるかについて興奮気味に話している。フローレンスとわたしは、彼らほど興奮していない。わたしたちの部門だけが、名指しでダメ出しされたのだ。もちろん、異論を唱えるつもりはない。わたしたち自身がここで飲食するのを避けるくらいなのだから。でも、オーナー自らが批判したとなると、先行きかなり不安だ。

急いで開店の準備を始める。開店と同時に、朝の常連たちがどっと入ってきた。この街ならもっとましなコーヒーショップがいくらでもあるだろうに、なぜ皆、わざわざまずいコーヒーと固くなった古いスコーンを出すこの店に来るのだろう。実際、わたしの通勤路だけでも何軒かいいカフェがある。朝のラッシュの間、オーウェン・パーマーはコーヒー一杯でずっと隅のテーブルに座り、客の流れを観察していた。

ラッシュが収まり、午前のコーヒーブレイクにやってくる客たちに備えて支度をしていると、オーウェンがカウンターにやってきた。「この店のコーヒー通はどっち?」彼は訊いた。

「彼女です!」フローレンスはわたしを指さしてそう言うと、肩越しにウインクしてどこかへ消えた。

「どっちだと訊かれれば、わたしだと思います。でも、決して通なわけではありません。ただ飲むだけです」わたしは言った。「彼女の方はコーヒー自体飲まないので。というか、そもそもカフェインの入っているものはまったく飲まないんです。信じられます？　彼女、大学院で勉強中なんですよ？」訊かれてもいないことをべらべらとしゃべり続ける。

「じゃあ、きみに新しいサプライヤの選択を手伝ってもらおう。ここの営業成績は悪くないけど、よりよいものを提供すれば、売上はさらにあがると思う」彼はそこで顔をしかめる。「それにしても、どうしてみんなここに来るのかな。この辺りなら、どのデリでももっとましなコーヒーを出すのに」

「彼らにとっては、書店のカフェでコーヒーを飲むのがかっこいいんですよ、イメージ的に」そう言ってから、しまったと思った。ボスに向かって思ったことをなんでも口にするのは賢明なことではない。彼の感じのよさのせいか、つい正直になってしまう。とんでもなく美男であるというのも、調子の狂う要因だ。ひょっとして、彼はあの朝、ダイナーで時間を止めた人なのだろうか。

「イメージは重要だからね」彼は言った。「実は、そのことについても、きみと話がしたかったんだ。少しの間、仕事探しを保留にしてもらうことは可能かな。書店のてこ入れにきみの専門知識を活用させてもらいたい。大手チェーンのひとつがこの近くに支店をオープンするという噂がある。彼らの店ができる前に、何かこの書店の存在を大きく印象づけることをしたいんだ」

「それじゃあ、わたし、クビじゃないってことですか？」

「クビにすべき理由があるの？」彼は可笑《おか》しそうに訊き返す。

「いえ、あの、そういうわけじゃないですけど」慌てて言う。「ただ、昨日のわたしは、必ずしも模範的な従業員という感じではなかったと思うので……」

「きみはここの商品について正直に意見を言ってくれて、よりおいしいと思うものを勧めてくれた」

「でも、仕事中に職探しをしてました」そう言ってから、またもやしまったと思う。いったいどうしたというのだ。この人にかかると、言葉の選択機能が働かなくなってしまう。

「従業員がここでの仕事に意義を見いだせないとしたら、あるいは、従業員の能力を最大限に生かすことができていないとしたら、それはぼくの責任だよ。ということで、今日の午後、サプライヤ候補回りにいっしょに来てもらえるかな。それと、今夜のディナーの予定は？」

「ディナー？」わたしはばかみたいに繰り返した。

「広告とマーケティングのアイデアについて話し合いたいんだ。店の外での方がやりやすいかと思って。通常業務以外のことに駆り出すわけだから、せめて夕食ぐらいはごちそうさせてもらうよ」

彼の口調はあくまでビジネスライクで、頭のなかに勝手に芽ばえたロマンチックな妄想をあっさり打ち砕いた。ふと、ジョシュのことを思い出す。そうだ、わたしにはボーイフレンドがいるのだ。しかも、今夜は彼とデートする約束になっている。「こ、今夜は——」慌ててつっかえながら言う。「ディナーの予定があるんです」

「じゃあ、明日の午後、ここでミーティングをもとう。明日はスケジュールにもう少し余裕があるから」彼はにっこり笑う。そして、頬がほんのり赤くなった。「コーヒーはぼくがおごるよ。もっとも、これはインセンティブにはならないかな」

「わかりました」やけに落胆している自分がいるが、それについてはあまり深く分析したくない。新しいボスに興味をもつなんて、まさに愚行の極みだ。

でも……。彼にはどうしても気になってしまう何かがある。

6

午後、わたしは自分でも驚くほどの不謹慎な興奮とともに、オーウェンと会社を出た。これはあくまで仕事。わかっているのに、まるではじめてのデートに出かけるような気分だ。長い間ずっと片思いをしていた人とのはじめてのデート。彼とは会ったばかりだというのに、いったいどういうこと？　加えて、また例のＢＧＭが復活している。だんだん自分の正気を疑いたくなってくる。頭のなかで常に自分用のサウンドトラックを流しながら生きている人は、あまりいないはず。今朝はラジオすらつけていない。この執拗な音楽はいったいどこからくるのだろう。書店で流れていたＢＧＭだろうか。

最初のコーヒー業者の店は、ドアを開けるなり、くらっとするような強烈なコーヒーの香りが鼻腔を刺激した。「においだけでカフェインハイになりそう」わたしはオーウェンにささやく。

オーウェンはにっこり笑い、笑った瞬間、瞳がきらっと輝いて、わたしはひざから力が抜けそうになった。なんてかわいいのだろう。だめだめ、彼はボスだ。自分に言い聞かせる。それに、わたしにはボーイフレンドがいる――結婚の話をもち出したこともあるボーイフレンドが。ひざから力が抜けるなんて、もってのほかだ。「一週間くらい眠れないかもしれないな」オーウェンは言った。「まあ、悪いことじゃないけど。いまは寝る間も惜しいくらいだからね」

ここの担当者は自分の仕事に相当なプライドをもっているようだ。お高くとまったワインの試飲会に来ているような気分になってくる。彼はワインにオークやレモンの香りをかぎ取るように、コーヒーに土とスパイスの風味を感じるようわたしたちを促す。一度、オーウェンと目が合ったとき、無性に可笑《おか》しくなって、お互い口に含んだコーヒーを吹き出しそうになった。わたしにはコーヒーの繊細な味わい方はわからない。おいしいと思うか思わないかだ。ただ、ひとつはっきりしているのは、〝グルメコーヒー〟を謳《うた》いながら一日じゅうポットに入れっぱなしだったような味のするコーヒーは願いさげだということ。ここのコーヒーは、うちの店で出しているものに比べれば明らかにおいしいが、これだと思うほどではなかった。幸い、サプライヤ候補はまだふたつ残っている。

そのあとは、またたく間に時間が過ぎていった。短いシーンが次々と連続していくような感じで、その間ずっと背後でBGMが流れていた。コーヒーを試飲し、顔をしかめたり、笑ったり、互いのメモを比べ合ったり、仕事とはいえ、終始楽しい時間だった。彼についてはまだ知らないことだらけだけれど、感じがよくて、ユーモアがあって、たくさんの情報をきちんと整理できる頭脳があって、自分の仕事に真摯に向き合っているということはよくわかった。

最後のサプライヤを出たときには、ふたりともカフェインの過剰摂取で若干ハイテンションになっていた。わたしは思いきって訊いてみる。「どうして書店を買おうと思ったんですか？いま、いちばん厳しい業界だと思うんですけど」

あまりに長いこと考えているので、出すぎた質問だったかと不安になりはじめたとき、彼はようやく言った。「ビジネス目的での買収かというと、必ずしもそうではないかもしれない。むしろ、歴史の保存のためって感じかな。子どもたちが昔の生活様式を学べる古い農場があるだろう？　あれと似たような感覚だよ」

「つまり、わたしたちは、校外学習でやってきた子どもたちに、かつて彼らのおじいちゃんおばあちゃんたちが読んだという〝本〟なるものを見せてあげるんですね？」

オーウェンは笑った。「まあ、そんなところかな。でも、どうせなら、それをもう一度イケてるものにできないかと思ってるんだ。たとえレトロ的な観点からだとしてもね。ネットで本を買う便利さには勝てないけど、本屋というものをときどき無性に足を運びたくなるような楽しい場所にすることはできるんじゃないかって」

「ロマンチストなんですね！」言ったそばから後悔する。上司に言うセリフとしては、いささか厚かましい。

表情を見るかぎり、オーウェンに気分を害した様子はない。彼はうなずいて言った。「そうかもしれない。理想の本屋というものにまだ出合ったことはないけど、頭のなかにイメージはあるんだ。そこは何時間いても飽きない場所で、オンラインでは決して検索し得なかった本に偶然出合ったりする。そして、それが新たなお気に入りの作家になったりするんだ。店の隅の居心地のいいコーナーに座って何ページか読んでみて、これはもって帰るべき本だと確信する。でも、家に帰るまで待ちきれない。それで、本を買ったら、そのまま店内のカフェでコーヒーを飲みながら続きを読む」

「そして、外は雨が降っている。午後じゅう本屋で過ごすには理想的な日……」わたしはうっとりしながら言った。書店で働くようになる前から、わたしもよくそんなシーンを夢想していた。

オーウェンはわたしの方を向く。「どうして雨のことを知ってるの？」

「本屋にいる自分を想像するとき、いつも外は雨なんです。クリスマスが近い時期をのぞいて。そのときは、雨のかわりに雪」

「経営計画に気象コントロールも加えたいところだね」彼は言った。「もし自在に雨や雪を降らせることができたら、顧客の大量確保につながるのにな」

彼のその言葉にふと奇妙なデジャヴを感じた。彼が雪を降らせる姿がなぜか容易にイメージできる。イメージはとても鮮明で、まるで実際に見たことがあるかのようだ。オーウェンの方を見ると、彼もわたしを見ていた。眉間にしわが寄り、いぶかしげな表情をしている。なんだかわたしと同じことを考えているように見える。

わたしたちはそれぞれ頭を振った。「今日はいっしょに来てくれてありがとう」オーウェンが気を取り直したように言う。「トップ三《スリー》の候補については、だいたい同じ意見のようだね。彼らがどんな提案をしてくるかを見て、最終的に決断しよう。次はベーカリーだな」

「いま仕入れているところも、出来たてであれば、そう悪くないと思います」

「ほかの仕入れ先を検討することで、彼らに揺さぶりをかけてみよう。そうしたら、出来たてが届くようになるかもしれない」書店の入口まで来ると、オーウェンは立ち止まって言った。「じゃあ、また明日。今夜は楽しんで」

「今夜?」そう訊き返してから、ジョシュとデートすることを思い出した。「ああ、ディナーですね。そうだ、そろそろ行かないと。それじゃあ、明日」予定がキャンセルになったので、ぜひディナーをごいっしょしたいと口走ってしまう前に、そそくさとその場をあとにした。

ジョシュの顔を見れば、なぜ彼に会いたかったのか思い出せることを願いながら、ディナーの場所へ急ぐ。しかし、彼の姿を目にしても、期待した喜びはわいてこなかった。たまたま同じタイミングで同じレストランに到着した見ず知らずの人という印象にすぎない。彼はそれなりにキュートだけれど、胸がときめくようなハンサムではない。まあ、そもそもわたしがそんなハンサムな男性を手に入れられるわけはないのだけれど。ジョシュは基本的にわたしを男にしたような人だ。典型的な隣の男の子タイプ。おそらく、〝あなたはとてもいい人ね。これからもずっと友達よ〟という類のセリフを何度も聞いてきたはず。わたしたちはまさに似合いのカップルだ。彼は信頼できる。決して浮気などしないだろう。これ以上何を望むというのだ。

レセプションエリアにいる彼の方へ向かいながら、なんとかうれしそうな表情をつくる。気持ちを少しでも盛りあげるため、出会ったときのことを思い出そうとしたが、何も浮かんでこない。わたしたち、どんなふうに出会ったんだっけ。そういえば、彼と過ごした時間についてほとんど思い出せることがない。ただ漠然としたイメージがあるだけだ。それも、夢か、あるいはテレビか何かで見た光景のようで、まるで現実感がない。ジョシュはわたしが呆然としてあいさつもせずにいることに気づく様子もなく、近づいてきて律儀にキスをすると、「ん、コーヒーのにおいがする」と言った。

腕をあげて袖のにおいを嗅いでみる。「わあ、ほんとだ。きっと体じゅうに染みついてるわ。もう当分、コーヒーには近づきたくないって感じ」

「いや、いいんだ」ジョシュは笑いながら言った。「コーヒーのにおいは好きだから。一日じゅうコーヒーばかりいれてたら、においもつくよ。今日は忙しかったの？」

「ううん、そうじゃないの。新しいボスといっしょにコーヒーのサプライヤを何件か回ったの。それで大量のコーヒーを飲んだわけ。ベーシックなものだけであんなにたくさん種類があるなんて知らなかったわ」いかにも大変だったような口ぶりで言ったが、実際はあんなに楽しんだのはいつ以来か思い出せないほど楽しい時間だった。ただ、ボーイフレンドにそんな話はしたくない。ふと、妙な気持ちになる。わたし、どうして隠そうとしているのだろう。「新しいオーナーがコーヒーショップを根本的に改善したいみたいで、それにはまずコーヒーを変える必要があるってことになったの」

「たしかにあれはひどいな」

彼の言葉に思わずかちんとくる。たしかに自分でいつもそう言っているけれど、ジョシュに仕事のことを悪く言われると、何か面白くない。理不尽なのはわかっている。でも……。「相当飲んだから、一週間くらい眠れないかもしれないわ」しかめ面にならないようあえてふざけてそう言ってから、ふと、いまのはオーウェンのセリフだったことに気がついた。

「じゃあ、デザートのときはカフェイン抜きのコーヒーだね」

「それさえ無理かも」

「なら、デザートワインで解毒しよう」

テーブルにつくなり、奇妙な感覚にとらわれた。なんだか見知らぬ人の前に座っているような感じがする。つき合って何カ月にもなるのに、まるではじめてのデートのようだ。互いに相手のことをよく知らないので、会話を始めようにも何を話していいかわからない。相手を知るための質問は、尋問のようになってしまう。そんな居心地の悪さが際立つファーストデート――。

「新しいボスはどんな人？」ジョシュが訊いた。

話題としてはしごく当然の選択だ。でも、しゃべり出したら止まらなくなりそうで、返事をためらう。「なかなか面白い人よ」とりあえず、そう言って軽く肩をすくめてみた。「書店を楽しくするための方法をいろいろ考えてるわ。人々がコンピュータを置いて出かけたくなるような場所にしたいって」

「ああ、時代遅れのじいさんか。eブックみたいなわけのわからんものはけしからんって輩だろ？」ジョシュは笑った。わたしはむっとしながら、オーウェンを弁護したい気持ちをぐっとこらえる。

「それが、けっこう若いの。三十くらいかしら。まあ、たしかにちょっと時代遅れではあるわね。でも、いい意味で。彼の描いている書店のビジョンはけっこう好きよ。それに、広告とマーケティングを手伝ってほしいって言われたの」

「それはきみの履歴にとってもいいことだね。小売業務のままじゃ、この一年を無駄に過ごしたことになったもんな。これで自分の専門分野で仕事をしたってことを明記できる」

またかちんときたが、それについては何も言わず、カゴからパンをひとつ取って小さくちぎる。「もし、面白いことをやらせてもらえるなら、このまま残るかもしれないわ。コーヒーを注ぐことにはそれほど情熱を感じないけど、ビジネス面で関われるなら、続ける価値があるかもしれない。オーウェンとはうまが合う感じだし」

ジョシュは口に含んだばかりのワインでむせそうになり、軽くせき込んだ。「ごめん、気管の方に入っちゃったみたいで」

「大丈夫?」

「ああ、大丈夫だ」ジョシュはそう言ったが、瞳にどこか怒りを含んだ警戒の色が見て取れた。ひょっとして嫉妬しているのだろうか。オーウェンについてはできるだけ淡々と話すよう気をつけたつもりだが、もしかすると少しやりすぎて、逆に何か隠しているような印象を与えてしまったかもしれない。

そのあと、ジョシュはほとんどしゃべらなかった。頭のなかで何か作戦でも練っているかのように、心ここにあらずといった様子だ。およそ彼らしくなくて心配になるが、何が問題なのか尋ねたところで話してくれそうな雰囲気でもない。デザートはパスして帰らせてもらおうと思っていたら、彼の方が先に同じことを切り出した。ジョシュは家まで送ろうとすらしなかった。レストランを出たところで形だけのキスをすると、何かに追われるようにそそくさと立ち去った。わたしはこんなデートのために、オーウェンとのディナーを断ったのだろうか。

翌朝、わたしにエプロンをつける暇さえ与えず、フローレンスが言った。「はい、話して。全部よ」

「ジョシュなら、プロポーズしなかったわ。それどころか、途中で急に態度が変になって、わたしが食べ終わらないうちにさっさと会計を頼んで、大急ぎで帰っちゃったわ」

フローレンスはぞんざいに片手を振る。「ジョシュのことなんかどうでもいいの。キュートな新ボスとの午後はどうだったかって訊いてるのよ。わたしの見たところ、あなたたちふたりは何か特別なものでつながってるわ」

「彼はただ、わたしをコーヒーの味見役として使っただけよ。毎日何百杯もコーヒーを出して、なおかつ自分たちのコーヒーがまずいことを認める人間は、コーヒーのエキスパートってことになるらしいわ」

「へえ、それだけ？」フローレンスは片方の眉をあげる。「広告の方も手伝うよう言われたんじゃなかった？」

「まあ、そうだけど、そっちはまだ何もしてないから、報告するようなことはないわ」

「午後じゅういっしょにいて、コーヒー以外のことはまったく話さなかったの？」

「彼が書店についてどんなビジョンを描いているのかはわかったけど……。彼、本屋のあり方について、けっこうロマンチックな理想をもってるの」

「ちょっと、いま、ロマンチックって言ったわね」フローレンスはからかう。

「そうじゃなくて！　彼には本屋で過ごす完璧な雨の日っていうイメージがあって、それを人に提供したいと考えてるのよ」

「〝本屋で過ごす完璧な雨の日〟ねえ。それとまったく同じセリフ、前にあなたから聞いたわよね。なんだかあなたたちふたり、出会うべくして出会ったって感じじゃない？」

本来なら、ここははにかみながら懸命に否定するところだが、わたしはふと考え込む。「たしかに、彼のことはなぜかもっと前から知っているような気がするの。いっしょにいて不思議なほど楽っていうか……」

「ということは、しばらく求人案内に丸をつける作業はお休みってこと？」

「もし、書店のリニューアルを手伝わせてもらえるなら、就職活動のとき、その経験を自己アピールの材料にできるわ。だから、そうね、しばらくの間、職探しはお休み」話はこれでおしまいということを強調するために、ベーカリーの陳列ケースを勢いよく閉める。

フローレンスはまったくひるむことなく、話題を変えた。「ところで、ジョシュとはどうなったの？」

「別にどうにもならないわよ」

「だから、そのことを言ってるの。さっきの話じゃ、全然デートって感じじゃないじゃない」

「会うたびにシャンペンだのバラの花束だのが登場する必要はないわ」

フローレンスは腕組みをする。「彼とのデートで、これまで一度だってシャンペンだのバラの花束だのが登場したことあった？」

ふたたび、わからないという奇妙な感覚にとらわれた。最近二回のデートについては記憶があるが、それらはいずれも孤立した出来事で、ほかの記憶と関わり合っていない。「そもそも、わたしはシャンペンとバラの花束ってタイプじゃないわ。どっちかというと、ミルクとクッキーよ」

「もし、彼がクッキーなら、まさにこの店で売ってるクッキーね。ああ、そうそう、昨日のシュガークッキーが残ってたから、階段横のあのぐらぐらするテーブルの脚に詰めておいたわ」

ボーイフレンドを侮辱されたら、やはり反論しなければならないだろう。わたしはほとんど義務感から、両手を腰に当てて言った。「ジョシュについて何か文句があるの？　前に確認したときには、あなた、彼とはつき合ってなかったはずだけど」

「あなたはなぜ彼とつき合ってるの？　妥協する必要なんてないのよ。海にはたくさん魚がいるんだから。たとえば、新しいボス、〝ミスター青い瞳《ブルー・アイ》〟とか」

彼女の目をまっすぐ見返せない。ジョシュとつき合っている理由が自分でもわからないことを見透かされそうで——。もう、何がなんだかわからなくなってきた。すべてはあの妙な夢のせいだ。青い目をした黒髪の男性といっしょに魔法を使うモンスターたちから逃げ回る夢——。

うそ、ちょっと待って。わたし、ボスの夢を見てたってこと？　思わず天を仰ぐ。どうしよう、これでますます平常心で彼に会うのが難しくなってしまった。

ランチのあと、オーウェンがバインダーの束と二冊のノートを抱えてコーヒーショップに現れた。「手が空いていたら、マーケティングの案について話し合えないかな」彼は言った。「ここでやろう。カフェの方できみが必要になったとき、すぐ手伝いにいけるからね」

「わかりました」わたしは言った。顔が赤くなっていないことを祈る。ウインクするフローレンスをにらみつけながら、オーウェンのあとについてだれも座っていない大きなテーブルへ向かう。オーウェンはテーブルの上にバインダーを置くと、わたしのために椅子を引いた。

並んで席につくと、オーウェンはバインダーのひとつを開いた。そして、事業計画の内容について、全体ミーティングのときよりさらに詳しく説明すると、こう言った。「この店で本を見て回るのがいかに楽しいかということを人々に知ってもらって、口コミで評判が広まるようなきっかけをつくれないかと思ってるんだ。発見の喜びっていうのかな。偶然目にしなかったら決して読むことのなかった本との劇的な出合いを、皆に体験してもらいたい」

彼の様子に見とれて、話の内容について考えるのを忘れそうになった。自分のビジョンを語るオーウェンは、目が輝き、実にいきいきしている。昨日はロマンチストだとからかったりしたけれど、彼は自分の仕事に対して本当に熱い思いをもっているようだ。人生のほかのことがらにもこんなふうに情熱を注ぐのだろうか。急に頰が熱くなり、慌ててバインダーで顔を隠す。ミーティング中に上司の私生活を夢想するなんて、まったくどうかしている。

「人々にその喜びを発見してもらうには、まずは書店に来てもらう必要があります」わたしは言った。声がやけに大きい。若干うわずってもいる。ひと呼吸置いて、なんとか気持ちを落ち着かせる。「本を複数のセクションに配置するというのは、言葉にするとさほど新しい感じはしませんけど、店内を歩きながら実際に目にすると、そのユニークさがよくわかると思います。何かイベントが必要ですね」学生時代、授業でこの種のプロジェクトに取り組んだときのことを思い出しながら、しばし考える。「そうだ！」わたしは顔をあげた。「本のスカベンジャーハント（リストに書かれたものを制限時間内に探してくるゲーム）はどうでしょう。新装開店パーティを開いて、アクティビティのひとつに本のスカベンジャーハントをやるんです。リストアップした本をお客さんたちに書棚から探し出してもらうことで、チェーン店の画一的なルールではなくより直感的なアプローチに基づいてレイアウトされた店内は、本がいかに見つけやすいかということを、身をもって体験してもらうんです」

「それ、いいね！」オーウェンはノートにメモを取りながら言った。「これなら口コミでの広がりも大いに期待できる。そうだ、リニューアルしたコーヒーショップから、飲み物とスナックを出そう」

その後、イベントについてさらにアイデアを出し合い、告知の方法についても検討した。久しぶりに自分の専門分野で知恵をしぼって、さびが剝がれ落ちていくような気分だ。こんなに楽しいミーティングはいつ以来だろう。わたしが口にしたばかげたアイデアにふたりして大笑いしていたとき、だれかの声がした。「ずいぶん楽しそうだね」

顔をあげると、ジョシュがテーブルの横に立っていた。「あ、ハーイ」わたしは言った。「どうしたの？　珍しいわね」

ジョシュはかがんでわたしの頰にキスをする。「ちょっとガールフレンドの顔を見ていこうと思ってね。いま、少し時間ある？」

オーウェンの方を見ると、彼は言った。「この辺で休憩を入れようか」

紹介がまだだったことに気づく。「オーウェン、ボーイフレンドのジョシュです。ジョシュ、こちらはオーウェン。書店の新しいオーナーよ」ふたりはあいさつを交わす。どちらの反応を見るべきか迷ったが、ジョシュがどう思ったかはこのあとすぐにわかるはずなので、とりあえず、オーウェンの方に注目することにした。オーウェンはジョシュに対し、まったくふだんどおりの感じのよさで接している。相当な拡大解釈をしても、嫉妬を示すようなものはいっさい見つかりそうにない。やはり、すべては仕事ということのようだ。

一方、ジョシュの方は内なる野性を目覚めさせたようだ。彼が不機嫌であることは顔を見なくてもわかる。緊張と反感が体全体から放射されている。意外だ。いままで彼が嫉妬深いタイプだと感じたことはない。もっとも、嫉妬しなくてはならない理由も特になかったのだけれど。少なくとも、ふたりのつき合いに関するぼんやりした記憶のなかに、そういったエピソードは存在しない。

オーウェンは携帯電話を取り出しながら、席を外した。休憩になったらメッセージをチェックして折り返し電話をかけることをあらかじめ決めていたかのように。わたしはジョシュの敵対心に気づかないふりをして言った。「昼間に会いにきてくれるなんて、ちょっと特別な感じでうれしいわ」

「あれが新しいボス?」

「そうよ。いろいろ面白いアイデアをもってるの。案外、本当にここを立て直してしまうかもしれないわ」ジョシュの怒りに満ちた視線をたどって、店の隅で電話をしているオーウェンの方を見る。「ひょっとして、高校のとき彼にぼこぼこにされたとか?」

ジョシュは目をぱちくりさせてわたしの方を見た。「え?」

「なんだか会うなり敵意むき出しって感じだから。知らない人が見たら、嫉妬してると勘違いするところだわ」

ジョシュは口を開けて、そのまま閉じ、頭を振ると、椅子を引いて腰をおろした。「彼とは関係ないよ」あまり説得力のない口調で言う。「ただ、きみはようやくこんなところで足踏みするのをやめて、本当にやりたい仕事を探す気になってたじゃないか。それなのに、彼が現れたせいで、またここにとどまろうとしている。彼のせいで、きみは横道にそれようとしてるよ」

「ついこの前、ぼくが面倒見るから仕事なんかやめればいいって言ったのは、どこのどなただったかしら」あえて冗談めかして言う。そして、緊張しながら反応を待つ。返事によっては、この瞬間がわたしの人生の大きなターニングポイントになるかもしれないのだ。

「それは、プレッシャーを少しでも軽減できたらと思ったからだよ。きみはときどき、自分で自分の邪魔をしているように見えることがある。まるで成功するのを恐れているみたいに」ジヨシュは気持ちを落ち着かせようとするかのように、大きく息を吸い、ゆっくりと吐いた。

「でも、今日来たのは、それを言うためじゃない。ゆうべのことを謝りたくて来たんだ。あんなふうに突然帰ってしまって、かなり印象悪かったよね。実は、急に気分が悪くなって、できるだけ早く家に帰りたかったんだ。その、食事中に話すのにはおよそ適さない類の症状でさ。だから、きみのせいだとか、何かに怒って帰ったとか、そういうことではまったくないんだ」そう言うと、ジョシュは笑った。「でも、突然職場に現れて、きみの上司の前でオスの本能をむき出しにしたんじゃ、まったく意味ないよね」

彼との交際に疑問を抱いたことが急に申しわけなくなった。「いいのよ、そんなこと。気にしないで。それより、もう具合はいいの?」

「ああ、すっかり。料理のなかに何か合わないものがあったのかもしれないな。きみは大丈夫だった?　食中毒みたいな症状だったけど」

「ええ、わたしは平気」

「じゃあ、やっぱりぼくの食べたものがよくなかったのかな。埋め合わせをしたいんだけど、今夜はどう?」

「それなら明日の夜にしない?　もう一日大事を取った方がいいわ。それに、今夜はフローレンスと映画に行く約束をしちゃってるの」

わたしが辞退したとき、ジョシュは一瞬、顔をこわばらせたが、フローレンスの名前が出ると、すぐにほっとしたようにほほえんだ。ジョシュは彼女の方を向き、目が合うと、にっこりして手を振った。フローレンスのフレンドリーな反応を見れば、彼女が日ごろわたしを別の人とつき合わせようとしているとは、だれも思わないだろう。そのとき、妙なことが起こった。わたしはフローレンスの方を向いていたので、はっきりと見たわけではない。でも、視界の隅でジョシュが彼女に向かってかすかにうなずくのがわかった。まるで何かの合図のように――。すると、フローレンスの顔から笑みが消え、別人のような真剣な表情になって、彼女もまたうなずいたのだ。あり得ないことだけれど、まるで何か陰謀でも企てているのかと思うような光景だった。

7

オーウェンとわたしは、そのあと午後いっぱい、スカベンジャーハントの詳細について話し合った。途中、わたしにヒナギクの花束が届いて、一度だけミーティングが中断した。贈り主はジョシュで、添えられていたカードには、映画を楽しんで、ということと、きみのことを考えている、という内容のメッセージが書かれていた。

「優しい彼だね」オーウェンは穏やかに言った。「どのくらいつき合ってるの？」

答えようとして、わからないことに気がついた。つき合いはじめたころの記憶は漠然としている。「そうですね、もう、けっこうたつかな……」あいまいに答える。その直後、答が頭のなかに現れた。「ほぼ一年になります」

「じゃあ、真剣なんだね」

「ええ、まあ、そうですね」わたしはしぶしぶ言った。そして、自分がそんなふうに感じていることに驚いた。でも実際、真剣という言葉はどうもしっくりこない。少なくとも、わたしの側は――。だいたい、いっしょにいるとき以外、彼が存在することすらほとんど忘れているし、ふたりのつき合いについて何か具体的なことを思い出そうとすると、いつも苦労する。詳細を思い出せる唯一のデートは、昨日のデートだ。それ以前のことはすべて、まるで他人に起こったことのように感じられる。一方で、オーウェンに関することはどんなことでも鮮明に思い出せる。まだ知り合って二日しかたっていないのに――。これはあまりいい兆候とは言えない。

店を遅番のスタッフに引き継ぐ準備をしているとき、フローレンスが言った。「ねえ、やっぱり映画館に行くのはやめて、家でのんびりしない？　今日はもう人が大勢いるところには行きたくないわ。一日に対処可能な人数の限度を超えちゃったって感じ。帰りに何かテイクアウトして、家でビデオでも観ましょうよ。その方がゆっくり話もできるし」

「いいわよ。あなたの家に行く？　それともうちに来る？」

「あなたのアパートがいいな。その方が近いし、居心地もいいから」

わたしたちは、わたしが毎朝コーヒーを買うダイナーに寄り、カウンターでテイクアウト用にハンバーガーを注文した。ウエイトレスのペリーはオーダーを厨房に回すと、カウンターに寄りかかってわたしたちとおしゃべりを始める。「今夜はガールズナイト？　コレステロールたっぷりの夜になりそうね」ペリーはにやっとして言う。

「ふだんは豆腐が主食なんだけど、たまには自分を甘やかすことも必要でしょ？」フローレンスが言った。

「あなたの場合、ふだんあれだけケールを食べてるんだから、ハンバーガーの一個や二個、まったく問題ないわ」わたしは言った。「あ〜あ。わたしは何を言いわけにしたらいいかしら」

「ハードワークのご褒美よ」フローレンスが言った。「しかも、いまはふたつの仕事をかけもちでしょ、新しいボスのせいで」

「ふたつ?」ペリーが訊く。

「そんなに大変なわけじゃないわ」わたしは言った。「コーヒーショップが空いてるときに、少しばかりマーケティングのアイデアを提供してるだけだもの」

「このボスっていうのが、なかなか素敵なのよ」フローレンスが続ける。「彼との仕事は必ずしも労働じゃないわね。彼、たぶんケイティが好きよ」

　ペリーは興味津々という顔でカウンターに身を乗り出す。「そうなの?」

「違うわよ」わたしはやれやれというように目玉を回す。「ジョシュが現れたときも、彼から花束が届いたときも、嫉妬らしい感情はまったく見せなかったもの」

「ふーん、嫉妬するかどうか見てたんだ」フローレンスがからかう。

「現状を正確に把握するためよ。早めに手を打っておくべき状況があるかどうか見極めたかったの。ボスが彼氏に嫉妬するようなことになったら、仕事がやりにくいでしょ?」ふと、彼にどのくらいつき合っているのか訊かれたことを思い出す。でも、あれは単に会話の流れで出た質問で、特別な意味はないはず。フローレンスをいたずらに喜ばせるようなことは、あえて言わない方がいい。

「バーガー、あがったよ!」厨房から声がかかり、ペリーがわたしたちの夕食を取りにいった。

「じゃあ、楽しんでね。そのボスの件、アップデート待ってるわ」ペリーはハンバーガーの入った紙袋を差し出しながら言った。

アパートに帰ると、フローレンスがわたしのDVDコレクションを調べている間に、わたしはキッチンで皿と飲み物を準備した。リビングに戻ると、ちょうどフローレンスがプレーヤーにDVDを挿入しているところだった。「上質なロマンチックコメディこそ、まさにいまのわたしたちに必要なものよ」ソファに腰をおろしながら、彼女は言った。

映画は、ヒロインが軽快なポップソングをBGMに、職場に向かって歩いているシーンで始まった。スクリーンにはオープニングクレジットが表示されている。なんだか気味が悪いほど既視感のある光景だ。「ねえ、こんなふうに感じる日ってない？　後ろで本当にサウンドトラックが流れてるような気がするの」フローレンスが言った。冗談を言っているのだろうと思って彼女の方を見ると、いたってまじめな顔をしている。

「そうね、あるかも」わたしは肩をすくめた。たしかに、オープニングのこのシーンは、最近の出勤時を強烈に連想させる。

映画はおなじみの展開になっていく。ヒロインは明らかに不似合いなボーイフレンドとつき合っていて、そこへ彼女にとってまさに理想的な男性が現れる。「ときどき、この子たちの頭を引っぱたいて、目を覚ませって言ってやりたくなるわ」フローレンスはいらいらしたように頭を振った。「どう見ても、つき合う相手が違うでしょ」

「そうかしら。このボーイフレンド、そんなに悪くないと思うけど」なぜわたしは彼を弁護しているのだろう。わたしだって彼とつき合いたいとは思わない。

「つまんない男じゃない。彼女にとって、彼はただのキープなのよ。いわば安全パイね。彼との関係は楽かもしれないけど、いっしょにいて成長する相手じゃないわ」

「ねえ、わたしに何か言いたいわけ?」

フローレンスはおどけたように両手をあげて降参のポーズをする。「映画の話をしてるだけよ。まあ、現実の世界なら、彼女は即座にボーイフレンドを捨てて、その素敵な彼の方へ行くわね。ぐずぐず彼氏とくっついてるのは、そうしないと世にも短い映画になっちゃうからよ。理想の人が現れて、間違った人と別れて、はい、おしまい。めでたし、めでたし」

彼女は否定したが、どうも映画の話だけには聞こえない。ヒロインは予想どおり、素敵な彼の方とより多くの時間を過ごすようになり、バラードをBGMにロマンチックなシーンをいくつもつなぎ合わせるおなじみの手法で、ふたりが恋に落ちていく過程が描かれていく。映像を見ながら、思わずぞくっとした。最近、まさにこういう感じを体験している。ジョシュとの思い出を振り返るとき、そしてオーウェンといっしょに過ごすときの感覚が、まさにこのモンタージュ技法なのだ。

「どうかした? なんだか顔色がよくないけど」フローレンスがわたしをつついて言った。

わたしは頭を振る。「最近、何度かモンタージュ技法みたいな時間があったなと思って。それにしても、どうして楽しいことはモンタージュ技法で過ぎていくのに、職場での退屈な一日はそうならないの?」

フローレンスは笑ったが、目は奇妙に真剣だった。映画のエンディングで、彼女は言った。「ほらね、やっぱりこうでなくちゃ。彼女は自分の過ちに気づいて、運命の人のもとへ走っていくのよ」

「でも、それをウエディングドレス姿でスクーターにまたがってやる必要がある？」

「重要なのは、彼女がそれを実行したってことだわ。たとえどんなに間が悪くても、はた迷惑でもね。やるべきことに気づいたら、つべこべ言わずにやるのよ」

わたしは片方の眉をあげて、フローレンスを見る。「あなたの言いたいことはわかったわ。安全パイのジョシュなんかとくっついてたら、オーウェンとの素晴らしい可能性を逃してしまう、でしょ？　でもね、現実はロマンチックコメディの映画とは違うの。現実の世界では、安全な男性がベストなのよ」

「モンタージュ技法みたいな日々を過ごしてるって言ったのは、あなたよ」

「冗談で言ったのよ！　モンタージュ技法で生きてる人なんていないわ。わたしたちは人生を生きてるの」

「これを人生と呼ぶならね」フローレンスは後片づけを手伝ってくれたあと、帰り際、わたしの肩に手を置いて言った。「わたしはただ、あなたにベストな選択をしてほしいだけなの。わたしはいろいろ間違いを犯したわ。結局、離婚届も書いた。だから言うの。むやみに急いじゃだめ。自分が何を求めているのか、しっかり考えて」

「ウエディングドレスでスクーターに乗るはめにならないように？」

「そういう趣味がないかぎりね。じゃ、また明日」

フローレンスが帰ったあと、わたしはひとり彼女の言ったことについて考えた。映画のヒロインは友人たちのアドバイスをことごとく無視した。わたしは自分がそういうタイプだとは思わないが、考えてみたらフローレンス以前の友達をひとりも思い出せない。ジョシュ以前のボーイフレンドもだ。一週間以上前の記憶は、いくつかの重要な出来事以外、すべてが霧に包まれたようにぼんやりしている。むりやり思い出そうとすると、壁に突き当たる。アパートには家族の写真があって、彼らが自分の家族だということはわかる。でも、スクラップブック数ページ分の記憶以外、彼らとの思い出が何も浮かんでこない。まるで、店がなくなるかもしれないとフローレンスに言われたあの朝以前、わたしは存在していなかったかのようだ。まるで、これは自分が主人公を演じている映画で、当の本人がそのことに気づいていないかのような……。

わたしは頭を振った。今夜はワインを飲みすぎたようだ。

続く二週間はあっという間に過ぎていった。その間の出来事は、それこそ映画のモンタージュ技法のようなさまざまなシーンの寄せ集めという感じでしか記憶に残っていない。書店でオーウェンと仕事をしている場面。ちょっとしたはずみで体が触れ合うことが何度もあって、そのたびにお互い必要以上に意識してしまったこと。ジョシュとのディナー、公園でのロマンチックな散歩。奇妙なのは、これらがすべて実際に体験した出来事とは思えないことだ。むりやり頭のなかにインプットされた記憶みたいで、実感がない。フローレンスと映画を観たのがまるでゆうべのことのようで、それ以外はすべて夢で見ただけのようにすら感じられる。

そろそろ専門家のカウンセリングを受けることを検討すべきだろうか。

そんなことを考えながらも、さまざまな準備を経て、いよいよリニューアルオープンの前日となった。通常より早く店じまいし、スタッフ全員で新しいパネルの設置や本の移動に取りかかる。愛書家たちが何時間でも飽きずに過ごせる場所への大改造だ。今日はBGMについて不安を感じる必要はない。店内のサウンドシステムであることがわかっているから。差し入れに、新しいサプライヤから仕入れたコーヒーと甘いものを用意した。店内は早くもパーティらしい雰囲気に包まれている。

手のなかでパネルの束をより分けながら、サイエンスフィクションのコーナーへ行く。「はい、アール。これよろしくね」そう言って、SFセクションの責任者にパネルを数枚手渡す。彼はひょろりとした長身の若者で、エルフを思わせる風貌をしている。耳の先はとがっていないが、とがっている方がいかにもしっくりきそうだ。「ひとつはエンドディスプレイ用で、あとのふたつは棚の上につけるもの。あとでシェルフトーカー（棚から少し飛び出すように設置できるポップ）ももってくるわ」立ち去りかけて、思わず彼の方を二度見した。前にどこかで会っている気がする。わたしは頭を振った。あたりまえじゃない、ここでずっといっしょに働いてるんだから。彼は休憩時間になると、必ずコーヒーショップに来てエスプレッソを飲んでいく。

明日の準備が調い、スタッフたちは帰っていったが、オーウェンとわたしはスカベンジャーハントの手がかりを隠すために店に残った。わたしはこのときを一日じゅう待っていた。そして、おそらく少し恐れてもいた。いずれにせよ、脈がはやくなり、心臓がどきどきしている。

わたしが彼に熱をあげているというフローレンスの指摘は、結局、正しかったのかもしれない。もちろん、だからどうということはない。一時的にのぼせているだけ。無害なものだ。

サウンドシステムから流れる音楽が四〇年代のスタンダードジャズにかわった。改装した店内のレトロでノスタルジックな雰囲気にぴったりだ。突然、照明が暗くなり、わたしは跳びあがった。「ごめん、驚かせて」オーウェンがそばにやってきた。「外からまる見えっていうのもよくないと思って」そう言って、色つきのインデックスカードの束を差し出す。「それじゃあ、始めようか」

本のリストを手に店内を歩きながら、本にカードをはさんで棚に戻すという作業を繰り返していく。リストをつくったのは自分たちだけれど、それぞれの本について、どの棚へ行くべきか、どのセクションが最もふさわしいかを、参加者と同じ目線でそのつど考える必要がある。わたしたちは書棚の迷路を子どものように行ったり来たりした。視界の隅で、いまにも本たちが書棚を飛び出し、踊り出しそうな気がする。ときどき空想してみる閉店後の夜の本屋のように。

「ああ、ここだ」オーウェンは書棚から次の本を引き出し、ページを開いた。わたしがそこにカードを入れると、彼は本を閉じてもとの位置に戻し、動かしたことがわからないよう、その列をきれいにならす。それから、わたしをちらりと見ると、書棚の方に向き直って言った。「妙なこと訊いていいかな」

ごくりと唾をのむ。妙なことってなんだろう。何か個人的な質問？　ジョシュのこと？　それとも、わたしたちの間に起こりつつあることについて？「……はい、どうぞ」

「最近、変なデジャヴを感じることはない？　つまり、だれかに会って、なんだか知ってる人のように感じる。でも、知ってる人のように感じて当然なんだ、知り合いなんだから。でも、知ってるように感じるのはそれが理由ではないように思えてならない」

「あなたも？」思わず声がうわずる。「実は、最近、何度もそういうことがあるんです」そう言ってから、少し躊躇《ちゅうちょ》する。下手に話して精神病院送りになったら洒落にならない。でも、これはもともと彼の方が始めた話だ。「ちなみに、記憶の一部が夢で見たことのように思えることはありません？　あるいは、見どころのシーンだけをつなぎ合わせたような感じで時間が過ぎていくことは？　映画のモンタージュ技法みたいな感じというか。しかもサウンドトラックつきで……」

オーウェンは顔をしかめて唇をなめる。「いや、そういうことはないな。でも、記憶の感覚についてはわかる。三週間以上前のことは、すべて現実感がない。それと、夜寝て朝起きるまでの間に一週間以上たってしまったような錯覚を覚えることがある。その間に起こったことは一応覚えているんだけど、実際に体験したような気がしないんだ」

わたしは思わず声をあげて笑い、自分でもさすがに狂人っぽいと感じて、すぐに口をつぐんだ。「よかった、わたしは狂ってなかったのね。もし狂ってるんだとしたら、とりあえずわたしひとりが狂ってるわけじゃないってことだわ」

「隔離病棟でルームメイトになれるかな」オーウェンはにやりとして言う。そしてふたたび真顔になった。オーウェンはひとつ大きく息を吸うと、ささやくように言った。「実は、もうひとつ妙なことがあるんだ」

「なんですか？」

「ぼく、魔法が使えるみたいなんだ」

「魔法？」そんなばかなと言おうとしたが、これはわたしたちが最近経験していること以上にばかげたことだろうか。

声のトーンが先にばかなと言っていたのだろう。彼は弁明するように言った。「オフィスにいたとき、必要なバインダーが棚の上にあることに気づいたんだ。立ちあがって取りにいくかわりに、バインダーの方がこっちに来てくれたら楽なのにと思ったら、本当にバインダーが飛んできて机の上にのったんだ」

「きっとこの書店には幽霊がいて、あなたのお手伝いをしたかったんじゃないかしら」冗談のつもりで言ったのだが、あり得るような気もしてきた。

「見てて」オーウェンは言った。「次の本があるのはあの棚だ」通路の向こう側を指さし、手首をさっとひねる。すると、本が書棚から飛んできて、彼の手のなかに収まった。

わたしは小さく悲鳴をあげて、後ろに飛びのいた。「うそでしょ……？」息をのみ、なんとか言葉を発する。わたしが震える手で本のなかにカードをはさむと、彼はふたたび本を飛ばしてもとの位置に戻した。「ほかにも何かできるんですか？」

オーウェンは片手を出す。すると、手のひらに淡い光が灯った。光は球状になり、そのまま上昇していく。

「信じられない……」わたしはかすれた声で言った。「これってあなただけなのかしら。それとも、みんなができること?」試しに、彼がやったように片手を出し、光が灯る様子をイメージしてみる。すると、オーウェンのほど明るくはないが、手のひらに光の玉が現れた。わたしは光の玉を放《ほう》りあげ、彼の放った光の横に並ばせる。「すごい、わたしも魔法が使える!」無性に可笑《おか》しくなって、笑いながら言う。

「そうだね」オーウェンは顔じゅう笑みになって言った。「ぼくらはふたりとも魔法使いらしいな。どうりでうまが合うはずだよ」

わたしたちは仕事を再開した。書棚から書棚へと移動するわたしたちのあとを、ふたつの光の玉がついてくる。わたしは彼ほどうまく本を飛んでこさせることはできない。ターゲットの本までかなり近づかなくてはならないし、時間もかかる。日常生活で活用できる裏技にはなりそうにないが、遊びでやる分には楽しい。

最後の本にカードをはさみ、オーウェンにもとの位置へ飛ばしてもらう。それが終わると、彼の笑顔がいたずらっ子のそれに変わった。オーウェンは片手をあげ、光の玉を指さす。すると、ふたつの玉がいきなり花火のように炸裂し、色とりどりの光のシャワーが降り注いだ。わたしたちが走り出すと、光は大きく渦を巻きながらついてくる。オーウェンはときどき光の一部をわたしの方に投げ、わたしはそれを彼に投げ返した。まるで、相手に触れないままダンスを踊っているようだ。

オーウェンはふたたび天井に向かって片手を振る。すると、今度は雪が降ってきた。わたしは宙に舞う雪片を舌で捕まえようとジャンプする。雪は舌に触れる前に消えた。「雪の日に本屋で過ごすのが好きだって言ってたよね」オーウェンが言った。

「でも、普通はそれ、外が雪の日って意味になりません？」わたしは言った。「そうだ、窓のすぐ向こう側にだけ雪を降らせたら、きっとみんなを長居させることができるわ」

「なるほど、いいアイデアだ」オーウェンは言った。「さてと、ほかには何ができるかな」手首をさっとひるがえす。店内のＢＧＭがさらにスローでロマンチックなナンバーにかわった。オーウェンは片手を差し出す。「踊る？」

　わたしは前に踏み出し、彼の腕のなかに入る。魔法の雪が舞い、頭上で花火がはじけるなか、わたしたちは踊った。体のなかを駆け抜けるしびれるような刺激は、魔法によるものだろうか、それとも彼とこんなふうにいっしょにいるせいだろうか。なぜだろう。雪も花火もない状態でこれとまったく同じ感覚を前にも体験したことがあるような気がする。そして、いま体じゅうの末梢神経に歓喜の歌を歌わせているのは、魔法ではなく、この人であるという気がしている。

「あの……」わたしは言った。「これ、店の外から見えちゃうんじゃないでしょうか。店内で花火があがってたら、きっと何ごとだろうと思われるわ」

「たしかにそうだね」オーウェンはそうつぶやき、光が消えた。雪は降り続いている。まるで魔法の国にふたりきりでいるみたいだ。だれも知らない秘密のワンダーランド。外の世界はぼんやりした記憶にすぎない。オーウェンの顔が近づいてくる。わたしも自然に彼の方へ顔を寄せる。心臓の鼓動が激しくなる。ふたりの唇が触れそうになったとき、ふいに自分がいまどこにいて何をしているのかを思い出した。

わたしは平然と二股をかけるようなタイプではない。わたしにはつき合っている人がいるのだ。自分がだれにひかれているのかはっきりしたいま、明日彼と別れるにしても、その前に別の男性とキスすることはできない。それは正しいことではない。それに、もしオーウェンといっしょにいるのが正しいことだとするなら、それを間違った形で始めたくはない。

「雪を見てると、あるものがほしくなりませんか？」唐突に体を離し、ニアミスに高鳴る鼓動をごまかすため、おどけた口調で言う。

「ココア？」わたしの目をじっと見つめたままオーウェンは言った。まなざしの熱さが、本当にそう思っているわけではないことを物語っているが、こちらの態度の変化を察知してムードを変えようとしてくれているのがわかる。

「正解」ほっとして笑顔になる。ふたりにはたっぷり時間がある。急ぐ必要はない。

舞い散る雪を従えて、わたしたちは階段をのぼり、コーヒーショップへ向かった。体は触れていないけれど、横を歩く彼の近さが意識される。先にカウンターの裏へ回ろうとすると、オーウェンは首を横に振って言った。「待って、たぶんできると思う」彼が片手をひるがえすと、いちばん近くのテーブルに湯気のあがるカップがふたつ現れた。「はい、どうぞ」大げさに腕を伸ばして言う。

わたしは改装作業の差し入れとして用意したクッキーの残りをもってきた。新しいサプライヤのクッキーはとてもおいしく、これを上回るものはたとえ魔法でもそう簡単には出せないだろう。ぐらつくテーブルの調節に使うことはもうなさそうだ。

魔法のココアをひと口飲み、舞い散る雪越しにオーウェンのことを見る。「これ、いったいどういうことなのかしら」

「わからない。ぼくたちだけができることなのか。それともみんなできるのに、だれもやろうと思わないだけなのか。ずっと前からこうだったのか。それとも、新しい現象なのか」

「水道水に何かが混入されたのかも。じゃなかったら、宇宙人がわたしたちを使って何か実験してるとか。それなら、時間がところどころ抜けているように感じるのも合点がいくんじゃありません？」

「それはかなり突飛な説だと言いたいところだけど、魔法が使えることがわかったいま、突飛と言えることが果たしてあるのかどうか……。なんだってあり得るような気がしてきたよ」

「だれかに報告すべきでしょうか」

「だれに？　この世界に魔法省なんてものはないし、それに、政府の極秘研究所に隔離されることになるのはごめんだよ」

「じゃあ、どうします？」

「わからない。とりあえず、考えよう。いずれにせよ、それが決まるまでは、だれにも話さない方がいい」

「やっぱり、魔法を使って悪いやつらをやっつけるのがいいんじゃないですか？」

「悪いやつらって？　まずいコーヒーならすでに従来のやり方で退治したよ。これだけでもメダルに値すると思うけどね」

「昼は温和な書店員、夜は魔法を操るスーパーヒーロー」映画の予告編のナレーションを気取って言ってみる。

わたしたちはしばし黙ってココアを飲んでいたが、やがてオーウェンが言った。「遅くなってしまったな。明日はビッグイベントが控えてる。家まで送るよ」

遠慮すべきだと思ったが、彼に送ってほしかった。あくまで安全のためと自分に言い聞かせる。でも、はっきり言って、帰路の安全のことなどまったく頭になかった。店を出るとき、店内に魔法の名残はいっさいなかった。なんだか魔法の世界をあとにして、現実へ戻っていくような気分だ。ただ、その現実がまた、ちっともリアルに思えない。あらゆるものが現実感を欠いている。映画のなかに入り込んだような感覚はこれまで以上に強くなった。音楽もしっかり聞こえる。どこから聞こえてくるのかわからないが、店を出た以上、書店のサウンドシステムでないのはたしかだ。

オーウェンと魔法のような時間を共有したことは――この場合、厳密には〝ような〟ではなく魔法〝そのもの〟だったのだけれど――フローレンスならきっと、わたしのつき合っている相手が単なる安全パイであることのさらなる証明だと言うだろう。実際、こうしてオーウェンと並んで歩きながら、ときどき袖が擦れ合う以外、手をつなぐことも、互いに触れることもしない状況が、何かとても不自然に思える。

アパートの前に到着した。「ありがとうございました」わたしはそう言って、正面の階段をのぼりはじめる。「じゃあ、明日」

ふいにオーウェンがわたしの腕をつかんで言った。「ケイティ……」わたしは振り返り、続きを待つ。彼は言葉が見つからないかのように、黙ったままだ。

彼にキスしたい。思わず衝動に屈しそうになったが、時間はこの先いくらでもあると自分に言い聞かせる。この完璧な夜を罪悪感で台無しにしたくない。あらためて、「また明日」と言い、彼に背中を向けて階段を駆けあがった。振り返りたい気持ちを懸命にこらえる。そこに立っている彼の姿を見たら、理性を保てるかどうかわからない。

頭のなかのサウンドトラックがドラマチックに盛りあがり、なんだか無性に泣きたくなった。

8

翌朝、複雑な思いで職場へ向かった。オーウェンに会うのがひどく恐くもあり、待ち遠しくもある。これほど相反する気持ちを同時にもつことが可能だなんて想像もしなかった。いまにも頭が爆発しそうだ。だいたい、あれが現実のことだったのかどうかさえ、いまとなっては自信がない。魔法を使いながら書店のなかを走り回ったことを思い出すと、すべてが夢だったようにも思える。本当に夢だったらどうしよう。オーウェンが先に何か言うまで、こちらからは切り出さない方がいいだろう。あれから魔法を試してはいない。できないことがわかるのが恐いのか、できてしまうのが恐いのか、自分でもよくわからない。

書店に着くと、わたしは急いで階段をのぼり、コーヒーショップへ行った。オーウェンとの遭遇をできるだけ先延ばしにして、それまでになんとか頭のなかを整理したい。エプロンをつけていると、フローレンスが到着した。「あーら、だれかさん、今朝はやけに血色がよくない?」にやにやしながら、片方の眉をあげる。

「え、そう?」急に顔が熱くなって、慌てて頬に手を当てる。「今日はいつもよりちょっとしっかりめにメイクをしたの。そしたら、家を出るのが遅くなっちゃって、急いで歩いてきたからかもしれないわ。ほら、空気が冷たい朝に早足で歩くと、ほっぺたが赤くなるじゃない?」

そこまで言ってから、べらべらとよけいな説明をしていることに気づく。これでは何か隠していると白状しているようなものだ。

「なるほどね」フローレンスはカウンターに寄りかかってにやにやしている。「で、ゆうべ、みんなが帰ったあと、ここで何があったの？」

「何もないわよ！　スカベンジャーハントの手がかりを隠して、ココアを飲んで、家まで送ってもらっただけ」フローレンスが訊いているのはロマンスがらみの出来事だろうから、いっしょに魔法を使ったことについて触れなかったことに後ろめたさはない。「頰にキスすらなかったわ」

「で、がっかりしたわけね」

「違うわよ。わたしがそう決めたの。わたしにはつき合ってる人がいるんだから」そう言った直後、またよけいなことを口走ったと気がついた。「そもそも、そういう感じになったわけですらないわ。彼は何もしなかったもの。もちろん、わたしだって何もしないわ、ボーイフレンドがいるんだから」

「なーるほど」フローレンスはうなずく。「つまり、自分にボーイフレンドがいることを思い出すまでは、何かしようと考えてたわけだ」

「違うってば！」これ以上反論しても墓穴を掘るだけなので、コーヒーとベーカリーの準備に取りかかる。「だいたい、どうして彼にこだわるの？　そんなに気に入ったなら、あなたがアクションを起こせばいいじゃない」

「魔法の存在を感じているのはわたしじゃないもの」フローレンスは言った。

ペーパーカップの束をもったまま急いで立ちあがろうとして、カウンターに頭をぶつけそうになった。「魔法?」思わず声が大きくなる。彼女、どうして知ってるの?

「あなたたちふたりのあのつながりは、まさに魔法的だわ。気づいてないなんて言わせないわよ。ふたりがいっしょにいるとき、それこそ頭上で小さなハートがくるくる回ってるのが見えるようだもの」

わたしたちの頭上なら、昨夜、小さなハートこそ回らなかったけれど、それ以外のいろんなものが舞い踊った。まあ、あれが現実だったら、ということだけれど。本当に夢のような時間だった。でも、夢だったとしたら、そういうことを望んでいる自分がいるということになる。それを認めることはまだできない。ほかの男性についてロマンチックな夢を見るのは、ジョシュとの関係にけじめをつけてからだ。

オーウェンが新しいコーヒーの味をチェックしにコーヒーショップへやってきたとき、昨夜のことはやはり現実に違いないと思った。ふたりしてまったく同じ夢を見たのでないかぎり――。オーウェンはわたしときちんと目を合わせず、話すときには顔が赤くなった。フローレンスはその一部始終を大いに楽しんで見ていたようだ。この先、いくら何もなかったと言っても、絶対信じてもらえないだろう。

「お客さんたちの反応、あとで教えてください」イベントを開始すべく開店の準備に向かうオーウェンを、そう言って見送る。明るく朗らかな感じをねらったら、やけに甲高い声になってしまった。彼は今朝も、記憶しているとおりのキュートさだ。ふたりで体験した魔法の夜――文字どおりの意味で――のことを考えると、体じゅうにしびれるような刺激が走る。

ジョシュとは別れよう。気持ちは固まった。たとえオーウェンとの間に何も起こらなかったとしても、後悔はしない。ジョシュとつき合いながら別の人に対してこんな気持ちになるのなら、それは彼が運命の人ではないということだ。彼と結婚することはできない。

そのとき、ジョシュが階段をのぼって、コーヒーショップにやってきた。巨大な花束を抱えている。「きみに」ジョシュは大げさな身ぶりでそれをわたしに差し出した。

「ありがとう……驚いたわ」

「今回の全面リニューアルは、きみにとって大きな仕事だったからね。お祝いしようと思って。これまであまり協力的に見えなかったかもしれないけど、ぼくはただ、きみにベストな選択をしてほしかっただけなんだ。それが書店の仕事だというのは意外だったけど、それはあくまでぼくの考えであって、きみの関知するところじゃない。最近のきみはすごく充実しているように見える。それがいちばん大事なことだよ」

完璧なスピーチだ。わたしに会いにくる前に自己啓発本のコーナーに寄ってきたのではないかと思えるほどに。彼の言ったすべてのセリフが、恋人とのコミュニケーションに関するハウツー本からそのまま引用したもののように聞こえる。

どう答えようか考えていると、電話が鳴った。フローレンスが出て、わたしを呼ぶ。「ケイティ、スカベンジャーハントを始めるから、下におりてきてほしいって」

「ごめんなさい、行かないと」ふと、自分がまだ巨大な花束をもったままであることに気がついた。「エプロン！」後ろでフローレンスがやってきて花束を受け取ったので、わたしは階段に向かって歩き出す。「エプロン！」フローレンスが叫んだ。言われるままにエプロンを外し、それも彼女に渡すと、手で髪を整え、緊張しながら階下へ急いだ。

「きみなしで始めるわけにはいかないからね」オーウェンは言った。さっきほど恥ずかしげではない。スカベンジャーハントのヒントを配っているテーブルのまわりには、客たちの小さな集団ができていた。「大役を任せたいんだけど」

「大役？」

「ハント開始の号令」

「わかりました。──では、皆さん、位置について、よーい、スタート！」参加者たちはいっせいに店内に散っていく。「いまのところ順調みたいですね」わたしは言った。「それじゃあ、コーヒーショップの方に戻ります。今日はいつもより忙しくなりそうだから」

「悪いね。きみのかわりを雇っておくべきだったのに、すっかり失念してたよ」

「わたしのかわり？」急に不安になる。ゆうべキスしなかったことを怒っているのだろうか。

「きみをマーケティングのアシスタントマネジャーに任命して、コーヒーショップからは完全に外れてもらおうと思ってるんだ。もちろん、きみに異論がなければということだけど。もっと早く話すべきだったね」

「いいえ、あの、光栄です」わたしは言った。「ただ、今日のところはカフェの方で手いっぱいになりそうです。新しいコーヒーが早くも大好評で、あとふたりくらいスタッフを補充してもいいかもしれません」

オーウェンはにっこり笑った。「ぼくたち、なかなかいいチームだね」

「ええ、そう思います」ゆうべと同じように、彼の方へ体が引き寄せられるような感じを覚えたが、ゆうべと同じように、今回もなんとかそれに耐えた。誘惑に負けてしまう前に、急いでコーヒーショップへ戻る。

階段をのぼりきったとき、ジョシュとフローレンスが何やら真剣に話し込んでいるのが目に入って、思わず立ち止まった。ふたりはこれまでそれほど親しいようには見えなかったし、わたしについて他愛のない会話を交わす以外、特に共通の話題があるような印象も受けなかった。それがどういうわけか、彼らはいま、言い合いらしきことをしている。

「きみの任務は明確なはずだ」ジョシュが言った。わたしはディスプレイの後ろに隠れて、耳をそばだてる。任務ってなんのこと？

「このシナリオでは、わたしはただの口の減らない親友よ」フローレンスは言った。「彼女は本来、わたしのアドバイスを無視するはずなの。そういう性格なんだから。彼女はわたしの言うことに抵抗するはずで、わたしは彼女が抵抗したくなるようなことを十分すぎるくらい言ってるわ。わたしはやるべきことをやってる。あなたが自分の役をちゃんとこなせないからって、わたしのせいにしないで」

「自分の役をこなせない？　これ以上何をしろっていうんだよ。花束をもってきただろ？」

「仕事をやめて自分と結婚した方がいいなんて、とても理想の恋人のセリフとは言えないわ。どう考えても、〝間違った相手〟が言うことでしょ」

「あれはシナリオにあったことで、おれのアイデアじゃない」

「じゃあ、この先大変ね。失敗するようだれかにはめられたんじゃない？」

わけがわからない。まるでふたりして何かの陰謀に関わっているかのように聞こえる。わたしは階段の方へあとずさりする。ジョシュの声が聞こえた。「リセットするしかないな。本当なら、一連のことはいっさい彼女には通用しないはずなんだ。それが通用したってことは、全面的に情報が間違っていたと考えた方がいい。でも、大丈夫。まだ修正できる」

階段に到達し、駆けおりようとしたところで、ジョシュがカウンターを離れてこっちへやってきた。「やあ、そこにいたのか、ダーリン」にこやかに言う。「スカベンジャーハントの方はどう？」

急いで逃げようとしたが、一瞬はやく手首をつかまれた。「触らないで！」手を引き抜こうとした拍子にバランスを失う。ジョシュに体をつかまれなかったら、そのまま階段を転げ落ちていただろう。あまりの衝撃に、彼を振り払うことができない。ジョシュはわたしをきつくつかんだまま、目をじっと見つめた。頭がくらくらしてくる。視界がぼやけ、やがて暗くなった。

目を開けたとき、わたしは依然としてジョシュの目を見つめていた。でも、階段の上で何をしていたのかは思い出せない。ひとつはっきりしているのは、目の前のジョシュへの愛で胸が破裂しそうだということだ。「助けてくれたのね」わたしはささやく。

ジョシュは心底ほっとしたような表情でにっこりした。そして、固くつかんでいたわたしの腕を放すと、指で優しく頰をなで、額にかかった髪をよけた。「そうだよ。大丈夫?」

「ええ……ちょっとくらくらするけど」

ジョシュはわたしの体を支えながら、近くの椅子へ向かった。「何か飲み物をもってきてくれるかな」フローレンスに向かって言う。フローレンスは一瞬、ジョシュをにらむと、カップにコーヒーを注いで、砂糖をたっぷり加えた。ジョシュはフローレンスから受け取ったカップをわたしに手渡し、そばにひざをつく。

「どうしたの?」声が聞こえて顔をあげると、オーウェンが警戒と心配の入り交じった表情で立っていた。ふたたびくらっとし、それまでのオーウェンの印象が、突然変わった。どうして急にそうなったのかはわからない。でも、彼はいま、魔法のような時間を共有できる特別な友人ではなく、上司の立場を利用してしつこく言い寄ってくる不潔なやつとして、わたしの目に映っていた。そもそもわたしは、彼から逃げてジョシュのところへ行こうとして、あやうく階段から落ちそうになったのだ。

「彼女は大丈夫だよ」ジョシュがぶっきらぼうに言った。「ぼくが見てるので」

「ケイティ?」オーウェンは心配そうに訊く。

わたしはオーウェンを避けるように体を引き、そっけなく言った。「大丈夫です」彼の目に傷心の色が浮かぶのを見て、またあの奇妙な感覚にとらわれる。まるで主導権争いをするふたつの現実の間で揺れ動いているような——。オーウェンは、いやがる部下にしつこく言い寄るような上司には見えない。まして、階段を踏み外すほど必死になって逃げたくなるような人物とはとても思えない。でも、わたしの記憶のなかではそういうことになっている。

「そう、じゃあ、よかった」オーウェンはそう言ってうなずくと、階段をおりていった。

「しばらくそばにいるよ」ジョシュは言った。「念のために」

「わたしが見てるわ」フローレンスが言った。

「いや、いいよ。ぼくが残るから」

ふたりの間に対立があるのを感じたが、何が原因かはわからない。新しいオーナーについて彼女に警告されたことを思い出す。彼のハンサムな外見にほだされて、ジョシュのような堅実で優しい彼氏をないがしろにしてはいけないと。

わたしは椅子から立ちあがる。「大丈夫よ。別に落ちてけがしたわけじゃないんだから。さ、仕事に戻らないと」そして、ジョシュに向かってウインクする。顔の痙攣に見えていないことを祈りながら――。「しばらくいてくれるのは大歓迎よ。でも、まずはコーヒーを注文してね。大丈夫、今度のは前よりずっとおいしいから」

彼の返事を待たず、わたしはカウンターのなかへ戻り、エプロンをつけた。「いつものハウスブレンドがいい？　それとも本日のスペシャルにする？」

「きみの勧める方にするよ」ジョシュはカウンターにひじをついて、身を乗り出すようにした。オーウェンが同じようなかっこうをしたのをぼんやり思い出す。あれは、わたしが彼を客だと思い、ここのコーヒーについて警告したときのことだ。すると、ふいにイメージが変わって、彼の笑顔がいやらしい流し目になり、彼を追い払うためにコーヒーのまずさを強調する自分の姿が脳裏に浮かんだ。そう、これが実際に起こったことだ。彼の下で働くことを少しでも楽にするために、無意識のうちに違う形で記憶しようとしていたのだろう。

ジョシュはそのあとしばらくコーヒーショップにとどまり、客が少ないときはフローレンスやわたしと雑談し、店が忙しくなるとカウンターの端の方にいた。ランチが終わると、彼は言った。「そろそろ行くよ。今夜の準備があるからね」

「今夜？」そう訊いたとたん、記憶がどっと押し寄せるように戻ってきた。「ああ、今夜。あなたが前から計画していた特別なディナーね。まだなんのヒントもくれないの？」

「まあね。とにかく、おしゃれしてきてよ」ジョシュはにっこりする。「時間があったら、マニキュアしてもいいかもね」

「マニキュア？」そう訊き返したときには、ジョシュはもう店を出ていくところだった。彼の後ろ姿を見送りながら、ふとその意味に気づく。人々に指輪を披露したら、爪も見られることになる。「フローレンス、彼、今夜プロポーズする気なのかも！」

「そんな感じね」フローレンスはそっけなく言った。

わたしは自分の爪を見る。「マニキュアする時間はないわ」フローレンスに手を差し出し、訊いてみる。「マニキュア、必要かしら。軽く整えて磨くだけじゃだめ？」

フローレンスはちらっとわたしの手を見ると、そっと押しのけた。「そのままで十分よ。指輪をはめてもらうのに、マニキュアはいらないわ。あとでみんなに見せびらかすときにしていればいいわけでしょ？　マニキュアなら明日すればいいじゃない。まあ、あなたがイエスと言って、指輪をはめているってことが前提になるけど」

「もちろんイエスって言うわよ。断るわけないじゃない」

フローレンスは黙ったまましばしわたしを見つめると、やがて言った。「それが本当に自分の求めるものなのか、よーく考えてから結論を出してね。ディナーに行く前にじっくり考えて、何があっても惑わされないで。自分の直感を、最初にもった強い気持ちを信じるの。あとから思い出したことじゃなくて」

「どういう意味？　わたしたちずっと前から結婚について話し合ってるのよ。それがいよいよ実現するんじゃない」

「わたしはただ、あなたに自分が本当に望むものを手に入れてもらいたいだけ。自分にふさわしいものを」フローレンスはそう言って、顔をそむけた。困惑した表情で、眉間にしわが寄り、口もとがこわばっている。見間違いでなければ、少し涙ぐんでもいるようだ。

「フローレンス、いったいどうしたの？」歩き出そうとする彼女の腕を急いでつかむ。「何かわたしに言ってないことでもあるの？　彼が別の女性といっしょにいるのを見たとか、そういうこと？　どんなことでも聞く用意はあるから、言って。どうせなら、大きな決断をする前に知っておきたいもの」

フローレンスはつらそうな顔でわたしを見つめた。苦悩の表情と言ってもいいくらいだ。彼女は大きく息を吸い、何か言おうとしたが、そのままぎゅっと口をつぐんで頭を振った。長い沈黙のあと、フローレンスは言った。「彼があなたにふさわしいとは思えないの。なぜかは訊かないで。ただそう思うだけだから。あなたにはちゃんと自分の頭で考えてほしいの」

わたしは驚いて瞬きをした。「わたしが自分の頭で考えてないなんて、だれが言ったの？彼に悪い魔法をかけられてるわけじゃあるまいし」わたしは眉をひそめる。「あなた、ずっと彼のことが好きじゃなかったわよね。最初から悪口ばかり言ってた。でも、わたしは彼が好きなの。自分で自分のことを決められるくらいの知性はもち合わせてるつもりよ」

その後は、互いに仕事に必要な最低限の言葉しか交わさなかった。もちろん気まずいことこのうえない。スカベンジャーハントの表彰式を手伝うために階下へ行っても、息抜きにはならなかった。今度はオーウェンと顔を合わせなければならない。作業の間はずっと、彼から用心深く距離を取り、できるだけ目を合わせないようにした。オーウェンに対する嫌悪感はずいぶん薄らいだが、彼の近くにいると、またあのふたつの現実の間で揺れているような落ち着かない気持ちになった。彼がこちらへ歩いてくるのが見えて、わたしは急いで二階へ戻った。フローレンスの冷たさの方がまだましだ。

スカベンジャーハントの終了とともに、わたしの今日のシフトも終わった。エプロンを外し、コーヒーショップを遅番のスタッフに引き継いだあと、オーウェンに会わないようそっと書店を抜け出そうとしたが、失敗に終わった。彼はわたしを待っていたらしく、わたしを見つけると、すばやく隅の方へ引っ張った。「ケイティ、いったいどうしたんだよ」オーウェンは言った。傷つき、混乱した彼の表情に、一瞬ひどく心が痛んだが、すぐに彼がしたことを思い出した。

「よくもそんなことが訊けますね！」わたしは言った。

「事前にきみの意志を確かめることなく昇進させたことを怒ってるの？　いやなら断ってくれていいんだよ」

その会話は覚えている。その記憶のなかでは、ふたりは友人同士のように振る舞っている。わたしは彼を脅威と感じていないし、彼が示してくれる好意をいやだとも思っていない。それどころか、わたしの方も彼に好意を抱いている。彼に対する自分の気持ちがわからなくなってきた。「いえ、そのことじゃありません……」何が問題だったのか思い出そうとしながら、あいまいに答える。

「じゃあ、何？　ゆうべ、きみとは何か特別なものがあるように思えた。その、つまり、ぼくらはいっしょに魔法を体験した。あんな素晴らしい時間は生まれてはじめてだったよ。それが今日、きみはぼくの方を見ようとさえしない。ひょっとして、後悔してるの？　もちろん、後悔すべきことなんて何もないけど。魔法について動転するのはわかる。ぼく自身、まだ理解しようとしている最中だよ。もしかしたら夢だったのかと思うくらいで。でも、きみのその様子を見ると、やっぱり夢だったのかもしれない。きみは本当に覚えてないの？」

「魔法……」わたしはつぶやいた。頭のなかにイメージが広がる。花火、宙を舞う雪、生きているという実感、高揚感。あれは夢……でしょ？　わたしが雇用主の権力に対して抱く恐怖心を反映した夢。でも、彼も同じ夢を見たとすれば、あれは現実だったということじゃないの？

彼の見た夢がわたしに対する権力意識を反映したもので、ふたりがたまたま同じテーマの夢を同じイメージで見た、ということでなければ――。「失礼します」わたしは彼を押しのけて歩き出す。「今夜はディナーの約束があるので、ボ、ー、イ、フ、レ、ン、ドと」

オーウェンは降参というように両手をあげて、道を空けた。「わかったよ。それがきみの気持ちなら。ただ、ぼくは……きみとは……」オーウェンは頭を振る。「ごめん、勘違いしてたよ」そう言うと、わたしがドラマチックな退場をやってのける前に、その場から立ち去った。

悩みの種が消えて、本当ならほっとしていいはずなのに、デートの準備のために家路を急ぎながら、心はひどく重かった。今日が終わるとき、わたしは婚約している。長い間、待ち望んできたことだ。結婚すれば、もう書店で働かなくてすむ。わたしは自由になれる。

なのに、どうしてこんなに気持ちが沈むのだろう。

家に着くと、お気に入りのリトルブラックドレスに着がえて、髪をアップにし、爪を磨いて、ハイヒールをはいた。アパートに迎えにきたジョシュはタキシード姿で、またも花束を抱えていた。今度は赤いバラだ。彼を見るなり、今朝、階段で感じたのと同じような強烈な愛おしさがわきあがって、暗い気持ちは消え去った。彼を愛してる。彼と結婚したい。ずっとそれだけを望んできたのだ。わたしは彼に抱きついて、キスをした。

「うん、こうでないと」ジョシュは言った。わたしにというより、自分自身に言っているように聞こえたのはなぜだろう。

アパートの前にはタクシーが待っていた。到着したのはロマンチックな高級レストラン。これこそまさに、彼がはじめて結婚に言及したとき、わたしが思い描いたプロポーズの状況だ。すべての要素がそろっている。このままダイヤモンドのコマーシャルに使えそうなくらいだ。運命の瞬間はいつくるのだろう。たぶんデザートのとき？　昔からそうするのが一般的なようだし。シンプルに指輪を取り出して、ひざまずくのだろうか。それとも、何か特別な演出を用意しているのだろうか。たとえば、指輪をケーキのなかやシャンペンのグラスに入れておくとか。あれこれ考えて、とても食事に集中できない。

食事が進むにつれて、心地よい音楽とキャンドルの光に囲まれているにもかかわらず、舞いあがった気持ちは次第に萎えていった。テーブルの向かい側に座っている彼を、見知らぬ人を見るような気持ちで見ている自分に気づく。前にも感じたこの感覚——。プロポーズを巡る興奮のなかで、すっかり忘れていた。あんなに興奮していたのは、彼にプロポーズされるから？　それとも、プロポーズをされるということ自体に舞いあがっていたのだろうか。フローレンスの言った、自分の直感を信じる、状況ではなく自分の気持ちの方に集中するというのは、このこと？　頭が混乱してきた。まるでまったく正反対のふたつの感情を同時に抱いているような感じだ。結婚したくてたまらないほど好きな相手が、一方で、特に好みでもない見知らぬ人に見えるというのは、いったいどういうこと？

やがて、別のことも思い出した。階段でジョシュに助けられる直前、わたしは何かに対して激しく動揺していた。そして、それはオーウェンではなく、ジョシュに関係することだ。わたしはオーウェンから逃げて階段を駆けあがっていたのではなく、ジョシュを避けるために階段を駆けおりようとしていた……。そう、彼とフローレンスが話しているのを見たあとだ。フローレンスはたしか、理想の恋人とか、間違った相手とか、そんなことを言っていた。それから、みんなが役を演じているみたいなことも――。

ふと、この状況のすべてがあるものに似ていることに気がついた。先日、フローレンスが選んでいっしょに観た映画だ。映画のヒロインは、安全パイの男性と理想の男性との間で揺れ動いていた。でも、安全パイの男性は真の意味で安全なわけではない。彼とともに過ごす人生がどんなものかについて、さまざまな場面で危険信号や警告が出される。結婚生活はさほど悪いものではないかもしれないが、彼といっしょにいるかぎり、ヒロインは決して真の自分にはなれない。常に自分の一部を否定して生きていかなくてはならず、そんな人生は悲劇だ。一方、理想の男性の方を選ぶのはリスキーに感じられる。でも、返ってくるものは大きい。

ウエイターがケーキを運んできた。ケーキの上で小さな花火がぱちぱちとはじけている。花火がさらに別の記憶を呼び起こした。わたしは花火が宙を舞う書店のなかをオーウェンといっしょに走っている。記憶は目の前の花火と同じくらい鮮明だ。夢ではなかった。あれは現実だったのだ。あの夜、わたしはオーウェンにキスしたかった。ジョシュにさえ、いや、だれに対してでも、あれほどキスしたいと思ったことはない。彼は間違った相手ではない。昇進を約束するかわりにわたしの魂を要求するような卑劣な上司などでは決してない。彼こそが理想の人だ。彼となら魔法を共有できるというのに、どうして別の相手に甘んじる必要があるだろう。

そう気づいたとき、ジョシュがおもむろに席を立った。そして、わたしの前にひざまずき、指輪のケースを開けた。

わたしは固まった。これ以上進む前に、何か言うなりするなりしたいのだが、体が動かない。高鳴る心臓の音といっきに血がのぼった頭のせいで、ジョシュの言っていることが聞こえない。彼の口の動きが止まったとき、自分がこう言うのが聞こえた。「ごめんなさい」そして、頭ができなかった決断を脚が下す。わたしは立ちあがり、店から飛び出した。

書店はまだ開いている。オーウェンが残っていることを祈る。彼と話すのがいまでなければならないということはない。明日も会うのだから、そのとき話すこともできる。でも、何かがわたしを書店へと駆り立てた。自分がだれを求めているのかはっきりしたいま、一瞬たりとも無駄にはしたくない。あんな形で別れたあとなら、なおさらだ。わたしの取ったあの態度について考える時間を与えすぎたら、本当に嫌われてしまうかもしれない。

タクシーを止めようと手をあげるが、いっこうにつかまらない。やがて、バイク便のオートバイがわたしの前に止まった。「送ろうか？　なんだか緊急事態みたいな顔してるけど」

見知らぬ人を簡単に信用すべきでないことはわかっているが、これはまさに緊急事態だ。

「七十三丁目の本屋を知ってる？」

「もちろん。おれ、今日その本屋のスカベンジャーハントで優勝したんだ。ああ、きみ、どこかで見た顔だと思ったら、そこで会ったんだ。さあ、乗れよ」

わたしも彼の顔になんとなく見覚えがあったので、思いきって申し出を受けることにした。

スカートをたくしあげ、後ろにまたがる。彼はシートに引っかけてあった予備のヘルメットを差し出した。バイクは車の間を縫いながら猛スピードで走る。わたしはぎゅっと目をつむって彼の腰にしがみついた。いつ衝突するかと生きた心地がしないでいたら、やがてオートバイは止まった。「着いたよ」

ふらつきながらバイクをおりて、ヘルメットを返し、礼を言って書店のなかへ駆け込む。閉店時間まで一時間と少し、店内にはまだ大勢の客がいた。宣伝は効果をあげているようだ。でも、いまわたしの関心はそこにはない。オーウェンを見つけなければ。サービスカウンターへ行って、店内放送で呼び出そうかとも考えたが、さすがにやりすぎだと思い、支配人室へ向かった。彼がオフィスでデスクワークをしていることを期待して。

何人かの客が本から顔をあげ、驚いたようにわたしの方を見るまで、自分が走りはじめていたことに気づかなかった。なんとか早歩きまで速度を落とし、書棚の間を進む。ベビーカーを押すカップルを通すために立ち止まったとき、オーウェンが階段をおりてくるのが目に入った。気がつくと、わたしは彼の名を呼んでいた。

オーウェンは階段の途中で立ち止まり、顔をしかめた。「ケイティ?」騒がしい店内で本当に彼の声が聞こえたのか、それとも、唇の動きから名前を読み取っただけなのか、自分でもよくわからない。わたしはオーウェンに向かって走り出し、彼も残りの階段を駆けおりてきた。「ごめんなさい」階段の下で向かい合うなり、わたしは言った。「今日はわたし、本当にどうかしてた。なぜだかわからないけど、わたしたちの間に起こったことはすべて夢で、まったく別の状況を現実だと思い込んでしまったの。でも、間違ってた。現実についても、ジョシュについても、あなたについても。わたしが好きなのは、あなたなの」

今回は、引き寄せられるままに彼に身を預けた。ふたりの唇が重なる。それは想像を超えていた。まるで長い眠りから目覚めるような、生まれてはじめて本当の意味で覚醒したような――。

わたしたちはふいに顔を離した。「ケイティ?」オーウェンがつぶやく。

「オーウェン?」わたしも答える。

そして、ふたり同時に言った。「ここは、どこ?」

9

頭がぼんやりしている。深い眠りから突然起こされて、自分がいまどういう状況にいるのかきちんと把握できないときの感じに似ている。脳の半分がまだ夢の世界に残っていて、現実の世界になかなか焦点が合わない。いったい何が起こってるの?

オーウェンも同じように困惑した顔をしている。彼はわたしの両手をしっかりつかむと、早口でささやいた。「ぼくたち、話をする必要があるね」

自分たちが書店にいることを思い出した。近くにいる客たちが、気づかないふりをしつつ、ちらちらこちらを見ている。それにしても、書店? わたしたちはどうして書店なんかにいるのだろう。

オーウェンはわたしの手を片方放し、ひとけのない階段下の地図コーナーへ行った。「最後に覚えていることは何? 本当の意味で覚えていること。ぼくらがちゃんとぼくらだったときのことで――」

目を閉じて考える。「わたしたち、アールが送ってきた写真のあの倉庫のなかに入ったわよね。そこに何かがあったんだけど、よく見えないまま急に真っ暗になって、そして、気がついたら、いまここにいた。ただ、ずっとここにいた記憶もある。偽の記憶から本当の自分に戻ったのが、さっきの瞬間だったのかもしれない。よくわからないけど……」自分がとめどなくしゃべっているのはわかっているが、知らぬ間に別の人の人生を生きていたらしいことにたったいま気づいたのだ。気が動転してもしかたあるまい。

オーウェンはうなずく。「ぼくも同じだ。急に真っ暗になって、気がついたらここにいた。ぼくたちが見たのは、おそらくポータル（異世界とつながる出入口）だと思う」

「じゃあ、いまわたしたちがいるのは、そのポータルの向こう側ってこと？　この出来損ないのロマコメの世界が？　どうせなら、ナルニアに連れていってほしかったわ」

「ロマコメ？」

「わたしのここでの人生はまさにそんな感じよ。どうりでサントラが聞こえたり、一日がモンタージュ技法のなかで過ぎていくような気がしたわけだわ。筋書きだって王道よ。わたしには一見いい人そうな、無難なボーイフレンドがいるんだけど、心から満たされることはなくて、そこへあなたが現れて、ふたりの間で揺れ動くの。口の悪い親友はわたしにいろいろ恋のアドバイスをしてくれるわ。ちなみに、彼女のお勧めはあなたの方よ。それから、自分が本当に好きなのがあなただって気づいたとき、バイクで街を疾走する、なんてことまでやっちゃったわ。あれなんかまさに、この前の夜、ニタといっしょに観た映画そのものよ。まあ、実際どのくらい前のことなのかはわからないけど。ここには少なくとも一カ月はいるような気がするけど、モンタージュ技法で時間が過ぎていくことを考えれば、さだかじゃないわね」わたしはまたしてもしゃべりまくっている。でも、悲鳴をあげるよりはいいだろう。

客がひとり地図コーナーへやってきたので、わたしたちは黙った。過呼吸発作を起こしそうな気がして、ゆっくり深呼吸する。わたしは拉致され、人格を乗っ取られ、自分がどこにいるのかも、どのくらいここにいるのかも、わからないのだ。そう簡単に受け止められるものではない。

客は依然として、二冊の観光用の市内地図を熱心に眺めている。どうやら買わなくてもすむよう情報を暗記しようとしているらしい。オーウェンも同じ印象をもったようで、やれやれというように目玉を回すと、軽く首をかしげて〝行こう〟と合図した。わたしたちは階段下のアルコーヴから出て、オーウェンのオフィスへ向かう。わたしたちのロマンチックなシーンをさりげなく観察していた客たちの小さな集団も、すでに散っていた。

オフィスに入ってドアを閉めるなり、わたしは崩れるように椅子に座って、ハイヒールを脱ぎ捨てた。「それで、ここはいったいどこなの？　本物のニューヨークじゃないのはたしかよね」

オーウェンは机に寄りかかる。「ああ。ニューヨークにある書店はすべて知ってるけど、これはそのうちのどれでもない。正直、こんな書店があったらいいなとは思うけどね。ここはおそらく、エルフの国だと思う」

「それって、どこなの？」

「どう言えばいいかな。きみはさっきナルニアって言ったけど、そう見当違いでもないんだ。別の次元に存在するもうひとつの魔法の世界だよ」

「つまり、魔法界には別の次元があって、そこにまた別のファンタジーワールドが存在するってこと？　そしてそれは、ニューヨークにそっくりで、でも、魔法は存在しないってこと？」

「エルフの国全体がこういうふうになってるわけじゃないはずだよ。ここはおそらく、ニューヨークから連れてきた人たちを収容するためにつくられたものだろう。エルフは、人がもつ憧れを具現化してその人に与えるすべを知っている。それと、時間に妙な細工をする方法もね」

「センスの悪いロマンチックコメディみたいな人生があなたの憧れだったの？」わたしは驚いて訊いた。

「ときどき、本屋を経営できたらいいなと思うことはあったよ。世界を救ったり、犯罪者扱いされる人生じゃなくてね。あの夜は、たしかにそんなことを考えてたかもしれない。エルフたちがぼくに与えたのは、どうやらそういう生活らしい。でも、きみはこういうものを求めてたの？」オーウェンは意外そうに訊いた。

「ふだんからこのての人生に憧れてたわけじゃないわ」こんなふうに自分の頭のなかが暴露されて、少々きまりが悪くなりながら言った。「魔法をかけられたとき、たまたま考えてたから、思考のいちばん上にあったということじゃないかしら。ニタといっしょにこのての映画を観たばかりだったのよ。それで、まあ、たしかに、映画みたいにことが運べば、いろいろ簡単でいいのにって、少しの間思ったりしたかもしれない。でも、どうして彼らはこんなことをするの？　これが彼らの考える拷問なわけ？」

「大勢が行方不明になってる。おそらく、彼らにとって不都合な人たちを排除しようとしていたんだろう」

「あるいは、見てはいけないものを見た人たちを」この世界でのことを思い返してみる。「パーディタもここにいるわ。彼女、わたしが仕事に行く途中に寄るダイナーでウエイトレスをしてる」

「SFコーナーの責任者をやってるのはアールだ。それから、向かいの公園でチェスをやってるコンビは、ぼくを監視していた評議会《カウンシル》のふたり組だと思う」

「彼ら、いったいどんな人生に憧れていたのかしら。何を知ってここへ来るはめになったのかも気になるわ」

「たしかに、監禁の形態としてはみごとなアイデアかもしれないな。自分はいま自分のいるべき場所で生活していると思っていて、しかもその生活が理想にかなったものだったら、だれが脱出しようと思う？　脳は真実を拒否しさえするかもしれない。それが自分の知りたいことでなければ。人は惨めな監獄からは脱走しようとするけど、夢のような人生からはあえて逃げようとはしないよ」

「じゃあ、わたしたちはなぜ記憶を取り戻したの？」

オーウェンはわたしをとろけさせる笑顔を見せた。「たぶん、ぼくらの場合、本当の人生の方が理想なんだよ。この世界はぼくたちを結びつけまいとしたけど、ふたりはそれに抵抗した」

「そして、キスが決め手になったのね。なんておとぎ話《フェアリーテール》なの」

オーウェンはうなずく。「キスが幻想と現実の究極の不協和点となったんだ。それで、すべての記憶が呼び戻された」わたしは思わずほほえんだ。理論による分析はオーウェンに任せよう。わたしは彼がなんと言おうと、キスが悪い魔法を解いたのだと思っている。「これには、きみの魔力が減少していることも関係しているんじゃないかと思う」オーウェンは続ける。「そもそも、きみに魔力がなかったら、彼らはきみをこっちの現実に連れてくることはできなかった。ところが、いまのきみは魔法にかかる。でも、魔法にかかったことで、きみのなかの魔力はその分消費された。そのせいで、きみにかけられた魔術の威力が弱まったんだ」

「ゆうべ魔法で遊んだのもまずかったわね。あ、かえってよかったのか。そのおかげで抵抗できたのかもしれないんだから」ふと、あることに気がついた。「ねえ、おそらく、ここにいる全員が囚人ってわけじゃないわ。この世界でわたしたちと関わりのある人たちの一部は、いわゆる看守、監視員よ。ジョシュとフローレンスがシナリオがどうのこうの言っているのを聞いたの。あれは、ロマンチックコメディの話だったのね。ふたりとも何か共謀してわたしをだまそうとしている感じだった。あのときわたしは、ふたりから逃げようとしてジョシュに捕まったの。たぶん彼は、わたしにより強い魔術をかけたんだわ」

「それで、きみの態度が急変したわけか」

申しわけなくて、思わず身をすくめる。「ごめんなさい。突然、あなたのイメージが、部下にしつこく言い寄る最低な上司ってことになってしまって。同時に、彼への気持ちがすごく強くなって……」

「彼はぼくらを引き離そうとしたんだな。ぼくらがふたたびひかれ合うようになるのは、おそらく想定外だったんだろう」

「ジョシュとの会話の感じでは、フローレンスも彼らの仲間みたいなんだけど、彼女はわたしをジョシュと別れさせて、あなたの方へ行かせようとしてたわ。ジョシュには、わたしがアドバイスを無視するはずだからって言ってたけど、いま思うと、フローレンスは最初からずっとヒントをくれてたような気がする。いっしょに映画を観たときも、彼女はニタとわたしが観たのと同じ映画を選んで、筋書きのパターンを指摘してた」わたしは天を仰ぐ。「ああ、どうしてあのとき気づかなかったんだろう」

「きみは魔法の影響下にあったんだ。気づくのは難しいよ」

「これが現実じゃなくて、本当によかった。ジョシュみたいな人とつき合う自分なんて、想像できないわ」思わず身震いする。「ジョシュとのつき合いに関する記憶には、重要なディテールが欠けてたわ。たとえば、なぜ彼が好きなのか、とか」

「そのての厄介な問いを抱かせないよう、ぼくらをいつも幸せな状態でいさせるのが、この魔術のねらいだったんだろう」

「次の問いは、どうすればここを出て現実の世界に戻れるのかってことね。エルフの世界から脱出する方法なんて知ってる？」

　オーウェンは片手で髪をかきあげる。髪は妙にかわいい形にはねた。「正直、あまり詳しくないな。エルフたちはそのての話を部外者としないからね。言及している文献をいくつか読んだことはあるけど、たいていは伝説という形で語られてるだけだ。ぼくらはおそらく、彼らの領土内につくられた特殊な抑留施設に囚われているんだと思う。ここから出る方法を解明するのは、そう簡単ではないだろうな」

「ここに連れてこられたほかの人たちはどうする？　なんとか彼らの魔法も解くことができないかしら」わたしは顔をしかめる。「キス以外の方法があればいいんだけど……」

　オーウェンは苦笑いする。「キスでうまくいくとは思わないな。やきもちで言ってるんじゃなくて。必要なのは、彼らを魔術の影響下から呼び覚ますだけの明確な認知的不協和を見つけてあげることだと思う。現実世界の記憶を何か思い出せれば、ここで彼らが経験していることと、現実として認識していることの不一致が鮮明になる。あとは、ねずみ算式にそれをやっていけばいい。まず、ぼくらがよく知っている人たちを覚醒させる。その後は、彼らがそれぞれ自分の知っている人たちを覚醒させていくんだ」

「それから、いよいよ脱獄《プリズンブレイク》？」

「その前に、彼らのなかに、あの倉庫で起こったことについてぼくらよりも詳しく知っている人がいないか探してみよう。その人たちを見つけることが、ここへ連れてこられた理由、ひいては脱出方法を知るカギとなる気がする」

「じゃあ、最初にやるべきことは、できるだけ多くの人を覚醒させて、彼らがエルフたちの企みについて何を知っているか訊くことね」わたしは言った。「ただし、その間は、わたしたちが気づいたことを敵に悟られないよう十分注意する必要があるわね。ばれたら、また魔法をかけられるわ」

「そうだね。何も変わっていないふりをしないと」

わたしは渋い顔をする。「それって、ジョシュのもとに戻らなきゃならないってこと?」

「いや、きみが彼と別れる決断をしたのは、まだ魔術の影響下にあるときだ。ぼくたちがいっしょになっても魔法は解けないと思わせることができれば、彼らも警戒を緩めるんじゃないかな。ぼくらは書店のオーナーと従業員のまま、たまたま恋に落ちただけで、自分たちがエルフの抑留施設に閉じ込められた魔法使いだとは知るよしもないというふりをすればいい」

「どんなふうに演じればいいかわからないわ。映画は普通、あのキスのあと終わるものよ。わたしが街を疾走して、あなたのところへ行って、愛の告白をしたら、あとはもうエンディングだわ。それ以上何かを見せるとしたら、時間を早送りして結婚式のシーンね。でも、それじゃあさすがに無理があるでしょ? だってわたし、一時間前に別の人のプロポーズを断ったばかりだもの」

「なるほど、それはたしかに性急すぎる」オーウェンはわざとまじめくさった顔でうなずいて、わたしを笑わせる。「映画のキャラクターを演じることにはそれほどこだわらなくてもいいんじゃないかな。普通に振る舞っていれば大丈夫だと思う。ここの現実に矛盾するようなことさえしなければ」

「エルフたちは常にわたしたちを見張ってるのかしら。こんなふうにふたりだけのときも。それとも、公共の場にいるときだけ?」

「もし、遠くから監視できるとしたら、ぼくらはすぐにもより警備の厳しい場所に収容されるだろうね。魔術を解いたことも、自分たちが魔法を使えることに気づいていたことも、すべてばれてるはずだから」

「たしかにそうね」

オーウェンは腕時計を見る。「そろそろ閉店時間だ。ふだんどおり振る舞うとしたら、ぼくはこれから店内を回って、すべてのレジを閉める。それが済んだら、何か普通にデートらしきことをした方がいいな。ここのコーヒーショップでしばらく過ごしてもいいし、どこかへ飲みにいってもいい」

「飲みにいく方が、かえって怪しまれないいんじゃないかしら。何も隠すことはないって感じで。それに、実際、何か飲みたい気分」

「じゃあ、そうしよう。閉店の準備をする間、ここで待ってる?」

わたしは首を横に振って立ちあがり、靴をはいた。「いいえ、あなたから目を離すつもりはないわ。次に会ったとき、また温和な書店のオーナーに戻ってた、なんてことになったらいやだもの」

店を出るのがちょっと恐い。魔術が解けたいま、外の世界はどんなふうに目に映るのだろう。この場所をニューヨークのように見せていた魔術は、わたしたちに偽りのアイデンティティを与えていた魔術とリンクしているのだろうか。いざ外へ出ると、書店のまわりの風景はいままでと同じだった。しかし、オーウェンが鍵を閉めている間、周囲を見回すと、これまで見なかったものが目に入った。あちこちにエルフがいる。耳の先のとがったエルフらしいエルフだ。

皆、六〇年代のＳＦ映画で見るようなシンプルなグレーのジャンプスーツ――当時はなぜかこういう服装が未来的だと思われていた――を着ている。何人かは、歩道にいるわたしたちの近くに立っている。通りの向こう側にも数人いる。彼らの横を通り過ぎる人たちは、その存在に気づいていないようだ。彼らの方は、間違いなくわたしたちを見ている。

　わたしは、店の方を向いているオーウェンの腰に腕を回すと、肩に寄りかかってささやいた。「わたしたち、見張られてる。こっちは向こうが見えないことになってるみたい。きっとジョシュが、わたしに対する魔術の効きが悪いことを上層部に報告したんだわ」

　オーウェンは鍵をポケットに入れると、わたしの肩に腕を回して小声で言った。「大丈夫。相思相愛だってことに気づいたばかりのカップルのように振る舞っていれば問題ない」

「自分たちがエルフのつくったファンタジー強制収容所にいるなんて夢にも思ってないって顔でね。そこが難しいところだわ。あなたが言った方は、まあまあうまくやれそうだけど」

「そっちがうまくできれば、もうひとつの方も自然にうまくいくよ」オーウェンはわたしのあごをくいとあげると、何年もわたしにキスしていなかったかのようにキスをした。「さっそく役に入ってみた」ささやき声で言う。

「才能あるわ。くらっときたもの」

　わたしたちは互いの体に腕を回し、まるで世界には自分たちしか存在しないかのように見つめ合いながら、歩道を歩いた。交差点に来るたび、立ち止まって短いキスを交わす。そして、手をつなぎ、笑いながら道路を走って渡って、気の短い運転手にクラクションを鳴らされたりていきた。その間ずっと、視界の端にグレーの服を着たエルフたちの姿が見えた。全員がついているわけではないようだが、そこそこ人数はいる。

わたしたちが入ったバーは、比較的静かなしゃれた店だったが、それでも親密な会話を交わすには、少し周囲の音が大きすぎた。店内のサウンドシステムから流れる音楽と――音量が最大になっていなければ、〝ソフトな〟と形容される類の音楽だ――せまい空間で繰り広げられるいくつもの会話のせいで、数センチしか離れていなくても、大声を出さなければ話ができない。グレーの男たちは店内までついてきたが、テーブルにつくわけでも、飲み物を注文するわけでもなく、ただ近くに立っている。

オーウェンがワインを注文し、わたしたちはバーカウンターの端の小さなスペースに収まった。オーウェンはわたしに向かって、軽く二度見するような仕草をした。一瞬、注文をしている間に魔法をかけ直されたのかと不安になったが、彼はにっこり笑って言った。「ところで、素敵なドレスだね」

わたしは自分の服を見おろし、それを着る理由となった別の人生での重要なデートのことを思い出した。「ありがとう。どうしてこれをもってるのかはわからないんだけど」

見られているという自意識と、叫びながら会話しなければならない状況のおかげで、あえてはじめてのデートという気分をつくる必要はなかった。かつて体験したどのブラインドデートにも負けず劣らず、ぎこちないことこのうえない。ワインを飲みながら、どうでもいいことを叫び合っているうち、グレーのエルフたちがひとりまたひとりと減っていくのがわかった。わたしたちの芝居は、それなりに説得力があったようだ。監視の目が残りひとりとなったところで、わたしたちはバーを出た。

　オーウェンとわたしは腕を組んで、近くにあるわたしのアパートまで歩いた。エルフはあとをついてきたが、距離は十分あるので、魔法で聴力をあげていないかぎり、小声で話せば会話を聞かれる心配はない。「この街、ニューヨークとは完全に似て非なるものだわ」わたしは言った。「たしかにそれっぽくはあるんだけど、すべてが少しずつ違うのよ」

　ふと、これが何を連想させるのかわかった。「ほら、ニューヨークが舞台なんだけど、実際に撮影されたのはトロントだったり、ハリウッドのセットだったりする映画やテレビ番組と同じよ。エスタブリッシングショット（シーンの冒頭などで場所の状況や登場人物の位置関係を認識させるショット）はニューヨークで、街のなかのシーンもニューヨークっぽくはあるんだけど、ニューヨーカーならそれがニューヨークではないことがすぐにわかるの。そのての映画で使うとしたら、この辺りはさしずめアッパーウエストサイドね。でも、本物のアッパーウエストサイドには、こんな場所、存在しないはずよ」わたしはため息をついた。「つまり、わたしが放り込まれたロマンチックコメディは、センスがないだけじゃなく、低予算でもあったってわけね」

「エルフは倹約家で悪名高いからね」オーウェンはにやりとする。

　瀟洒《しょうしゃ》なブラウンストーンのアパートメントの前まで来ると、わたしたちは初デートの終わりにおやすみを言うカップルが皆そうするように、正面の階段の下で立ち止まった。「これだけは現実だったらいいなと思うわ」わたしは建物を見あげながら言った。「現実の世界じゃ、とてもこんなところには住めないもの。この建物、実際はどんなふうに見えるのかしら」そのときふと、あることに気づいて息をのんだ。「わたしにはいま魔力があるから、魔法にかかるのよね。それってつまり、もしわたしが免疫者《イミューン》のままだったら、彼らはわたしをここに連れてこられなかったってこと?」

「ここに連れてくることはできたかもしれない。ただ、きみに偽のアイデンティティを与えることはできなかっただろう。きみは自分がだれであるかわかっていたし、この場所も実際の姿のまま見ることになったはずだ」

わたしはゆっくりとうなずく。「ということは、ここにいる人たちを覚醒させて、彼らが自分たちの身に何が起こったのかを知ったら、わたしがイミューンでないことも知られてしまうわね。つまり――」

その先を言う必要はなかった。オーウェンの顔から血の気が引く。「ぼくの秘密もばれるということだ」

10

オーウェンは腹立たしげにため息をついて、頭を振った。「うっかりしてたよ。自分がいま世間的には免疫者《イミューン》であることをすっかり忘れてた。これはちょっと面倒なことになるな」

わたしはオーウェンの腕をつかむ。「みんなを覚醒させる前に、もっとこの状況について情報を集めた方がいいわ。もしかしたら、覚醒させないまま現実の世界へ帰す方法があるかもしれない。向こうへ戻れば、必然的に魔術は解けるだろうし、そうすれば、あなたのことは知られずにすむ」

「それは難しいと思う。すでに多くの人がこっちでぼくと接触している。ぼくが魔術にかかっていたことはわかってしまうよ。それに、変に隠し立てする方が、かえって印象は悪くなる。こうなったら、率直に事実を認めて、どんな結果でも受け入れる覚悟を決めるしかないだろう」

オーウェンはひとつ大きく息を吸うと、意を決したように言った。「まずは、マックと彼の相棒を覚醒させよう」

「オーウェン、何言ってるの？　それこそ、魔力の復活をずっと隠してたことをわざわざ彼らに教えるようなものじゃない」

「ああ、そうだね」オーウェンは言った。「いま思えば、最初から隠すべきではなかったんだ。

でも、彼らを最初に覚醒させて現状を知らせるのは、こちらにやましいところがないことを示すことになると思う。それに、彼らはエルフの国についてぼくより詳しいかもしれない。今回ぼくたちの身に起こったことについても、ぼくたちより知っている可能性がある。彼らはおそらく、それを目撃したために、ここへ連れてこられたんだろうからね。マックはいい人だ。彼はぼくのことを小さいころから知っている。きっと公正な判断をしてくれるよ」オーウェンはにっこりしてみせた。ほほえみが目もとを含んでいれば、もう少し説得力があっただろう。

「それに、ここでみんなを助けることができれば、ぼくのイメージも変わるかもしれない。いずれにしても、隠しごとはしなくてすむようになる。たとえ、彼らが相変わらずぼくを信用してくれなくてもね」

「マックを覚醒させられるようなエピソードはあるの？」

「子どものころ、彼がうちへ来たときの出来事で、彼も思い出してくれそうなことが二、三ある。相棒の方はよく知らないから、マックに任せるしかない。覚醒させるかどうかの判断も、彼にしてもらう。まずは、マックとふたりきりで話せる状況をつくらないと」

「あなたが本当にそれでいいと思うなら……」

オーウェンは肩の力を抜こうとするかのように、ひとつ深呼吸した。「これが本当にベストなアイデアなのかどうかはわからないよ。でも、ほかに選択肢があるとも思えない」

ふと、ずいぶん長い時間話し込んでしまったことに気がついた。わたしたちの見張り役はどう思っているだろう。デートのあと家の前で長話をするのは、特に不自然なことではないはずだけれど。わたしはオーウェンに体を寄せ、頰にキスをした。おやすみを言うように。わたしたちは一瞬ためらい、それから唇にキスをする。離れがたくて、ほんの少し長めになった。

「部屋には来ない方がいいと思うわ」わたしはしぶしぶ言った。ひとりになりたくないし、彼をひとりで帰らせるのも不安だ。そういえば、この世界では彼はどこに住んでいるのだろう。

「さっきも言ったように、ほんの二時間ほど前に別の人にプロポーズされたばかりだし、それに、ふたりで部屋にあがって、何かひそかに企てていると思われてもよくないわ」

「見張りの男がここに残るのか、それともぼくについてくるのか、確認しておきたいな」オーウェンはわたしの首筋に鼻をすりつけながら言った。たったいま部屋に来ない方がいいと言ったことが激しく後悔される。「ぼくが帰っていくのを見送るような感じで振り返ってみて。それから、部屋に入ったら、姿を見られないよう気をつけて、窓から外を見てほしい」

最後にもう一度キスをしてから、オーウェンは歩き出し、わたしは正面玄関の階段をのぼりはじめた。ドアの前で立ち止まり、後ろを振り返る。オーウェンの後ろ姿を見送るのに、うっとりする演技は必要なかった。グレーの服を着た男が依然としてアパートの前の歩道にいるのが目に入ったあとは、その顔を維持するのに少々努力がいったけれど。考えてみれば、わたしを見張るのは当然だ。魔術の効きが悪いのは、わたしなのだから。

オーウェンの姿が見えなくなったあと、わたしは正面玄関の鍵を開け、階段をのぼって自分の部屋へ行った。部屋に入ると、スウェットに着がえ、祖母に教わった覆い《ヴェール》の魔術を試しつつ、窓から外をのぞく。男はまだ同じ場所にいたが、脇目も振らずにわたしの部屋を見ているという感じでもない。

　とても眠れそうにはないけれど、見張りの男に床についたと思わせるため、とりあえず電気を消した。暗闇のなかでベッドにあがり、枕を背もたれにして座る。そうできるということは、このアパート自体はめくらまし《イリュージョン》ではないということだ。ニューヨークの街をまるごと複製したとは考えにくいので、きっと部分的にはめくらまし《イリュージョン》を使っているはず。でも、どの程度？　この部屋が実在するためには、建物自体が本物でなければならない。でも、住人のうち――囚人にしろ、監視員にしろ――何人が実際に存在するのかはわからない。この映画のエキストラは、皆、本物の人々？　それとも、ただのめくらまし《イリュージョン》？　街にある建物はすべて埋まっているのだろうか。そもそも、すべての建物はちゃんと内部までつくられているのだろうか。

　確かめる方法がひとつある。部屋の玄関まで忍び足で行き、廊下へ出て、そのまま階段をあがる。上から住人がおりてくるのを見た記憶はないし、上階から音が響いてきたこともない。ひとつ上の階段ホールまで行くと、立ち止まって、部屋から何かしら生活音らしきものが聞こえないか耳を澄ました。ステレオやテレビの音は聞こえない。でも、この時間ならすでに寝ている可能性もある。

　さまざまな社会規範をすべて無視するような気分で、ドアのノブに手をかけ、目をぎゅっとつむって手首をひねる。ノブは回り、ドアが開いた。だれも住んでいないか、住人が鍵をかけなかったかのいずれかだ。後者なら、これからかなり気まずい状況に遭遇することになる。

　特に怒鳴り声も聞こえてこないので、わたしは目を開け、そして、唖然とした。目の前にあるのは空の骨組みだった。内装工事の済んでいないアパートというレベルですらない。部屋を仕切る壁さえないまったくのがらんどう。ただの囲われた空間でしかない。かろうじて窓だけはある。おそらく、外からは普通の部屋に見えるよう、それぞれの窓にめくらまし《イリュージョン》が施されているのだろう。それでも、念のため、監視の男から見えないよう四つん這いになって進んだ。

窓から射し込む薄暗い街の明かりだけではあまりよく見えないが、そもそも見るものは大してないような気がする。壁は映画のセットの裏側みたいだ。足もとには十分注意しなければならない。床は梁《はり》がむき出しになっていて、梁と梁の間に自分の部屋の天井の漆喰《しっくい》が見える。這うのは歩くのより時間がかかるが、それでも、まもなくアパートの壁があるべき場所を越えたような気がした。窓を見ると、大きさも位置も若干さっきとは違っている。このがらんどうの空間は隣の建物へとつながっているらしい。もしかすると、行き止まりになるべきなんらかの理由が発生するまで、このままずっと続いていくのかもしれない。たとえば、ブロックの終わりにたどりつくとか、人の住む部屋の壁に到達するとか――。

このまま確かめにいってみたい気もするけれど、どこかで立ち往生して部屋に戻れなくなっては大変だ。這ってドアまで戻りながら、この監獄の街のどのくらいが、ハリウッド式野外撮影用セット風の空洞なのだろうと考えた。でも、たとえほとんどが空洞だとしても、これだけのものをつくるのは、物理的にも魔法的にも多くの資源を要するかなり大がかりな仕事のはず。つまり、わたしたちをここに閉じ込めることによって隠そうとしている秘密は、それに見合うだけの大きなものだということだ。

ゆうべの発見を一刻も早くオーウェンに伝えたい。翌朝、わたしたちはタイミングよく書店の前で行き合った。恋に落ちて間もないカップルのふりをするのはさほど難しくないだろうと思っていたけれど、アパートの前からずっとつけてきた見張りの男の視線が気になって、いまひとつ役に入り込めない。オーウェンに恋する気持ちはまぎれもなく本物なのだけれど。

　わたしたちはぎこちなくキスをする。「ゆうべわたしが何を見たかを知ったら、きっとびっくりするわ」わたしは言った。

「この辺りの建物のほとんどは空だってこと？」

「あなたも見たの？」

「〝賢者は皆一様に考える〟ってことかな。チャンスを見つけてもっと調べてみよう。建物間を移動する方法を知っておけば、何かのときに役立つかもしれない。ただし、影がついてくる間は十分慎重に行動する必要があるけど」

「わあ、なんだかすごく秘密主義っぽい響き。地下抵抗運動《レジスタンス》でもやってるみたい。わたしたち、フランスのレジスタンスみたいにベレー帽をかぶるべきかしら」

「抵抗するつもりだって、わざわざ敵に知らせるの？」オーウェンはからかうような口調で言ったが、目は通りの向こうの公園をちらちら見ている。マックと相棒がいつもの場所でチェスをしている方角だ。

「これからマックに話しにいく？」彼の視線をたどりながら訊く。

オーウェンはしばらく彼らを見つめていたが、やがて言った。「もう少し待った方がいい。きみがジョシュとつき合うのをやめたあと、ぼくらが急にそれまであいさつを交わす程度だった人たちと長話をするようになったら、きっと怪しく見える」

「どんな結果でも勇敢に受け入れるっていうプランは見直しなの？」

「違うよ。これについては、きちんと作戦を立てて進めた方がいいと思うんだ」オーウェンは眉間にしわを寄せて何か考えている様子だったが、やがて言った。「ランチを公園にもっていこう。そこでぼくが、彼にひと勝負申し込む」

「わかったわ。ランチデートね。でも、気が変わったら、いつでも中止にしていいのよ」

「気は変わらないよ」オーウェンはきっぱりと言ったが、表情は冴《さ》えなかった。


コーヒーショップへ向かいながら、フローレンスにどう接したものか考えた。どうやら彼女はジョシュの仲間らしい。でも一方で、わたしがオーウェンを選ぶように仕向けもした。このロマンチックコメディにおいて彼女がヒロインの口うるさい親友を演じているなら、わたしがついに彼女のアドバイスを聞き入れ、理想の彼の方とくっついたと聞いて、喜ばないはずはない。階段をのぼりきると、わたしはいかにも素敵なことがあった翌朝という表情をつくり、カウンターの方へ歩いていった。

「あら～!?」フローレンスは明らかに無理のある笑顔で言った。「だれかさん、今朝は幸せいっぱいって顔してるじゃない？　ゆうべはさぞかし素敵な夜だったようね。さ、指輪を見せて」

「指輪はないわ」

フローレンスは心底驚いたような顔をした。「彼、プロポーズしなかったの？　じゃあ、そのきらきらした表情は何？」

にやけそうになるのを懸命にこらえる。「プロポーズは断ったわ」

「断った⁉」憤慨したような口調とは裏腹に、瞳は輝き、頬はいまにも緩みそうだ。

映画ではどんなふうに釈明してたっけ。ジョシュがわたしにかけた魔術が効かなかった理由として、ここは〝魔法が解けた〟以外の説明が必要だ。エプロンをつけ、結び目を整えながら、時間を稼ぐ。「最初、彼に対して迷いがあったのは、彼がはじめて結婚を口にしたときの言い方があまりにもロマンチックじゃなかったせいだと思ってたの。なんだか、わたしを助けるためにしかたなくやる仕事か何かみたいな言い方だったから。でも、ゆうべ、ちゃんとしたプロポーズをされたとき、指輪はもちろん、花火ののったケーキを用意して、ひざまでついて結婚を申し込んでくれたのに、それでも彼に対する気持ちに変化はなかった。それで、ああ、やっぱり彼じゃないんだって、わかったの」

フローレンスはついに笑顔を我慢するのをやめて、満面の笑みになった。「花火つきのケーキをもってしても？」

「ええ、花火つきのケーキをもってしても」

「断って、それで、あなたどうしたの？」

「店を出たわ。自分でもよくそんなことができたと思うんだけど。彼は床にひざまずいていて、店じゅうの人がこっちを見ていて、それでわたし、ただ、ごめんなさいって言ってレストランを飛び出したの。そのあと、まっすぐ書店へ来たわ。オーウェンに会うために。あなたは正しかった。わたしが求めているのは彼なの。たぶん、はじめて会ったときから。とにかく、彼とはすべてがしっくりくるのよ」

フローレンスは映画のクライマックスを観ている観客のように身を乗り出した。「それで、どうなったの？」

演技する必要もなく、顔が勝手に赤くなる。「オーウェンに自分の気持ちを伝えて、それで、キスをしたわ。彼も同じ気持ちだったみたい。そのあと、いっしょに飲みにいって、家まで送ってもらった」

フローレンスはエプロンで涙を拭くふりをする。「ああ、ハッピーエンドって大好き」

「ちょっと、面白がるのはやめてよね」

「面白がってなんかいないわ」そう言うと、フローレンスはにやりとした。「ねえ、キスしてどうだった？　世界が違って見えるようになった？」

さて、これはどう解釈すべきだろう。純粋に恋バナの詳細を聞きたがっている女友達のセリフか、それとも、魔法が解けたかどうかを確かめようとしているのか。もし後者なら、それはわたしたちを助けるため？　それとも、上層部に報告するため？　フローレンスは心から喜んでいるように見えるし、わたしがオーウェンとつき合うことがエルフ側の計画の一部だとは思えない。でも、彼女が自分の役をとことんまで演じているという可能性もある。やはり、彼女を信じるのはまだリスクが高い。わたしはにっこりして言った。「よかったわ」

「よかった？　それだけ？　彼の耳に入らないよう気をつけた方がいいわよ。男にしたら、その言葉、侮辱に等しいわ」

「他言は無用よ。〝よかった〟ってことだけわかれば十分でしょ？　先に言っておくけど、彼に訊こうなんて気は間違っても起こさないでね」

「遅かれ早かれ、あなたの口からもっと詳しいことを聞き出してみせるわ」フローレンスはからかう。「とにかく、よかったわね。わたしもうれしいわ」

マックに面と向かって対峙すると勇ましく宣言したわりに、書店のコーヒーショップで調達したサンドイッチをもって落ち合ったとき、オーウェンは青白い顔をしていた。「本当にこうしたいの？」

「いや、したくはないよ」オーウェンは白状する。「でも、こうするのが正しいと思うんだ。マックが理解してくれることを祈るしかない。彼ならきっとわかってくれる」あまり説得力のある口調ではなかったが、オーウェンは何か重大な任務を負っているかのように大股で通りを渡りはじめた。決意は固そうだ。わたしは不安なまま、彼のあとに続く。

マックとその相棒はいつものテーブルでいつものようにチェスをしていた。彼らはこの世界でいったいどんなファンタジーライフを与えられているのだろう。公園で日がな一日チェスをして過ごすというのは、わたしの考える理想の生活とはやや違う。もっとも、出来の悪いロマンチックコメディ映画の世界も、わたしにとって特に理想の人生だったわけではない。拉致されたとき、たまたま頭のなかにあっただけのことだ。もしかしたら、あの運命の晩、わたしたちがディナーに出かけたことで、彼らは佳境にあったチェスのゲームを中断しなくてはならなかったのかもしれない。

幸運にも、公園にはかなり人出があって、わたしたちが座れそうな場所は、マックと相棒がチェスをしているピクニックテーブルだけだった。オーウェンは彼らにあいさつし、空いている場所を指さして、「ここ、いいですか？」と訊いた。

マックはうなずいて、「どうぞ」と言った。

オーウェンとわたしは座ってランチを食べはじめる。わたしたちはかなり自意識過剰になりながら、他愛のない世間話をした。自然に振る舞うというのは意外に難しい。ふだんだれかとランチを食べるときは、交わす会話の内容をいちいち考えたりしないし、たまたま近くにいる見知らぬ人に何を聞かれようと特に気にしないものだ。わたしたちはしばし、このサンドイッチがいかにおいしいか、コーヒーショップの質がいかにあがったかについてしゃべったあと、オーウェンが書店で始めたいくつかの改革とその進捗状況について話し合ったりした。その間もずっと、オーウェンは視界の隅で標的の様子をチェックしていた。

オーウェンは突然、話題を食べ物に戻した。「サンドイッチにスモークしたゴーダチーズを使うっていうのは、なかなか斬新なアイデアだね。これ、ハムとよく合うよ」

「何よりパンが秀逸だわ」彼の誘導にのって、わたしも言う。「あのベーカリーは正解だったわね。ちゃんと焼きたてほやほやを卸してくれるもの」マックの相棒がわたしたちの食べているサンドイッチをちらちら見ている。なるほど、オーウェンのねらいがわかった。ふたりでサンドイッチの材料をさらに褒め称えたあと、わたしは今朝配達されたクッキーの描写を始めた。「まるで家で焼いたような香りなの。そうだ、チョコレートクッキーはもう食べた？　最高よ」

相棒はいまや、よだれを垂らさんばかりになっている。マックはゲームの方に集中しているが、どうやら次の手が見つからずにいるようだ。オーウェンはチェス盤の方をちらっと見ると、助け船を出すように言った。「ナイトに動く余地がありそうですね」

マックはオーウェンの言わんとすることがわかったらしく、駒を動かした。そして、その後まもなくゲームをものにした。相棒は両手をあげて伸びをすると言った。「昼飯にするかな。おまえも来るか？」

「いや、昼飯はもってきてる」

相棒が行ってしまうのを待って、オーウェンは言った。「一局どうです？」

「いいね」

オーウェンは食べ終えたランチのゴミをゴミ箱に捨てると、マックの向かい側に座った。わたしはチェスをやらないので、彼らが何をしているのかまったくわからない。最初の何手かは早いテンポで進んだ。オーウェンが駒を動かし、マックが即座に反応する。するとオーウェンがさらに動く——ほとんど何も考えていないような感じで。やがてマックが手を止め、背筋を伸ばし、顔をしかめてチェス盤を見つめた。「妙なデジャヴだな。これとまったく同じゲームを前にしたような気がする」

「そうですか」オーウェンは穏やかに言った。彼はわざと、以前マックとしたゲームを再現しているのだろうか。「そのときは勝ちましたか?」

マックは眉間にしわを寄せ、ぼんやりと言った。「覚えてないな」

「それじゃあ、このまま続けてみましょう」オーウェンに促され、マックはチェス盤の上に身を乗り出し、次の手を打った。

その後、ゲームはふたたび早いペースで進んだが、ある時点からふたりとも次の手を慎重に考えるようになり、テンポが落ちた。もっとも、オーウェンは考えるふりをしているだけで、次に打つ手はしっかりわかっているような気がする。ゲームがしばし止まったとき、マックが訊いた。「チェスはだれに教わったんだい?」

「父です。正確には養父ですが。でも、ぼくが知る父は、彼ただひとりです。幼いころから、父はぼくにチェスの相手をさせていました。夕方、チェスをするのが日課でしたね」

わたしはマックがどんな反応をするか観察した。彼はこめかみをもむと、頭を振った。「子どもにとっては退屈だったんじゃないかい?」

「ぼくはちょっと変わった子どもだったので――」オーウェンは肩をすくめる。「楽しかったですよ。もう少し大きくなったころ、すごく楽しみだったのが、家に遊びにきた両親の友人たちとゲームをすることでした。大人たちが楽しんでいたかどうかはわかりませんけどね。ぶ厚いメガネをかけたやせっぽちの子どもに負かされてしまうんですから。背が足りなくて、椅子の上に電話帳をのせて座ってるような子どもにですよ。父は、ぼくのプレイぶりに対する友人たちの反応を面白がって見ていたようですけど」オーウェンは駒を動かして、「チェック」と言った。

マックの意識はもはや別のところにあるようだ。オーウェンの一手にも反応がない。チェスのことはまったくわからないが、オーウェンの〝チェック〟はマックにとってよくないことに違いない。彼はチェス盤をじっと見つめているが、彼がいま見ているのは、別のゲームの別のチェス盤だという気がする。

オーウェンはそんなマックの様子に気づかないふりをして続ける。「最初にチェスを教えてほしいと言ったのは、五歳のころだったと思います。幼稚園に通いはじめたばかりだったんですが、まもなく上のクラスに移されました。幼稚園でやることにすぐに飽きてしまったらしくて。同級生たちよりずっと体が小さいくせに、あらゆることで彼らを負かしてしまうので、思いきり嫌われてましたよ。ぼくのことを守ろうとしてくれる年上の友人がひとりいたんですが、両親はぼくらがけんかに巻き込まれることを心配して、犬を飼ってくれました」マックが次の手を打ったので、オーウェンはいったん話すのをやめ、自分の駒を動かし、また話しはじめた。「犬がいっしょにいれば、登下校時にいじめっ子たちが寄ってこないと思ったようです。小さな町だったので、犬がぼくといっしょに登校して、そのあと単独で家に帰っても、だれも気にしませんでした。あの犬は、いつぼくを迎えにいくべきかもちゃんとわかっていました。たぶん終業のベルを聞いて、時間だと判断していたんでしょう。とにかく、彼はぼくを守るという任務にものすごく忠実でした。ある日、学校から帰って家の庭で遊んでいたら、両親の友人が訪ねてきたんです。犬は彼が友人であることを知らなくて、猛烈に威嚇《いかく》しはじめました。ぼくが犬の気をそらしたのでことなきを得ましたが、おそらくあれは、ぼくがはじめて大人が恐がるのを見た瞬間ですね」

マックは固まったまま遠くを見るような目をしている。オーウェンはちらっとわたしの方を見てから先を続けた。「その後、その友人と父はチェスを始めたんですが、ぼくはそれを横でずっと見ていました。友人はさぞかし落ち着かなかったと思います。なにしろ、ぼくがそこにいるということは、犬もすぐ横で彼をにらんでいるということですから。そのゲームのあと、ぼくは父にチェスを教えてくれと頼んだんです」

マックは瞬きをし、ささやくように言った。「オーウェン・パーマー？」

「当たり」わたしはつぶやく。実は、少しだけ、うまくいかないことを願っていた。大局的観点に立てば、うまくいかないと困るということはわかっているけれど。

「普通にしていてください」オーウェンは小声でマックに言った。「ぼくたち、見張られています」

「見張られている？　だれに？　いったい何を企んでるんだ、オーウェン」

「何も企んでなんかいませんよ」オーウェンは懸命に平静を保とうとしている。「ぼくもここでは、あなたと同じように被害者なんです」彼は現段階でわかっていることを急いで説明すると、こう訊いた。「現実の世界での最後の記憶はなんですか？」

「きみとケイティがあの倉庫に入っていって、われわれはあとを追った。わたしは特に不審には思わなかったんだが、マクラスキーはどんなことでも見逃したくないたちでね。倉庫のなかにはポータルがあった。数人のエルフが入ってきてきみたちを捕まえたので、すぐに介入したんだが、おそらくわれわれもやつらに捕まったんだろう。あとに続くのは、もうここの記憶だから」マックはふと言葉を止め、オーウェンを見た。続いてわたしを見る。そして言った。

「ちょっと待ってくれ。記憶を操作されたってことは……」

マックが点と点をつなぎ合わせて全体像を完成させる前に、オーウェンが言った。「ええ、ぼくたちも魔法にかかりました。ブローチを破壊したときに何かが起こったらしく、いまぼくらはふたりとも免疫者《イミューン》ではありません。ケイティに関しては、魔力は一時的なものだと思われます。すでにだいぶ失われていて、そのために魔術のかかりが弱かったようです。彼女が魔術に抵抗したおかげで、ふたりとも覚醒することができたんです。ぼくのケースがどういうものなのかはまだはっきりわかりませんが、とりあえず会社の外ではいっさい魔法を使っていません」

「うまく隠してたな」マックは冷ややかに言った。「で、わたしたちはここに閉じ込められたわけか。どうやら、エルフたちが見せたくないものを見てしまったということらしいな」

「ええ、そうだと思います。あなたたちふたりがぼくら以上に何か見ていることを期待してたんですが――」

「ポータルだけだ。ここにはほかにだれがいる?」

「行方不明になっていたＭＳＩの社員が何人かいます」わたしは口をはさんだ。「エルフにも多くの行方不明者が出ていたので、彼らもおそらくここにいるんじゃないかと」

「さっき、記憶が魔術を解くと言ったね？」

「現実世界での印象深い記憶が魔術を解くカギとなるようです」オーウェンが言った。「ぼくたちの場合は、たまたま、お互いのことを思い出すようなことを同時に体験しました」オーウェンはほんのり赤くなり、詳細には言及しなかった。「ぼくの子どものころの話であなたを覚醒させることができたので、おそらくほかの人たちもこのやり方でいいと思います。あなたの相棒のことはあなたに任せます。ここで彼をいちばんよく知っているのは、あなたですから」

「でも、気をつけて」わたしは言った。「わたしたちを監視している人たちがいるようなので。囚人たちが記憶を取り戻したことに気づいたら、何か手を打ってくるかもしれません」

「それなら、いまこそ自然に振る舞うべきだな」マックが言った。「公園の隅に、こっちを見ている男がいる」

わたしは背を向けているので、姿を確認することはできない。見られていると思うと肩胛骨の間がむずむずしてくる。振り返りたいのを懸命に我慢する。コンパクトの鏡を使ってみようか。いや、やめておこう。いまはリスクを冒すべきではない。「その男、グレーの服を着たエルフですか？」

「そうだ。知ってるのか？」

「魔術が完全に解けたのは昨夜ですけど、わたしはその前にも、魔術がきちんと機能していればできるはずのないことをしているんです。おそらく、わたしのなかの魔力が減少しているせいだと思います。それ以来、彼らはわたしをつけているみたいで。とりあえず、魔術の一部は解けたけれど、大事なところは機能している、というふりをしてるんですけど」

「魔術が解けたことを知ったら、彼らは何をしてくると思う？」マックが訊いた。

「あらためて魔術をかけるでしょうね」オーウェンは肩をすくめてそう言うと、チェスの駒を動かした。わたしはルールを知らないので、それが本当の手なのか、ただゲームを続けているふりなのかはわからない。

マックは顔をしかめる。「それだけしっかり監視されているというのはよろしくないな。もしものときの対策を立てておいた方がいいだろう。自分を覚醒させられそうなエピソードを紙に書いて、たとえ魔術をかけ直されても確実に目にすると思われる場所に置いておく、というのはどうだろう」そう言って、チェスの駒を進める。

「それはいいアイデアですね」オーウェンは自分の駒を動かしながら言った。「各自、早急にそれをやりましょう」

マックはうなずくと、指揮官風の口調で続ける。「まずは情報収集だ。われわれをここへ運んだポータルのこちら側の出入口を見つける必要がある。それから、この監獄の境界もだ。彼らが何を隠しているかがわかればもっといい。そして、ここから脱出する方法、もしくは、現実世界へSOSを送る方法を探り出す。信用できる人たちを覚醒させることができれば、より効率的に動けるだろう」

「自分たちの知っているエルフを覚醒させることから始めましょう。彼らなら、どのエルフがこちらサイドなのか知っていると思います」オーウェンは言った。マックが主導権を取ったことに抵抗しないのが少し意外だったが、考えてみれば、彼は子どものころからマックを知っている。マックに従うのはオーウェンにとってさほど違和感のないことなのかもしれない。「とにかく情報収集ですね」

「よし」マックはチェス盤に向かってうなずく。「ゲームを終わらせてくれ。潔く敗者になろう。マクラスキーはわたしが覚醒させる。いま聞いたことをすべて彼に言っていいのか？」

「ここを出るために協力し合う以上、おのずと知られてしまいますよ。だったら、最初からはっきり伝えた方がいい」オーウェンは力なく言った。

マックはさらに深刻な表情になる。「わかっていると思うが、向こうに戻ったら、このことを報告しなくてはならない」

オーウェンは少し青ざめたが、うなずいた。「ええ、覚悟はできています」そう言うと、駒を動かす。「チェックメート」

「お、いいタイミングだ」マックは戻ってきた相棒に向かって言った。マクラスキーは大きなクッキーを手に、紙コップからコーヒーをすすっている。

「その若い兄さんに負けたのか」マクラスキーは訊いた。

「接戦でしたけどね」オーウェンは如才なく答える。

「このクッキーは、たしかに絶品だね」マクラスキーは口いっぱいにクッキーを頬ばったまま言った。「ブラウニーもお薦めですよ」

「ぜひまた寄ってください」わたしは言った。

「じゃあ、またそのうち」わたしたちが書店に向かって歩き出すと、マックは手を振って言った。

オフィスに入ってドアを閉めても、オーウェンが依然として何も言わないので、しかたなくわたしが先に口を開いた。「うまくいったわね」

「とりあえずね」オーウェンは難しい顔でうなずく。

「どうしたの?」

「なにが?」

「浮かない顔してるから」

「ぼくたちは囚人で、脱出の具体的なアイデアはまったく見つかっていない。そして、ぼくはついさっき、魔法界の法執行官に、魔力が戻ったことをずっと隠していたと白状したんだ。最良のシナリオを想定したって、そう楽観的にはなれないよ」

彼の気分を変えようと言ってみる。「実際に魔術が解けたわけだから、あなたがマックに話したことは事実なんだろうけど、でも、登下校時に犬に守ってもらう必要なんて本当にあったの?」

「犬はぼくを守るためにいたんじゃないよ」

「え?」

オーウェンはほんのり赤くなる。どうやらこの作戦は有効のようだ。「はじめて大きな子たちにいじめられたとき、ぼくはパニックを起こして勢いのまま魔力を使ってしまったんだ。当時はまだ魔力をきちんとコントロールできなくて、しかも、そのときはほとんど無意識だった。深刻な被害はなかったけど……まあ、少なくとも、しばらくたっても消えないような被害はね。でも、ぼくが魔力をコントロールできるようになるまでは、いじめっ子たちの身の安全を保証できない。それで、ジェイムズとグロリアは、ぼくに犬をつけることにしたんだ。そばに大きな犬がついていれば、ぼくが恐がってパニックになることもないので、みんなの身も安全ってわけさ」

「それで、うまくいったの?」

「犬が何度か噛みついたあとはね。いじめっ子っていうのは学習するのが遅いらしくて」

せっかくリラックスしたところで話を戻すのは気が引けたが、わたしたちはプランを練る必要がある。「それで、これからどうする?」

オーウェンは眉間にしわを寄せ、少し考えてから言った。「とりあえず、できるだけ普通に振る舞おう。今日はもう、囚人だとわかっている人と話すのは避けた方がいい」

「普通に振る舞うというのが、どれほど難しいかわかってる? 振る舞っている時点で、すでに普通ではないんだから。そもそも、この状況のすべてが普通じゃないわ」

オーウェンはわたしの手を取ると、安心させるようにぎゅっと握った。「確かにそうだ。言い方を変えよう。いままでどおりに振る舞う。その場合、どうするのが〝普通〟ということになる？」

「そうね、わたしたちは恋に落ちて、お互いの気持ちに気づいたばかり。そして、ロマンチックコメディの世界にいる」ニタといっしょに観たべたべたの恋愛映画をかたっぱしから思い出してみる。「映画だと、そろそろモンタージュが始まるわね。街のなかをいっしょに歩き回るシーンだわ。香水のコマーシャルに出てくるカップルみたいに、手をつないで、お互いに相手のことしか目に入らない感じで、花を買ったり、路上のミュージシャンに自分たちの歌を演奏させたり、とにかく思いつきでいろんなことをするの」言いながら顔が熱くなってくるのを感じる。そもそも、いまこのシナリオを演じるはめになったのは、あのときまさにこのてのことを考えていたからなのだ。「おしゃべりして、笑って、噴水で水をかけ合って、絵になる場所で立ち止まってキスをして――」

「それはいいアイデアだな。流刑地のなかを探索するのにちょうどいいカモフラージュになる。ただ、やるべきことを随時指示してもらわなくちゃならないけど」

「いやだ、そこまで絶望的なわけじゃないでしょ？」わたしはからかう。まったく、女の子のロマンチックな妄想をいともあっさり打ち砕いてくれるものだ。

「思いつきでいろんなことをするタイプじゃないんだ」

「いい？　わたしたちは普通を演じるのよ。普通の自分でいるんじゃなくて。普通といえば、そろそろコーヒーショップに戻った方がいいわね。まだ後任を雇ってないわけだし。ところで、フローレンスにあなたとのことをかなりしつこく追及されたわ。彼女、やっぱり彼らの一味みたい」

「それじゃあ、彼女にはしっかり納得してもらわないと。でも、その前に――」オーウェンはデスクの上のメモ用紙とペンをこちらへ滑らせた。「万一また魔法にかけられても、覚醒できるだけの強烈な思い出を書きとめておいて。用心のために」

わたしはテキサスで育ったことに関して数行書くと――ここでのシナリオにはテキサスのことはまったく出てきていない――その紙をスカートのポケットに入れた。「じゃあ、仕事のあとで」そう言って、オーウェンのオフィスを出る。

グレーの服を着たゆうべのエルフが店内にいて、書棚の間をうろついている。階段に向かう途中で、なんとか目を合わせずにすれ違う。その後、後ろで足音が聞こえたが、振り向きたい衝動を懸命にこらえた。

「遅くなってごめんなさい」コーヒーショップに到着すると、わたしはフローレンスに言った。

「早いところ新しい人を雇ってもらわなきゃ。ここの仕事とアシスタントマネジャーのかけもちじゃ、身がもたないわ。オーウェン、早くもすごい量の情報をくれるんだもの」

「オーウェンがくれるのはそれだけじゃないんじゃない？」フローレンスは言った。

「わたしたちはただ、ランチに行って、そのあとミーティングをしただけよ」顔が赤くなるよう自分に暗示をかけつつ、背景にうろつくグレーの男の方を見ないよう気をつける。

「ミーティングねえ」フローレンスはにやりとする。「何の？」

「まあ、今夜どうするって話もたしかに出たけど、あとは書店の改革の進み具合についてよ」

「なーるほど。そういうことにしときましょうか」フローレンスはウインクをした。いつも以上に声が大きくてハイテンションな気がする。おそらく、後ろにグレーの男がいるせいだろう。わたしが反論しようとしたところで、フローレンスがかすかに息をのむような表情を見せた。振り返ると、ジョシュが階段の上に立っている。「やっぱーい」フローレンスは小声で歌うように言った。

11

「うそ……」わたしはつぶやく。ジョシュがグレーの男に向かってうなずくのがわかり、彼が看守のひとりだということを確信した。わたしを監視する任務を与えられていたのだろう。どうりで離れたがらなかったはずだ。わたしのせいで彼の仕事はさぞかしめちゃくちゃになったに違いない。

ジョシュはこちらに向かってくる。わたしはカウンターの縁を指の関節が白くなるくらいぎゅっとつかんだ。「ケイティ」ジョシュは硬い口調で言った。そして、わたしから視線を外さずに続ける。「フローレンス、ちょっとぼくらをふたりにしてくれないかな」

「わたし、ここで働いてるんだけど」フローレンスは言い返す。

「こっちへ」わたしはそう言って、カウンターから離れた。ただし、耳を澄ませばフローレンスにも話が聞こえる距離にとどめる。グレーの男はわたしたちについてきた。彼の方を見ないよう気をつける。「何かしら、ジョシュ」

「説明を聞きたい」ジョシュは言った。

本心を言うわけにはいかないので、できるだけ申しわけなさそうな表情をつくって話しはじめる。「あんなふうにあなたを置いていってしまって、本当にごめんなさい。でも、わたし、どうしても――」

ジョシュはわたしの言葉をさえぎって言った。「どうしても、なんだよ。ちゃんと答を言ってくれよ」

「ごめんなさいって言って走り去るだけじゃ、答として十分じゃなかったってこと？　わたしとしては、かなり明確な意思表示をしたつもりだけど。もし、もっと具体的に言ってほしいというなら、言うわ。ノーよ。わたしの答はノー」

「結婚がノー？　それとも、ぼくとつき合うのがノー？　別にいますぐ結婚しなくたっていいんだ。つき合いながら、時間をかけて結論を出せばいい。きみが婚約したくないからといって、ぼくらが即、別れなきゃならないってことにはならないだろう？」

「ノーはあなたがいまあげたこと全部に対してよ。それはわたしが求めていることじゃないってわかったの。だから、あんなふうに店を出ざるを得なかったのよ」いまひとつ説得力に欠ける。でも、どんなふうにこのシーンを演じればいいのかわからない。ロマンチックコメディのシナリオなら、ヒロインにこんな常識的な言いわけはさせないだろう。何かもっとドラマチックなことをやらせるはず。そもそも映画では、あれだけ劇的な退場を果たしたあと、〝間違った彼氏〟の方がふたたびスクリーンに登場することはない。何かよほど彼を懲《こ》らしめたり恥をかかせたりする必要があって、そういうシーンを盛り込まなければならない場合をのぞいて。普通は、ヒロインと〝理想の彼氏《ミスター・ライト》〟とのハッピーエンディングを観るだけだ。

ふと、もうひとつの可能性に気づいて、気持ちが沈んだ。もしかするとこれは、ヒロインが

〝間違った彼氏〟のために一時的に〝理想の彼氏〟を捨てるという人生最大の過ちを犯したあと、〝理想の彼氏〟とよりを戻すためのシーンなのだろうか。もし、魔術にかかったままなら、わたしはここで自分の間違いに気づき、謝罪をするのだろう。彼はすべてを水に流し、ふたりはロマンチックなクライマックスへと向かうのだ。悪いけれど、そんなこと絶対に無理だ。

これまで観た映画のなかから、ヒロインが〝間違った彼氏〟に自分の気持ちを説明し、〝理想の彼氏〟のもとへ走るシーンを懸命に思い出してみる。「突然、気づいてしまったの」わたしは言った。「ひざまずくあなたを見たとき、指輪も花火も音楽もすべてそろっているのに、これは自分が必要とするものじゃないって——。あなたがしてくれたことはすべて完璧だった。ただ、わたしがあなたの相手ではなかったってことなの。あなたにはだれか別の女性を幸せにする使命があるのよ。でも、その人を見つけるためには、まずフリーにならなくちゃ」いまのは悪くないセリフだ。看守であることを別にすれば、彼が特別嫌いなわけではない。自分にふさわしい幸せを見つけられるよう、わたしは彼を自由にしてあげるのだ。

ジョシュは苦悩に満ちた表情で両手を振り、取り乱した男をなかなかうまく演じている。

「ぼく、何か間違ったことをしたかな。きみを怒らせるようなことを」

「ううん、あなたは何も間違ったことはしてないわ。あなたは悪くない。悪いのはわたしなの」

唇を噛んで笑いをこらえる。こんなセリフ、実際に口にする日がくるとは思わなかった。

「ほかに好きな人がいるんだね。新しいボスだろう?」

「別の人に心が向いたとしたら、それ自体わたしたちにとってよくない兆《きざ》しだと思わない?」

ジョシュはわたしの手をつかむと、いささか強すぎる力で握った。無理に振りほどこうとすれば、ひともんちゃく起きることになりそうだが、ここはそういう場面ではないはず。びりっという魔法の刺激を感じ、意識がぼんやりしはじめる。また魔術をかけているようだ。これは彼をふたたび好きにさせるための部分的な魔術だろうか。それとも、自分がだれかを忘れさせる大きな魔術の方だろうか。大きな魔術が効いていない状態で、部分的な魔術をかけることはできるのだろうか。本物の自分に関することを必死に考える。オーウェンとのキス、魔法の戦い《マジカルバトル》、実家の店で働いたときのこと――。わたしの名前はケイティ・チャンドラー。ふるさとはテキサス州コブ。職場は株式会社マジック《魔法》・スペル《呪文》&イリュージョン《めくらまし》。わたしはこの世界の一員ではない。わたしはジョシュに――それが彼の本当の名前かどうかは別として――恋してなどいない。

「ねえ、ぼくを捨てるなんて、きみにはできないはずだよ。そうだろ？」ジョシュは甘えたようにそう言うと、悲しげな目をしてみせた。

魔法だろうがなんだろうが、これではどんな幻想からでも覚めてしまう。「ちょっと本気？」わたしは片方の眉をあげて言った。「そんな子犬の目作戦で、本当にうまくいくと思ったの？そう思う時点ですでに、わたしたちがいかに合わないかははっきりしてるわ。あなたが求めているのは、バザーのゲームでぬいぐるみを手に入れてあげたら大喜びするような女の子なのよ。悪いけど、わたしは真逆のタイプだわ。ロマンチックの概念自体、あなたとわたしじゃまるっきり違うみたいだし」たとえば、彼の考えたロマンチックなプロポーズのシナリオには、正直まったく心を動かされなかった。きわめて個人的な瞬間を、大勢の見知らぬ人に囲まれて迎えたくはない。オーウェンなら、もしも彼がプロポーズをするなら、きっとふたりだけのときにするだろう。仰々しい演出などしないはずだ。

「じゃあ、これでもう本当に終わりなんだね」ジョシュは言った。「もうチャンスはくれないんだね」

別れに際して、わたしもこんなに未練たらしくめそめそしたことがあるのだろうか。もしかすると、高校のとき、そんな振る舞いをしたことがあったかもしれない。いずれにせよ、それ一度きりであることを願う。「ええ、終わりよ。楽しい時間をありがとう。こうすることがふたりにとってベストだと思うの。わたしは書店で新しい仕事を任されて、いますごく充実してる。もうあなたに面倒を見てもらう必要はないわ」

ジョシュはちらりとグレーの男の方を見た。視界の端で、男がうなずくのがわかった。「そうか」ジョシュはわたしの手を握ったまま言った。「きみの気持ちは変わりそうにないね」

ふと、記憶を維持したままジョシュとつき合っていれば、何か情報を得られるかもしれないとも思ったが、わたしはそこまで優秀な女優ではない。おそらく、有益な情報を入手する前にジョシュにばれてしまうだろう。「ええ、気持ちは変わらないわ」わたしはきっぱりと言った。

ジョシュはもう一度わたしの手をぎゅっと握る。ふたたび魔力の高まりを感じて、わたしは瞬きをした。一瞬、頭がぼうっとしたが、すぐにもとに戻った。「じゃあ、元気で」ジョシュは言った。

「あなたも」にっこりほほえんで、わたしも言った。ジョシュはだれかを捜すかのように後ろを振り返ったが、そこにはだれの姿もなく、彼はそのままコーヒーショップを出ていった。

ジョシュがいなくなるやいなや、フローレンスが大げさにため息をついた。「ああ、せいせいした。あなたが追い返さなかったら、わたしがそうしてたところよ」

「ゆうべ、ちゃんと話すべきだったわ。あんなふうに飛び出すんじゃなくて……」わたしはきまり悪そうに言った。「相手は結婚を申し込んでくれたんだから、たとえ断るにしろ、きちんとした答を返すべきだったのよ」

「あなたが店を出たあと、床にひざまずいたまま呆然としてる彼の姿が目に浮かぶわ」

わたしは顔をゆがめる。「かなり屈辱的よね」

「そもそも、彼がいいやつだったら、そんな目には遭わないわ。さてと、午後のコーヒーブレイクのラッシュに備えて準備しちゃいましょ」

そのあと、午後じゅうずっと、何か忘れているような、すべきことをしていないような感覚につきまとわれた。それは態度にも出ていたらしい。「アイロンでも消し忘れた？」フローレンスが言った。

「え？　どうして？」

「だって、そういう顔してるもの」

「ああ、何か忘れているような気がして。でも、それが何だか思い出せないの。今日するべき用事か何かだと思うんだけど、いろいろあったせいか、すっかり忘れちゃったわ。きっと、電気か電話を止められて、はじめて思い出すのね」

「恋ってそういうものなのよねえ。恋をすると、人は皆、多かれ少なかれ、おかしくなるのよ」

フローレンスは芝居がかったため息をついて言ったが、冗談めかした口調に反して、表情はどこか真剣だった。

「ほんとね。恋人にプロポーズされたことで別の人を好きだったことに気づくなんて、おかしくもなるわ」

「でも、悪いことじゃないでしょ?」

その後もずっとその妙な感覚は続いた。わたしのシフトが終わる時間になったとき、フローレンスが言った。「ほら、もういいから、さっさと新しいダーリンのところへ行きなさい。今夜は何かプランがあるの?」

プラン……。そういえば、プ、プ、プランに関して何かやるべきことがあったような……。「ディナーに行くだけよ」わたしは肩をすくめた。でも、依然として何か重要なことを忘れているような気がしてならない。

「じゃあ、楽しんで。今回のこと、もし気がとがめてるなら、その必要はないわ。あなたは正しいことをしたの。正しい選択をしたのよ」

「本当にそう思う?」

「ええ、間違いない。確信してるわ。あなたもそうだといいんだけど」

「そうね、確信してる……と思う」

〝確信してる〟と〝思う〟は普通、同時に使わないものよ。とにかく、彼の顔を見たら、〝思う〟の方はなくなるから、心配いらないわ」

一階へおり、オフィスの入口から、仕事をするオーウェンを見つめる。前屈みになって書類を読む彼を見ていると、思わずそばへ行って目にかかった前髪をかきあげてあげたくなる。本や書類で埋まったこのオフィスは、いかにも彼の部屋らしい。この場所に彼はしっくりとなじんでいる。そして、彼のいるそんな場所がわたしには心地いい。フローレンスの言ったことは正しかった。いま、はっきりとそれを確信した。

ドア枠を軽くノックする。「そろそろ行けそう？」

「ちょっとだけ待って。いまこれを終わらせてしまうから。一応、まだ書店の経営者ってことになってるから、見た目だけでもそれらしく振る舞わないとね」オーウェンは苦笑いをする。

「入ってドアを閉めて。話し声が外にもれないように」

「見た目だけでもって、あなたは実際、ここの経営者じゃない」ドアを閉めながら言う。「どうしてふりをする必要があるの？」

オーウェンは顔をあげてわたしを見ると、眉をひそめた。「ケイティ、何かあった？」

「ジョシュが来たの。ちゃんと説明してくれって。想像つくと思うけど、かなり気まずかったわ」

「ジョシュが来たの？」オーウェンは警戒したように訊き返す。

「大丈夫、心配しないで。彼とはきちんと別れたから。まあ、けっこう粘られたけど。もう一度チャンスをくれって。でも、彼とわたしが合わないことはもうはっきりしたの」

「ほかには何かあった？」

「ううん、それ以外には特に。ジョシュのことも、決着がついたと考えていいと思うわ」

「彼は何か知っていると思う？」

「わたしたちのことを知ってるのは確かね。もう隠しても意味がないと思ったから、わたしも否定しなかったわ」

オーウェンは立ちあがると、わたしの前まで来た。「ほかに彼が知っていそうなことはなかった？」

「何を知ってなきゃならないの？　彼には関係ないことじゃない」

オーウェンはわたしの頬に手を添え、前屈みになってキスをすると、背筋を伸ばして何かを待つようにわたしを見た。「ん～、ステキ」わたしは言った。「今夜はまたこういうのがあるのを期待していいのかしら」

「ケイティ……」オーウェンの声に緊張感が宿る。

「何？　どうかしたの？」

「今夜のもうひとつのプ、プ、プランについては覚えてない？」

「ディナーに行くっていう話はしたけど。でも、ほかにまだわたしに言ってなかったプランがあって、いまそれを発表したいっていうなら、喜んで聞くわ」

オーウェンの顔が青ざめる。どうしたのだろう。キスをしたあと、男の人にこれほど困惑されたのははじめてだ。ひょっとして、息がくさかったとか？

「ケイティ、ポケットのなかを見て」オーウェンは険しい表情で言った。

「どうして？」いよいよ不安になってきた。いったいどうしたっていうの？

「いいから、言うとおりにして」

なんだかひどく動揺しているようなので、ここはむやみに口答えしない方がいいだろう。わたしは肩をすくめ、ポケットに手を入れる。そこには折りたたんだ紙が入っていた。「ああ、何か忘れてるような気がしたのは、きっとこれね」そう言いながら、紙を取り出す。「自分でメモしておいて、忘れてたんだわ」

紙を開くと、それはやるべきことのメモではなかった。たしかにわたしの筆跡ではあるが、まったく書いた覚えのない内容だ。〈兄のディーンは自分が魔法使いであることに気づき、コブの広場で盗みをはたらくために魔力を使った〉。なんのことだかさっぱりわからない。そう思った瞬間、ふいに頭のなかで何かがはじけ、そのあとすべてがぼんやりした。そして、ふたたび頭がはっきりすると、急に体が震え出した。わたしはオーウェンの顔を見て、つぶやくように言った。「ふう、危ないところだったわ」

「大丈夫？」オーウェンは言った。「思い出した？」

「自分たちがエルフの監獄に閉じ込められているってこと？　ええ、思い出したわ」脚がもたなくなる前に、そばにあった椅子に腰をおろす。「メモを書くよう言ってくれてよかったわ。でも、どうしてキスじゃだめだったのかしら。おとぎ話《フェアリーテール》では、たいていキスで魔法が解けるのに。実際、前はうまくいったわ」

「おそらく、ぼくらの関係はいま、どちらの世界でも同じになったからじゃないかな。だから、その方法では十分ではなくなったんだ。きみの家族に魔法使いがいることについて書いたのは、いいアイデアだったね。それなら、この世界とはなんの共通点もない」

わたしは命の恩人となったメモ用紙を見つめる。「また新しいものを用意しておくべきかしら」

「もう必要ないことを願うけどね」それでも、念のため、紙をたたみ直してポケットに戻した。顔をあげると、オーウェンは依然として険しい表情をしている。「ジョシュが店に来たのは、本当なんだね」彼は言った。

わたしはこめかみをもむ。魔術は解けたが、ひどく頭が痛い。「ええ、本当よ。彼が来て何があったのかは、さっき話したとおり。わたしが思惑どおりにならなかったから、最後にまた魔術をかけたのね。彼、わたしが絶対に自分の方へ戻ると思ってたみたい。いま考えると、そうするべきだったかもしれないわ」

「え?」オーウェンは驚いたように言った。

わたしは慌てて続ける。「あくまでふりをするということよ。わたしが彼とよりを戻せば、魔法が解けたことを疑われずにすむわ。それに、彼のそばにいれば、何か情報を得られたかもしれない」

オーウェンは首を横に振った。「いや、だまし続けるのはそう簡単なことじゃない」

わたしは苦笑いする。「そうね、わたしもそう思った。彼に夢中なふりを続けられるほど、図太い神経はもち合わせてないわ。そうだ、ひとつ気づいたことがあるの。グレーの服を着た連中のひとりがジョシュのことを見てたわ。ジョシュの方も、二度ほど男に判断を求めるような動作をしてた。それから、やはり、わたしたちは彼らが見えないことになってるみたい。魔術をかけ直されたあと、急に男の姿が見えなくなったの。いきなりいなくなったわけではないはずよ。だからグレーの連中に会っても、まっすぐ目を見ないよう気をつけて。それにしても、あのグレーの服ってユニホームなのかしら。法執行官たちの黒服みたいに」

「もしそうなら、わかりやすくて助かるけどね。ジョシュだけど、今後問題になりそう?」

「たぶん大丈夫だと思う。魔法をかけ直されたあとも、あなたを好きなことにかわりはなかったし、彼にきっぱりと別れを告げることができたわ。自分が本当はだれかということがわからなくなった以外は、何も変わらなかった。たぶん、アイデンティティを変える魔術が機能していれば、とりあえずいいってことにしたんじゃないかしら。だけど、彼らがあなたに対して同じことをしてこないのが不思議ね。真の危険人物と見なされるのは、いつもあなたの方なのに。それに、あなたが魔力を取り戻したことを、彼らはもう知っているはずよ。あなたをこの世界の一員にすることができたんだから」

オーウェンは顔をしかめる。「たぶん、魔術に抵抗して彼らの計画にそぐわない行動を取っているのがきみだからだろう。それで、きみにはよりしっかりと魔術をかける必要があると思ったんじゃないかな。実際、もし、きみが与えられたシナリオに抵抗していなかったら、ぼくが魔術から覚醒することはなかっただろうからね」

「じゃあ、魔力を失いつつあるのはいいことなのね。よかった」本心を言ったつもりが、やけに皮肉っぽい響きになってしまった。この件に関しては、自分で思う以上に複雑な気持ちがあるのかもしれない。

「香水のCMスタイルでの偵察はどうする？」

「今夜やるべきだと思う？　あんなことがあったあとだから、今日はおとなしくしていた方がいいかしら」

「然るべき形でやれば、むしろ彼らを安心させることになるんじゃないかな。気持ちを確かめ合ったふたりがデートに行くのは自然なことだ。ただ、思いつきの行動に関しては、きみにリードしてもらう必要があるけど」

わたしたちは最後にもう一度店内を回って、夜のシフトがきちんと動いていることを確認すると、急いで店を出た。店を出るなり、オーウェンはわたしの腰を抱えあげ、その場でくるくると回った。わたしは声をあげて笑い、地面に足がつくと、彼の肩に頭をのせて、小声で言った。「香水のコマーシャル、見たことあるんじゃない」

「ないよ。でも、こういう映画の予告編はいくつか見たことがある」

「なるほどね。いいわ、その調子よ」彼の肩越しに、見張りの姿が見えた。ただし、今回はグレーの服を着たいつものエルフだけではない。マクラスキーもいる。法執行官の黒服を着ていないので、あやうく気づかないところだった。「さっそく観客が増えたみたい」わたしはささやく。

「グレーのエルフ?」

「ううん、マクラスキー。どうやら、マックは彼の魔術を解いたようね」

オーウェンはため息をつく。「いったい彼らは何を見張ろうっていうんだ。ぼくが黒魔術を使ってこの世界を乗っ取るとでも思ってるのかな」

「マックの姿は見えないから、おそらくマクラスキーの独断だと思う。ほとんど偏執的ね。あなたは何も恐れることはないわ。街を偵察することはマックも承知してるんだもの。堂々としていましょう」

オーウェンは大きく息を吐く。体の筋肉がほんの少し緩むのがわかった。彼はわたしの体を放し、かわりに手を取った。わたしたちは歩道をのんびり歩きはじめる。「次は花かな」オーウェンはそうつぶやくと、角の店で花束を買い、大げさなポーズでわたしに差し出した。喜ぶふりをする必要はなかった。どんなに陳腐でも、花束をもらえばやはりうれしい。わたしは花のなかに顔をうずめる。うずめたとたんに花粉が鼻に入り、くしゃみが出そうになった。なんとかこらえたものの、可笑《おか》しくなって、ふたり同時に笑い出す。これでは、ロマンチックコメディ映画の予告編なのか、コメディドラマのオープニングなのか、わからない。

まもなくオーウェンがスパイモードに入って、ロマコメ気分はあえなくしぼんだ。「この辺りはアッパーウエストサイドに相当するエリアのようだから――」彼は耳もとでささやく。

「このまま歩いていけば、まもなく川に到達するはずだ。ぼくの計算によると、この方向にあと二ブロックほどで、リバーサイド・パークに出る」

「女の子の喜ばせ方をよくご存じだこと」わたしはそっと嫌みを言う。わたしたちは結局、どこへ行っても生きるか死ぬかの状況から逃れられない運命なのだろうか。魔術が解ける前のロマンチックな時間が早くも懐かしい。

次の交差点が近づくにつれて、心臓の鼓動がはやくなる。通りの向こう側に公園が見える。その向こうには川があるはずだ。公園には川を渡る橋はないはずだから、おそらく川が監獄の壁の役割を果たしているのだろう。問題は、どうすれば、汚い川の水に浸かることなく、それを確かめられるかだ。

信号が変わり、わたしたちは通りを渡って公園に入った。無邪気にはしゃぐ恋人たちを装いながら、先を急ぐ。屈託《くったく》のない笑い声をあげようとしたら、ヒステリックな高笑いになってしまったので、急遽設定を変更し、静かにふたりだけの時間に浸る恋人たちを演じることにした。川が見渡せるはずの場所まで来たが、公園はまだ続いている。「アッパーウエストサイドにはあまり来る機会がないけど、リバーサイド・パークってこんなに幅があったかしら」わたしは言った。

「いや、少なくともこの辺りはこんなに広くはないはずだ」オーウェンは言った。「だけど、妙に見覚えがあるんだよな、この風景」

「ここ、もしかしたらセントラル・パークのつもりなんじゃない？　もっとも、ニューヨークが舞台ってことになってるけど実際はニューヨークで撮影されていない映画やドラマに出てくるセントラル・パークって感じだけど」

「ああ、セントラル・パークを隅から隅まで知っているわけじゃないけど、ここはよく行くエリアのひとつだからわかる。似てるけど、すべてがちょっとずつ違うんだ」

わたしたちはセントラル・パークもどきのなかを歩き続ける。しばらくすると、突然、公園が終わり、大通りへ出た。あたかも、セントラル・パークからアッパーウエストサイドに出たかのように。わたしたちは激しい車の流れを前に、しばし歩道の上に立ち尽くす。

「妙だな」オーウェンが言った。「明確な境界があるんじゃなくて、ループのなかにいるみたいだ。なるほど、そういうことか。ある地点まで行くと壁にぶつかってそれ以上先へ進めなかったら、たとえ魔法にかかった状態でも、囚人たちは何か変だと思うだろう。でも、歩いているうちにいつのまにか同じ場所に戻ってくるなら、魔術の影響下にあれば気づかないかもしれない」

「つまり、どんなに歩いてもここからは出られないってことね」わたしは言った。

12

「もっと北の方がどうなってるかわからないし、ダウンタウンだってまだ調べてないよ」オーウェンは言った。半分は自分自身に言い聞かせているようでもある。「ポータルはそっちにあるのかもしれない」

わたしたちは通りを渡り、ふたたびアッパーウエストサイドを歩きはじめた。ブロードウェイらしき通りに出ると、右に曲がってアップタウン方向へ向かう。ときどき立ち止まっては、レストランの外に出ているメニューを見て、どこで夕食を取るか決めかねているふうを装った。わたしのアパートがある通りを越え、さらにアップタウンへ進む。ところが、九十丁目ストリート辺りまで来たところで、突然、リンカーン・センターに戻っていることに気がついた。正確には、同じように大きな噴水のあるリンカーン・センター風の複合施設、と言うべきだけれど。

意外にも、オーウェンは〝ロマンチックなこと〟についての説明をちゃんと聞いていたらしい。噴水の前まで来ると、彼はふざけてわたしの方へ水を飛ばした。もちろん、わたしも悲鳴をあげて逃げ回る。オーウェンは追いかけてきて、わたしを捕まえると、自分の方に引き寄せた。

「どうやら、わたしたちが住む世界は、縦が二十五ブロック、横が四ブロック程度らしいわね」わたしはオーウェンの耳もとでささやく。「あまりにちっぽけで、泣けてくるわ」

「だけど、それはつまり、ポータルを捜すために歩き回るエリアがそれだけですむってことでもある」オーウェンはそう言うと、一瞬、緊張した表情を見せたが、またすぐに大きな声で言った。「さてと、かなり歩き回ったけど、気に入ったレストランはあった？」なるほど、近くにグレーの服を着たエルフがいる。視線を合わせないよう気をつけなければ——。マクラスキーもいるが、彼の方は特に気にする必要はない。彼に見られて困るようなことは何もしていないのだから。

オーウェンに肩を抱かれ、彼の胸に頰をすり寄せながら、わたしはため息をついて言った。「ごめんなさい。わたしがこの界隈のレストランを全部見てみたいなんて言ったから、ずいぶん歩かせちゃったわ。でも、結局、最初に見たイタリアンレストランがいちばんよさそう。気持ちのいい夜だから、外の席で食べたらどうかしら」

「よし、じゃあ、今夜はイタリアンだ」

「ほかにもいくつか、次に試したい店があったわ」わたしは思わせぶりにまつげをぱたぱたさせる。「朝食によさそうな店も二軒ほどね」

レストランに着くと、わたしたちは外のテーブルに座った。ミスター・グレーがテーブルのすぐ近くに立ったので、一瞬、なかの席にしなかったことを後悔したが——通行人は彼のことがまったく目に入らないように通り過ぎていく——すぐに、この選択はオーウェンの戦略に即していることに気がついた。外に座れば、隠すものは何もないという印象を与えられる。ただし、それは自分たちがずっとステージ上にいることも意味する。つまり、〝はじめての本格的なデート〟のシーンをひたすら演じ続けなければならないということだ。

やってみると、演じるのは意外に楽しくて、まもなく作戦のためだということを意識せずにいられるようになった。これはある意味、普通のデートを体験できる貴重な機会でもある。魔法は存在しないという設定を維持するために、エルフたちはおそらくさまざまなことをコントロールしているだろうから、魔法がらみの事件が発生する可能性は低い。ミスター・グレーと、隣のテーブルに席を取ったマクラスキーの存在さえ忘れられれば、よけいな心配をせずにロマンチックな食事を楽しめるまたとないチャンスだ。わたしたちはテーブル越しにうっとり見つめ合ったり、赤ワインを飲んだり、自分の料理を食べさせ合ったり、テーブルの下で手を握ったり、話したり、笑ったりした。

難しいのは会話の内容だ。自分たちが真のアイデンティティを取り戻したことがわかってしまうような話は、いっさいできない。だから、ふだんふたりで出かけるときのように仕事の話をするわけにはいかない。もちろん、書店の仕事について話すことはできる。でも、わたしたちはそこで出会ったことになっていて、今日も一日じゅういっしょに仕事をしているわけだから、職場の話ばかりし続けるのも不自然だ。そういうわけで、わたしたちは自分たち自身について話すことにした――仕事や、魔法や、いまのこの奇妙な状況についてはいっさい触れずに。考えてみると、これだけいっしょにいながら、こんなふうに自分たちの話をするのははじめてかもしれない。

「小さいとき、大人になったら何になりたかった？　まだ現実的なことを考えはじめる前のころ」わたしは訊いた。

「大学教授かな。父みたいな。教授になれば、一日じゅう本を読んで、それについて話していられると思ったんだ。学校でも何かを調べたりするのが好きな変な子どもだったからね。きみは？」

「わたしはキャリアウーマンになりたかった。キャリアウーマンの意味すらよくわかってなかったけど。かっこいいスーツを着て、ブリーフケースをもって、摩天楼の見えるオフィスに出勤するの。電話で何やら難しそうな話をする以外に、彼女たちが毎日何をしているのかはよくわからなかったけど、とにかく、そういうイメージに憧れてたわ」

「でも、何か好きなことはあったんじゃない？」

「そうねえ……」なんだか、本物の初デートと同じくらい落ち着かない気分になってきた。でも、オーウェンにこの話ができなければ、一生、キャリアコンプレックスを克服することはできないような気がする。「自分が何を好きかなんて、ちゃんと考えたことはなかったわ。学校と雑用と家業の手伝いで、いつも忙しかったから。学校ではブラスバンドに所属してたけど、特にミュージシャンになりたいとは思わなかった。本を読んだり映画を観たりするのも好きだったけど、それを仕事にするなんて想像もしなかったし。基本的に、どんなことであれ、仕事がうまくいくようアシストするのが好きだったのかな。いま、自分に合った仕事を見つけるのにこれだけ苦労しているのは、きっとそのせいね」それは、こっちの世界でも現実の世界でも同じだ。現実世界での悩みが、偽の世界でのこの状況をつくり出したとさえ言える。ロマンチックコメディのヒロインが希望どおりの職業に就いて意気揚々と働いているケースは、ほとんどない。

「でも、音楽をやってたんだよね。音楽はどんなのを聴くの？」

わたしはため息をつく。「ああ、ほんとに恥ずかしくなってきた。ブラスバンドではフルートをやってたけど、でも、音楽はそれほどちゃんと聴くわけじゃないの。車に乗るとき、ラジオで聴くくらいね。でも、ここでは運転しないから……。書店のＢＧＭから推察すると、あなたはジャズが好きみたいね」

「ああ、音楽を聴くときはね。ふだんは、音のない静かな状態の方が落ち着くんだ。ジャズはくつろげると同時に、複雑でもあるからね。家ではあまり音楽をかけることはないな。でも、ときどきジャズを聴きにいくことはあるよ」

「じゃあ、今度行きましょう」現実の世界へ戻れたら、ということだけれど。それとも、ここにもジャズクラブはあるのだろうか。

「そうだね」オーウェンの笑みに胸が高鳴る。いっしょにいるのがすっかりあたりまえになって、彼がどれほどハンサムかということをつい忘れがちになる。この人はオーウェンなのだ。わたしに向かってこんなふうにほほえむオーウェンを見ていると、はじめて彼を見たときのことを思い出す。彼のことをひそかに〝理想の彼氏《ミスター・ライト》〟と呼んだ日のことを。今回、たまたまこんな会話を交わすことになって、自分たちがいかにお互いのことを知らなかったか、あらためて気づかされた。彼の人柄なら、さまざまな非常事態での行動を間近で見てきてよくわかっているけれど、通常つき合いはじめのころに話題にのぼるこのての基本的な情報は、ほとんど何も知らなかった。初デートにこぎつける前に、すでに魔法の戦い《マジカルバトル》をともに戦ってしまったため、こうした軽いおしゃべりをする機会を逸してしまった感がある。今夜、ミスター・グレーの監視の目のおかげで、わたしたちは期せずして自己紹介のステップをやり直すことになった。

　わたしはワインをひと口飲んでから言った。「これまでの人生でいちばん楽しかった休暇は？」

「ぼくの両親は教育を兼ねた旅行にすごくこだわりがあって、地元はもちろん、世界じゅうの史跡や博物館に連れていかれたよ」

「あなたなら楽しんだんじゃない？」

「ああ、楽しかった。父がイギリスの博物館である研究をすることになって、ぼくをアシスタントとして連れていってくれたときのことは、いまでも忘れられない。十歳くらいだったかな。父はぼくを同僚の研究者みたいに扱ってくれた。滞在中は博物館内の研究室からほとんど出なかったけど、たぶんあれが子ども時代のいちばん楽しかった休暇だね」オーウェンはにやりとする。「きみの休暇は、もっとずっとまともだったんだろうね」

「子どものころは、あまり旅行には行かなかったわ。家が商売をしていると、なかなか休みは取れないの。夏休みは特にかき入れどきだし。クリスマス休暇に何度かサンアントニオに行ったくらいね。大学時代は友人と行ったわ」あまり詳細は語らなかったし、もちろん魔法には触れなかった。わたしの演じるロマンチックコメディのキャラクターの経歴は基本的に現実のそれと大して変わらないので、ミスター・グレーに聞かれて困ることは、たぶん何も言っていないはず。

オーウェンはいっしょに休暇を取ることについては触れなかった。わたしたちは出会って間もない設定なので、はじめてのディナーデートでそういう話をするのは時期尚早だ。でも、オーウェンがわたしの目を見つめてかすかにほほえんだとき、彼も同じことを考えているのがわかった。事態が収拾したらいっしょに旅行に行くという約束がずっと果たされていないことを。問題は、事態がいっこうに収拾してくれないことだ。

オーウェンはワインをひと口飲むと、何やら覚悟を決めたような表情になり、言った。「これまでに、だれかを真剣に好きになったことはある?」

これはいきなりすごいのがきた。こちらもワインをごくりと飲む。わたしとしては、オーウェンと出会ったことで、過去の恋愛はすべて輝きを失ったというのが実際のところだ。「一度、大学のとき……」ようやく言った。「少なくとも、そのときは本物だと思ったわ。いまは、わからない。とにかく、当時は真剣だった。卒業したら結婚しようっていう話もしてたし。それが、四年生のクリスマス休暇中に彼が別の人に心変わりして……。春学期が始まった日に呼び出されて、別れを告げられたわ。わたしはてっきりプロポーズされるんだと思って出かけていったんだけど」

「きついね」オーウェンは顔をしかめる。

「でしょ? その学期については、ほとんど記憶がないわ。幸い、卒業に必要な単位はもうだいたい取っていて、二つ、三つ、クラスに出るだけですんだからよかったけど。卒業後すぐに友人たちがこっちへ来たとき、わたしがそうしなかったいちばんの理由はそれなの。たぶん、心のどこかで、彼が目を覚まして、わたしのところへ戻ってきてくれることを期待してたんだと思う。そうなったとき、近くにいたかったのね。それが、あるとき突然吹っ切れて、未練のかけらもなくなっちゃったの」

「それで、ニューヨークに来たんだ」

「新たなスタートを切りたかったんだと思う。長い間自分を抑えすぎてた気がして、その分をいっきに取り戻す必要があったのね」答を知りたいのかどうか自分でもよくわからないが、とりあえず訊くのが筋のような気がして訊いてみる。「あなたは?」

オーウェンは自分の皿を見つめ、フォークの先でソースをかきまぜた。「ぼくは……ないな、たぶん。大学のとき、何度かデートはしたけど、ぼくはだれかと親しくなるのがうまくなくて……。人並みに気持ちはあるんだけど、それを表現するのが下手なんだ。なんとか勇気を振り絞って気持ちを表そうとしたときには、たいてい時すでに遅しで、相手の心はもう離れてしまっている。しびれを切らしてね。だから、きみと出会ったのが職場でよかったよ。おかげで、比較的早く、きみといても緊張しないでいられるようになった」

「あなたみたいな人がわたしみたいな女の子に興味をもつとは思いもしなかったわ」

彼は心底驚いたような顔をした。「本当？　どうして？」

急に恥ずかしくなって、手にしたパンを小さくちぎる。わたしは肩をすくめて言った。「だって、男の人は普通、そんなふうにわたしを見ないもの。特に、あなたみたいな容姿で、しかも成功している男性はね。あなたならどんな女性でも振り向かせることができるわ。だから、そういう男性がわたしに目を向けるなんて、最初から期待しないの」

オーウェンのまなざしがあまりに情熱的で、心臓が止まりそうになった。「ぼくがきみに見ているものを、きみにも見せたいよ」

座っていてよかった。そうでなければ、卒倒していたかもしれない。わたしに何を見ているのか訊きたくてたまらないが、それではいかにも賛辞を要求しているみたいなので、ここは目をしばたたかせて涙をこらえるにとどめた。

うれしいことに、オーウェンは促さなくても言ってくれた。「きみは頭がよくて、洞察力があって、人の魂に直接訴えるようなかわいらしさがある。年とともにきみの容姿が変わったとしても、全然気にならないよ。外側がどんなふうに変わろうと――髪の色や、肌や、体形がどう変わろうと、きみの本質であるかわいらしさは変わらないからね」

思わず身を乗り出して、彼にキスをした。「だから、わたしはあなたが好きなの」ささやき声で言う。「もちろん、ほかにもたくさん理由はあるけど。でも、感動したわ」

オーウェンは真っ赤になって、急に話題を変えた。「デザートはどうする？」

「場所を変えましょ。家に戻る途中で、よさそうな店に行き当たるかもしれないわ。少し歩けば、腹ごなしにもなるし」それに、わたしの胃はいま、歓喜の側転中で、とても何かを食べられる状態ではない。

店を出ると、オーウェンはわたしの肩に腕を回した。わたしたちはぴったり寄り添って歩き出す。「いままで経験したなかで最高の初デートかもしれない」わたしは言った。たしかに気味の悪い観客はいるけれど、レストランは火事にならなかったし、けんかも勃発しなかった。さらにうれしいことに、マクラスキーはオーウェンが悪事をはたらく現場を押さえるのをあきらめたらしく、自分の食事が済むと姿を消していた。

「そうだね。またやろう。いや、初デートはもうできないね。それは二度できない。次のデートだ」オーウェンもわたしと同じくらい舞いあがっているようだ。

わたしたちは、わたしのアパートの方角へ歩いた。交差点まで来たとき、オーウェンは立ち止まってわたしにキスをした。ついうっとりしかかったとき、オーウェンが耳もとでささやいた。「ぼくらの役者ぶりはなかなかだったみたいだ。友人は別の方向に歩きはじめたよ。ぼくたちは危険じゃないと判断したらしい」

「今度はこっちがつける番ね？」

「そのとおり」

わたしたちは少しの間そこにとどまってから、さりげなく方向転換すると、ミスター・グレーが歩いていった東西方向の通りを、彼に気づかれないよう十分な距離を取りつつ進んだ。通りは混み合っているとまでは言えないけれど、紛れ込むには十分なだけの人が歩いている。もっとも、彼らが生身の人間かめくらまし《イリュージョン》かはわからない。これだけの人数を拉致したとは、やはり考えにくい。もしこの人たちがめくらまし《イリュージョン》だとしたら、彼はめくらまし《イリュージョン》とそうではない人とをすぐに見分けられるのだろうか。もしかすると、わたしたちは自分たちが思う以上に目立っているのかもしれない。

しかし、ミスター・グレーはこちらに気づく様子もなく、次の角を曲がってアップタウン方向へ向かいはじめた。さっきリンカーン・センターにループした監獄の境界に近づきつつあるが、彼はスピードを落とすことなく歩いている。最後の東西方向の通りまで来たとき、彼はふいに向きを変え、交差点の角にある小さな公園に入っていった。マンハッタンでよく見かける、解体された建物の跡地につくられたミニサイズの公園だ。公園は高いフェンスに囲まれている。フェンスには門があり、ミスター・グレーがなかに入ると、ドアが閉まり、鍵がかかった。

「ここが出口なのかも」わたしはオーウェンの腕をつかんだ。

急いで門まで行くと、オーウェンが魔法で鍵を開け、わたしたちはそっと公園のなかに入った。門があるのはおおよそ監獄の境界に当たる位置だが、わたしたちはリンカーン・センターへは戻らなかった。せいぜいブラウンストーン一棟分の大きさだと思われた公園は、緑が青々と繁る広大な庭園だった。園のなかも外の通りと同じように暗く、木々が神秘的な影を落としている。

「おそらくここは、彼らの玄関口《エントリーポイント》だ」オーウェンはつぶやく。「ぼくらはいま、エルフの国に入ったんだ。より自然な状態の彼らの国にね」

「要するに、ここは監獄の門ってことよね？　出口ってことでしょ？」

「エルフの国への出入口ってことだよ」オーウェンは説明する。

「でも、ポータルはこのなかのどこかにあるんじゃないの？」

「おそらくね。彼らが自由に捜させてくれるとは思わないけど」案の定、木立のなかから出るなり、グレーの服を着たエルフの集団が目に入った。何やらミーティングらしきことをしている。彼らのひとりがこちらを振り向く直前、軽い魔法の刺激を感じ、オーウェンが自分とわたしに覆い《ヴェール》をかけたことがわかった。わたしたちは急いで茂みの陰に隠れると、そのまま身を低くして公園の出口へ向かった。グレーのエルフの数がどんどん増えていくのを横目で見ながら――。

公園のある通りから十分離れたところまで来て、ようやくふたりとも普通に呼吸ができるようになった。「間一髪だったわね」

「ああ、でも危険を冒す価値はあった。どうやらぼくたちは、監獄を出てエルフの国に入る場所を見つけたようだ。さっきのはたぶん、監視員が交替するときのミーティングだったんだろう」

「でも、それがわかったところで、何かの役に立つ？」

オーウェンは肩をすくめる。「情報は少しでも多い方がいい。とりあえず、観察すべき場所がひとつ見つかったってことだよ。それに、もしさっきのがシフトの交替だとしたら、あの時間は彼らの監視態勢が弱くなる可能性がある。そこをうまくつけるかもしれない。明日の朝、マックに報告しないと」

わたしたちはわたしのアパートの方向へ歩き出す。「マックに指揮をとらせていいの？」わたしは訊いた。

「どうして？　彼は評議会《カウンシル》の人間だよ。ぼくより立場が上だし、このてのことには経験がある。まあ、異なる次元の世界に囚人として監禁されるという経験については、どうかわからないけど。とにかく、ぼくは基本的に研究室の人間だからね。それに、ぼく以外の人が指揮をとった方が、みんなも安心だと思う。人々の信頼を少しでも回復するには、指揮官になろうとするより、一兵士として働いた方がいいんだ」

わたしはオーウェンの腕をぎゅっとつかんだ。「大丈夫よ。あなたのことをよく知っている人たちはみんな、あなたが悪人とはほど遠い人間だってこと、ちゃんとわかってるわ」

そのあと、アパートの前の階段でおやすみのキスをするまで、オーウェンは何も言わなかった。今夜はおそらく、考えたり、プランを練ったり、あるいは気をもんだりしながら、遅くまで起きているのだろう。わたしもすぐには寝なかった。かなり疲れてはいたけれど、ベッドに入る前に、新たにいくつか現実世界の記憶を書きとめた。そしてその紙を、万一、留守中に彼らが部屋を捜索しても見つかる可能性が低く、かつ、自分の目には間違いなくとまる場所を選んで、しまっておいた。


翌朝、わたしはパーディタの店へ向かった。監視の厳しい書店へ行く前に話ができるよう、ここでオーウェンと朝食を取る約束をしたのだ。アパートの前にミスター・グレーの姿はなかった。どうやら、昨夜のデートで、彼を納得させることができたらしい。あるいは、死ぬほど退屈させたかだ。店にはわたしの方が先に着いた。「いつもの?」パーディタが訊いた。

「ううん、ペリー、今日は朝食をもらうわ」

「じゃあ、そこ、座って」パーディタは近くのテーブルを指さす。

まもなくオーウェンが到着して、テーブルをはさんで彼の顔を見るなり、ふいにある記憶がよみがえった。「あなただったのね。あの朝、パーディタのコーヒーシャワーからわたしを救ってくれたのは。どうしてあのとき気づかなかったのかしら。あの時点で覚醒してもよさそうなのに」

「うん、あれはぼくだよ。たしかに、ぼくの方も気づいてよかったはずだ。きみを見た瞬間、何か特別なものを感じたからね。現実世界ではじめてきみを見たときと同じだった」わたしたちはささやくように話している。周囲のだれがわたしたちをひそかに見張る監視員で、だれがほかの囚人たちか――あるいはめくらまし《イリュージョン》でつくられた背景の一部か――わからない。

「そんなふうに感じたの?」

「ああ」

「実は、わたしはあのとき、時間が一瞬止まったように思えたの。まるで、そこには自分たちしか存在しないような……」

「うん、まさにそんな感じだった」

胸に熱いものがこみあげてくる。「本当？」

「ああ。だから、ロッドといっしょにカフェではじめてきみの面接をしたとき、ぼくはほとんど話せなかったんだ。憧れのセレブについに会えたような心境で、何かばかなことを言ったらどうしようって、ほとんど怯えてたよ」

わたしはオーウェンのことを見つめた。もう一度あらためて恋に落ちるような感覚に、自然に頬が緩み、心が暖かくなっていく。少なくとも、このことに関しては、エルフに感謝したい。

パーディタがやってきて、わたしたちのカップにコーヒーを注ぎ、注文を取った。彼女はオーウェンをちらりと見てから、わたしのことを見た。そして、ふたたび彼を見ると、にっと笑って言った。「フローレンスのアドバイス、ちゃんと聞いたのね」

「まあ、そういうこと」わたしは言った。

「聞いて正解よ。さてと、じゃあ、注文通してくるわね。少々お待ちを」

パーディタがいなくなってから、わたしはオーウェンにささやいた。「一瞬、何か思い出すのかと思ったわ」

「公共の場で覚醒させるのは避けた方がいいだろう。だれが見ているかわからないからね」

「そもそも、彼女を覚醒させて大丈夫かしら。彼女、人目をはばかるのが必ずしも得意じゃないわ。陽動作戦では才能を発揮するんだけど、思ってることを隠すってことがまったくできなくて」

「でも、彼女は顔が広い。おそらく、ここに拉致された人たちの少なくとも半数とは知り合い

報よ」

「じゃあ、彼女を覚醒させるのは、頭数が必要になったときにしましょう。いま必要なのは情報よ」

オーウェンはうなずく。「そうだね。彼女の魔術を解くのは、もう少し待とう」

パーディタがコーヒーをつぎ足しに戻ってきた。「朝食の方、いまできるからね」そう言うと、にっこり笑う。「それにしても、フローレンスはいい助言をしたわね。あなたたち、ほんとお似合いよ」パーディタはわたしのカップにコーヒーを注ぎはじめたが、ふいに顔をしかめると、瞬きをし、茫然としてわたしのことを見た。コーヒーがカップの縁からあふれ出す。

その瞬間、パーディタはつかの間ワープしていた夢の国から帰還し、後ろに飛びのいた。はずみで手からコーヒーポットが滑り落ち、大きな音を立てて割れる。「わっ、すみません、ミス……じゃなくて、ケイティ。いますぐきれいにしますから」そう言うと、エプロンにはさんだタオルを取るかわりに、片手をひるがえしてこぼれたコーヒーを消した。それが決め手となったようだ。パーディタは息をのむと、つぶやくように言った。「ケイティ、オーウェン、いったい何がどうなってるの？」

魔術は人目のないときに解くという作戦も、十分に情報を集めてからパーディタを覚醒させるという計画も、これでだめになった。しかも、こんなに派手に魔術の解ける瞬間を披露することになるなんて。コーヒーポットが割れたとき、店じゅうの視線がこちらに集まったはず。パーディタが魔法でコーヒーを消したのを彼らが見ていないことを祈るのみだ。

オーウェンがすぐに動いた。彼はすばやく席を立ち、まるでパーディタが気を失いそうになっているかのように彼女の体を抱きかかえると、自分の椅子に座らせた。「大きく深呼吸して」まわりに聞こえるよう、大きめの声で言う。

騒ぎを聞いて別のウエイトレスが走ってきた。彼女はバスボーイを呼んで割れたポットを片づけるよう指示すると、パーディタに言った。「大丈夫？」

パーディタが答える前に、わたしはすかさず言った。「少し冷たい風に当たった方がいいわね。わたしが外に連れていくわ」立ちあがってパーディタのそばへ行き、彼女の手をつかむ。「さあ、ペリー、行きましょう」

パーディタはわたしを見あげ、何か言おうと口を開いたが、わたしの表情を見ると、黙って言うとおりにした。店の外へ出るなり、彼女はあえぐように言った。「ここはどこ？　何が起こってるの？」

「シーッ！」周囲を見回し、だれにも見られていないことを確かめると、わたしは急いで状況を説明し、最後に言った。「おそらく、オーウェンとわたしがいっしょにいるのを見たことで魔術が解けたのね」

「どうしよう！　どうやったら帰れるの？　ママ、死ぬほど心配してるわ。あっ、でも、ママだってこっちにいるかもしれない。あたしがあなたにビラを見せたせいで、家族がみんな拉致されてたらどうしよう！」完全にパニックになっている。これを落ち着かせるには、やはりびんたしかないだろうか。

さすがにそれは気が引けるので、かわりに彼女の肩をしっかりとつかんで言った。「落ち着いて！　魔術が解けたことに気づかれたら、またかけ直されるわ。次も解けるという保証はないのよ。ここに来る前、最後に何を見た？」

「会社から帰ってきて、アパートの玄関ホールに入ったところまでは覚えてます。あとは、気づいたら、このダイナーで働いてました。でも、それが当然のことだと思ってたから……」

「大丈夫。ここで家族に会った覚えがないなら、たぶん連れてこられてないわ」できるだけ優しく言う。「この世界はかなりせまいみたいなの。あなたはこのまま自分の役を演じ続けて。何も変わってないふりをするのよ。できる？」

「でも、あたし、すごいおっちょこちょいだし、ウエイトレスの才能ゼロだから……」

思わず苦笑いしてしまう。「それは、ここでも変わってなかったわ」

パーディタは過呼吸が治まったようだ。「あ、そういえばそうですね。たしかにひどいウエイトレスでした。彼ら、どうしてあたしをウエイトレスなんかにしたのかしら」

「さあ。彼らの行動で理由が理解できることは半分もないわ。これまで、ウエイトレスになることを考えたことはあった？」

「今度クビになったらウエイトレスをやるしかないな、みたいなことはときどき考えたことがあります。だけどウエイトレスなんかしたら、かえってほかのどんな仕事よりもへまをしそうだな、とか。あと、最近は、もしエルフと魔法使いが断絶したら自分はどうなるんだろうって、よく思ってました。やっぱり、会社はクビかなって……」

「なるほど。どうやらその潜在意識がこの世界でのあなたの役柄を決めたようね。エルフたちの一部が何かを企んでるのは間違いないけど、でも、ここではすべての囚人が同じチームよ。魔法使いであろうが、エルフであろうが。ただし、当面は何も変わってないふりをする必要があるわ。もっと状況が把握できて具体的なプランを立てられるまでは、まわりの人たちは全員ぐるだと思って。できる?」

「でも、ここには知ってる人がたくさんいます!」

「そうだと思ったわ。もっと情報を得られたら、その人たちにもちゃんと対処するから心配しないで。でも、いまはとにかく、魔術が解けていないふりをするの」

パーディタは何度か深呼吸すると、うなずいた。「わかりました。やってみます」

わたしは彼女の肩をぽんとたたく。「あなたならやれるわ。それじゃあ、なかに戻りましょう。いい?」

「はい。たぶん、朝食も準備できてると思います」

店内に戻ると、床はきれいに掃除され、テーブルにはすでに注文した料理がのっていた。

「大丈夫?」別のウエイトレスがパーディタに訊く。

「ええ、大丈夫。まいったわ、いったいどうしちゃったんだか」そう言うと、パーディタはにやりとして続ける。「きっと、ここで毎日脂ぎった蒸気を吸い込んでるから、手のひらから脂がしみ出してきて、コーヒーポットが滑っちゃったんだわ。ごめんなさいね、ケイティ、オーウェン」

「問題ないよ」オーウェンはかすかに笑みを浮かべて言った。

　彼女たちがいなくなると、オーウェンは小声で言った。「どうだった?」

「パニックになってたけど、とりあえず状況を説明したわ。あとは、彼女がうまくやれるかどうかね」

「ぼくが魔法をかけようか」オーウェンはつぶやく。

「まずは様子を見てみましょう。知り合いがたくさんいるみたいだし、ここで伝言板的役割を果たしてもらえるかもしれない。いまのところ、グレーの男たちも見当たらないし」わたしは天を仰ぐ。「しまった、彼らのことを注意するように言うのを忘れたわ」

「彼女の場合、気をつけるように言ったら、よけいに彼らの前で挙動不審になるよ」

「たしかにそうね。それにしても、この魔術は思いのほかもろいようね。パーディタはわたしたちがいっしょにいるのを見ただけで覚醒しちゃったんだから」

　朝食を食べながら様子を見ているかぎり、パーディタはうまく芝居をしているようだ。いまのところ、わたしたちに向かってウインクするなどといった、べたな過ちは犯していない。ここでの彼女の人物像は、現実世界でのそれとさほど大きく変わらないので、魔法を使ってはいけないことさえ忘れなければ、おそらく大丈夫だろう。

　とりあえず、せめてそれだけは忘れないでいてくれることを祈るしかない。

13

わたしたちが書店に到着したとき、マックとマクラスキーは公園のいつもの場所にいた。オーウェンは渋い顔で言った。「ゆうべのこと、報告しにいった方がいいな」

「しなきゃだめ？」

「彼らに危険信号と見なされかねないことはできるだけしたくない。情報の出し惜しみとかね。ゆうべマクラスキーがどこまで見たのかはわからないけど、ぼくの報告内容と彼の見たことが同じであれば、少しは納得してくれると思う」オーウェンは道を渡って公園に向かう。わたしもあとに続く。チェス盤をのぞくふりをするオーウェンを、マクラスキーは疑わしげににらんだ。相変わらず警戒を解く気はないらしい。

「ゆうべ、エルフの国への出入口と思われる場所を見つけました」オーウェンは小声で言った。マックとマクラスキーははじかれたように顔をあげる。「監獄の境界は、バリアではなくループになっていて、そこまで行くと、自動的にある地点まで戻ってしまう仕組みのようです」オーウェンは説明する。「ですが、ぼくたちは監視員のひとりを尾行して、境界上にある公園に入りました。公園は境界を越えてずっと先まで続いていて、グレーの服を着たエルフが大勢集まっていました」

「ポータル自体は見つからなかったようだな」マクラスキーがチェスの駒を動かしながら言った。

「あれだけ大勢の見張りがいたら、どのみち脱獄は難しかったでしょう」口調に若干皮肉がにじんだが、それでもマクラスキーがわたしたちのあとをつけたことに触れないのは素晴らしい自制心だ。わたしなら、あごめがけてこぶしを突き出していたかもしれない。

「オーウェンの言うとおりだ。ポータルは厳重に監視されているはずだ。むろん魔法除け《ワード》もかけられているだろう。そう簡単に突破できるとは思えない」マックが言った。「だが、わたしの読みでは、彼らより囚人の数の方が多い。連中は、こっちが反撃に出たり逃げようとしたりするとは思っていないだろう。囚人たちを覚醒させて、皆で協力してかかれば、連中を圧倒して脱出することができるかもしれない。まずは皆を覚醒させることから始めよう。ただし、あくまで内密にだ。当面は最小組織単位《セル》で作戦を遂行する。各自、自分が覚醒させた人のみ把握し、それ以上は知らなくていい。自分が直接覚醒させた人以外は、すべて魔術の影響下にあるものとして接するんだ」

　オーウェンの表情がこわばる。彼がこの案に賛成でないことは、目を見れば明らかだ。しかし、オーウェンはそのままうなずくと、ゲームに勝ったことを祝うかのようにマックの背中をぽんとたたいた。わたしたちは書店に向かって歩き出す。

　いっしょにオーウェンのオフィスへ行き、なかに入ったところで、わたしは言った。「看守を数で圧倒するという作戦には賛成じゃないみたいね」

「うまくいくとは思えないよ。どんなに数的優位に立ったところで、ポータルにアクセスできないかぎり、ここから出ることはできないんだ」

「どうするつもり?」

「とりあえず、暴力なしで出られる方法を探すよ。マックが刑務所暴動計画を具体化する前にその方法がわかれば、血なまぐさい事態は避けられる。それに、そもそもエルフの囚人たちが彼の案に賛成するとは考えにくい。彼らにとっては、同胞を攻撃することになるわけだからね。彼らがどれほどシルヴェスター体制に不満をもっていたとしても、よほどやむにやまれぬ理由がないかぎり、エルフ同士が戦う案にうなずくとは思えない。魔法使いが立てた戦略であればなおさらね。あのアールでさえ、シルヴェスターを襲う気になるには、〈月の目〉の影響下にどっぷり浸かる必要があったんだから」

「アールといえば、彼のこと、さっそく覚醒させた方がいいんじゃない?」

「そうだね」

オーウェンはアールをオフィスに呼んだ。彼の部門のマーケティングについて話し合うという名目だ。デスクの前に座って人気の高いシリーズについて説明するアールを見ながら、彼と仕事をしたときのことを懸命に思い出してみる。彼は人間の姿のめくらまし《イリュージョン》を与えられていて、わたしの知るアールとは見た目が違っている。そのせいもあって、彼を覚醒できそうなエピソードがなかなか思い浮かばない。

ふとアイデアが浮かんだ。「ファンタジー部門のロゴをつくったらどうかしら」わたしは言った。「スカベンジャーハントが大好評だったでしょ？　だから、それをさらに一歩進める形で、魔法の道具をモチーフにしたロゴをつくって、それと同じオブジェを捜す、より大規模なトレジャーハントをやるの。何かケルト風のデザインがいいと思うんだけど」

オーウェンはすぐにこちらの意図を読み取り、ノートとペンを取り出して、〈月の目〉がはめ込まれた〈アーンホルドの結び目《ノット》〉をかなり正確に描いてみせた。まさにこの魔法のブローチの行方を追っているとき、わたしたちはアールと出会ったのだ。「こんな感じかな」オーウェンはノートをアールの方に向ける。

アールは何か遠い記憶を呼び起こそうとしているような表情になった。わたしはとどめを刺しにかかる。「ロゴに何か物語をつけてもいいわね。たとえば、このブローチは古代から伝わるエルフの秘宝で、これを身につけると不死身になれる、みたいな」

「〈アーンホルドの結び目《ノット》〉なんて名前はどうだろう」オーウェンが言う。

「何世紀も行方不明になっていて、ようやく発見されたんだけど、なんとブローチには、もち主に強大な力を与えるという伝説の石がはめ込まれていた」

「石の名前は、〈月の目〉にしよう」

「ところが、ブローチはふたたび行方知れずになってしまった。それを手にした者はだれであれ、世界を征服することができる。たくさんの戦争を引き起こしたのちに――。かくして、あちこちで大捜索が始まった。ブローチを捜し求める者たちの目的はふたつに分かれた。ひとつは、ブローチを自己の利益のために使うこと。もうひとつは、ブローチを破壊して世界を救うこと」

　アールは座ったまま茫然としている。目の焦点が合っていない。わたしは彼の耳もとに顔を寄せて、ささやいた。「アール、おまえはいい」アールがエルフロードの部下を装い、宮廷《コート》に潜入していたとき、シルヴェスターやその取り巻きたちにさんざん言われたセリフだ。

　アールはふいに立ちあがった。「シルヴェスターがエルフの国につながるポータルを開けた！　やつを止めないと！」そう叫んだあと、アールはしばし肩で息をしながら立っていたが、やがて瞬きすると、オフィスのなかを見回し、最後にオーウェンとわたしに目をとめた。ふたたび瞬きをし、震える声で言う。「あんたたち、おれがそうじゃないかと思ってる人たち？」

「ぼくたちをだれだと思ってるの？」オーウェンが訊いた。

「ケイティとオーウェン。でも、この書店の人として知ってるケイティとオーウェンじゃない。MSIのケイティとオーウェンだ。これ、全部まやかしだよ」アールは力が抜けたように椅子に座り込む。「ここはいったいどこなんだ」

「エルフの国のなかにある一種の強制収容所だよ。きみも彼らが見せたくない何かを見てしまったようだな」

　アールは親指でこめかみをもむと、クモの巣でも振り払うかのように何度か頭を振った。

「ああ、シルヴェスターの部下のひとりを尾行して例の倉庫へ行ったんだ。そして、ポータルを見つけた。やつらはエルフの国としっかりつながってたんだ。おれたち人間界に住むエルフは、もう長い間、エルフの国と断絶してるってことになってたのに。あんたに電話しようとしたんだけど、どうやら先に捕まっちゃったらしいな。おれたち、話してないだろ？」

「電話はかかってきたけど、出てもだれも答えなかった」オーウェンは言った。

「あんたらふたりはどうしてここに連れてこられたの？」

「きみが送ってきた写真を頼りに、あの倉庫を捜し当てたんだ」

アールはうなずく。「あらためて思い返してみると、ここにはおれたちの仲間がたくさんいる。みんな、失踪したあと、ここに連れてこられてたわけか」そう言うと、ふいににやりとした。「まあ、監獄としては、悪くないけどね。っていうか、ほとんどちょっとしたご褒美だよな。ＳＦやファンタジーの話をして給料がもらえるんだから。だけど、どうやってここから出るの？」

「それをいま考えてるところ」わたしは言った。

「とりあえず、みんなの魔術を解くことから始めようと思ってる」オーウェンが言う。

「看守にばれないよう気をつけながらね」わたしはつけ足す。

「看守？」

「ここで会う人たちのうち、ＭＳＩの知り合いやあなたの地下組織の仲間以外は、すべてシルヴェスターの手下で、わたしたちを監視していると思った方がいいわ」わたしは言った。「それから、エルフの姿のままの人たちも見かけることになると思う。彼らはグレーの服を着ていて、それなりの権限を与えられてるみたい。魔法の影響下にあるときは、彼らの姿は見えないわ。だから、彼らを見かけても無視するようにして。魔術が解けたことを彼らに知られないよう、いままでどおり振る舞うの」

アールは不安げに目を見開いた。「ああ、そうだな。おれたちが気づいたと知ったら、シルヴェスターのやつ、どんな手に出るかわかったもんじゃない」

「現実世界での鮮烈な記憶が、魔術を解くのに有効らしい」オーウェンが言った。「知り合いに会ったら、人目のないところへ連れていって、記憶を呼び起こすような話をするんだ。そして、魔術が解けたら、いま話したことをすべて伝えること」

「その〝人目のないところ〟っていう部分がすごく重要よ」わたしは言った。「覚醒したとたんに大騒ぎされる可能性があるから。シルヴェスターの手下がたまたま近くにいないともかぎらないからね。だれかひとりでも魔術が解けたことがばれたら、全員が危険にさらされることになるわ。それと、続けて何人も覚醒させるのは避けた方がいいわね。短時間に現実世界での知り合いと何人も立て続けに会ったら、怪しく見えると思う。だから、覚醒は徐々にやっていくこと。とにかく、可能なかぎり何も変わっていないよう振る舞うことが大事よ」

「それから、この作戦は最小組織単位《セル》でやることになってる。万一、ひとつのグループが見つかっても、全員が芋づる式に割り出されることのないようにね。だから、だれかを覚醒させたら、その人はきみに自分がだれを覚醒させるつもりか言わないようにする」オーウェンが言った。

「わかった」アールはうなずく。それから、ふいに眉をひそめた。「あれ、ちょっと待てよ。あんたらふたりはなんで魔術にかかったの？　ふたりとも免疫者《イミューン》じゃなかったっけ」

オーウェンはうっすら赤くなった。「ブローチを破壊したとき、まともに衝撃波を食らっただろう？　どうやらあれが、ぼくの魔力を再起動させて、ケイティには一定量の魔力を与えたらしい」

「もっとも、わたしが魔法使いでいられるのは一時的なことで、しかも、あまり優秀とは言えないわ」わたしは言った。

「きみは優秀だったよ。素晴らしくのみ込みがよかった」オーウェンは反論する。「ただ、パワーが足りなくなっただけだ」

「へえ、そうだったんだ」アールはあっさり納得した。「それ、秘密にしといた方がいいの？」

「秘密にしても、みんなすぐに気づくよ」オーウェンはなかば投げやりに言った。

アールが販売フロアに戻ったあと、わたしはオーウェンに言った。「マックとパーディタとアールのケースを見るかぎり、キスしなくても覚醒させることはできるみたいね」

オーウェンの口もとがぴくりと動いて、困ったような表情のまま、かすかに笑みが浮かんだ。「だれにでもキスが有効なわけじゃないよ。有効なのは、きみとキスしたことを覚えてる人だけだ」

「だとしたら、かなりしぼり込めるわ。あなたひとりってところまで。ちなみに、わたしはそれで十分満足よ。さてと、それじゃあ、そろそろ仕事のふりに戻るわ」

ただし、行き先はコーヒーショップではない。オーウェンはマックのプランに逆らわないつもりらしいが、わたしにはそうしなければならない理由もしがらみもない。わたしはアールと後ろから近づくと、声を低めて続ける。アールは跳びあがって驚いた。

「ケイティ、どうしたの？」そう言ってから、声を低めて続ける。

「これは書店の件？　それとも、その、別の件？」

「別の件よ」周囲を見回し、声が聞こえる位置にだれも――とりわけオーウェンが――いないことを確かめると、小声で言った。「オーウェンがあなたに言えないことで、ちょっと話したいことがあるの」心臓の鼓動が早くなる。看守以上にオーウェンに見つかることが恐かったが、勇気を出して先を続ける。「彼が魔力を取り戻したことで、魔法使いたちがまたあらぬ疑念を抱くことは、想像できるわよね。実は、彼をずっと監視してきた法執行官たちもこっちに連れてこられてるの。オーウェンはやましいところがないことを示すために、彼らに協力して主導権を取らせてるわ。彼があなたに与える指示は、あくまで評議会《カウンシル》の人たちの指示であって、オーウェン自身は彼らのプランに全面的に同意しているわけじゃないってことを知っておいてほしいの」

アールの顔がこわばる。「エルフの国で起こっているエルフの問題について、魔法使いたちが主導権を取るってこと？」

「やっぱりそういうリアクションになるわよね。オーウェンもそれを気にしてた。でも、彼はいま難しい立場にいるの。彼らに逆らったら、危険分子と見なされるわ」

「でも、おれたちエルフが逆らえば、それはエルフがエルフ的な行動を取っているにすぎない」

わたしはにっこり笑って、彼の肩をたたく。「そのとおり！　エルフ側のリーダーはエルフに決めてもらうわ。ここにだれがいるかを調べながら、リーダーにふさわしい人を探してみて。囚人としてここにいる間は皆仲間だという意識を全員がもってくれればいいんだけど、それはちょっと難しいかもしれないわね。とりあえず、現状を無視したばかげたことをする人が出ないことを祈るわ。それから、わたしがこの話をしたことは、もちろんオーウェンには絶対内緒よ」

「わかった。教えてくれてありがとう」

その日、仕事を終えて書店を出たとき、店のまわりにグレーの服を着たエルフは見当たらなかった。とはいえ、周囲にいる人たちのなかに彼らの仲間が紛れていないという保証はないので、わたしたちはいつものようにディナーをどうするか話しながら、店が決まるまでぶらぶら歩き続けた。残念ながら、エルフの国につながる例の公園付近にはレストランが一軒もないので、近くへ行く口実がない。そこで、夕食を取ったあとアイスクリームショップに寄り、テイクアウトしたアイスクリームを食べながら散歩するという体裁を取ることにした。これなら、恋に落ちて間もないカップルがやることとして不自然ではない。

「で、どうする？」公園の一ブロック手前まで来たところで、わたしはオーウェンにささやいた。「シフト交替のミーティングが始まる前に忍び込んで、ポータルを捜す？」

「それは危険すぎる」コーンに垂れてきたアイスクリームを舌ですくってから、オーウェンは言った。「入る前にもっと情報がほしい。でも、張り込みの方法については、ひとつアイデアがあるんだ。公園の正面にあるアパートだけど、あそこに囚人を住まわせることはないよね」

「ええ。でも、看守の宿舎としてはいい場所だわ」

オーウェンは自分の足につまずきそうになった。「それは考えなかった」

「でも、すべての部屋が埋まってるわけじゃないと思う」急いで言い足す。「公園を見張るのにちょうどいい場所があるかもしれないわ。あなたのアイデアって、そういうことよね？」

「まあね」

公園のあるブロックまで来ると、だれにもつけられていないことを確認し、向かい側にある建物のいちばん端の正面階段をあがった。オーウェンが魔法で鍵を開ける。なかに入ると、完全に内装の施された玄関ロビーが現れた。上階の階段ホールに目を凝らす。ロビーに比べて、だいぶ大雑把なつくりに見える。階段をのぼると、そこは舞台の背景幕のような状態だった。小さなテーブルは壁に描かれた絵にすぎない。階段ホールにあるドアには鍵がかかっていなかった。

なかに入ると、そこはわたしのアパートの上の階と同じような、内壁のないがらんとした空間だった。わたしたちは床の梁《はり》の上を歩いて、公園が真正面に見える場所まで行き、観察を始めた。

昨日ここへ来たときより三十分ほど時間が早いが、まもなくグレーの服を着たエルフたちが公園に到着しはじめた。彼らはひとりかふたりずつ現れ、決してそれ以上の人数でいっしょに来ることはなかった。わたしは人数を数えていく。到着の流れが途切れがちになり、やがて完全に止まったとき、わたしは言った。「二十人」

「集まりはじめたのは八時半ごろだったな。もう少し待っていられる？」

細い梁の上にしゃがんでいるのは楽ではないが、わたしは言った。「もちろん。ミーティングがどのくらい続いて、そのあと何人出てくるのか、見てみましょう」

その後二十分くらい何も動きはなかった。通りを歩く人もまったくいない。帰るときは十分注意する必要がある。ここは、〝散歩の流れでたまたま来てしまった〟という言いわけがそう何度も通用する場所ではなさそうだ。ようやく、公園からグレーの男たちが出てきた。「十八人いたわ」わたしは言った。「でも、彼らがさっきと同じエルフなのか、違うエルフなのかはわからない。みんなクローンみたいに同じに見えるんだもの。こっちには彼らが見えないことになってるから、〝うっかり服にインクをかけちゃいました〟作戦で区別をつけるわけにもいかないし」

そのとき、下の階で建物の入口のドアがばたんと閉まる音がして、わたしたちは凍りついた。続いて、建物のなかの別のドアが開き、そして閉まる。どうやら、だれかが真下にある部屋に入ったようだ。

わたしたちは息を殺したまま顔を見合わせ、出ていく気配はないか耳を澄ます。ドアの開閉音がしないまま、長い数秒間が過ぎる。そのうち、階下からくぐもった会話の声が聞こえてきた。下にずっとだれかいたということ？　わたしたちはかなり小声で話していたし、ほとんど動いていない。それに、だれも様子を見にはこなかった。大丈夫。たとえだれかいたのだとしても、気づかれてはいない。

　オーウェンは梁の上を少しずつ移動しはじめた。わたしにもついてくるよう合図する。外はすっかり暗くなっている。街灯の明かりがいくらか入ってはくるものの、建物のなかはかなり暗く、むき出しの梁の上を進むのは決して容易ではない。足を踏み外して下の部屋の天井をぶち抜いたりしたら、一巻の終わりだ。

　下には部屋が続いているので、細心の注意を払いながら移動する。窓と窓の間は立ちあがって歩くことができるが、窓の前を通るときは、外から姿を見られないよう四つん這いで進まなければならない。おそらく、窓にはすべて、なかで普通の生活が営まれているように見せるめくらまし《イリュージョン》がかけられていると思うが、確認できない以上、リスクは冒したくない。

　建物の反対端にたどりついたときには、脚ががくがくし、ひざはすりむけていた。階段ホールに出て、埃を払い、服を整えて、階段をおりる。オーウェンが外に人がいないことを確認し、わたしたちは建物を出た。そのまま急いで角を曲がり、より人の多いエリアへと向かう。

　途中、グレーのエルフとすれ違ったが、特にわたしたちを気にする様子はなかった。「このこと全部、マックに報告するの？」わたしはオーウェンに訊いた。

「報告しないとね」オーウェンは力なく肩をすくめる。「この先少しでもまともな人生を送りたいと思ったら、彼に信用してもらう必要がある。そのためには、隠しごとは御法度だ」

　冴《さ》えない口調だ。「マックのプランが心配なのね」

「彼のやり方だと、魔術が解けた者全員を敵の前にさらすことになって、皆がいっせいに魔術をかけ直されるリスクがある。しかも、それだけならまだいい方だ。悪くすると、けが人や死人が出るかもしれない」

「でも、あなたは彼に反論するわけにはいかない。自分が指揮をとるような態度を少しでも見せれば、またすぐに、黒魔術を使って世界を乗っ取る話につながってしまうから――」

「たとえ彼がぼくを信用していたとしても、ぼくの言うことを聞くとは思えないけどね。マックにとってぼくは、いつまでたっても五歳の子どもなんだ」

「もし、あなたが指揮官だったら、どういう作戦でいく？」

「できるかぎりエルフと協力して動く。可能なら、彼らのひとりをグレーのエルフのなかに紛れ込ませて、公園のなかを偵察してもらう。うまくいけば、ポータルを見つけて向こう側へ行けるかもしれない。エルフの国にいる間は、ぼくたちはどうしても不利だ。そう考えると、やはり向こう側から助けを得ることがカギになると思う」

「でも、向こう側から近づこうとすれば、皆、こっち側へ拉致されてしまうわ」

「だから、仲間に見える人に向こうへ行ってもらう必要がある」

「アールは顔が知られすぎてるわね。でも、彼の知っているエルフのなかに、その役を任せられる人がいるかもしれない」一瞬、アールにエルフの立場から動くよう頼んであることを話そうかと思ったが、オーウェンはあとで知らなかったと言える方がいいと思い、黙っていることにした。

オーウェンに隠しごとがしたいわけではない。本当のことを知ったとき彼がどんな反応をするか、少し不安でもある。でも、オーウェンが評議会《カウンシル》にたてつくという構図をつくらずに、わたしたち全員が現実世界に帰るためには、こうするしかないのだ。

魔術にかかっていたときの習慣は変えない方がいいと思い、朝はいままでどおりパーディタのダイナーに寄ってから出勤することにした。翌朝、わたしが店に入ると、パーディタはすぐに駆け寄ってきた。「店に配達に来る人と以前つき合ってたことがあるんです」パーディタはささやく。「彼、地下組織のメンバーだと思う。政治的な話ばかりしてたから。それから、毎日一回は顔を出すお客さんがいるんですけど、彼、あたしの親友の妹の彼氏です。彼の政治的スタンスがなんなのかはわからないけど、ここにいるってことは、きっとあたしたちの側ってことですよね？ あたし、どうすればいいですか？」

「ふたりのどちらかとキスしたことはある？」

パーディタは少し赤くなると、指に髪の毛をくるくると巻きつけた。「実は、両方と……」

「じゃあ、その角度から試してみて」

「えっ、おとぎ話《フェアリーテール》みたいに？」

認知的不協和について説明しかけて、ふと、相手がだれであるかを思い出した。「ええ、そうよ。でも、気をつけて。必ず周囲に人がいないことを確認すること。覚醒させたら、状況を説明して、彼にも彼自身が信頼する人に同じことをしてもらうの」パーディタの元カレが地下組織のメンバーなら、レジスタンスのやり方にはきっと心得があるはず。彼が最小組織単位《セル》での活動の意味を知っていることをせつに願う。パーディタにそれを説明する気にはとてもなれない。

「あたしはキスすればいいんですね？」

「何か現実世界でのエピソードを話すのも有効よ。キスはより手っとり早い方法だというだけ。向こうでそういう関係にあったけれど、こっちでは違うという場合はね。基本的に、何か鮮烈な思い出を呼び起こすものならなんでもいいの」

「了解！」パーディタはやけに張り切ってそう言うと、わたしがコーヒーをオーダーする間もなく、店を飛び出していった。

　別のウエイトレスにコーヒーを用意してもらい、店を出ると、パーディタが配達員のかっこうをしただれかとキスをしていた。わたしに気づくと、彼女は彼の背中で親指を立てる。どうやら、新たなメンバーがまたひとりチームに加わったようだ。

　書店の前まで来ると、オーウェンとマックが公園にいるのが見えた。一瞬、彼らの方へ行こうかと思ったが、やはりやめることにした。朝の行動パターンに若干変化を加えるのは別に怪しい行動ではないし、かえって看守たちの気を散らすことになっていいかもしれない。それに、オーウェンに言えないことができたいま、彼らの前で平然としていられる自信もなかった。

　書店に入ると、すぐにアールが近づいてきた。「仲間のエルフを三人、覚醒させた」アールは言った。「でも、三人ともおれと同程度のことしか知らないようだ。皆、シルヴェスターの政敵だよ」

「了解。ありがとう」

「三人のうちのひとりは地下組織のリーダー格のやつだ。魔法使いたちに会いたいと言ってる」

これは厄介な展開になるかもしれない。でも、アールを覚醒させて、彼に知り合いの覚醒を始めてもらうのは、最初から計画にあったことだ。「それ、オーウェンに話して」わたしは言った。「もうすぐ来るはずだから」

フローレンスがこちらの恋愛事情についてあまり突っ込んでこないことを願いながら、二階へあがる。ところが、今朝の彼女は驚くほど静かだった。オーウェンについて、二、三度、わたしをからかっただけだ。穿鑿は一時中断ということだろうか。彼女がどういう立場なのか知りたいけれど、怪しまれずに探る方法を思いつかない。

午前なかばのコーヒーブレイクで店が混みはじめたとき、カフェラテをつくりながらふと顔をあげると、どことなく見覚えのある顔が目に入った。エルフとして知っている人で、人間の姿をしているために思い出せないのだろうか。彼の方にこちらを知っているような素ぶりはない。仲間であることを示すサインをさりげなく送ってくるわけでもないので、パーディタやアールが覚醒させただれかでもなさそうだ。ここでは、皆、たいてい本来の姿をしていないうえ、人間関係やバックグラウンドが変わっているので、知り合いを認識するのは必ずしも容易ではない。彼だって、もしかすると毎日会社の廊下で見かける人で、場所がアッパーウエストサイドの書店に変わったために思い出せない、ということかもしれない。きっと、現実世界のアッパーウエストサイドの書店で見かけても、同じように思い出せないに違いない。

彼のカフェラテをつくりながら、ＭＳＩ関連の知り合いをかたっぱしから思い浮かべてみたが、やはり何も出てこない。一時間後、ポットに新しいコーヒーをつくっているとき、ふいに思い出した。「ダン！」

フローレンスが振り向いて言った。「大丈夫？」

「え？　どうして？」

「あなたにしてはずいぶん過激な悪態をついたから。火傷でもした？」

「ううん」そう言ってから、彼女が〝ダン〟を〝ダム《くそっ》〟と聞き違えたらしいことに気がついた。ここは急遽、話を合わせることにする。「コーヒーをこぼしちゃって。ごめんなさい」

「別に謝らなくていいわよ。気を悪くするほど繊細な神経はもち合わせてないわ。ヴィクトリア時代のご婦人じゃあるまいし。だいたい〝ダム〟なんて、いまどきテレビですらみんな言ってるわよ」

「今度から〝あ〜れ〜〟って言うことにする」わたしは冗談を言った。さっきカフェラテを買った男性は、間違いなくダンだ。警備部の新顔。エルフのストリートギャングを捕まえるおとり捜査の際、自転車便のメッセンジャーに扮していたエルフだ。

コーヒーブレイクのラッシュが終わると、わたしはエプロンを外し、アシスタントマネジャーとしての仕事をするため、階下へ行った。怪しまれないためには、書店を切り盛りするふりを続けなければならない。たとえふりでも、書店の運営という仕事はやることが山のようにある。少し前まで仕事が退屈だと文句を言っていたことが信じられない。

ようやく少し時間ができたので、オーウェンとわたしは彼のオフィスで落ち合った。ふたりきりになるなり、わたしは言った。「ダンを覚えてる？　警備部に新しく入ったエルフ」

「ああ、なんとなく。自転車便のメッセンジャーをやったエルフだよね」

「そう。今日、その彼がコーヒーショップに来たの。たぶん、捜査中に捕まったのね。わたしたちを捜しているときかもしれないわ。だとしたら、わたしたちの知らないことを何か知ってるかもしれない。また店に来るといいんだけど……。ただ、たとえ来たとしても、どうやって彼の魔術を解けばいいかわからないわ。彼について何か知ってる？」

「いや、名前さえ忘れてたくらいだからな。マックなら彼を知ってるかもしれない。うちの警備部と法執行官はいっしょに仕事をすることが多いから」オーウェンはそこで言葉を止め、顔をしかめる。「マックといえば、ついさっきアールが来て、エルフたちが彼に会いたがってると言ってた。まあ、正確には魔法使いたちと会いたいということだけど、責任者はマックだからね」

「それで、どうするの？」はじめて聞いたような顔で訊く。

オーウェンは肩をすくめる。「マックに伝えるよ。彼はいい顔をしないだろうけどね。自分が指揮をとることへの挑戦だと受け止めるだろうから。実際、そうだと思うし、その場合、おそらく彼に勝ち目はないだろう。ここではエルフの方が圧倒的に数が多い」

「彼らの数的優位は、これからますます大きくなるわ。パーディタがさっそく何人も知り合いを見つけて、魔術の解除に取りかかってるから」

オーウェンはにやりとする。「彼女はワイルドカードになりそうだな」笑みはすぐに消え、険しい表情で続ける。「仕事のあと、マックに話すよ」そして、ため息をつくと、むりやり笑みをつくって言った。「少なくとも、チェスの腕はあがってるよ。あっちへ戻ったら、きっとジェイムズの満足げな顔が見られるな」

彼の目が〝もし戻れたら〟と言っているように見えて、どきりとする。

14

マックへの報告には、わたしも同行することにした。オーウェンは自分を守るために語気を強めることすらしないだろうから、援護する人が必要だ。オーウェンとマックは本題に入る前にチェスを始めた。わたしはゲームに興味を示すようなふりをしているが、近くにいるグレーのエルフの方が気になってしかたない。彼が単に自分のもち場で見張りをしているだけなのか、それとも、わたしたちにねらいをしぼって監視しているのかはわからない。彼の方をまっすぐ見ることができないので、視線がどこに注がれているのかを確認することができない。

「何人か知り合いの魔術を解きました」オーウェンが話しはじめた。「彼らも自分たちの知り合いに対して同じことを始めています。エルフの地下組織のリーダーたちが数人こちらに連れてこられているようで、あなたと戦略について話し合いたいと言っているそうです」

マックはチェスの駒を動かす。「何を話し合う？　戦略はすでにある」

オーウェンは顔をしかめて言った。「彼らの戦略について、あなたに説明したいんだと思います」

「どうして聞く必要がある？」マクラスキーが憮然として言った。

「ここは彼らの世界です」わたしは言った。「それに、ここはいわば、シルヴェスターのつく

った エルフ版島流しの地ですから、エルフの方が多数派です」

「彼らがどんな戦略を立てているのかわかりませんが、情報は共有すべきだと思います」オーウェンが言った。

「囚人の異なる派閥のリーダー同士が会ったら、それこそ目を引くんじゃないか?」マクラスキーがしかめ面で言う。

「どこで会うかによりますよ」オーウェンは言った。「ここにある建物のほとんどは空です。ちゃんとつくってあるのは囚人か看守のいずれかが住んでいるアパートだけで、あとはすべて外側をそれらしく見せているにすぎません。なかは空洞です。だから、たとえば、あるブロックの一方の端から建物に入ると、場所によっては、なかを通って反対端まで移動することができます。このやり方なら、いろんな入口から別々に入って、なかで落ち合うことができるということです」

マックはうなずいた。「わかった。それなら、会合が行われている印象は与えにくいと思います」

「わかった。それなら、明日の夜十一時ということにしよう。どこから入ってどこへ行けばいいか、指示してくれ」

「こいつにセッティングを任せるのか?」マクラスキーが言った。

「そうですよ。オーウェンがあなたたちやエルフのリーダーたちをだまくらかして、このほんの数ブロックから成る偽ニューヨークの帝王になることを企んでたら大変だわ」思わず嫌みを言っていた。慌てて唇を噛んだが、もう遅い。

幸い、マックは可笑しそうに笑った。「邪推はするな。彼はわれわれ同様、家に帰りたいだけだ」マクラスキーに向かってそう言うと、わたしたちの方を向く。「それじゃあ、オーウェン、こちらに会う用意があることを先方に伝えて、場所が決まったら教えてくれ。ミーティングには、きみたちふたりも来るんだろうね」

「ぼくたちも？」オーウェンが言った。

「こっちは少数派だ。人数は少しでも多い方がいい」

いつもの行動パターンを守って、わたしたちはディナーに出かけた。もっとも、今夜のオーウェンは、つき合いはじめて間もないカップルを演じるふりすらしていない。はっきり言って、これはまさにふだんのわたしたちそのものだ。ふたりそろって危機的状況の真っただなかにいて、彼の頭はそのことでいっぱいになっている。演技どころじゃないのは十分理解できるけれど、魔法の影響下で何も知らずに幸せに浸っていたころが、つい懐かしくなってしまう。

「大丈夫？」あまりに長いこと黙ったままなので、わたしは言った。

オーウェンは苦笑いする。「ごめんごめん。どうすればエルフと魔法使いの板ばさみにならずにこの問題に対処できるか考えてるんだけど、いっこうに答が見えてこなくて。そもそも、エルフたちがぼくをどう見ているのか自体、よくわからない。もしかしたら、魔法使いたち以上に、ぼくに対して不信感をもっているかもしれないし」

「それはどうかしら」わたしは言った。「何カ月か前に、パーディタにこの件への対応を頼んだの。たしかに、当初はいろいろ噂があったようだけど、パーディタがかたっぱしから反論して否定してくれたわ。彼女が何かを発信すると、本当に津々浦々にまで広まるの。彼女のネットワークはCNNより大きいかも」

「つまり、ぼくをリーダーに選びはしないけど――まあ、選ばれても困るんだけど――ぼくが世界を乗っ取ろうとしているとも思っていない、ということかな」オーウェンはそう言うと、ため息をついた。「でも、マクラスキーは相変わらず、ぼくが大がかりな陰謀を企ててると思っているようだから、エルフたちがぼくに敵意を示さなければ、それはそれで何か裏があると勘ぐられるんだろうな」

「さっきはよけいなこと言ってごめんなさい」

「いいよ。あれで彼の考えが変わるとは思わないし。いい方にしろ悪い方にしろね。たとえ、彼のおばあさんを暴走車から守るために突き飛ばして、かわりにぼくがはねられて死んだとしても、彼はきっと、ぼくがわざとおばあさんにあざをつくったんじゃないかと疑ってかかるよ」

これだけ皮肉たっぷりの冗談が言えるなら、それほど鬱《ふさ》いでいるわけではないかもしれない。ふたたび考え込んでしまわないよう、わたしは言った。「ミーティングの場所について何かアイデアはあるの？」

「まだ決めかねてる。書店の近くの、書店関係者がふだんから出入りしている建物にするか、それとも、きみかぼくの住んでいる場所の近くにするか。あるいは、ぼくらとはまったく関係のない場所にした方がいいか」

「いずれにせよ、階下に人が住んでいる場所は避けなきゃだめね」

「使われていない地下室はどうかと思ってるんだ。もし、そんなものがあればね」

「いいアイデアね。地下なら、床もちゃんとあるはずだし」

「場所探しにつき合う?」

「もちろん」

夕食後、いったん書店に寄って、オーウェンがいくつか用事を済ませたあと、ふたりでわたしのアパートの方向へ歩いた。アパートのひとつ手前のブロックまで来たとき、オーウェンは周囲を見回し、だれにもつけられていないことを確認すると、建物の正面玄関の階段をのぼって、魔法でドアの鍵を開けた。なかに入ると、上階へあがる階段の後ろに、地下のユーティリティルームへおりるせまい階段があった。本物のアパートメントビルなら、電気やガス、水道などの設備がある場所だ。ここでは、ユーティリティはすべて魔法で供給されているようで、ボイラーも暖房炉もなかった。空のユーティリティルームは、地下全体に広がるさらに大きな空のスペースへとつながっていた。「大当たり!」わたしは言った。

「ここは使えそうだな」オーウェンも同意する。「窓もほとんどふさがっているから、明かりがもれる心配もない。あとは、入口を複数見つければいいだけだ」

調査の結果、この場所へは、わたしたちが入った方法以外にも、正面玄関の下にある地階アパートの入口から直接入ることができるほか、隣接する建物の部屋からも入れることがわかった。ブロックの反対端にある入口から入ると、わたしたちの入った玄関ホールまでたどりつくのに、階段をのぼって、人の住んでいる部屋の上を通り、また階段をおりるという、かなり複雑な経路をたどって建物のなかを移動しなければならない。その入口ともうひとつ、ブロックの真ん中辺りにある入口は、説明が難しいので自分たちが使うことにした。オーウェンは、翌朝マックとアールに渡せるよう、それ以外の入口の場所と行き方を紙に書いた。

翌日、朝のコーヒーをテイクアウトしにダイナーに寄ると、パーディタにいつもの元気がなかった。「あたしたち、いつごろここから出られると思います?」パーディタは言った。

「いま、そのために、いろいろ戦略を練っているところよ」

「ああ、早く帰りたい。あたし、ウエイトレスよりあなたのアシスタントをしている方が好きです。ケイティだって、本屋の仕事より自分の仕事の方が好きでしょ? ていうか、本屋自体、見えるんですか? この世界、あなたにはどんなふうに見えてるのかしら。だって、魔法が効かないわけでしょ? ていうか、あれ? 効くんですか? えっ、どういうこと? よくわかんない。彼ら、どうやってあなたに魔法をかけたんですか?」

驚いた。その疑問にたどりつくまでに、こんなに時間がかかったなんて。「実は、少し前に、一定量の魔力を得たの。ある事故で、偶発的にね。もともと少しだったから、すでになくなりつつあるんだけど。でも、とりあえず学べることは学ぼうと思って、使い方の勉強はしてたわ」

「ああ、それであのミーティングがあったわけですね」パーディタは〝ミーティング〟の部分をやけに強調して言った。「あたしはてっきり、オーウェンとどこかでよろしくやってるのかと思ってました。だって、そのあといつも、うきうきしながら帰ってきてたんだもん」

心のなかでため息をつく。そんな想像をされているような気はしていた。「魔法の練習がただ楽しかっただけよ」やけに未練がましい響きになって、自分で自分の口調に驚いた。そもそも、わたしがいまこんな目に遭っているのは、魔力があるせいだというのに。もっとも、こういう形でわたしを監禁できなかったら、彼らがどうしていたかはわからない。鉄格子のある普通の牢屋に閉じ込めていたのだろうか。

「オーウェンは？　彼も免疫者《イミューン》だったはずですけど」

「わたしが魔力を得たのと同じ事故で、彼は魔力を取り戻したの」

「彼は悪人じゃないと思ってたのに」

「悪人じゃないわ。ただ非力じゃないだけ。このふたつは違うものよ。この数週間、彼が何か悪いことをするのを見た？」

「……いいえ」パーディタは歯切れの悪い返事をする。わたしはなんとかため息をこらえる。彼女の反応が人々のそれを代表するものだとしたら、オーウェンはそれこそ、命を犠牲にしてわたしたち全員を救いでもしないかぎり、自分が両親のような悪人でないことを証明できないかもしれない。


わたしの仕事の大半は、コーヒーをカップに注いだりパンや焼き菓子を紙袋に入れたりする作業だが、それでも今夜のミーティングのことを考えると、集中するのは難しかった。仕事を終え、コーヒーショップを出る前に、ふだんは捨てることになる売れ残ったペストリー類を袋に詰める。皆が甘いものを食べれば、ミーティングが険悪になるのを多少なりとも抑えられるかもしれない。少なくともわたしに関するかぎり、何かかぶりつくものがあれば、あとで後悔するようなことを口走るリスクが減るだろう。

オーウェンは書店で残業だったので、わたしはひとりで家に帰り、ミーティングまで時間をつぶした。失恋して落ち込む友人から突然電話があって彼女の家になぐさめにいくというシナリオをつくり、それらしい服装に着がえると、クッキーやスコーンの入った袋をもって十時少し過ぎにアパートを出た。これだけ時間があれば、慎重を期しつつも、皆より先に現地に到着できるだろう。

グレーのエルフたちはその後、アパートの前の張り込みをやめている。通りを歩く間も、だれかがつけてくる気配はなかった。予定していた入口の前まで来ると、階段をのぼり、ブザーを鳴らす仕草をしてから、魔法で鍵を開ける。解錠は二度目で成功した。以前は簡単にできた魔術だったのに、いまのでいっきに疲れてしまった。玄関ホールに入ると、しばし立ち止まり、クッキーを一枚食べる。エネルギーを補給すると、階段をのぼって上階の骨組みだけのフロアへ行った。

暗闇のなか梁《はり》の上を進んでいくのは容易なことではなく、時間に余裕をもって出たのは正解だった。鍵を開ける魔術にあれだけ苦労したあとでは、魔法で明かりを灯そうという気は起こらない。かといって、懐中電灯では外から気づかれるリスクが高い。ようやく地下へおりる階段に到着し、心底ほっとする。ここからは、歩き方に気を遣わずにすむ。

ずいぶん早く着いたつもりが、いちばん乗りではなかった。ミーティングの場とした地下室には、すでにオーウェンがいた。足もとに小さな光の玉が浮いている。「安全かどうか、もう一度確認しておきたかったんだ」オーウェンは言った。「もし、事情が変わっていた場合、中止の連絡をしなくちゃならないからね」

「わたしはドアの鍵を開けるのに手まどった場合に備えて、早めに出たの」

オーウェンは、すぐさま心配そうな表情になった。「ごめん、そのことは考えなかった」

「大丈夫。ちゃんと開けられたから。わたしだってまだそのくらいのことはできるわ。クッキー食べる？」袋を差し出す。

「食べるものをもってきたの？」

「わたしは南部の出身よ。つまむもののない集まりなんてあり得ないわ。本当は手づくりがいいんだけど、そうもいかないから、とりあえず店の残りものをもってきたわ」

十一時五分前になったとき、地階アパートの入口付近で物音がした。オーウェンは魔法の明かりを消し、ふたりとも息を殺す。ドアが開き、灰色の長方形の光のなかに、ふたりの人影が浮かびあがった。マックとマクラスキーに違いないと思ったが、念のため、彼らが名乗るのを待つ。

ドアが閉まり、室内はふたたび暗闇に沈んだ。やがて淡い魔法の光が床の上に現れる。窓は天井に近い位置にあるので、光がもれる心配はない。「来たぞ」マックが言った。

オーウェンの光の玉がふたたび灯る。「迷わず来られたようですね」

マックは空のスペースを見回す。「なるほど。建物のなかはみんなこんなふうになってるわけか」

「ええ、おそらく」オーウェンが答える。

「街全体を内も外も完全に再現する必要はないですからね」わたしは言った。「たぶんめくらまし《イリュー》の部分《ジョン》も相当にあるんじゃないかしら」

「とはいえ、物理的にきちんとつくられている部分もかなりある。エルフロードの陰謀はこれだけのものを準備するに値する、ということなんだろう」マックが言った。「エルフといえば、われわれの友人たちはまだ現れないのか？」

「ええ、でも、約束の時間まではまだ数分あります」オーウェンは言った。

マクラスキーは顔をしかめる。彼がエルフについて何か言う前に、わたしはすかさずペストリー類の入った袋を差し出す。「クッキー食べません？　スコーンもありますよ」マクラスキーはぎょっとした顔でわたしを見たが、マックがさっそく手を伸ばし、袋のなかからショートブレッドを一枚取り出した。

わたしたちはエルフの到着を待つ。少しすると、マクラスキーが袋をよこすよう合図し、大きなクッキーを一枚取り出した。マックは腕時計を見て、頭を振る。「まったく、やつらしいな。これは駆け引きだ。こっちを待たせることで、自分たちが優位にあることを示そうとしている」

オーウェンがかすかに笑みを浮かべたので、どうしたのだろうと思ったら、彼はふいに言った。「オーケー、きみたちの言いたいことはわかった。そろそろ始めたいんで、出てきてくれるかな」

　すると、暗闇が揺れ、わたしたちのすぐ横に五人のエルフが姿を現した。まるで、さっきからずっとそこに立っていたかのように。思わず声をあげてしまったが、驚いたのはわたしだけではなかったようだ。マクラスキーはクッキーをのどに詰まらせ、せき込んでいる。

　いつ入ってきたのだろう。まったく気づかなかった。彼らの方が先に来ていたということだろうか。アール以外は知らない顔だ。リーダーらしきエルフに目がとまる。その瞬間、ほかのエルフたちのことがしばし頭から消えた。例によって人間の姿をしているものの、明らかに特別なオーラがある。エルフたちは皆、永遠に若々しい容姿を維持するようだが、アールがごく普通の学生のように見えるのに対し、彼はティーンエイジャーを演じてもそれらしく見える三十歳くらいの俳優といった感じだ。もちろん、彼が演じるのは、セクシーで、年のわりに大人びているティーンエイジャー——夜のティーン向けドラマで、若く美しい女性教師と熱い情事を繰り広げるようなタイプだ。あるいは、反乱勢力の若きリーダーというのも似合うかもしれない。鋭いまなざしと猫を思わせる優雅な立ち姿は、まさにそんなイメージだ。

　ここが暗くてよかった。幸い、明かりもわたしからは遠いところにある。額の汗をぬぐいながら、そう思った。ミーティングで優位に立つためにカリスマ性を強める魔術でも使っているのだろうか。わたしはふだん、別の男性に対してこんなふうに反応することはない。オーウェンがすぐ隣に立っているときは、なおのこと。

　リーダーのエルフはわたしたち全員に向かってにっこりすると——もっとも、ほほえみは主にわたしに向けられているような気がしてしまうのだけれど──おもむろに言った。「どうも、ブラッドです」

そのひとことで魔法が解けた。ブラッド？　冗談でしょ？　粋なベレー帽をかぶって、肩に弾帯をかけた姿がいかにも似合いそうなのに──。〝ジャック〟とか〝ピエール〟ならわかる。でも、ブラッド？　わたしにとって〝ブラッド〟は、あくまでアメリカンフットボールのスタープレーヤーだ（ブラッド・ジョンソン。クォーターバックとして活躍し、最後はテキサス州のダラス・カウボーイズでプレーした）。レジスタンスのリーダーの名前ではない。続いてほかの面々も、それぞれファーストネームだけで自己紹介した。何かかっこいいコードネームを考えておくべきだった。〝ケイティ〟も〝ブラッド〟に負けず劣らず、レジスタンス風ではない。

「ご臨席を賜《たまわ》ったところで、そろそろ始めようじゃないか」皮肉たっぷりにマックが言った。

エルフたちのボディランゲージを見るかぎり、マックは少なからず抵抗に遭うことになりそうだ。エルフたちの不満が、魔法使いと協力することにあるのか、それともマックが指揮をとることにあるのかはわからない。ただ、彼らがこの状況を警戒しているのはたしかだ。腕組みをするとか、何かあからさまな態度で示しているわけではないけれど、彼らのたたずまいにはどこか挑戦的なところがある。

「だれがきみをリーダーにすると言った？」ブラッドは穏やかに言った。口調にけんか腰なところはまったくないが、視線はレーザーのように鋭い。

「わたしは評議会《カウンシル》を代表している」

「評議会《カウンシル》が統治するのは魔法使いだけだ。われわれにはわれわれのリーダーがいる」

「きみたちのリーダーのせいで、われわれはいまここにいるんじゃないのかい。皆、きみたちエルフの権力争いに巻き込まれた被害者だ」

「つまり、これはわれわれエルフの問題だと認めるんだね？」

オーウェンは、自分は違うと言いたげに小さく一歩さがる。

「だれがリーダーかで言い合いを始める前に、まずはこっちのアイデアを聞いたらどうだ」マックは声を荒らげる。

「大いに興味があるね。さっそく聞かせてもらおうかな」ブラッドは言った。

「いいだろう」マックは続ける。「まずはここから出ることが最優先だ。それには、やはり奇襲が有効だろう。歴史を振り返れば、囚人が看守の数を上回ったとき、そこにはたいてい暴動が起きている」

「でも、そのうちいくつが成功したかしら」つぶやかずにはいられなかった。その表情から、オーウェンも同じことを考えているのがわかったが、彼はもちろん、評議会《カウンシル》の代表に異議を唱えるようなことはしない。ブラッドがわたしを見てにっこりした。賛意を示す視線を向けられて、思わずお絵描きに花丸をもらった幼稚園児のような気分になる。

「ま、全員まとめて魔術をかけ直されるのがオチね。でなきゃ、本物の監獄に入れられるかだわ。ちなみに、本物の牢屋はここほど居心地はよくないわよ」ピクシーヘアーのドリスという名のエルフが言った。

「一生ここにいたいのか？」マックは言った。「それはわれわれ魔法使いよりも、あんたたちにとって、ずっと長い時間になるぞ。じゃあ訊くが、ほかにどんな方法がある？　強引に解放させるしかないだろう。つまり、われわれの言うことを聞かざるを得なくするということだ。わたしの見たところ、ここにいる連中のうち、こっちが知らない者は、めくらまし《イリュージョン》か連中の手下のいずれかだと思ってよさそうだ。めくらまし《イリュージョン》は映画のエキストラのような役割らしい。背景の一部にすぎない。しゃべらないし、こちらと関わり合うこともない。ただそこにいて、自分のやることを勝手にやってるだけだ。それ以外の連中は、おそらく、この見せかけの世界を維持するためにいるやつらだろう。われわれが捕らえるのは、そいつらだ。皆それぞれ、日常的に接触のある相手のなかにそのての人物がいるはずだ。各人がひとりかふたりずつ仕留めれば、連中のほとんどを排除できることになる。そこから、反撃を開始する」

「〝仕留める〟ってどういう意味だよ」アールが訊いた。

「殺すわけじゃない。必要がないかぎりはな。やつらを監禁して、動けなくするということだ」

「彼らは魔法が使えるんだ。縛りあげたところで、すぐに脱出するよ」アールは言った。「あいにく、ここにはあんたたちご自慢の銀色のコードはないんでね。連中に没収されていないなら別だけど」

「きみたちにだって、拘束の魔術くらいあるだろう？　記憶の魔術でもいい」マックは言った。

「われわれがされたのと同じことを連中にしたらどうだ」

「きみのアイデアっていうのはそれだけかい？」ブラッドが訊いた。

わたしの横で、オーウェンがいまにも爆発しそうになっている。彼が立場上しゃべれないのなら、ここはわたしがしゃべるしかない。「実は、人々を連れてくるためのポータルを見つけたかもしれないの。少なくとも、ループバックすることなく、この街から出られる場所はわかったわ」

ブラッドの視線がまっすぐわたしに注がれて、思わずくらりときそうになる。「それはどの辺り？」ブラッドはひざをついて、床に何か描きはじめる。まもなく、淡い光の線でできた街の地図が現れた。周囲を調査していたのは、わたしたちだけではなかったようだ。

わたしは地図のまわりを歩きながら、位置関係を確認し、反対側の隅を指さした。「あそこ。この街の境界と思われる場所に位置する公園よ。公園前の道をそのまま行くと、ループバックしてしまうんだけど、その門からなかに入ると、巨大な公園のようなスペースに出るの。でも、あまり奥までは行けなかったわ。看守が大勢いて、ミーティングみたいなことをしてたから」

「グレーの服を着たエルフたちのこと？」ブラッドが訊く。

オーウェンの方をちらりと見たが、依然として口を固く結んだままだ。歯ぎしりの音が聞こえるのではないかと思うほど、あごに力が入っている。「そうよ」わたしは言った。「彼らは夜の八時半ごろ、公園の門から出入りするわ。一回に出入りするのは、十八人から二十人くらいね」もう一度オーウェンの方を見てから、先を続ける。「彼らのなかに紛れ込んで、なかを調べられないかしら」

「残念ながら、それにはエルフに見えるめくらまし《イリュージョン》が必要だ」

「でも、あなたたちはエルフじゃない」わたしは言った。

「いろいろやってみたけれど、どうしてももとの姿に戻ることができないんだ。おそらく、この魔術は人々の視覚に働きかけていて、こちらがコントロールできるものではないからだと思う。もちろん、われわれがエルフのめくらまし《イリュージョン》を身につける方が、きみたち人間がそうするより効果的だとは思うけれど、しょせんめくらまし《イリュージョン》であることに変わりはない」

「だいたい、なんのためにそんな小芝居を打つんだ」マクラスキーが面倒くさそうに言った。

「ポータルを見つけるためだよ。ポータルがどこにあって、どのように監視されているか、もしかすると、この監獄がどのように維持されているかも、突き止められるかもしれない」ブラッドはにっこりほほえんで言ったが、評議会《カウンシル》の魔法使いたちにはさほど魅力的には見えないようだ。「いずれにせよ、きみたちが提案する暴動で優位に立つためには、そうした情報が必要になる」

「しかし、その潜入作戦はリスクが高すぎる」マックが言った。「彼らがどのように互いを確認し合っているのかわからない。もし見つかったら、こちらが魔術を解いて動き出したことがばれてしまう。すばやくいっきに行動することで、優位に立つことはできる。やるべきことはこうだ。囚人だとわかった者すべてを覚醒させ、日時を決めて、全員がいっせいに看守を捕らえる。それから、何人かを人質にして、まっすぐその公園へ向かう」

ブラッドはわたしの方を向いた。「きみはこの案をどう思う、ケイティ？」

わたしは思わず息をのむ。「わたし？　わたしの意見を聞いてどうするの？」

ブラッドはふたたびにっこりした。ほほえみに魔法でなんらかの力を加えているのは間違いない。「きみをわれわれのリーダーに指名する」

「指揮官はわたしだ」マックが抗議する。

「賛成した覚えはない」ブラッドは絹のように滑らかな口調で言った。溶かしたチョコレートを音声にしたら、まさにこんな感じなのではないだろうか。「エルフのなかからリーダーを選んでも、きみたちは賛成しないだろう？　だから妥協案だ。魔法使いが指揮をとることを認めよう。それがケイティである場合にかぎって」

自分は正確には魔法使いではないと言おうとしたところで、オーウェンがひじで脇腹をつついた。彼の方を見ると、かすかに首を横に振る。笑みをこらえているようでもある。

マックは怒りのあまり言葉が出ないようで、黙ったままオーウェンとわたしをにらんでいる。オーウェンは素知らぬ顔だ。ブラッドはさらに無邪気な顔でほほえんでいる。「多数決で決めようか」ブラッドは振り返って仲間のエルフたちを見る。エルフの方が魔法使いより多いことを強調するかのように。

「いいだろう」マックは唸るように言った。「だが、あんたは大きな過ちを犯してるぞ」

「ケイティは何度もＭＳＩの秘密兵器になってきました。彼女の手腕にはきっと驚くと思いますよ」ミーティングが始まってからはじめて、オーウェンが口を開いた。

•

「では、恐れを知らぬわれらがリーダー、ケイティ。暴動で脱獄を図る案をきみはどう思う？」

ブラッドが言った。

わたしはごくりと唾をのむと、二度ほど深呼吸した。オーウェンの信任票は得たものの、わたしはこれまで先頭に立って人を率いたという経験がない。高校のクラブ活動でも役員とはついぞ無縁だったし、どちらかというと、いつも裏方として働くタイプだった。「暴動は最後の手段にすべきだと思う」気持ちを落ち着け、怯えた少女のようなしゃべり方ではなく、リーダーらしい毅然とした口調になるよう、覚悟を決めて話し出す。「実際に成功した暴動はそんなに多くないはずだわ。ほとんどの場合、現実的な戦略というより、象徴的な意味合いが強いというか、結果は二の次で、蜂起すること自体が目的になっているように思えるの。これまでに、囚人たちによる暴動が実際に彼ら自身の解放につながった例がありますか?」質問はマックに向けて言った。正直、わたしはその答を知らない。でも、そうあるようなこととは思えない。

マックは苦々しげに肩をすくめたが、何も言わないので、わたしは先を続けた。話すうちに少しずつ自信が増していくのを感じながら。「わたしたちの場合、さらに不利な状況にあるわ。家に帰る方法がわからないんだから。いま最優先すべきは、情報の収集だと思う。脱出するには、ポータルの両サイドについて知らないと。わたしたちのあとに連れてこられた仲間を見つけて、シルヴェスターが企んでいることについて何か新たな情報をもっていないか訊いてみましょう。みんなよけいなことを知ったせいでここに連れてこられたわけだから、何か重要なことを知っている人がいるかもしれない。ちなみに、一度見かけただけだけど、MSIの警備部のメンバーで、わたしたちのあとに拉致されたエルフがいるの。彼なら何か情報をもっているかもしれないわ」

「仲間たちに訊いてみよう」ブラッドがうなずく。

「でも十分に気をつけて。マックが言ったとおり、活動は最小組織単位《セル》で進めるべきだと思う。彼らが利口なら、囚人たちのなかにスパイを紛れ込ませている可能性がある。わたしたちが信頼するような人物として。わたしたち自身がすべての仲間を知らなければ、たとえだれかが捕まっても、全員が芋づる式に洗い出されることはないわ。それから、これは確認だけど、覚醒した人たちには、記憶を呼び起こすことを書いておくよう指示してあるわね？」

全員がいっせいにポケットから紙切れを取り出す。「わかりました」急に指揮官的な気分になって、わたしはうなずいた。「それじゃあ、まず、ポータルのこちら側の調査を開始しましょう。あなたたちのだれかがグレーのエルフたちに紛れ込めるといいんだけど。でも、その前に、しばらく彼らを観察した方がいいわ。めくらまし《イリュージョン》を使っていることがばれないよう、彼らがどんな魔法の使い方をしているかチェックして。それと、わたしたちはあまりひんぱんに会わない方がいいわ。書店にいるアールに情報の中継点になってもらいましょう。パーディタという名前のエルフは知ってる？」

「パーディタのことはみんな知っているよ」ブラッドはにっこり笑って言った。

「彼女はこの近くのダイナーで働いてるの。彼女にもメッセージの伝達を頼めるかもしれない。とにかく顔が広いし、ウエイトレスという仕事柄、だれが彼女に話しかけても不自然じゃないわ。彼女にはわたしから話しておく。それから、書店でわたしに話しかけるのは、できるだけ避けるように。コーヒーショップで働いているもうひとりのスタッフは、おそらく看守だと思うの」わたしはメンバーたちを見回す。「とりあえず、当面はこんな感じでいいかしら」

マックは相変わらずしかめ面のまま、黙ってうなずいた。ほかの面々も、皆うなずく。オーウェンが窓から外の様子を確認し、硬い表情でこちらを向いた。「いまは出ていかない方がいい。外でグレーのエルフたちがこの建物を見張っている」

15

当然ながら、皆、自分の目で確かめないと気がすまず、各自外をのぞきにいく。見張られていることが確認できると、今度は責任のなすり合いが始まった。「だれだ、つけられたのは？」マックが言った。

「こっちはきみたちより先に来ていた。きみたちにさえ気づかれなかったくらいだ」ブラッドが言った。「彼らがわれわれを尾行できると思うかい？」

「あんたらの方が人数が多い」マクラスキーが言う。「ここではじっとしてたから気づかなかったが、その人数で動けば目立つ」

「おれらがそこまでばかだと思うのかよ」アールが言った。それから、おずおずとまわりを見る。だれかに黙れと言われるのを待つかのように。彼がトラウマを克服する日は、果たしてくるのだろうか。

ドリスが言った。「たぶん、あんたたちふたりがいちばんつけやすかったと思うわ。最後に来たのもあんたたちだし」

「ケイティとオーウェンはすでに以前から監視されてたようだがな」マクラスキーが反論する。

「きみたちのだれかが密告しなかったと言いきれるか」マックがエルフたちに言った。「つまるところ、彼らもきみたちと同じエルフだ」

いらいらしながら言い合いを聞いていたが、ふと、リーダーは自分であることを思い出した。わたしは両手を一回ぱんと打ち合わせると、「ちょっと!」と言った。皆がいっせいにこちらを向いたので、ささやき声で続ける。「ここにわたしたちがいることに彼らがまだ気づいてなかったとしても、こんなふうに騒いでたら、気づかれるのは時間の問題よ」彼らは皆、叱られた小学生のような顔になった。「とりあえず、しばらくはここにいなくちゃならないようだから、クッキーでも食べましょう」

わたしはペストリー類の入った袋を回す。彼らはそれぞれ魔法で自分の飲み物を出した。オーウェンはわたしにコーヒーを渡すと、ふたたび窓の外を見にいった。「まだいる」

「でも、踏み込んでこないってことは、ミーティングをしていることがばれたわけじゃないんじゃない?」わたしは言った。「何か不審な動きはないか、あるいはだれがいるのか、見極めようとしているだけじゃないかしら」皆の士気を保つことも、レジスタンスのリーダーの仕事のひとつだ。

「彼女を信用して大丈夫なのか?」マクラスキーがコーヒーカップに口を寄せたままぶつぶつ言った。「やつとつき合ってるんだ。同じくらいワルだとしても、おれは驚かないね」

考える前に言葉が出ていた。「少なくとも、わたしは人を見るとき、その人自身の行動で判断するだけの賢さはもってます。本人が会ったこともない親の行為で判断したりしないわ。もし、人があなたの親だけを見てあなたのことを評価したら、どんな気分です?」彼の両親がコミュニティを率いた聖人君子ではなかったことを祈る。でなければ、わたしの戦法は成り立たない。マクラスキーの顔がわずかにひきつったので、まんざら的外れでもなかったようだ。

「おれはケイティを信用するよ」アールが言った。「だれもおれの話を聞こうとしなかったとき、彼女だけはちゃんと聞いてくれた。〈月の目〉だって、自分のものにすれば強大な力を得られたのに、彼女は迷わず破壊したんだ」

「いや、結局、彼女は〈月の目〉からパワーを得ている」マックが指摘する。

「ええ、すでになくなりかけてますけど」わたしはそう言うと、エルフたちの方を向いた。「リーダーに選ばれる前に言っておくべきだったわね。わたし、本当は魔法使いとしてカウントされるべきじゃないの。わたしの魔力にはかぎりがあって、しかもほとんどなくなりかけてるわ」

「だったら、なおさらいい」ブラッドは言った。「魔法使いでもなく、エルフでもないなら、まさに中立の立場だ」

「あなたもぼくのことを警戒してるんですか？」オーウェンがだしぬけにマックに訊いた。「評議会《カウンシル》に監視されていることは知っています。でも、あなたはぼくを四つのころから知っている。これまでぼくを見てきて悪に転じるような可能性を感じたことはありますか？　もし、いまになってその可能性があると判断したなら、法執行官を辞めるべきかもしれません。これだけ長い間、気づかなかったわけですから、観察力に問題ありということになりますよ」

「魔法使いは疑い深いのよ」ドリスがふんと鼻を鳴らした。「自分がいかに信用ならないか知ってるから、ほかの魔法使いのことも信用しないの」

「そう言うおまえたちは、どれだけ善良なんだ。おれたちがこんな目に遭ってるのは、おまえらエルフの親分の権力欲のせいなんじゃないのか」マクラスキーがやり返す。

「魔法使いがわれわれの内政問題に干渉してこなければ、そして、自分の身内をちゃんと信用していれば、きみたちはいまここにはいなかったはずだ」ブラッドの口調が冷ややかになる。

「あの、いや実は、おれがオーウェンに電話をしたから、彼とケイティはここにいるんだ」アールが言った。「それは内政干渉とはちょっと違うと思うけど」

「あんたはいま、魔法使いの会社で働いてるわ」ドリスがアールに言った。

「それは、やつに面が割れて、宮廷《コート》にいられなくなったからだ」

「魔法使いを助けるからそういうことになるのよ」

収拾がつかなくなってきた。もう一度クッキーを回してみたが、収まりそうにない。わたしはドリスと口論を続けるアールの腕をつかむと、一瞬できた間に乗じて「シーッ」と言った。「忘れてるなら、言っておくけど――」皆の注意がこちらに向いたところで、小声で話しはじめる。「外に敵がいるのよ。この建物は一見、頑丈なブラウンストーン風だけど、実際はかなりちゃちなつくりだと思うのはわたしだけかしら。大声で言い合いなんかしてていいの？　謀反を企ててることを彼らに知らせたいなら別だけど」

皆いっせいにうつむいて、きまり悪そうな顔をした。「わかってくれたらいいの」わたしは続ける。「でも、これだけ騒いでしまった以上、大事を取っていますぐ場所を移動した方がいいわね。このブロックには空のスペースがたくさんあるわ。二階はほとんど何もない状態よ。ばらばらになって待ちましょう。ただし、足もとには十分気をつけてね。本当に梁《はり》しかないような状態だから。しばらく待って安全を確認できたら、ひとりか、もしくはふたりずつ、入ったのと同じ場所から出ること。建物のなかをあちこち移動していることを彼らに知られたくないわ。それから、念のために、明日はふだんどおりに行動して。いつもと違うことや怪しげな行動は、絶対しないように。計画は明後日から実行よ。いい？」

彼らは若干むっつりしながらも、黙ってうなずくと、派閥ごとにそれぞれ別の方向へ散っていった。オーウェンとわたしは階段をのぼり、彼がミーティングに来る前に見つけたという屋根裏部屋へ行った。そこは、この手の込んだ舞台装置の小道具をしまっておく場所のようで、ちゃんと床があるだけでなく、部屋の隅には小さなソファまであった。

わたしはため息をつきながらソファの端に腰をおろした。「少なくとも、ここで待てるのは悪くないわね」

オーウェンはにやりとする。「そうだね。彼らはこうはいかないだろうな」そう言うと、ソファの反対端に座り、クッションに頭を沈めた。

わたしは座ったまま体をずらし、彼に寄りかかる。オーウェンはわたしの肩に腕を回した。

「事前に下調べをした者だけが得られる特権よ」わたしは言った。

「何ごとも準備が肝要。情報収集も然り」

「それじゃあ、わたしのレジスタンスリーダーとしての最初の指示には賛成ってこと？」

「きみは素晴らしい仕事ぶりを見せてるよ」

わたしは頭をあげて彼を見る。「本当にそう思う？　だって、わたしがレジスタンスのリーダーなんて、ほとんど冗談みたいなものでしょう？　エルフたちがマックを困らせるためにやったことだわ」

「ぼくは賢明な選択だと思うな。きみは彼らのだれに対しても、特に利害関係はない。そういう意味では中立の立場だと言える。きみはただ純粋に家に帰りたいだけだ。そのことでだれがかっこよく見えようが、悪く見えようが、気にしない。ぼくも同じことを望んでるから、そういう人にリーダーになってもらいたい。それに、きみはいつだって何かしら妙案を思いついて、問題を解決してきた。今回はそれを正式な立場でするだけだ」

わたしはふたたびオーウェンの胸に寄りかかる。「そんなふうには考えてみなかった。いずれにしても、あなたの意見を聞きながら進めていくわ」

オーウェンはわたしの腰に腕を回す。「いや、きみは自分がベストだと思うことを言えばいい。そして、それをみんなで話し合うんだ。陰の権力者になるつもりはないよ」

冗談めかした軽い口調だったが、顔を見ると、その表情は厳しかった。部屋は暗く、顔のほとんどが陰になっているので、深刻そうに見えるのはそのせいかとも思ったけれど、彼の緊張が体を通して伝わってくる。「帰ったあと、そんなに大変なことになりそうなの？」

「マックの報告内容によってはね。さっきあんなことを言ったのは軽率だったよ。感情的な部分を見せるのは、いいことじゃなかった」

「どんな聖人だって、いい加減、堪忍袋の緒が切れるわ」

「両親がしたことを調べてみたんだ。人々が神経質になるのも無理はないよ」

わたしのおなかの上で組まれている彼の両手に自分の手を添える。「生まれより育ちというのは本当だわ。あなたはジェイムズそっくりだもの。血のつながりはまったくないのに。成長する過程で学んできたことが、遺伝なんかよりずっと、あなたという人物をつくってる。評《カウ》議会《ンシル》はまるで、あなたがいらいらしてついにキレるのを待ってるみたい」

「それが彼らの作戦かもしれないね。で、彼らが待ちくたびれるのを待つのがぼくの作戦だよ」

「お願いだから、もう二度と世界を救うために自分を犠牲にするなんて気は起こさないでね」

オーウェンはそれには答えず、首を伸ばして、ソファの後ろにある窓から外を見た。「グレーのエルフの姿はもう見当たらないな。ああ、マックとマクラスキーが出ていく。それじゃあ、ぼくらはもう三十分ほど待とうか」

その後、ふたり寄り添ったまま眠ってしまい、結局、二時間近くそこにいた。明け方前にこそこそと家に帰ることになったが、おかげで、わたしたちがそれぞれの出口から外へ出たときには、見張りはとうにもち場を引きあげたあとだった。

翌日は、書店のなかにも外にもふだん以上にグレーのエルフがいたが、夜更かしによる疲労のおかげで、〝普通〟を演じるのはかえって楽だった。マックとマクラスキーは公園のいつもの場所にいるし、アールも仕事に来ているので、どうやら皆、無事に帰宅できたようだ。

次の日の午前中、ＳＦコーナーを通って階段へ向かっているとき、アールが近づいてきてささやいた。「今夜、偵察を始める」

うなずいた直後、こちらを見ているグレーのエルフが視界の隅に入り、わたしは言った。「〝本日のクッキー〟はたしか、スニッカードゥードルスパイス（スパイシーなシナモン風味のクッキー）だったと思うわ」

アールはすぐに反応する。「なんだ、パンプキン味がよかったんだけどな」

「たぶん、明日はそれよ。じゃあね！」直視しないよう気をつけながら、グレーのエルフのすぐ横を通り抜ける。

アールたちエルフが動き出すのなら、こちらも自分たちのパートを進めなくてはならない。わたしたちよりあとに拉致されて、わたしたち以上に事情を知っている人を探さなければ。いまのところ、コーヒーショップに来る客のなかに見覚えのある人はいない。ＭＳＩの社員だとはっきりわかっているのはダンだけだが、彼はあれ以来姿を見せていない。

パーディタに状況を訊くため、ランチは彼女のダイナーへ行った。パーディタはカウンターにひじをつき、自分が覚醒させた知り合いを指を折って数えていく。「ええと、まず、元カレがふたり。どちらも何も知りませんでした。少なくとも、陰謀とかそのてのことについては何も。いま住んでるアパートの隣人がいとこだったんだけど、彼もあたしと同じときに拉致されたみたいで、知ってることはあたしと大差ありません。あと、すぐそこの角で食料品店をやってる人と、前にデートしたことがあります。それからクリーニング店で働いている人とも。彼氏と言えるような関係には発展しなかったけど、それでもキスで目を覚ましてくれました。これ、案外、あたしの隠れた才能だったりして。とにかく、そのふたりは、単にMSIの社員だという理由で連れてこられたみたいです」パーディタはそこでにっこりする。「そうそう、あなたの仲間に、あたしの未来の元カレがいます。彼、ここに自己紹介に来ました」

「未来の元カレ？」わたしは片方の眉をあげる。

「あたし、だれとつき合っても長続きしないんで。でも、彼のこと、かなり気に入っちゃった」

「ああ、たしかにブラッドはかっこいいものね」わたしは言った。

「ブラッド？　違いますよ。アールです」

「アール？　本当に？」

「どうしてですか？　彼、キュートだし、頭もよさそうだし。それに全然あたしのタイプじゃないから、かえって続くような気がしません？」

「なるほどね。ま、がんばって。彼はいい人よ。ところで、メッセンジャー役はいやじゃない？」

「ぜーんぜん！　こういうの大好き。ていうか、ここを出るためならなんだってやるわ」

ランチのあと、オーウェンに状況を報告すると、彼は気乗りしない様子で言った。「じゃあ、ぼくはマックに報告するよ」

わたしは驚いて言った。「どうして？　あなたに彼への報告義務はないわ。リーダーはわたしになったんだから」

「情報を惜しまずに提供することは誠意の証になるんだ」

「本気なの？　彼はあなたの上役でもなんでもないのよ。ここでも、ほかのどの場所でも。彼がそんなに優秀な法執行官なら、自分の力で情報を集めればいいのよ」

オーウェンはつらそうに言った。「そういうふうにはいかないんだよ」

「わたしがあなたに言うことを逐一彼に伝えるなら、あなたにもほかのメンバーと同じように知る必要があることのみ話すことになるわ」わたしの不満はオーウェンではなくマックに対するものなのに、思いのほかきつい言い方になってしまった。

オーウェンは特に気分を害したふうでもなく、うなずいた。「たぶん、それがいちばんいいかもしれないな。知らなければ、報告する必要もない。今後は、ぼくが自分の役割を果たすのに必要なことだけ話してくれればいいよ」

「そう、じゃあ、そうするわ」反撃がなくて、怒りはぷすぷすとしぼんでいく。自分に同意する相手とけんかをするのは難しい。「今夜、街を歩きながらMSIの関係者を捜そうと思ってるの。運がよければ、偶然ダンに行き合うかもしれない。これだけ手の込んだことをする以上、それ相応の目的があるはずよ。それがわかれば、きっと何かしら対応の仕方も見えてくると思うわ」

オーウェンはためらいがちにほほえむ。「その程度の動きなら、報告する必要はないかな」

「じゃあ、仕事が終わったら、ディナーの名目でまだ行ったことのないエリアに行ってみる？」

「わかった。きみが出られる時間になったら、ぼくのオフィスに来て。架空の書店のいい点は、とりあえず経営してるふりさえしていれば成り立つってことだね」

「それじゃあ、わたしはこれから、あなたの架空の書店がさらに繁盛するよう、架空のコーヒーの販売に励んでくるわ」

それにしても、拉致した人たちを収容するのに、どうしてここまで大がかりな偽の街をつくる必要があるのだろう。ポータルでしかアクセスできない別の世界なら、ただ連れてくるだけでも、脱出できないことにかわりはないのに。脱出したいという気持ちを起こさせないことが、それほど重要だったのだろうか。考えてみると、たしかに重要かもしれない。囚人が皆、魔力をもつ人たちである場合、まず考えるのは、いかにして彼らに魔法を使わせないかということだろう。これだけ大勢いれば、ひとりひとりにそのための対策を取るよりも、魔法の存在しない偽のパラダイスをつくってしまう方が手っとり早いということかもしれない。

それに、使い終わったら、低予算のロマンチックコメディのセットとして映画会社に貸し出すこともできる。


まだ訪れていない場所を見つけるのは簡単ではなかった。一方で、いくら小さいといっても、ひとつの街のなかであてもなくたったひとりの人物を捜すのは、干し草の山から一本の針を見つけ出すようなものだ。それでも、範囲は有限だし、めくらまし《イリュージョン》ではない生身の人たちの数も、それほど多くはないはずだと思って、歩き続ける。

「ダンを見つけるいい方法があるわ」わたしはふざけて言った。「まず、彼に猛烈な片思いをするの。そのうえで、染みのついたTシャツを着て、髪は野球帽にたくし込んで、ノーメークのまま角の店まで走っていけば、絶対彼に出くわすわ」

「そうなの?」オーウェンは片方の眉をあげる。「本物のニューヨークではたいていそれでうまくいくわ。ここよりはるかに大きい街だけど。というか、外れることはまずないわね」

「猛烈な片思いって、そんなに簡単にできるもの?」

「そこが問題ね。ここで一度会ったのをのぞけば、彼には二回しか会ったことがないし。気持ちを盛りあげるだけの材料がないわ。ああ、残念!」

そのとき、前方に見覚えのある人の姿が見えて、わたしはオーウェンの腕をつかんだ。「うそでしょ!?」

「本当だ……」わたしたちは彼のあとをつける。歩道にはそこそこ人がいて、紛れながら歩くことができた。ダンはつけられていることに気づいていないようだ。ただ、この状態がどのくらい続くかはわからない。この世界でのダンの人格が少しでも警備部員としての資質を保持していたら、わたしたちの存在に気づくのは時間の問題だろう。

「どうやって近づけばいいかしら」オーウェンに訊く。「ここではわたしたち、彼を知らないことになってるわ。ほかの人たちには皆、話しかける理由があった。マックの場合だって、少なくとも毎日職場の前の公園にいるという下地があったもの。でも、このチャンスを逃したら、またいつ会えるかわからないし……」

「彼は書店のコーヒーショップに来たんだよね」

「彼にカフェラテを一杯出しただけよ。その一回きりなのに、こんな街なかで彼に気づいて話しかけようとしたら、それこそ不気味なストーカーだわ」

しばらくすると、ダンはカフェに入り、カウンターに座った。続いて入ろうとするわたしを、オーウェンが止める。「彼が話しかけたくなるような見ず知らずの人がいればいいんだ」

「パーディタを呼んでくる?」

「きみがやるんだよ」

「わたし? だから、彼がわたしを見たら、頭のおかしいストーカーだと思うって――」

「例のセクシー美女のめくらまし《イリュージョン》をやるだけの魔力はまだ残ってる? 彼女は必ずしもぼくのタイプではないけど、彼がどう思うかはわからない」

「なるほど、試す価値はあるわね。でも、電話ボックスを見つけないと。ここでいきなり変身したら、みんなびっくりしちゃうわ」

わたしたちは角を曲がって、建物の正面玄関の階段下にちょうどいい窪《くぼ》みを見つけた。窪みに身を隠すと、わたしは目をつむり、意識を集中させて、わずかに残る魔力をかき集める。ふいに新たな魔力の高まりを感じて目を開けると、オーウェンがわたしの手を握っていた。「足しになるかなと思って」オーウェンは言った。「うまくいったみたいだね」

「でも、こうしたからといって、魔力を維持できるわけではないのね?」

「ああ、残念ながらね。ぼくが連結を切れば、その時点できみはパワーを失う。電池というより、電源コードだと考えた方がいい」

「めくらまし《イリュージョン》を維持できるかしら」

「めくらまし《イリュージョン》は、つくるときにいちばん魔力を消費するんだ。でも、集中は切らさないように」

「わたしいま、どんなふうになってる?」

「彼が話しかけたくなるような女性になってるよ」

見た目以上に態度が重要だというロッドの教えを思い出しながら、わたしは歩道を歩きはじめる。オーウェンも少し後ろをついてくる。わたしは歩くだけで大勢の視線を集めるタイプではない。工事現場の前を通るときでさえ、それは変わらない。ところがいま、すれ違う人が次次に振り返っていく。たとえ彼らの多くがめくらまし《イリュージョン》だとしても、このスリルが減るわけではない。見られれば見られるほど、ますます背筋が伸び、お尻の振りも大きくなる。

わたしはコーヒーショップに入り、ダンの横のスツールに腰かけた。ゆっくりと脚を組むと、甘い声で言う。「この席、座ってよかったかしら」

彼はこちらを向くと、眉をあげ、にっこりした。「もちろん」

ここまでは計画どおりだ。困ったことに、彼の注意を引いてからの計画がなかった。ここで魔術を解くはわけにはいかないし、かといって、下手に人のいない場所へ誘い出そうとすれば、娼婦か何かだと思われるだろう。

とりあえずコーヒーを注文し、「どこかで会ったような気がするんだけど、気のせいかしら」と言ってみる。

「きみに会っていたら、絶対覚えてるはずだな」わたしのめくらまし《イリュージョン》の体を上から下へ愛でるように眺めながら、ダンは言った。わたし自身は相当赤面しているはずだが、めくらまし《イリュージョン》はいま、どんな状態なのだろう。「せっかくだから、ここであらためて知り合おうよ」彼は片手を差し出す。「ダンだ」

わたしは彼と握手する。「ヴィクトリアよ」この姿に合いそうなものとしてとっさに浮かんだ名前を言う。「やっぱり、どこかで会った気がするわ。ねえ、自転車もってない？　なぜか自転車便のメッセンジャーのかっこうをしたあなたが目に浮かぶんだけど」

ダンは笑った。「それは人違いだな」そう言ってから、ふと顔をしかめる。自分が自転車をもっていたか思い出そうとしているような感じだ。

「じゃなかったら、警備員とか？」〝警備〟の部分を強調して言う。

ダンは相変わらず顔をしかめたままだ。ぼんやりと宙を見つめている。もう少しのところまできている感触はあるのだが、彼について知っていることはもうほとんどない。「いや、それもないね。それより、きみの方はどうなの？　何をしている人？」

「ただの事務職よ。ガーゴイルみたいな顔した上司のもとで働いてるわ」これにはまったく反応がない。婉曲なアプローチは効果がないようだ。たしかに、本物の人生に関係のある言葉が二、三会話に出てくるだけで解けてしまう魔術では、使いものにならない。すべてが然るべき文脈でつながるようにしなければ——。でも、それを人目のある場所でやるのは難しい。それに、彼が現実の世界で実際に会ったことのある相手から言われた方が、効果はあるはずだ。彼の注意を引くのは見ず知らずの〝ヴィクトリア〟でいいとしても、魔術《イリュージョン》を解くのは、やはり〝ケイティ〟でなくてはならないだろう。残念ながら、ここでめくらまし《イリュージョン》を解くことはできない。わたしにはめくらましを見せる相手を特定する技術もパワーもないので、ダンだけに真の姿を見せることもできない。

しかたなく、できるだけ甘い口調で言ってみる。「ところで、ディナーはもう食べた？　実はこれから、うちのアパートの下に入ってるすごくおいしいイタリアンに行こうと思ってるの。いつもはテイクアウトするんだけど、ひとりで食べるのってほんと味気なくて。よかったらいっしょにどう？」ケイティは会ったばかりの素姓の知れない相手をディナーに誘うような女性ではないが、ヴィクトリアにはそういう子になってもらう必要がある。ダンがそういうタイプを苦手にしていないことを祈るのみだ。

ダンは眉をあげると、一瞬わたしのことを探るように見つめたが、にっこりして言った。「こんなふうに誘われるのは、人生ではじめてかもしれないな。そこ、本当においしい？　こう見えても、イタリアンにはけっこううるさいんだ」

「最高よ、約束する」表情に少し戸惑いが見られたので、急いでつけ足す。「もちろん割り勘よ。別にデートとかじゃないの。同じテーブルでいっしょに食事をするだけ」

ダンはにっこり笑ってうなずく。「わかった」

各自コーヒーの支払いを済ませると、わたしはダンの腕を取って店を出た。オーウェンの前を通るとき、視線を合わせてわずかに首を横に振り、距離を取るよう警告する。そのまま角を曲がり、さっきめくらまし《イリュージョン》をまとった建物まで来ると、わたしはダンを窪みに引き入れ、すぐさまめくらまし《イリュージョン》を解いた。

「な、なんだよ、これ」ダンはあとずさりする。「強盗でもする気かよ。だれだよ、あんた。ヴィクトリアは？」

もはやこちらに失うものはない。彼に大声を出される前に、わたしは言った。「あなたは自転車便のメッセンジャーに扮して、ガーゴイルたちといっしょにエルフの襲撃を阻止した」彼にとっては特別思い出深い出来事というわけではないかもしれないが、少なくとも、それなりの認知的不協和は引き起こすだろう。運がよければ、目の前にいるわたしの姿と組み合わさることで、うまくいくかもしれない。

ダンは一瞬ふらつき、瞬きをすると、目を大きく見開いて周囲を見回した。そして、真っ青になった。どうやら事態がのみ込めたらしい。彼はつんのめるようにしてわたしの上着の襟をつかんだ。「早く止めないと！　あいつ、軍隊を連れてくる気だ！」

16

　わたしはダンの腕をつかんで言った。「どういうこと⁉」魔術から覚醒したばかりの人に対する態度としてベストとは言えないが、思わずそうしていた。なんとか気持ちを落ち着けて、あらためて尋ねる。「彼はあのポータルをそのために使うつもりなの？　ポータルを使って、エルフの国からわたしたちの世界に軍隊を連れてくるつもりなの？」

　ダンはわたしの上着を力いっぱいつかんだままでいることに気づいたようだ。すぐに襟を放すと、一歩後ろにさがって言った。「ごめん。ああ、どうやらそういうことらしい。ぼくはきみたち行方不明者の足取りを追っていて、チェルシーのあの倉庫にたどりついた。そして、ポータルから軍隊が出てくるのを見たんだ。そのあと、気がついたらここにいた」彼は顔をしかめて周囲を見回す。「ここがどこかはわからないけど……」

「エルフの国のなかにつくられた架空の街みたい。わたしたちを別の人格に変えて住まわせるための、魔法の存在しない理想化されたニューヨークってところかしら」オーウェンはいつもどんなふうに表現してたっけ……。

「囚人は何人？」

「わからない。でもかなりいるわ。ほとんどがエルフよ」この場面でオーウェンが訊きそうな質問を考える。「兵士はどのくらいいた?」

「なんとも言えないな。隊列はけっこう長かった。でも、あれが一度きりの移動なのか、繰り返し行われていることなのかはわからない。もし後者だとすると……」ダンは身震いをする。

「ただ、やつらはまだ倉庫の外には出ていないはずだ。ぼくが見たときには、そういう兆候はまだなかった」

「だから倉庫を使ってるのね」わたしは言った。「ポータルのためだけだったら、あんなに大きな建物は必要ないもの。でも、異世界の軍隊を収容する兵舎が必要だとしたら、あそこはまさにうってつけだわ」額に手を当て、ため息をつく。「一刻も早く向こうへ帰って、シルヴェスターが戦争の準備を始めていることをみんなに知らせなくちゃ」

「でも、どうやって」

「ポータルがあると思われる場所を見つけたの。いま、そこへ人を送って、突破する方法を探ってるところよ」

「ぼくは何をすればいい?」

「いまのところ、あなたのくれたこの情報が大きな収穫だわ。頼みたいことができ次第、またすぐに連絡する。なるべく早くそうなることを祈るわ。どうやら、異次元間戦争を止めなきゃならなくなったようだから」

「連絡はどうやって取る?」

「アールを知ってるわね?」

「彼、ここから数ブロックのところにある書店で働いてるの。先日、あなたがコーヒーを飲みにきたところよ」

「ああ」

ダンははっとしたような表情になる。「ああ、そういえばきみ、そこにいたね」

「でも、わたしの同僚が、彼らのスパイだか看守だか、とにかく敵のメンバーらしいの。だからわたしには話しかけない方がいいわ。必要なときは、SFコーナーにいるアールと話して。彼がひとりのときにね。それから、もし、現実世界の知り合いに会って、敵の一味ではないことが確認できたら、その人の魔術を解いてあげて。この世界の人生と矛盾する現実世界の鮮烈な記憶を呼び起こしてあげれば、魔術は解けるわ」ほかに何か言っておくことはなかっただろうか。「ああ、そうそう、今後、全身グレーをまとったエルフを見かけることになると思うけど、魔法にかかっている状態では見えないことになってるの。だから、絶対に目を合わせないで。あとは、ひたすらいつもどおりに振る舞うこと。わたしたちが真実を知ったことを彼らに気づかれないように」

ダンは険しい表情でうなずく。「わかった。連絡はどのくらいの頻度で取ればいい?」

「とりあえず、明後日チェックしにきて。それまでには何かしら新しい情報が得られてると思うから」わたしは窪《くぼ》みから顔を出し、人目がないことを確認すると、急いでその場を離れた。あえて後ろは振り返らず、どのくらい時間差をつけてそこを出るかは彼の判断に任せた。

角でオーウェンが待っていた。「どうだった?」

「うまくいったわ」

「彼、何か知ってた?」

「ええ。今夜、ブラッドたちの方で何か進展してることを願うわ。どうやら、事態は思ったより逼迫《ひっぱく》しているみたいだから」

「どういうこと?」

レジスタンスのリーダーとしての責任を肩にずっしりと感じて、わたしは唇を噛んだ。最初は冗談みたいに思えたが、いまはずっと現実的に感じられる。「言えないわ」

オーウェンはわたしがふざけていると思ったらしく、一瞬にやりとしたが、真剣だとわかると笑みは消えた。「言えないって、まさか本気で言わないつもりじゃないよね?」

「あなたがそうするのがいいって言ったのよ。マックにあらぬ疑念をもたれないために、あなたはすべての情報を彼に伝えなければならない。でも、彼がこの情報を聞いたら、きっと無謀な行動に出るような気がするの。わたしがあなたに話さなければ、あなたは彼に話すべきか否かで悩む必要がないわ」

「つまり、きみはぼくを守ろうとしてるってこと?」

わたしは彼の腕に自分の腕をくぐらせる。「そうよ。これからは、守られることにも慣れてもらわなくちゃ」

「権力を手にして、すっかりのぼせあがってるな」口調が軽くなる。傷ついた心を隠すためではなく、本当に面白がって言っているようだ。

「わたしをレジスタンスのリーダーに選ぶ前に、その点についてもよーく考えておくべきだったのよ。許可なく情報を開示した罪で、わたしはあなたを銃殺の刑に処すことだってできるんだから」

「なるほど、きみは冷酷非情なタイプのリーダーってわけか」

「そういうこと！」


翌朝、書店に着くと、公園でマックとマクラスキーと話をするオーウェンの姿が見えて、気はとがめるものの、彼に話さなくてやはりよかったと思った。マックが軍隊のことを知れば、暴動計画の実行を要求してくるのは目に見えている。わたしもエルフたちも、それは悲惨な結果しかもたらさないという見方で一致している。


ＳＦコーナーでアールに会い、ダンから聞いたことを手短に話す。「そっちはどんな状況？」

「今夜、スパイを潜入させる予定になってる。もし、彼がポータルを通ることができたら、こっちのメッセージを向こう側に伝えることができる。なんか、かなりやばい状況になってきたね」

「敵が軍隊を組織してるっていうのは穏やかじゃないわ。シルヴェスターが何を企んでるのかはわからないけど、彼がそれを実行する前に動かなくちゃ」心が痛んだが、わたしは続けて言った。「それから、オーウェンは軍隊のことを知らないわ。だから彼には言わないで。マックの耳には入れたくないの」

アールは顔をゆがめてうなずく。「彼もきつい立場だよなあ」

「まったく。彼を自己犠牲的なヒーローに見せる方法、何かないかしら。もちろん、実際の犠牲はなしでね。ほんとに、このばかげた状況を一刻も早く終わらせたいわ」

アールはいつになく厳粛な面持ちで言った。「これが終わるまでに、皆、多かれ少なかれ自己犠牲のチャンスを得ることになるような気がするな」


エルフたちの状況が気になって、翌朝はいつもより早く書店に着いた。昨夜は、公園の前のアパートへ行って潜入作戦の様子をうかがいたい気持ちをなんとか抑え、かわりにオーウェンをなかばむりやり映画に連れ出し、『カサブランカ』を観た。この街では、映画は恋愛映画の古典しか上映していないし、これは彼のお気に入りでもある。その後は、マックへの報告義務が生じないよう、こちらの知っていることをオーウェンに悟られないよう気をつけて過ごした。

今朝もオーウェンはマックと公園にいた。彼には情報を伝えていないのだから、評議会《カウンシル》の法執行官たちと何を話すのかはわからない。わたしは彼らに手を振り、書店のなかに入った。SFコーナーにアールの姿が見当たらなかったので、そのまま二階のコーヒーショップへ行く。カウンターにはすでにフローレンスがいた。妙にぴりぴりしている。「またカフェインに手を出したんじゃないでしょうね」わたしは冗談を言った。

フローレンスは面白いとは思わなかったようだ。「ボスとのミーティングはいいの?」ぶっきらぼうに言う。

「わたしが朝ミーティングに行くことで迷惑をかけてるのはわかってる。午前中こっちが忙しいのは重々承知してるんだけど、彼の都合がいいのが朝なのよ」

「だったら、早く下へ行ってボスと話した方がいいんじゃない？」

「まだ来てないわ。向かいの公園で知り合いと話してるから」わたしは公園側の窓を指さす。フローレンスはわたしの手の動きを目で追うと、思わずという感じで一歩踏み出した。つられて窓の外に目をやると、公園に大勢のグレーのエルフたちがいて、こちらに向かってくるのが見えた。「そうね、やっぱりボスのところへ行ってくるわ」なんとかそれだけ言うと、わたしは階段を駆けおりた。

途中でアールと会う。「ああ、いまちょうど話しにいこうとしてたんだ」彼は言った。

わたしはアールの腕をつかむ。「いまはだめ。何かが起きてるみたいなの。ゆうべ何かあった？」

アールの顔に警戒の色が浮かぶ。「どうして？」

答える必要はなかった。グレーのエルフたちはすでに書店のなかに入ってきている。わたしたちは急いで近くの書棚の陰に隠れた。エルフたちはこれまでのように店のなかをうろつくのではなく、店内にいる人たちひとりひとりにまっすぐ近づいていく。そして、正面から彼らと向き合い、数秒間目を見つめると、また次の人へと移動していく。「ただ見張りにきただけじゃなさそうだな」アールが言った。「ひとりずつ魔術をかけ直してる。ここにいたらまずい」アールは店の奥にある在庫室の方へ走り出した。わたしも彼のあとを追う。

アールに魔法で鍵を開けてもらい、ふたりとも在庫室のなかに入ると、わたしはなかから鍵をかけた。アールがさらに魔法除け《ワード》をかける。「オーウェンが外にいるわ」ふと気づいて、思わずそうつぶやいたが、おそらくもう手遅れだろう。でも、彼を覚醒させる方法なら知っている。とりあえず、いまはここで待つしかない。エルフたちがいなくなったあと、オーウェンを見つけて魔術を解けばいいだけだ。

もっとも、すでに自分でそうしているかもしれない。皆、記憶を書きとめた紙をもっている。オーウェンもきっと、事前に隠しておいた紙を見つけるはずだ。案外、こちらが彼を見つける前に、わたしのことを心配して彼の方から捜しにくるかもしれない。

「それで、ゆうべはどうだったの？」わたしはアールに訊いた。

「こっちのスパイは無事気づかれずに戻ってきたよ。あんたらが思ったとおり、あれはやっぱりシフトの交替だった。残念ながら、ポータルには近づけなかったようだけど」

「気になるのは、本当に気づかれなかったのかってことだわ。彼がわざと戻されたんじゃないって言いきれる？　あるいは、最初から向こうのスパイだったとか」

「昔からそんなに疑い深かったの？」

「看守たちが全員に魔術をかけ直しているのよ。過剰反応だとは思わないわ」

「いや、おれは彼を信じるよ」

「だれかに話を聞かれたとか？」

「それは十分に注意してた」

「彼が特に重要な情報をもち帰ったわけではないことを考えると、やっぱり、あえて逃がされたのかもしれないわ」

ふたりともしばし黙り込む。やがてわたしは言った。「外に出ましょう」

「何言ってるんだよ」頭の部分はほとんど金切り声に近かったが、状況を思い出したらしく、すぐに声のボリュームを落とした。

「全員に魔法をかけ直しているのだとしたら、おそらくリストを見ながらやってるはずよ。いずれ、わたしたちのことも捜しにくるわ。でも、わたしは魔力がかなり減ってきてるから、魔術のかかりは弱いはず。それに、魔法の使用を悟られずに魔術を遮断できる盾《シールド》の魔術を知ってるの。それを使えば、正気を保てる程度には彼らの魔術をブロックできると思う。彼らがいなくなったあと、わたしがあなたを覚醒させるわ。そうすればとりあえず、全員が魔術にかかったと彼らに思わせることができる。また一からみんなを覚醒させなきゃならないけど、わたしたちのうちひとりでも正気でいるかぎり、わずかな足踏みにすぎないわ」

アールは黙っている。彼の思考回路がフル回転している音が聞こえてきそうだ。やがてようやく口を開いた。「そうだな、ここにずっと隠れてるよりは、そっちの方がよさそうだ」

自分の判断が正しいことを祈りつつ、わたしは腕いっぱいに本を抱えると、魔法に対する免疫と似たような働きをする盾《シールド》の魔術をまとい、在庫室から出ていった。アールも後ろから本を抱えてついてくる。「それじゃあ、早いところ並べてしまいましょ」わたしはわざと周囲に聞こえるような声で言ったが、在庫室のまわりにグレーのエルフはひとりもいなかった。わたしたちがここに入ったことには、だれも気づかなかったらしい。

角を曲がってSFコーナーに入ったとたん、あやうくグレーのエルフとぶつかりそうになった。とっさに見えていないふりをすべきことを思い出し、顔をしかめそうになるのをこらえながら、そのまま歩き続ける。視界の隅に、じっとして動かなくなるアールの姿が入った。魔力が盾《シールド》を包むのがわかったので、わたしも立ち止まってじっとする。わたしの盾《シールド》はひどく薄っぺらなので、魔力の一部が突き抜けて肌を刺激したが、魔術自体が効いている感じはしない。

視線はぼんやりと宙に向けつつ、意識は自分がだれで、いまどこにいるかということに集中させる。魔力の刺激はすぐに消え、グレーのエルフは歩き去った。アールが歩き出すのを見て、すぐに彼のところへ行く。

幸い、わたしは自分がだれかということをしっかり覚えている。アールがどうかはわからないが、ここには人がたくさんいるので、直接確認するわけにはいかない。それに、グレーのエルフたちが任務の完了を確信するまで待った方が安全だ。少なくともわたしが正気でいるかぎり、覚醒のプロセスはいつでも再開できる。

アールとわたしは在庫室からもってきた本を書棚に並べはじめた。彼はあまりしゃべらなかった。用心しているのか、それとも、書店の一従業員に戻ってしまったからなのかはわからない。永遠にも思えるような時間が過ぎ、グレーのエルフたちはようやく店を出ていった。

「よし、これでだいたい終わりかな」アールは言った。「もうコーヒーショップの方に戻って大丈夫だよ。手伝ってくれてありがとう」

わたしは彼の顔をしげしげと眺める。暗黙の了解を求めるような思わせぶりなウインクはない。やはり魔術の影響下に戻ってしまったようだ。「そうだ、もうひとつだけ確認したいことがあるの」わたしは言った。「わたしが渡したあのレシート、いまもってる？　たしかポケットに入れたのを見た気がするんだけど」アールが指示に従って、何か記憶を呼び起こすことを書いた紙をもち歩いていることを祈る。

「レシート？　そんなものもらってないけど」

「一応、見るだけでも見てくれない？　絶対渡したはずなの」アールが怪訝そうに顔をしかめたので、わたしはやり方を変え、恥ずかしげに笑った。「というか、もしあなたに渡してないとすると、わたしかなりまずいことになるの。もう捜すところがないっていうか。あなたが最後の望みなのよ。お願い、助けると思って、ポケットのなか、見るだけ見てみて」そして、とっておきの〝お願いの顔〟をしてみせる。これをすると、たいてい父は折れて頼みを聞いてくれた。

アールは大げさにため息をつくと、ポケットに手を突っ込んだ。眉がひゅんとあがったところを見ると、どうやら何か入っていたらしい。ポケットから引き抜いた右手が紙を一枚もっている。「あれ？　じゃあ、これかな？」アールはそう言うと、紙を開く。「いや、やっぱり違う。これ、おれの字だ」その直後、アールの体がぐらりと揺れた。わたしは慌てて彼を支える。アールは瞬きをしながらわたしの顔を見た。「あっぶねえ。すっかりやられてたな」

「もとに戻ったと思っていいのね？」

「ああ。あんたは大丈夫だったの？」

「ええ。相当魔力が減ってるみたいね。連中、わたしの盾《シールド》の魔術にさえ気づかなかったもの」そこまで言うと、わたしは息をのんで、アールの腕をつかんだ。「きっとそれだわ。だれも裏切ってなんかいないのよ。あなたたちが送り込んだスパイはめくらまし《イリュージョン》を使った？」

「ああ、そうしないとエルフに見えないからね」

「連中はそれを感知したんだわ。それで、あえて彼を泳がせたのよ。彼がだれと接触するかを見るために。そして、彼が接触した人が接触した人たちまで、全員に魔法をかけ直したのよ」

もしそうなら、オーウェンはターゲットになっていないかもしれない。わたしの知るかぎり、昨夜以降、エルフ側のメンバーはだれも彼と話をしていないはず。

でも、だとしたら、いまだに姿が見えないのはどうして？

「オーウェンを捜してくる」緊張で声がうわずりそうになりながら、わたしは言った。「あなたは近くにいる仲間の覚醒をお願い」

「いっしょに行こうか？」

「いまは大丈夫。必要になったら言うわ」

わきあがってくるパニックを必死に抑えながら、オーウェンのオフィスへ向かう。彼はオフィスにはいなかった。レジにも、そのほかふだん彼が見つかるどの場所にもいなかった。階段を駆けあがってコーヒーショップへ行く。在庫室に隠れている間に、わたしを捜しにきたかもしれない。しかし、そこにもオーウェンの姿はなかった。ひょっとして、彼らに連れていかれたのだろうか。連中は現実世界での悪名をもとに、オーウェンをレジスタンスのリーダーと見なしたのかもしれない。

フローレンスはカウンターにいた。依然としてやや硬い表情ながら、さっきほどぴりぴりしてはいないようだ。「ミーティングはどうだった?」フローレンスは言った。

「彼が見つからないの。わたしを捜しにここに来なかった?」

「ううん。まだ出勤してないんじゃないの?」

窓まで行くと、オーウェンがマックとチェスをしているのが見えた。わたしの安堵のため息は、下の階まで聞こえたのではないだろうか。「たぶん、前のゲームに負けて、もうひとゲームやらないことには気がすまなかったのね」そう言うと、むりやり笑みをつくって続ける。

「経営者はいいわね。遅刻しても、だれにも怒鳴られたりしないんだから」

「そろそろ仕事のことを思い出してもらった方がいいんじゃない?」フローレンスは言った。笑みこそ見えるが、口調は断固としていた。彼女がシルヴェスターの部下だとしても、ひそかにわたしを助けようとしていることは間違いない。いま、そう確信した。でなければ、オーウェンの魔術を解きにいくようほのめかすようなことを言うはずがない。

しかたなく不良上司を連れ戻しにいくというふうを装いながら、わたしは言った。「じゃあ、ちょっと行ってくるわ。今日の仕事についても確認しなきゃならないし。ここ、任せちゃっていいかしら」

「いいわよ」フローレンスはぞんざいに片手を振る。「今日は暇だもの。ほーんと、何かあったのって思うくらい」

何かあったかどうかは、わたしも、そして彼女も、よーく知っている。「すぐ戻るわ」それだけ言って、わたしは階下へ向かった。

応援が必要になったときのために、アールにもいっしょに来てもらうことにした。ポケットに記憶を書きとめたメモが入っていることを確かめたあと、ふと不安になって、書店を出る前に、ボールペンで手のひらに〈ポケットを確認して〉と書いた。

「慎重だね」アールは言った。

「念には念を入れないと」

公園に入ると、立ち止まって、しばし彼らの様子を観察する。オーウェンと法執行官たちの間にいつもの抑制された緊張感はまったく存在しない。マックはふだんも比較的理性的な方だが、それでもオーウェンに対して常に監視するような視線を向けている。それがいまはまったく見られない。彼らはただ、気持ちのよい秋の日に公園に集う三人の男たちでしかなかった。オーウェンはここ数カ月でいちばんリラックスして見える。この状態を壊してしまうのが惜しい気さえしてしまうが、彼がこれだけリラックスしているのは、何かがものすごくおかしいという証拠だ。どんな魔術をかければ、オーウェンに日がな一日公園のベンチでチェスをしていたいと思わせられるのか、ちょっと想像がつかない。これまでの記憶を完全に消されていたらどうしよう。本屋をかっこいい場所にするために書店を購入したあの男性に戻ったのではなく、まったく別の人格を与えられていたら——。もしそうなら、思い出話やキスでは魔術を解けないかもしれない。

アールに待っているよう合図すると、わたしは彼らのテーブルへ行った。「やっぱりここにいたのね！」さらりと言うつもりが、妙に甲高い声になってしまった。「猫のいぬ間にネズミは遊ぶって言うけど、遊んでるのが猫の場合はどうなるのかしら」

オーウェンはわたしを見あげる。ぽかんとしているので、思わず息をのんだが、やがて目の焦点が定まると、赤くなって申しわけなさそうにほほえんだ。「ごめん、ごめん、もうそんな時間か。店は焼け落ちたりしてないよね？」

「大丈夫。でも、みんなオーナーはどうしたんだろうって思ってるわ」

「ぼくがいないからって、いきなり店が混乱に陥るとは思わないけどな」

「あと数分はなんとかなるかもしれないけど、その後は無政府状態《アナーキー》が待っていると思って」

オーウェンはにっこりする。「わかった。このゲームで終わりにするから、きみはぼくの留守中、部下たちが謀反を起こさないよう監視しててよ」口調はオーウェンだ。でも、魔術の影響下にあるときも、オーウェンはオーウェンらしい口調だった。あのときは自分も魔術にかかっていたので、それに気づかなかったわけだけれど。でも、いまのこの状態はどう見ればいいのだろう。少なくとも、わたしを知っているようではあるし、彼の話し方には、ふたりの間になんらかの個人的な関係が存在することを思わせる親しみが感じられる。ただ、監視されていることを踏まえて演技をしているのか、それとも、本当に自分がだれかを忘れてしまっているのかはわからない。

いずれにしろ、わたしは彼から目を離すつもりはない。「ちょっと見ててもいい?」そう言うと、返事を待たずに彼の隣に腰かけた。

「きみが横にいるとゲームに集中するのが難しいな」オーウェンはふざけて言った。なるほど、連中が彼をリセットしていたとしても、わたしとの関係は生かしたままにしたようだ。

「じゃあ、マックに向かってまつげをぱたぱたさせなきゃね」わたしは言った。マックはうっすら笑みを浮かべたものの、相変わらずゲームに集中している。公共の場にいるとき、わたしたちは常に魔術にかかったふりをしていたので、オーウェンが演技をしている可能性は依然として否定できないけれど、このマックは正気のときの彼とあまりに違う。少なくとも、彼が魔術をかけ直されたのは間違いないだろう。

ゲームの間、オーウェンがいまだれなのかを示すヒントを探す。素晴らしい演技をしているわたしのオーウェンなのか、それとも、自分がエルフの収容所に閉じ込められた魔法使いだとは夢にも思っていない、ロマンチックコメディの世界のオーウェンなのか。

史上最長のチェスのゲームが——少なくとも、わたしにはそう感じられた——オーウェンの勝利でついに終わった。マクラスキーとマックから屈託のない笑い声があがる。やはり、ふたりがいま彼ら自身ではないのは間違いない。彼らのことも覚醒させるべきか迷ったが、それはもう少し待つことにした。魔法のリセットがうまくいったとエルフたちが思っている間は、こちらの身も比較的安全だ。すぐに魔術を解くのはリスクが高い。

オーウェンはチェス友達に別れを告げると、足取りも軽く歩きはじめた。アールは距離を保ちながら、わたしたちのあとをついてくる。通りの前まで来て、幼稚園で教えられたとおり左右を確認しているとき、うっかりグレーのエルフのひとりと目が合ってしまった。

エルフの方も、わたしが彼を見たことに気づいたようだ。エルフがこちらに向かって歩き出したので、わたしはオーウェンの手をつかみ、車をよけながら強引に通りを渡る。異変に気づいたアールも、反射的にわたしたちを追うエルフを直視してしまったようだ。

正気であることに気づいた以上、連中はなんとしてもわたしたちを支配下に戻そうとしてくるだろう。みすみすそうなるつもりはない。「走って!」アールに向かってそう叫ぶと、わたしは戸惑うオーウェンをむりやり引っ張って走り出した。

17

いまわたしの頭にある唯一のプランは捕まらないことだ。素晴らしいプランとは言えないが、とりあえず失うものはない。少なくとも、走れば、捕まってリセットされずに済むチャンスも少しは増える。走らなければ、チャンスはゼロだ。

「どうしたんだよ。なんで走ってるの？」オーウェンは訊いたが、幸い、無理に止まろうとはしない。緊迫感が伝わっているのだろう。

「あとで説明する」わたしはあえぎながら言う。

アールは長い脚で軽々とわたしたちを追い越し、歩道の人混みを分けていく。追っ手に気づかれずに建物のなかに隠れるには、まず十分な距離を空けなければならない。

肩越しに振り返る。距離はとうてい十分とは言えない。それどころか、彼らはどんどん迫ってくる。人数が増えるのも時間の問題だろう。なんとかしなければ――。

前方に青果物店が見えて、あるアイデアが浮かんだ。これは映画でいえば、まさに逃走・追跡のシーンだ。ならば、映画のように追っ手の前に何かをひっくり返せばいい。青果物店は、まさにそんな展開のために用意されているかのように思える。

大箱がのった台の脚を蹴り倒し、歩道にオレンジをぶちまけると、続いて、横にあったリンゴの箱もひっくり返した。一瞬、店に対して申しわけない気持ちになったが、すぐにこれが本物の店ではないことを思い出した。果物だって、めくらまし《イリュージョン》かもしれない。追っ手を減速させる程度にはリアルであってほしいけれど。

もちろん、振り返って確認するような愚行はしない。陳列台を倒して歩道を完全にふさいだあと、わたしはオーウェンを引っ張って並びのカフェに向かった。歩道に出されたテーブルを一台横に倒して、パラソルが道をふさぐと同時に視界もさえぎるようにすると、そのまま大急ぎで次の角を曲がる。

グレーのエルフたちも角を曲がってきた。ただし、今度はただ追ってくるだけではない。彼らはついに魔術を放ってきた。飛んでくるのはわかったが、なんの魔術かはわからない。わたしはとっさにロッドとオーウェンに教わった盾《シールド》の魔術を使った。

魔術が効かないことがわかると、彼らはさらにスピードをあげて追ってきた。「アール！」先を走る彼に警告しようとすると、彼はこちらを振り返り、慌てる様子もなく片手をひるがえした。辺り一面に強烈な光が炸裂する。「こっちだ！」アールはそう叫ぶと、オーウェンとわたしを建物と建物の間のせまい通路に引き入れた。わたしたちは地下の入口に続く階段を駆けおり、階段の下にうずくまる。

「いったい何が起こってるんだ」オーウェンは青ざめた顔で言った。

「安全が確保できたらすぐに説明するわ」

オーウェンはドアのノブに手を伸ばす。「だったら、なかに隠れた方が――」

アールがすばやくその手を払った。「いまはだめだ」

息を殺して耳を澄ます。足音が聞こえたような気がした。通路に入ってきたのだろうか。やがてアールが慎重に立ちあがり、階段の下からそっと首を伸ばす。グレーのエルフたちがいなくなったことを確認すると、彼は地下室へのドアを開け、わたしたちに入るよう合図した。ドアを閉めると、アールは魔法の明かりを灯した。オーウェンは慌てて飛びのく。「なんだそれは。それに、さっきはどうしてドアを開けなかったの？」

「光の効果がどれくらい続くかわからなかったし、たとえ視界が悪くて通りから階段の下が見えなかったとしても、ドアが開く音を聞かれる可能性はあった」

「でも、通りにはだれもいなかったじゃないか」オーウェンはそう言うと、あらためてがらんどうの地下を見回した。「なんだ、この場所は。いったい何が起こってるんだ」普通の人ならもっと取り乱していただろう。それでも、こういう状況でのふだんのオーウェンに比べれば、動揺が態度に出ている。

キスで目を覚まさせることができれば簡単だが、前回、その方法ではわたしはもとに戻らなかった。それに、いまは彼の方もキスをしたい気分ではないだろう。「ポケットのなかを見て」わたしは言った。状況を考えれば、わたしの説明より、彼自身が残した証拠の方が信じやすいに違いない。

「どうして？」

「とにかく見て。お願い」

オーウェンはポケットに手を入れると、折りたたまれた紙を取り出した。彼が紙を開き、メモを読んでいくのを、わたしは固唾《かたず》をのんで見つめる。もしこれでうまくいかなかったら、何をすればいいだろう。彼に関する思い出はたくさんあるけれど、そのなかから当たりを選び出すのは必ずしも簡単ではない。オーウェンは瞬きをした。でも、それが何を意味するのかはわからない。

待ちきれなくなって、わたしはおそるおそる言った。「わたしたちがはじめてちゃんとしたデートをしたとき、レストランが火事になったの。それから、セントラル・パークのスケートリンクで、わたし、氷を突き破って水のなかに落ちたわ。ああ、そうそう、あなた、ドラゴンを飼ってたことがあったわね」さあ、あとは、彼が正気に戻るか、わたしが正気を失ったと思われるかの、どちらかだ。

オーウェンは顔をしかめる。目の焦点が定まり、オーウェンが本来のオーウェンに戻ったことがわかった。体がぐらりと揺れ、わたしは急いで彼を支える。

オーウェンは倒れ込むように、わたしにもたれかかった。ただ、それはショックで貧血を起こしたというより、むしろ安堵からのようだ。「ありがとう」オーウェンはわたしを抱きしめると、耳もとで言った。

「もとに戻ったのね？」念のために確認する。

「ああ、囚われの身の魔法使いにね。何があったの？」

「ゆうべの潜入作戦で何かしくじったらしい」アールが言った。「こっちのスパイがめくらま《イリュージョ》しを感知されたのかもしれない。連中、囚人全員に魔術をかけ直してるみたいだ」

「わたしたちはいま、逃亡者よ。レジスタンスはいよいよ、地下室や屋根裏に潜伏する局面に入ったみたい。わたしは一度リセットしたはずだと思われてるから、捕まったらもっと過激なことをされるだろうと思って、とにかく逃げたの」

「どうやって逃げきったの？」オーウェンが訊く。

「わたし自身の魔力が弱まっていることと、少しだけ盾《シールド》の魔術を使ってみたことの組み合わせがよかったみたい」

「すごいぞ、ケイティ。それで、これからどうする、ボス？」

必死に走ったので、脚ががくがくだ。わたしは床に座り込む。ほかのふたりも腰をおろした。

「もう一度、一から皆を覚醒させ直すしかないわ。それから、新たなプランが必要ね」わたしは言った。「ただ、前回よりも大変よ。逃亡者としてそれをやるわけだから」

「全員を覚醒させる必要があるかな」オーウェンが言った。

「それは、マックのことはすぐに覚醒させないって意味？」

「だれのこともすぐには覚醒させないってことだよ。いま目立つ動きはしない方がいい」

「向こうの世界にSOSを送れないのがつらいわね。いまのままでは、とうていポータルに近づくことはできないわ。ああ、いっそ自分たちでポータルをつくれたらいいのに」

「つくれるかもしれない」オーウェンが言った。

「異世界間に？」アールの眉がひゅんとあがる。

「ぼくら自身が通れるような大きなものは無理だけど、メッセージを送るくらいのものだったら、たぶん。うまく照準を定めることができれば、関係者が確実に見つけてくれそうな場所に送れると思う。ただ、それにはかなりのパワーが必要だから、十分な人数を覚醒させなくてはならない」

「やり方、知ってるってこと？」アールが訊く。

「実際に試したことはないけど、理屈はわかってる」いまひとつ頼りない返事だ。

「めくらまし《イリュージョン》の魔力でさえ彼らの注意を引いたんだから、それだけ大きなパワーを使えば、気づかれてしまうんじゃない？」わたしは訊いた。

「やり方によるな」アールが言う。「ここでは常にたくさんの魔力が使われている。この世界自体を機能させるためにね。やつらがめくらまし《イリュージョン》に気づいたのは、おそらくそれが、本来そこにはあるはずのない魔術だったからだと思う。連中が使う魔術にうまく紛れ込ませることができれば、気づかれずにやれるかもしれない」

　男たちふたりはわたしを見た。彼らがリーダーの決断を待っていることに気づく。「ほかに何かアイデアはある？」

「マックの暴動案はさほど有効だとは思えないな」オーウェンが言った。

「同感よ。そして、わたしたち自身がポータルを通るのが難しいとしたら、メッセージを送るというのが残された唯一の可能性かもしれないわね。時間もあまりないわ」わたしはひとつ大きく息を吐き、できるだけきっぱりと言った。「やりましょう。それには何人必要かしら」

「少なくとも五人。可能ならもっと」

わたしはアールの方を向く。「連中に気づかれずに、それだけの人数を集められる？」

「たぶんできると思う。それに、各自もっている記憶のメモがすでに仕事をしてくれてるかもしれないし。とにかく、回ってみるよ」

「気をつけてね」わたしは言った。「あなたは逃亡者として顔が知られてるんだから」

「おれがひとりを覚醒させれば、あとは連鎖反応で輪が広がっていくよ」

「わたしたちの方でもやってみるわ」わたしは言った。

アールは首を横に振る。「あんたはいま、連中がいちばん見つけたい相手だろ？　魔術が効かなかった唯一の囚人なんだから。きっと血眼になって捜してるよ。しばらく身を潜めていた方がいい」そう言うと、腕時計を見る。「二時間後にここに戻ってくる」

アールが行ってしまうと、オーウェンはわたしの肩に腕を回して言った。「助けてもらったお礼は、もう言ったっけ？」

「言われたような気もするわ」思わず笑みがもれる。

「きみは素晴らしかったよ。ありがとう」オーウェンにキスをされ、わたしは本物の彼を取り戻せたことに安堵のため息をついた。

「本当にできるの？」彼に寄りかかって訊く。

「やらないと」

「やらなきゃいけないのとやれるのとは、必ずしも同じじゃないわ」

「ポータルについては何冊か本を読んだ。エルフの魔法についても少し研究したことがある。カギになるのは、十分なパワーを得られるかどうかだ。アールが連れてくるエルフの数によっては、きみにも協力してもらわなくてはならないかもしれない」オーウェンはそこで言葉を止める。「その場合、おそらくきみの魔力を使い尽くすことになると思う」

毅然とした口調を試みたが、うまくいったかどうかはわからない。「遅かれ早かれなくなることはわかってるんだもの。どうせなら、皆の役に立つことで使い切りたいわ。それに、いくら光の玉をつくれたって、家に戻れなきゃ意味がないでしょ？　まあ、たしかにあれは楽しかったけど」最後のひとことは、少し名残惜しげになってしまった。

オーウェンはわたしのこめかみにキスをした。「わかるよ」

「正直言って、わたしは魔法使いには向いてないと思うわ。免疫者《イミューン》としてはなかなか優秀だと思うけど、魔法使いとしてはごく平凡よ」

「そんなことないよ。きみはすごくのみ込みがよかったし、うまくいかなくなったのは、魔力が一定量を下回ってからのことだ。普通の魔法使いと同じようにフルパワーの状態だったら、きみはすごい魔法使いになれたよ。きみのテクニックは素晴らしかった。たとえそれが、従来型の魔術とおばあさんがきみに教えたやり方の、混合スタイルだったとしてもね」

わたしは小さくため息をつくと、彼の肩に頭をのせた。「自分がこんなことを言う日がくるなんて考えもしなかったけど、彼女がいまここにいてくれたらなと思うわ」

オーウェンはくすくす笑って言う。「彼女なら、この状況で何をしただろうね」

「たぶん、グレーのエルフをひとり人質に取って、指揮系統のトップを引っ張り出そうとするわね」少し躊躇《ちゅうちょ》して、わたしは言った。「ねえ、もし……」

「ポータルをつくる案がうまくいかなかったら、それもひとつの手かもしれないな」オーウェンが続きを言う。

オーウェンは小さなポータルを完璧に照準を定めてつくることに自信があるような口ぶりだったけれど、わたしは看守を人質に取るための参考にしようと、これまでに観た誘拐を扱った映画やドラマをかたっぱしから思い出そうとしていた。でも、この案を実行するには、まず彼らの魔力を無力化する方法を見つけなければならない。そうでなければ、人質に取ったエルフに魔術をかけ直されてしまう恐れがある。わたしが残りの魔力をすべて使い切ってしまえば、少なくともひとりは魔法にかからないことになるが、オーウェンは賛成しないだろう。彼にとってイミューンでいた期間は、ある意味、罰を受けているような日々だった。魔力が復活して、心底ほっとしたはずだ。わたしにとっては普通の状態へ戻るにすぎないことでも、わたしがそれを望むとは彼には想像すらできないに違いない。

時間がたつのが遅く感じられるだけなので、できるだけ腕時計を見ないようにしていたが、ついに二時間のタイムリミットが迫ってきた。アールが戻ってくる気配はまったくない。予定の時間を五分過ぎたとき、わたしは極力感情を込めずに言った。「アール、遅れてるわね」

「何かに時間を取られているのかもしれない」

「それを心配してるの」

「悪いこととはかぎらないよ。慎重を期しているだけかもしれないし」

「そうね。二時間はそれほど長い時間じゃないもの。安全確保のために遅れるなら、その方がいいわ。もう少し待ちましょう」

　オーウェンが魔法でランチを出してくれ、それを食べながら少し時間をつぶすことができた。さらに一時間がたったとき、わたしは言った。「もうだめ。本格的に心配になってきたわ。ねえ、どうする？」

「リーダーはきみだよ」

　わたしは大げさにため息をつく。「それはもういいじゃない。評議会《カウンシル》のふたりは魔術にかかってるし、エルフたちはいまここにいないんだから、忠実な一兵士のふりをする必要はないわ」

「ふりをしてるわけじゃないよ。きみは名実ともにリーダーだ。全員一致で選ばれて、実際、リーダーと呼ぶにふさわしい仕事をしている。きみはどうすればいいと思うの？」

　手のひらを握ったり開いたりしながら、懸命に頭を働かせる。こんなに大きな責任を担うことには慣れていない。たしかに、会社ではひとつの部署を任されているが、部下はパーディタひとりだ。わたしはこれまで、どちらかというと、エキスパートたちに囲まれて仕事をするアシスタント的な人間だった。

　パーディタのことを考えたら、ふとひらめいた。「ここはやっぱり、アールに何かあったと考えた方が賢明だと思う」わたしは言った。「幸い、わたしたちはひとつのカゴにすべての卵を入れることはしなかった。こっちで作戦を続行しましょう。連中がパーディタをリセットしていたとしても、彼女を覚醒させるのはそう難しくはないはずよ。一回目はわたしたちが何もしないうちに覚醒しちゃったくらいだもの。彼女は顔が広いから、きっとポータルをつくるのに十分な人数を集められるわ。アールが無事でただ遅れているだけなら、予定の時間を過ぎたときにわたしたちが動き出すことはきっと考えるはず。コンタクトが難しいときにパーディタを連絡窓口にすることも、彼は知っているし」

「わかった。じゃあ、まずはパーディタのところだ」オーウェンはそう言って立ちあがると、片手を差し出した。「建物のなかを通って、ここからできるだけ離れた出口から出よう」

「連中がこの界隈での捜索をあきらめてくれてるといいんだけど」

部屋の反対側にもうひとつドアがあり、開けると階段に出た。階段の上のドアは鍵が開いていて、なかは例によってほぼ骨組みだけの空間だった。未完成の床の上を慎重に歩いていく。ブロックの反対端まで来ると、オーウェンは窓から外をのぞいた。「グレーのエルフは見当たらないな。ただ、通りにいる人たちのなかに看守が紛れていないという保証はない」

「じゃあ、どうやってここから出る？」

「ちょっとしためくらまし《イリュージョン》なら気づかれないだろう。この辺にいる人たちの大半が本物ではないだろうからね。それくらいの魔力なら、注意を引くことはないと思う」

そこからいちばん近い階段のドアの前まで戻ると、開ける前にオーウェンはわたしの手を取った。体が魔力に包まれるのを感じる。変身が完了し、わたしたちは階段をおりた。踊り場の鏡の前まで来たとき、わたしは思わず立ち止まった。年老いたカップルがこちらを見ている。

「これがわたしたち？」

「ぼくらの将来のちょっとしたプレビューだね」オーウェンは小さくほほえむ。「それじゃあ、ロッドに言われたように、いま鏡に映っている女性にふさわしい動きを心がけて」

正面玄関のドアの前まで来ると、わたしたちはいったん立ち止まって役に入る。ふたりとも軽く腰を曲げ、わたしは彼のひじに手をかけた。それから、ゆっくりとドアを開けて外へ出ると、一段ずつ慎重に正面の階段をおりる。

逃亡者の身としては、一刻も早く安全な場所へ行きたいところだが、ぐっとこらえて役に徹する。彼らが捜しているのは若いカップルで、年老いた夫婦ではない。オーウェンの魔術が感知されないかぎり、気づかれることはないだろう。

わたしたちは通りを渡って一ブロック歩き、角の食料品店に寄って買い物をするふりをした。こちらを不審そうに見る人はいなかったが、店を出ると、グレーのエルフがひとり歩道に立っていた。思わず息をのみそうになり、なんとか自分を抑える。彼がわたしたちが来るのを予測して張り込んでいたとは考えにくい。きっと別のだれかを見張っているのだろう。そもそもこんな場所に張り込んでどうするのだ。食料品店が逃亡者の潜伏先の定番というわけでもあるまいし。

わたしたちは老人特有のすり足でのろのろと彼の横を通り過ぎる。顔を見るわけにはいかないので、エルフがこちらの存在に気づいたかどうか、確認することはできなかった。はやる気持ちを抑えてカメのように歩かなくてはならないのは、想像以上の苦痛だ。「ゆっくり、ゆっくり」わたしの緊張を感じ取ったのだろう。オーウェンがささやいた。

前方に別のグレーのエルフが見えた。次の角の少し手前にいる。「オーウェン」わたしはうめくように言った。

「ああ、見えてる。歩き方を変えないで。あくまで普通に。老人として、という意味だけど。次の階段からなかに入ろう」

「この建物、なかは空なの?」

「わからない。この通りは調べてないから」

グレーのエルフはこちらに歩いてくる。わたしたちに向かってきているのか、ただ通りを歩いているだけなのかはわからない。彼に視線を向けないよう懸命に自分を律する。次の階段までの約六メートルは、これまでの人生で最も長く感じた六メートルだった。めくらましの信憑性《イリュージョン》を維持するため、わたしたちは一段ずつゆっくりと階段をのぼる。その間にも、看守はどんどん近づいてくる。

オーウェンが魔法で鍵を開けている間、わたしは待つふりをしながら彼の手もとが隠れるように立った。ドアが開いたとき、グレーのエルフはちょうど階段の前に差しかかった。わたしたちは建物のなかに入る。エルフはそのまま通り過ぎていくかに見えたが、ドアが閉まると、彼の足音が止まった。

建物のなかは、骨格だけのがらんどうだった。つまり、囚人は住んでいないということだ。

エルフはそのことに気づき、おかしいと思ったに違いない。でも、いまそれを考えている暇はない。老人のふりはひとまず中断して、わたしたちはむき出しの梁《はり》の上を必死に走った。グレーのエルフはまだなかに入ってこないが、それも時間の問題だろう。やがてドアに到達した。この向こうはおそらく隣接する建物だ。オーウェンがドアを開けると、完成された状態の階段に出た。

「外に出る？」わたしはあえぎながら訊く。

「上だ」オーウェンは答えた。

ひとつ上の階のドアは鍵がかかっていた。おそらく、囚人が住んでいるのだろう。わたしたちはさらに次の階へ駆けあがる。今度はドアが開き、なかはまた骨組みだけの空間だった。さらに二棟分、建物のなかを移動してから、わたしたちはようやく足を止め、窓と窓の間の壁にもたれた。

「彼、ついてきてないわよね」ひと息ついてから、わたしは言った。

「ああ、大丈夫だと思う」

「めくらまし《イリュージョン》を見破られたのかしら」

「なんとも言えないな。魔法使いの魔術とエルフの魔術の違いを感知したのかもしれないし、あるいは、あの界隈で使われるめくらまし《イリュージョン》は決まっていて、ぼくらはそれに当てはまらなかったのかもしれない」

「彼がわたしたちを見分けられるのだとしたら、どうやってここから出ればいいの？」

「もう少し待ってみよう。そのうちいなくなるかもしれない」

三十分ほど待ってから、窓の外をのぞいてみる。下の歩道にグレーのエルフがふたりいる。だれかを捜しているように見える。わたしたちだと考えるのが妥当だろう。

建物内をさらに歩き、ブロックの端まで来た。ここからは二方の壁の窓から外を見ることができる。交差点に面したこの建物はブラウンストーンではない。地上階に店舗が入っている一般的なアパートメントビルだ。この辺りの景色には見覚えがある。「わたしたち、パーディタのダイナーの上まで来たみたい。なんとか見つからずに店へ行けないかしら」

廊下へ出るドアを見つけ、〈非常口〉の表示がある階段をおりていく。いちばん下まで来ると、骨組みだけの何もないスペースに出た。オーウェンは魔法の明かりを灯して足もとを照らす。階段近くのドアを開けると、なかはレストランの地下貯蔵庫のような場所だった。「本当にここで合ってる?」オーウェンが言った。

「わからないわ。店ではもっぱら食べるだけで、地下に潜り込んだことなんかないもの」続けて何か言おうとしたとき、部屋の奥で音がしたような気がした。急いで棚の陰に隠れる。オーウェンは魔法の明かりを消した。

この部屋にもうひとりだれかいるのは間違いないが、相手もこちらと同じように身を潜めているようだ。店の従業員なら、だれだと訊いてくるはず。でも、部屋の奥からは、息を殺してひたすらじっとしているような気配が伝わってくるだけだ。

入ってきたドアの方を振り返り、オーウェンを引っ張ろうとしたとき、奥の暗がりから声がした。「ケイティ、オーウェン？」

「アール？」わたしはささやく。

「そう」相手は言った。「じゃあ、そっちはあんたらってことだね」

わたしたちは部屋のなかほどで会った。「ここで何してるの？　帰ってこないから心配したわ」わかりきったことは訊かなかった。もし魔術にかかっていたら、ここで隠れていたりはしないだろう。

「つけられてることがわかったから、あそこへ戻るのはまずいと思ったんだ。相手をまいて、念のために少し隠れていることにした。ちょうどパーディタの店が近かったんで助けてもらったんだ」

「彼女は無事だったの？」

「ああ、パーディタのところへは来ていないらしい」

わたしはオーウェンの方を向く。「妙ね。スパイの接触相手からわたしたちのことがわかったなら、いずれパーディタまでたどりつきそうなものだけど」

「彼らはぼくらがここで何をしたかではなく、現実世界で何をしているかに基づいて、警戒の優先順位を決めているのかもしれない」オーウェンが言った。「評議会《カウンシル》のふたりは事実上、魔法界の警察みたいなものだし、ぼくらは〈月の目〉を巡るシルヴェスターの陰謀を阻止した。アールは抵抗勢力の一員として知られている。パーディタは要注意人物のリストから外れていたのかもしれない」

「そっちはどうしたの？」アールが訊いた。

「あなたが戻ってこないから、パーディタに連絡が入っていないか確かめにいこうと思ったの」わたしは言った。「それで、あなたの方はどうだったの？」

「ブラッドがやられてたけど、覚醒させた」アールは言った。「今夜は予定どおり実行する。時刻は日没。セントラル・パークってことになってる公園のなかの、リバーサイド・パークだと思って歩いてるといつのまにかループバックしている地点の少し手前がいいってことになった。チェリーヒルに似てる場所だよ。まあ、似てるようでけっこう違うけどね。あの辺は、ループを形成するために相当量のパワーが使われてるはずだから、ポータルをつくってもさほど目立たないと思う」

オーウェンは腕時計を見る。「まだ数時間ある。ハゲタカたちにこの場所を嗅ぎつけられていないのであれば、このままここで時間をつぶすのが安全だろう」

わたしたちは階段から見えない棚の陰に回り、床に座った。いつのまにかうとうとしていたらしい。気づくと、オーウェンの肩にもたれていた。変な姿勢で寝ていたせいか、体のふしぶしが少し痛い。目をつむったまま、この出来の悪いロマンチックコメディのようなもうひとつの現実が、すべて夢であることを願った。

オーウェンがわたしの体をそっと揺する。これだって、映画を観ている間に眠ってしまったのであれば、あってもおかしくないことだ。「ケイティ、起きて」オーウェンはささやく。「そろそろ行く時間だよ」

わたしはしぶしぶ目を開け、この苦境がまぎれもない現実であることを確認した。そばで音がして、アールも起き出したのがわかった。薄暗がりのなか、オーウェンが梯子をのぼって歩道に出るハッチまで行く。彼は外をのぞくと、こちらを向いて言った。「グレーのエルフは見当たらない」

「ふたてに分かれた方がいいわね。どちらかが捕まっても、とりあえず全滅は避けられるわ」わたしは言った。「アール、あなたはパーディタといっしょに行って。向こうで会いましょう」

わたしたちは梯子をのぼり、歩道に出た。ちょうど夕方のラッシュの時間で、道にはたくさんの歩行者がいた。わたしたちは人混みに紛れて、公園を目指す。

数ブロック歩いたところで、通りの反対側にグレーのエルフがいるのが見えた。オーウェンをつついて合図するが、彼は反応せず、そのまま次の交差点まで行くと、さりげなくわたしを誘導して公園へ向かう横道に入った――まるで、最初からそうする予定だったかのように。グレーのエルフがわたしたちに気づいたかどうかはわからない。もちろん、振り返って、ついてくるか確かめるのは御法度だ。

「どうする?」わたしはささやく。

「歩き続けて」ブロックのなかほどまで来たとき、オーウェンはしゃがんで靴ひもを結び直すと、立ちあがって言った。「ついてきてないな」

「それじゃあ、また別のが現れる前に、急いで行きましょう」

その後、グレーのエルフに会うことはなかった。ようやく公園のなかに入り、ほっとする。

公園内が特に安全というわけではないが、木々に囲まれているだけでも、気分的にずいぶん楽だ。ほかのメンバーたちも、まもなく約束の場所にやってきた。

全員がそろうと、オーウェンは言った。「舗装されていない場所の方がいい。あの木立の下はどうだろう」わたしたちは彼が示した場所へ移動する。オーウェンはしばし目を閉じると、満足したようにうなずいた。「うん、ここならうまくいきそうだ」

オーウェンは小枝を拾うと、ひざをついて地面に何か描きはじめる。描きながら、彼は言った。「小石を集めてほしい。できるだけ丸くて滑らかなやつがいい」

わたしたちはいっせいに石拾いを始める。オーウェンは集まった小石を地面に描いたシンボルのまわりに円を描くように並べていく。「本当は、魔術に気づかれないよう魔法除け《ワード》をかけた方がいいんだけど――」オーウェンは言った。「残念ながら、そこにパワーを費やす余裕はない。できるだけすばやくポータルをつくって、メッセージを送り、急いでここを離れる。あとは、うまくいって、向こうから援軍が送られてくることを祈ろう。万一捕まった場合、それが最後の望みだ」

オーウェンは皆に集まるよう合図する。「ケイティ、きみには見張りを頼む。どうしても必要にならないかぎり、きみの魔力は使わないでおきたい。だれか来たら声をあげてくれ」

どんなことをするのか見てみたい気もするが、自分には一生できない魔法を見学するよりも、見張りをする方が、いまはずっと重要だ。オーウェンが紙に何か書くのを横目に見ながら、わたしは向きを変えた。まもなく、彼はわたしの知らない言語で呪文を唱えはじめる。エルフたちもすぐに呪文に加わったので、エルフの言葉なのかもしれない。

周囲の様子に神経を集中させる。ただ、そうは言っても、こちらの目はたったふたつだ。たまたま死角になっている方向から近づかれたら、どうしようもない。とりあえず、みんなのまわりを早歩きで回ることにした。一周する前にだれもやってこないことを祈りながら。

円のなかに淡い光が現れはじめたとき、すぐそばの木陰からだれかが出てきて、わたしは跳びあがった。

コーヒーショップの同僚、フローレンスだ。「オーウェン！」わたしは叫んだ。「お客さんの登場よ！」

ところが、フローレンスはわたしたちを止めるような動きは見せなかった。わたしたちに魔術をかけるわけでも、仲間を呼ぶわけでもない。彼女はただ、両手を腰に当てると、「いったい何やってるのよ、あんたたちは」と言った。

18

背後で呪文が止まり、輪のなかの光のようなものが消えるのに合わせて、公園内も暗くなった。「え、別に、何も……」目の前の証拠は無視して、とりあえずとぼけてみる。

「まさか、ポータルを開けようとしてたんじゃないでしょうね」フローレンスは言った。「そんな方法で本当にここから出られると思ったの？　異次元間にそのての穴を開けるのに、どれだけのパワーが必要かわかってるの？」

「わかってるよ。だから、ごく小さなポータルをつくる予定だった」オーウェンはわたしの横にやってくると、驚くほど落ち着いた口調で言った。

「で、それだけのパワーを使って、だれにも気づかれずにすむと思ったわけ？」

「気づかれる前に向こう側にメッセージを送れたらと――」

フローレンスは頭を振りながら、母親が子どもをたしなめるようにチッチッと舌を鳴らした。「そんなことうまくいくわけないでしょ？　さ、行くわよ。だれかに見つかる前に、さっさとここを離れた方がいいわ」

皆がいっせいにこちらを見たので、わたしは言った。「彼女は看守のひとりだけど、いつもわたしを助けてくれたわ。魔術が解ける前から、何が起こっているのか知らせようとしてくれたの。彼女は信用していいと思う」

「どっちみち、ほかに選択肢はないだろ?」アールはぶつぶつ言ったが、皆、フローレンスに急き立てられるまま歩き出した。

生け垣に囲まれ、周囲から見えにくくなった場所まで来ると、フローレンスは手で座るよう合図した。皆が座ると、突然、彼女の体が淡く光りながらゆらめいた。揺らぎはほんの数秒でやんだが、かろうじてフローレンスであることはわかるものの、その姿は大きく変わっていた。顔は肉づきが薄く、面長になり、体は柳のように細くしなやかだ。眉がつりあがり、耳は先端がとがっている。彼女はアールとブラッドの方を向いた。「あなたたち、地下組織のメンバーね?」そう言うと、両手を出して、ギャングたちがするハンドサインのものすごく優美なバージョンといった感じの動きをした。アールとブラッドも同じサインを返す。

「彼女は問題ない」アールが言った。「おれたちの仲間だ」

「こっちのスパイなのね」わたしは言った。

フローレンスは腰をおろして輪に加わる。「そうよ。シルヴェスターの組織にかなり深く潜入してたの。そしたら、あるとき突然、祖国に送られて、この気味の悪いテーマパークに出演させられることになったの」

「シルヴェスターが何を企んでるのか知ってたのに、何もしなかったのかよ。報告すらせずに——」アールが言った。

「なんとかメッセージを送ろうとして、あらゆることを試したわ。だから、自分たちでポータルをつくることはできないって知ってるのよ。一度ここへ来たら、ずっとここにいるしかないの。たとえスタッフでも。ポータルはひとつしかなくて、厳重に魔法除《ワード》けがかけられてる。だれも通ることはできないわ。組織のメンバーであるわたしたちでさえね。上の連中は組織内にスパイがいる可能性を疑ってるのね。わたしたちは向こうの世界といっさいコンタクトを取らせてもらえないの。だから、わたしにできたのは、彼らの作戦をできるかぎり妨害することだけ」

フローレンスはわたしの方を向く。「あなたの言ったとおりよ。自分の正体を明かさずにあなたの魔術を解こうと、いろいろやってみたわ。だけど、まあ、反応の鈍いことといったら。もうほとんどあきらめかけてたわよ。正直言って、いまだにどうして魔術が解けたのかわからないわ」

「別に特別なきっかけがあったわけじゃないわ」わたしは言った。「わたしはもともと免疫者《イミューン》で、いまある魔力も量はとても少ないの。それがどんどん減っていくにつれて、魔術のかかりも弱くなっていったということみたい」ふいに、アイデアがひらめいた。「ポータルには魔法《ワー》除《ド》けがかけられてるって言ったわよね？　イミューンなら通れるかしら」

フローレンスは顔をしかめて考える。彼女が答える前に、オーウェンから異議の声があがった。「ケイティ！」

「たしかに、その手があるかもしれない」フローレンスはゆっくりとうなずく。「ふだんは魔《ワ》法除《ード》けを通ることができるの？」

「ええ、軽々とね」

「免疫を取り戻すのはどのくらい大変？　魔力は減ってきてるって言ったけど」

オーウェンはわたしに答える隙を与えず、手をつかんで言った。「それはだめだ」

わたしはオーウェンの手を握り返し、彼の方を向く。「いずれ魔力はなくなるんでしょ？　だったら、いま使い切ってポータルの突破を試みるべきだわ」

「魔法を手放すの？」

「どのみちなくなるのよ」

「でも、意図的に魔力を枯渇させるのは、あくまで最後の手段であるべきだ」

「これが最後の手段だわ！」思わずそう言ってから、口調を和らげて続ける。「わたしは大丈夫よ、本当に。イミューンの自分は好きだもの。その方がずっと役に立てるし」彼の指に自分の指をからませる。「あなたにとって魔力の喪失がどれほどつらいことだったかはわかってる。でも、それはあなたが魔法使いだからよ。わたしはイミューンなの。イミューンに戻るのは、わたし自身に戻るということだわ」

「めくらまし《イリュージョン》が効かない人に、この世界がどう見えるかはわからないんだ。たぶん、魔術にかかったふりをするのはかなり難しくなるだろう。イミューンには危険な場所だという可能性だってある」

「もっといい案があるなら聞くわ」フローレンスは言った。「わたしの意見を言わせてもらえば、イミューンの存在は願ってもない切り札で、それを使うのはまさにいまだと思うけど」

「メッセージを書いた紙を送るより効果的だと思うわ」わたしは言った。「わたしが直接、マーリンに説明できるもの」

「ポータルを通り抜けた先は、敵の本部の真っただなかなんだよ？」オーウェンは言った。

「そうね。そして、連中は魔法で攻撃してくるわ。でも、わたしはなんのダメージも受けない。だって免疫があるんだもの」この計画について、どんどん自信がわいてきた。

「魔力を使い尽くすなら、ここでやった方がいいわ」フローレンスは言った。「公園のなかの方が気づかれにくいから。でも、そうすると、このあと魔力のない状態で街を歩かなくちゃならないわね。それがあなたにとってどういうことになるのか、正直わからないわ。この場所はイミューンを想定してつくられていないから」

「自分ひとりで消費できる魔力には限りがあるわ」わたしは言った。「ここでまず、普通の人間のレベル、つまり魔法は使えないけど魔法にはかかるというところまで減らして、ポータルにたどりついたら、そこであなたたちのだれかがわたしから残りのパワーを全部引き出すというのはどうかしら。ポータルを発見できたところで、すんなり通り抜けられるわけじゃないでしょ？」

「かなり荒っぽい突破が必要になるわね」フローレンスは言った。

「だったら、あなたたちのひとりでもパワーの補給ができるのは悪くないんじゃない？　それから、もう少し作戦を練る必要があるわね」わたしは腕時計を見る。「シフトの入れかえ直後をねらいましょう。見張りの数は少なければ少ないほどいいわ。あの公園の近くで何か騒ぎを起こすのはどうかしら。より多くの見張りをそっちへ引きつけられるように」

「マックに暴動計画を実行してもらえばいい」オーウェンが提案する。

「彼の面子《メンツ》も立つし、一石二鳥だ」

「マックを見つけて覚醒させなきゃ」わたしは言った。「彼が夕方以降どこへ行くか、だれか知らない？」

「公園で一日じゅうチェスをやってる評議会《カウンシル》の男たちのこと？」フローレンスが訊く。「彼らの居場所なら知ってるわ」

「彼らの覚醒はあなたにやってもらわないと」わたしはオーウェンに言った。「マックを覚醒させられそうなエピソードをもってるのはあなただもの」

「きみが魔力を使い尽くすときに、そばを離れるつもりはないよ」オーウェンは頑固に言い張る。

「彼が正気だったときの記憶なら、たとえここでのものであっても有効かもしれない」ブラッドが言った。「ぼくたちが彼のところへ行って試してみよう。それに、彼がきちんと指示にしたがっていれば、記憶を書きとめたものをもっているだろうし。もしそうなら、それを見るよう仕向ければいいだけだ」

「じゃあ、それでいきましょう」わたしはうなずいた。「マックのほかにもなるべく大勢集めて、八時半になったら、可能なかぎりの大騒ぎを起こして。一時間後、無事、自分自身でいられた人は、ポータルへ向かうこと。向こうから助けを送ることができた場合、できるだけ近くにそろっていた方がいいわ」

皆いっせいにうなずいた。わたしは立ちあがり、スカートについた草を払う。「それじゃあ、始めましょう」フローレンスがブラッドにマックの居場所を教え、暴動チームは出発した。わたしはオーウェンの方を向いて言う。「さてと。じゃあ、どうやって残りの魔力を消費しようかしら。あと数分、例の金髪美女になってみる？」

オーウェンは顔をゆがめて立ちあがる。「できれば、それじゃないのがいいな」

「オーケー、じゃあこれは？」わたしは火花のシャワーを宙に放った。火花はきらきら輝きながら、わたしたちのまわりに舞い落ちる。自分たちが魔法を使えることを知った、書店でのあの夜と同じように――。オーウェンの顔にようやく笑みが浮かんだ。

きらめく光のシャワーを見ながら、ふと、さみしさを感じている自分に気がついた。この作戦を推《お》したことはまったく後悔していないし、いまでもそれがベストな選択だと思っているけれど、永遠に魔力を失ってしまうことを惜しく思う気持ちがないと言ったらうそになる。こうしたたわいのない遊びができなくなるというのが理由であったとしても。

わたしはくるくる回って、魔法の火花で体を包み、声をあげて笑った。そして、遅まきながら、この状況下で光のショーをやるのは賢明ではないことに気がついた。すぐに火花を消し、かわりにシャンペンのボトルと人数分のグラスを出す。オーウェンが栓を抜いて、グラスにシャンペンを注ぎ、みんなに回した。

「魔法使いケイティの最後のひとときに乾杯！」わたしは言った。「これはこれで楽しかったけど、本来の自分に戻るときがきたわ。そもそも、本来の自分のままだったら、こんなところに来ることもなかったのよね」

「魔法使いケイティに！」オーウェンがグラスをあげる。彼はあえて〝最後の――〟の部分を言わなかった。

テレパシーの魔術は正しくできたためしがないけれど、やってみることにした。もてるパワーをすべて注ぎ込んで、オーウェンに向けて思いを送る。〝わたしは本当に大丈夫。これはあなたがイミューンになるのとはまったく違うことなの〟

耳もとでかすかなささやきが聞こえたような気がした。あまりにかすかで、かなり推測する必要があった。〝きみはぼくより勇敢だ〟

新たにメッセージを送るエネルギーはないので、彼に直接ささやく。「このぐらいの勇気、あなたは何度も見せてきたわ。わたしだって、たまには見せないとね」

オーウェンはそれに答えるかわりに、「もう少し何かやってみて」と言った。

もう一度、火花をやってみる。パワーの出力がどのくらいあるかを知るには、これが最もわかりやすい。今回はさっきのような盛大なシャワーは現れず、指先からぱちぱちと小さな火花を散らすのが精いっぱいだった。一メートルも離れればほとんど見えないような光なので、そのまま出し続ける。まもなく、かすかな光すら現れなくなった。「どうやら終わったみたいね」わたしは言った。

思わず身震いしそうになる。イミューンに戻ることに抵抗はないけれど、魔法使いとイミューンの間、魔法にはかかるが、魔法を使うことはできない、いわゆる普通の人間の状態になるのは、あまりうれしいことではない。以前、薬で免疫を失ったことがあるが、その体験は悪夢以外の何ものでもなかった。普通の人たちはいったいどうやって日々を生き抜いているのか、あらためて不思議に思う。わたしにとって〝普通〟になることは、オーウェンがイミューンになることと同じ感覚なのかもしれない。

「じゃあ、そろそろ行きましょ」魔力の消費活動をじっと見ていたフローレンスが、立ちあがって言った。立ちあがると同時に、人間の外見が戻った。「できるだけ看守に会わない道を案内するけど、万一だれかに止められたら、魔術にかかってるふりをして。わたしが捕まえてリセットしたことにするわ。わたしの正体は可能なかぎり隠しておきたいから」

フローレンスの協力があるとしても、比較的安全な公園を出るのはやはり気が重い。街の景色はもはや、追っ手から逃げ回ることしか連想させない。街なかに戻っても、周囲の見え方に変化はなかった。〝普通〟の人間として、魔術の影響を受けているということだろう。

オーウェンが歩きながらわたしの手をつかんでささやいた。「残りの魔力を使い切るのにどれだけ時間がかかるかわからないから、いまから始めた方がいいかもしれない」

「そうね」まわりに聞こえないよう小声で答える。「ポータルの守衛に、免疫が戻るまでもうちょっと待ってとは言えないもの」つないだ手にしびれるような刺激を感じて、思わず身震いする。

フローレンスは看守たちのパトロールのパターンを把握しているのだろう。境界の公園に向かう途中、グレーのエルフにはひとりも遭遇しなかった。公園に到着するころには、視界の端で建物がちらちら揺らぐようになっていた。わたしの魔力は、そろそろ燃料計のEラインに近づきつつあるようだ。通りに立つのは、もはや瀟洒《しょうしゃ》なブラウンストーンではなく、ただの大きな箱でしかない。

「めくらまし《イリュージョン》がないと、この街はかなり見た目が落ちるわね」わたしはオーウェンにささやく。「まさに監獄って感じだわ」

ふと、信じられないものが目に入って、思わず二度見した。公園の向かいにある建物の屋上にガーゴイルが一列に並んでいる。まっすぐ視線を向けると見えないのだが、焦点を合わせないようにすると視界の隅でちらちら消えたり現れたりする。わたしはつないでいない方の手でオーウェンの上着をつかんだ。「ガーゴイルがいる！　ほかの囚人たちのように、普通の人間の姿にして、自分たちはここの住人だと思い込ませるんじゃなくて、とりあえずポータルからいちばん近い建物にくっつけて、覆い《ヴェール》で隠したみたい」少し考えて、続ける。「あるいは、自分たちを話すことも飛ぶこともできない普通の石のガーゴイルだと思わせてるのかも。いずれにせよ、前回ここに来たとき、彼らの姿は見えなかったわ」

オーウェンは建物の屋上付近に視線を向ける。そうしたところで、彼には何も見えないだろうけれど。「知ってるガーゴイルはいる？」

「かなり遠くだし、まっすぐ見ようとすると、見えなくなっちゃうから……。でも、彼らを覚醒させることができたら、ポータルをねらうとき大きな戦力になるわ」

「フローレンス！」オーウェンが呼ぶと、フローレンスは立ち止まって振り向いた。「屋根の上にガーゴイルが見える？」

「ううん、見えない。わたしの任務は限定的で、機密情報へのアクセスもかなり制限されてるの。屋根の上に仲間のガーゴイルがいるってこと？」

「おそらく」

「やってみましょうよ」わたしはオーウェンに言った。「暴動が始まる時間までまだ少しあるわ」

「少しだけぼくらに時間をくれ」オーウェンはフローレンスにそう言うと、わたしの手を握ったまま、いちばん近くの入口から建物のなかに入った。わたしたちは屋上を目指して階段をのぼる。

上へ行けば行くほど、階段のつくりは簡易になっていく。上階の階段ホールは、これまで見てきたがらんどうの空間と同じように、建物をそれらしく見せる装飾がまったく施されていなかった。殺伐とした眺めが不安をあおる。動揺を隠すため、わたしは言った。「なんだかだまされた気分。わたしに映画のような夢のニューヨークライフを与えるつもりだったなら、屋上でのロマンチックなシーンが少なくとも一回はあるべきじゃない？　鉢植えの植物がある夜景のきれいな屋上のオアシスでふたりきりのディナーを楽しんだあと、雨のなかでダンスを踊る、みたいな」

「雨のなかでダンス？　そんなことしたかったの？」

「映画ではみんなそうするわ。それが本当に楽しいかどうかは知らないけど。試したことはないから」

屋上はロマンチックとはほど遠かった。これはおそらく、わたしがもとの自分、つまり、め《イ》くらまし《リュージョン》の効かない状態に戻ったからだろう。安堵の歓声をあげたいところだが、ここがイミューンに優しくない場所なのは明らかだ。目に映る景色のなかで最も現実感のあるものが、ずらりと並ぶ固まったガーゴイルたちなのだから。

オーウェンと手をつないだまま、彼らの方に近づいていく。列のなかにサムの姿はなかった。彼にはぜひとも向こうの世界でシルヴェスターの対応に当たっていてほしいので、とりあえずほっとしたが、知っているガーゴイルがふたりいた。わたしの知るなかで最も風変わりな運転手コンビ、ロッキーとロロだ。

わたしはロロの前に立って、言った。「ロロ、ブレ――――キ！」それしか思いつかなかった。でも、ひとりがハンドルを握り、もうひとりがペダルを担当するというチームドライビングのスタイルは、現実世界における彼らのきわめてユニークな個性のひとつだ。

ロロはぶるっと身震いし、ゆっくりとわたしの方を向いた。「あ、やあ、ケイティ」そう言うと、周囲を見回す。「ここ、どこだ？」

「カンザスではないわ」わたしは軽口をたたく。明らかに通じていないようなので、続けて言った。「わたしたち、エルフの国で囚われの身になってるの。あなたはたったいま、彼らの魔法から覚醒したところよ。この事態をマーリンに知らせるために、これからわたしたち、ポータルへ向かうところなの」

「ふうん、そうか、わかった」ロロはまるでそれが完璧に筋の通った説明であるかのようにうなずいた。「何か手伝うことはあるかい？」

「あるわ。ここにいるガーゴイルたちのことはよく知ってる？」

ロロはガーゴイルの列を眺める。「ああ、知ってるとも」

「じゃあ、彼らに話しかけて。名前を呼んで、現実世界のことを思い出させるような話をするの。そして、皆が覚醒したら、通りの向かい側に来て」

「了解」ロロは言った。彼は必ずしも頭の切れるタイプではないけれど、このくらいは任せても大丈夫だろう。わたしたちは屋上をあとにした。足もと以外はできるだけ見ないようにして歩く。ロマンチックコメディの理想化されたニューヨークのなれの果てなど見たくない。すでに視界に入った断片だけでもトラウマになるには十分で、この先、特徴らしきものがまったくない不気味な街に閉じ込められる悪夢を何度も見てしまいそうな気がする。めくらましな《イリュージョン》しで見るこの世界は、まるで暗黒郷《ディストピア》を描いたSF映画のようだ。

「おれたちサイドのガーゴイルだった？」アールが心配そうに訊く。

「ロッキーとロロがいた。ロロを覚醒させて、彼に残りのガーゴイルたちのことを頼んできたわ」そう言うそばから、屋上から次々と黒い影が舞い降りてきた。

同時に、遠くで大きな爆発音が聞こえた。どうやら暴動が始まったようだ。わたしたちは急いで正面階段の陰に隠れ、グレーのエルフたちが公園から飛び出していくのを見送る。

「そろそろ行けそうな感じね」フローレンスがにやりとして言った。「ちなみに、ケイティはもう完全にイミューンに戻った？　魔法除《ワード》けに跳ね返されてからまだだったって言っても、遅いからね」

「ガーゴイルが見えたわ」わたしは言った。「それに、この辺りはいまアッパーウエストサイドの面影すらないわ」

「ぼくが彼女のそばについているよ」オーウェンが険しい表情で言う。

まず、空から偵察を行うために、ガーゴイルたちが公園内に入った。彼らはほどなくして戻ってくると、見張りは四人いると報告した。ふたりがエルフの国に入る玄関口に、もうふたりがおそらくその奥のポータルのそばにいるという。それならなんとかなりそうだと思ったが、すぐに、ポータルのそばということは、魔法除《ワード》けの内側にいるということで、そのふたりにはわたしひとりで対処しなければならないことに気がついた。

「あの、ポータルのところのふたりはどうやってやっつければいいかしら」わたしはおずおずと訊く。

「やっつける必要はないわ。ただ通過すればいいのよ」フローレンスが言った。

「彼らはおそらく魔法で攻撃してくるだろう。魔法が効かないと気づいたときには、きみはすでにポータルを通り抜けてるよ」オーウェンが補足する。

「やつらの注意を引きつけるよう、おれらの方でも何か騒ぎを起こそう。ケイティはそのすきにポータルを通ればいい」アールが言った。「陽動作戦第二弾ってことで」

「そうね！　それ、すごくいいアイデアだわ！」少々食いつきがよすぎただろうか。

「手前の守衛たちに大声で助けを呼ばせようぜ」アールは言った。彼らに悲鳴をあげさせるのが楽しみでならないという感じだ。

「まずは、きみがイミューンであることを確認しよう」オーウェンが言った。彼はわたしの手をつかむと、数秒間強く握ってから放し、後ろにさがる。魔力の軽い刺激が体を包むのを感じた。でも、それだけで、何も起こらない。「オーケー、きみはたしかにイミューンだ」その口調はほんの少し残念そうでもあった。

「じゃあ、さっそくやりましょ」わたしは言った。怖じ気づく前にさっさと終わらせてしまいたい。何より、この狂った世界から一秒でも早く抜け出したい。

わたしたちは公園に入った。ガーゴイルたちが先を飛んでいく。公園はもはや公園には見えなかった。何もないがらんとしたスペースで、簡素なベンチが二台と、木立や植え込みだったと思われる形状の物体がいくつかあるだけだ。公園の奥に突き当たりとなるような建物の壁はなく、最初に来たときと同じように、広いスペースがどこまでも続いている。本来なら建物の壁があるべき場所の少し奥に、ふたりの見張りが立っていた。あそこから向こうがエルフの国だ。

わたしたちが見張りのところに到着したときには、すでにガーゴイルたちが空から急降下して、かぎ爪で彼らにつかみかかっていた。わたしもこんなふうにガーゴイルの攻撃を受けたことがある。あれは二度としたくない経験だ。

予定どおり、見張りたちは大声で助けを呼んだ。駆けつけてくるのがポータルの見張りであることを祈る。ほかの看守たちがやってきて、敵の人数が増えてしまっては意味がない。

そう思うと、たいていそのとおりになる。案の定、公園のどこからか、援護部隊が現れた。アールたちがすかさず彼らに対応する。「ああ、これでばれちゃうわ」フローレンスもぶつぶつ言いながら、戦いに加わった。オーウェンとわたしは脇によけて、チャンスが来たらいつでも走れるよう待機する。

ポータルの方角から見張りがひとり走ってきた。どうやら運が向いてきたようだ。「いまが最大のチャンスだな。おそらく、これ以上は期待できないだろう」オーウェンが言った。

きちんと声を出す自信がなかったので、黙ったまま大きくうなずく。脚ががくがくし、おなかに力が入らない。それでも、オーウェンといっしょに全速力で走り、見張りたちをかわして、なんとか強制収容エリアからエルフの国に入ることができた。

うっそうとした草木のめくらまし《イリュージョン》がなくなったいま、まっすぐ前方にポータルが見える。ちらちらとゆらめく楕円が、周囲に緑がかった淡い光を投じている。わたしたちは立ち止まった。オーウェンが片手をひるがえす。覆い《ヴェール》をかけるときの動きだ。「じゃあ、わたしはただ通り抜ければいいのね？」声がひどく震えていて、思わず顔をしかめる。「魔術も、呪文もなしで」

「ああ、ただ普通に通り抜ければいいと思う。異世界間にポータルをつくるためのエネルギーの量を考えたら、開けたままにしてあるはずだ」

「向こう側はどうなってるのかしら」

「問題はそこなんだ」オーウェンはごくりと唾をのむ。「例の倉庫に出るはずだけど、いまそこがどんな状態になっているかはわからない」

「魔法に免疫があっても、ポータルは通れるの？」

「ああ、免疫の有無にかかわらず通れるはずだ」

「じゃあ、向こう側へ出たとたん、こっちに送り返される可能性もあるわけね」

「ただ、前回のように魔法できみの頭のなかを操作することはできないから、腕力で強制的にポータルを通過させなければならない」

「聞かなきゃよかった」

「これはきみが言い出したことだよ」

「そうね。いまもこれよりいい選択肢は思いつかないわ」

「ぼくもだよ」オーウェンは認めた。「さあ、ここからはきみひとりだ。ぼくはこれ以上先へは進めない」

「あなたはこのあと、こっち側でどうなるの？」

オーウェンは気取った笑みを試みたようだが、あまりうまくはいかなかった。「きみが白馬に乗って助けにきてくれるんだろ？」そう言うと、まじめな口調になって続ける。「看守たちをしばらく寄せつけないでいられれば、ポータルの魔法除け《ワード》を解除できるかもしれない。ただ、それには時間がかかる。いまのところ、みんなが連中の手をふさいでくれているようだから、やれるだけやってみる。案外、すぐにきみのあとを追うことになるかもしれないよ」

粋に敬礼して、さっそうと歩き出そうと思ったら、オーウェンがふいにわたしの両手をつかみ、自分の手のなかに包み込んだ。彼の手は湿っていた。「十分に気をつけて」震える声で言う。「自分の身の安全を何より優先するんだ。救援を送ることやぼくらを連れ戻すことは、二の次でいい」

「それじゃあ、わざわざこんなことする意味がなくなるじゃない」不機嫌そうに言うつもりが、やはり声が震えてうまくいかなかった。

「きみを失いたくないんだ」

「わたしだってあなたを失いたくないわ。だからこそ、あのポータルを通り抜けるの。そして、何がなんでもみんなを連れ戻して、シルヴェスターの陰謀を止めるのよ」なんとか笑顔をつくる。「あなたは助けられる側になるのがとことんいやなのね。困った人だわ」

「ああ、そのとおり。まったく性に合わないよ」口調がいくらか彼らしくなった。オーウェンは手を放すと、すぐさまわたしの体を引き寄せ、きつく抱きしめた。

「わたしはもうひとつの現実に行くだけよ」息が苦しくて、あえぐように言う。「二度と会えないわけじゃないんだから」

オーウェンはほんの少し腕を緩めると、唇にキスをした。もはや酸欠になりそうだ。「どんなことになっても、また必ずきみを見つけるから」唇を軽く重ねたまま、かすれる声でささやく。

「同じ言葉をそっくり返すわ、ハンサムさん」わたしは言った。「向こう側で会いましょう」

名残惜しさを振り切って、彼の腕をすり抜ける。オーウェンもわたしの体を放した。

魔法除け《ワード》に触れる前から、その存在がわかった。オーウェンがオフィスや自宅にかけている魔法除け《ワード》も十分強力だと思っていたが、これは工業用レベルの強度という感じだ。物理の授業で電気の通った金属片を触ったときのように、産毛がいっせいに逆立つ。覚悟を決め、ひとつ大きく深呼吸して、魔法除け《ワード》に足を踏み入れる。わたしのなかの魔力をすべて引き出したというオーウェンの判断が正しいことを祈りながら。でなければ、相当不快な状況が待っていることになる。

強力な魔法の壁を通り抜けているという意識が体をこわばらせたが、歩みを妨げるものはなく、まもなく無事、魔法除け《ワード》の内側へ抜けた。

ただ、それは残るもうひとりの見張りの注意を引くことにもなった。彼は魔法除け《ワード》の内側に人が入ってきたことに相当驚いたようだ。おそらく、いまのいままで、だれも来ることのできない場所の守衛という退屈きわまりない仕事を与えられたと思っていたに違いない。わたしがここまで来たことをどう理解してよいかわからないという顔をしている。

「ハーイ、守衛さん！」わたしは愛想よく手を振る。「あれなーに？　きらきらして、すっごくきれい」

彼はわたしに向かって何やら魔術を放ったが、いつものように何も起こらない。本来の自分に戻ったことが素直にうれしくて、わたしは声をあげて笑った。魔法を使えるのはたしかに楽しいけれど、これが本当のわたしだ。免疫の使い方なら、魔力のそれよりはるかに熟知している。
勝利の気分は、しかし、すぐに消えた。魔法除け《ワード》の向こう側にいるオーウェンの背後から、看守たちが迫ってくる。大声で注意を促したが、魔法除け《ワード》が音を通すのかはわからない。ポータルの見張りがふたたび魔術を放ったが、わたしはオーウェンの方を向いたままそれを無視した。オーウェンは間一髪のところで看守たちの接近に気づいたが、なにしろ相手は大人数だ。ひとりではどうにもならないだろう。

思わず彼の方に走りかけて、なんとか思いとどまる。魔法除け《ワード》の向こうにはほかにも仲間がいる。でも、ポータルを通れるのはわたしひとりだ。いまは、わたしが唯一の頼みの綱なのだ。オーウェンを残していくのは身を切られるようにつらいけれど、ここは自分の任務を遂行するべきだ。

見張りは次々に魔術を放ってくる。この得体の知れない侵入者がまったくダメージを受けないことに驚愕しながら――。動揺に乗じ、わたしは相手に向かって真っすぐ走り出した。彼もこちらに向かってくる。ぶつかる寸前、わたしはさっと横にそれると、今度はポータルに向かってダッシュした。兄たちとタッチフットボール（アメリカンフットボールのタックルをボールを持った人の体に両手で触れるタッチに置きかえたスポーツ）をやったときに覚えたフェイントの技だ。見張りはアメフトの楽しさを経験したことがないらしい。簡単に引っかかってくれた。

とはいえ、彼が反応に要した時間はわずか二秒ほど。ポータルが目の前まで来たとき、首の後ろに空気の動きを感じた。見張りの手が背中をかすめた瞬間、わたしは身をかがめ、頭からポータルに飛び込んだ。
前転して起きあがると、わたしは巨大なパーティの真っただなかにいた。

19

一瞬、何かポータルに不具合でもあって、違う場所に出てしまったのかと思った。これは異世界の軍隊が待機する古い倉庫などではない。どう見ても、ニューヨークのレイブだ。いや、ディスコと言った方がいい。いま、この巨大な洞窟のような空間には、『恋のサバイバル』のダンスミックスバージョンが大音量で流れている。天井のミラーボールが、ポータルの放つ緑がかった光を部屋のあちこちに反射させている。色とりどりのカラー光線がダンスフロアを埋め尽くす人々——正確にはエルフたち——の上を縦横無尽に駆け巡る。これはまるで一九七九年のディスコパーティだ。

エルフ版サタデーナイト・フィーバーのさなかでは、ポータルから人が出てきたことになどだれも気づかない。ポータルからでんぐり返しで出てきたことより、こうして地べたにじっと座っていることの方が、かえって人目を引くような気がする。わたしは急いで立ちあがり、踊るエルフたちの動きをまねた。すぐに、ふたりの兵士が近づいてきて、いっしょに踊りはじめる。ふたりはしばしにらみ合うと、僅差《きんさ》であとから来た方が、ため息をついて引きさがった。

くるくる回転するエルフを前にぎこちなく踊りながら、まわりの様子をうかがう。女性はわたしひとりではないが、圧倒的に少数で、引く手あまたという状況だ。競争率の高いダンスパートナーの立場でここを抜け出すのは、看守の目をかいくぐることより難しいかもしれない。

まさかポータルの向こうがパーティ会場だったとは想像もしなかったけれど、考えてみればそう不思議なことでもない。このような大きなスペースに大勢のエルフが集められ、しかもそれが、別の世界からやってきてディスコというものを知ったばかりのエルフたちだとしたら、こうなるのはある意味、自然かもしれない。心のなかでグロリア・ゲイナー（ディスコクイーンと呼ばれた歌手。『恋のサバイバル』〈一九七九年〉などの大ヒット曲がある）に感謝を捧げる。この状況がどれほど奇異だとしても、訓練中の兵士たちのなかに出てくるよりはずっといい。

曲がビージーズにかわったのを機に、部屋の反対側にある出口を目指して、別のエルフの前に移動する。いまのところ、わたしが人間であることにも、部外者だということにも、気づく人はいないようだ。四曲踊って、ようやく出口がはっきり見える位置まで来たが、そこで希望が消えた。パーティはこの部屋だけのことらしい。部屋の外の正面入口へと続く廊下には、武装した兵士たちがいて、およそ音楽を楽しんでいるようには見えない。兵士たちは皆、外を向いて構えている。なかのエルフを外へ出さないためというより、外から人を入れないことが目的のようだ。そうはいっても、黙ってわたしを出してはくれないだろう。別の出口を探すしかなさそうだ。

『Y.M.C.A.』の全員ダンスにつかまってまったく進むことができなくなっているとき、ディスコ会場を囲むようにバルコニーがあるのに気がついた。バルコニーにあがるための階段が目に入り、ふと考える。ガーゴイルの一部がここから姿を消したのであれば、MSIの警備部はこの倉庫に目をつけているはずだ。サムならきっと、張り込みをしているに違いない。

『Y.M.C.A.』が終わり、ドナ・サマーの曲が始まるのに合わせて、踊りながら階段の方へ移動する。屋根から脱出するのは難しいとしても、メッセージを送ることは可能かもしれない。階段をあがると、バルコニーにもエルフたちがたくさんいて、ダンスフロアを見おろしていた。屋上にあがる階段を探す前に、わたしも同じようにフロアを眺めるふりをする。

はやる気持ちを抑え、できるだけ自然に振る舞う。皆と同じように行動しているかぎり、疑われることはなさそうだ。いまのところうまく溶け込めている。急がば回れ。焦りは禁物だ。

倉庫のなかはいま、エルフの基地のようになっているが、ここがニューヨークであることに変わりはない。したがって、建物はこの街の建築法に準じているはず。ドアの上の非常口のサインは、その先に階段があるという意味だ。いまのところ、エルフたちはこちらに無関心だが、わたしが非常口から出ていくのを見ても、その状態が続くかどうかはわからない。とりあえず、手すりに寄りかかり、踊るエルフたちを眺めるふりを続ける。こうして見るかぎり、彼らがこの世界にとって脅威になるとはとても思えない。そもそも、自分たちがなんのために召集されたかわかっているのだろうか。この任務に賛同しているのだろうか。エルフの侵略を止めるには、彼らにニューヨークのクラブシーンを見せるだけで十分だという気さえする。そうすれば、シルヴェスターはすぐにも別の作戦が必要になるだろう。彼らがナイトクラブの存在する世界を変えたり破壊したりしたがるとは思えない。

『ダンシング・クイーン』が始まると、エルフたちはいっせいに歓声をあげ、ますます勢いづいた。バルコニーのエルフたちも踊り出している。皆、ダンスに夢中で、わたしが階段へのドアを押し開け、こっそり抜け出したことには、だれも気づいていないようだ。

階段には見張りがいなかったので、いっきに上まで駆けのぼる。屋上に出るドアをそっと開け、周囲にだれもいないことを確かめると、内側からしか開かないオートロックだといけないので、そばに落ちていた木片をドアとドア枠の間にはさんだ。

ざっと見回したところ、屋根の上にはだれもいないようだ。エルフがいないのはいいことだけれど、ガーゴイルの姿もまったく見えない。たしかに、こんなときは魔法が使えると便利だ。携帯電話でもいい。こうなると、携帯電話をもつことを断固拒否してきたことが悔やまれる。もっとも、たとえもっていたとしても、いまここにはなかっただろう。向こうの世界に連れていかれたとき、所持品はすべて没収されたのだから。両手を振って飛び跳ねてみようか。ただ、その場合、どんなものの注意を引いてしまうかわからないというリスクがある。

そう思ったとき、ふと、こうして屋上に突っ立っているのがどれほど無防備な状態であるかに気がついた。屋根の周囲には腰ほどの高さの壁がある。わたしはしゃがんで壁の陰に隠れると、そのまま壁に沿って進みながら、ときどき顔を出して周囲の様子を確認した。隣接する建物の屋上に張り込み中のサムの姿があることを願ったが、見つけることはできなかった。

そのかわり、正面入口とは反対側の壁に避難梯子があるのを見つけた。長い梯子だが、これをおりれば外へ出られる。オーウェンが向こうで危険にさらされていることを考えたら、恐いなどと言っていられない。壁越しに下をのぞいて見張りがいないことを確かめると、勇気を振りしぼり、かなりがたがきている感じの金属製の梯子に足をかけた。こういう器具は定期的に安全性を点検するものよね？　たとえエルフが所有する建物だとしても、使える避難経路をもたないのは違法なはず。

梯子はぎしぎしといやな音を立てて揺れたが、とりあえず壁から外れることはなさそうだ。力いっぱい梯子を握っているので、ときどき止まって腕を梯子の段に引っかけ、感覚がなくなりそうになる指を休ませなければならない。あえて下を見るのを避けていたが、しばらくおりたところで、思いきって見てみると、そう遠くないところに地面があってほっとした。梯子の最後の段は地面まで伸びるようになっている。おそるおそる足を乗せると、いっきに降下した。悲鳴をあげそうになり、必死に歯を食いしばる。もっとも、悲鳴をあげたところで、これだけ大音量でディスコ音楽が流れているわけだから、建物の反対側にいる見張りの注意を引くことはなかっただろう。それに、この界隈なら、あえて看板を出さない流行りのナイトクラブだと勘違いした人たちを阻止することで、見張りたちはすでに手いっぱいのような気もする。

ひと息ついてから、わたしは走り出した。すぐに、ここがさっきまで閉じ込められていたニューヨーク、つまり映画のなかだけに存在する極度に美化されたそれではなく、本物のニューヨークであることが強く意識された。一般的なイメージよりも概して安全だとはいえ、やはり夜の女性のひとり歩きは避けるに越したことはない。いまが何時かはわからないが、通りにほとんど人がいないところを見ると、かなり遅い時間——あるいは早い時間——に違いない。

携帯電話がないことが、いよいよ恨めしくなる。昨今はだれもが携帯をもっているので、公衆電話はほとんど見かけなくなった。もっとも、あったところで、電話をかけるための小銭がない。考えてみれば、小銭どころか、お金自体もっていない。地下鉄に乗るためのメトロカードも、自分のアパートの鍵さえも。十四丁目ストリートまでそう遠くないので、このままアパートまで歩いて帰り、家から会社に電話することにしよう。ただ、それには、ルームメイトたちが家にいてドアを開けてくれ、かつ、行方不明だったわたしが突然帰ってきたことに驚いて警察に電話したりしない、ということが前提になる。それにしても、わたしはどのくらい行方不明になっていたのだろう。気候はさほど変わっていないようだ。気温も向こうで着ていた服のままでしのげる感じだが、逃げるときに書店に置いてきたコートがあればもっとよかった。

十四丁目ストリートに出た。タクシーを止めて、乗せてくれるか訊いてみようか。家に着いたらルームメイトに料金を払ってもらうことを説明して——。などと考えていたら、突然、だれかの声がした。「よう、ずっとつけてきたんだが、ひょっとしてあんたか」

わたしは悲鳴をあげて跳びあがる。どこかのヘンタイ野郎が女性のひとり歩きにつけ込もうとしているのかと思ったら、一頭のガーゴイルが近くの看板に舞い降りた。これほど美しい光景をかつて見たことがあっただろうか。「ああ、サム！」思わず涙ぐむ。「わたし、どうすればいいのか、どこへ行けばいいのか、わからなくて。マーリンに知らせなきゃならないのに」ほとんど泣き声になって言う。

サムはわたしのすぐ横の道路標識に飛び移ると、革と石の中間のような羽を広げて、わたしの肩を包んだ。「よしよし、いい子だ」いつものしゃがれ声で言う。「心配すんな。おれに任せみんなしてあちこち捜したんだ？　それにしても、この一週間、いったいどこに行ってたんだ？ みんなしてあちこち捜したんだぜ」

「一週間？　たったそれだけ？」なんとか気持ちを落ち着けて、説明を試みる。「わたしたちエルフに捕まったの。みんなよ。行方不明になっている人たち全員。オーウェンもわたしといっしょに捕まったの。あっちにはアールやパーディタもいたわ。最近になってダンにも会った。それから、さっきロッキーとロロにも。あの倉庫のなかにエルフの国へ通じるポータルがあるの。わたしたちはそこで捕まって、魔法をかけられて、自分たちは相変わらずニューヨークにいるんだと思い込まされて、そのあといろいろあって……。とにかく、いま伝えなくちゃならないのは、シルヴェスターがエルフの国から軍隊を連れてきてるってこと。いまのところ、彼らは踊るのに夢中だけど、この先どうなるかはわからないわ。それに、みんながまだ向こうに閉じ込められたままなの。ポータルには魔法除け《ワード》がかけられていて通れないのよ。それから、オーウェンが危ないの。わたしがこっちへ来るとき、エルフたちに攻撃されてたんだけど、でも、戻るわけにいかなくて、とにかくこっちへ来たの」そこまで言って、わたしは黙った。だれかに伝えるという任務を果たして、すっかり息があがり、体の力が抜けてしまった。

サムはうなずいて、わたしの肩をぽんぽんとたたく。「わかった、お嬢。一本電話を入れたら、すぐにおまえさんを安全な場所に連れていくから、ちょっと待ってな」サムはかぎ爪で耳の辺りと軽くたたくと、矢継ぎ早に指令を出した。安堵と疲労で、内容はちっとも耳に入ってこない。何より、これからすべきことですでに頭はいっぱいだ。最後に見たオーウェンの姿が脳裏から離れない。

電話を終えると、サムは言った。「タクシーをつかまえる。見たところ、魔法の絨毯《じゅうたん》って気分じゃなさそうだからな」

「そうね、まだ空の旅を楽しめる心境ではないわ」最後に乗ったときのことを思い出して、身震いする。

「それじゃあ、会社で落ち合おうぜ。それからボスに報告だ」

「了解」素直に答える。

タクシーはすぐに現れた。後部座席に身を沈めてひと息ついたとき、はじめて自分がどれほど疲れていたかに気づいた。その後、うとうとしてしまったらしい。冷たい風にあおられて目を覚ます。乗ってから数秒しかたっていないような気がしたが、タクシーはＭＳＩの社屋の前に着いていて、マーリンがドアを押さえて立っていた。差し出された彼の手を取り、わたしはタクシーを降りる。

降りるやいなや、何かがぶつかってきて、わたしのウエストの辺りをものすごい力で締めつけた。身をよじって逃れようとしたとき、それが祖母であることに気がついた。ふだんの祖母はめったにハグなどする人ではないから、彼女がどれほど心配していたかがうかがわれる。抱きしめ返そうとしたとき、祖母はわたしを放して、さっと一歩さがった。抱擁などなかったような顔で――。「ずいぶん長いこと留守にしてたじゃないか」祖母は叱るように言ったが、その声は若干かすれていた。「何も言わずにいなくなるなんて、いったいどういうつもりだい」

答えようとしたら、また別のだれかに力いっぱい抱きしめられた。「よかった無事で。心配したよ」耳もとでロッドの声がした。彼は体を離して、顔をしかめる。「オーウェンは?」

「尋問を始める前に、せめて座らせてあげてはどうですか」マーリンが言った。彼はわたしの手を取って自分の腕にかけると、会社のなかへ入り、そのまま社長室へ向かった。オフィスに到着すると、わたしを椅子に座らせ、熱い紅茶を出してくれた。祖母とロッドもそばに椅子を寄せて座る。わたしが視界の外に出るのを恐がっているかのように。

「無事で本当によかった、ミス・チャンドラー」マーリンは言った。その声はしわがれていて、驚くほど感情的だった。「ほかの人たちとともに、あなたも永遠に消えてしまったのではないかと心配しました。このような試練のあとは、本来なら休息してもらうべきなのですが、事態がきわめて深刻であることは、あなたも承知していると思います」

口に含んだお茶をごくりと飲み込む。「はい、だからこそ、わたしはいまここにいるんです。状況を伝えて、助けを求めるために」紅茶のおかげで、だいぶ生き返った。残りをいっきに飲み干し、話しはじめる。今度はさっきサムに話したときよりずっとまともに報告することができた。ロマンチックコメディ関連の詳細は省き、捕まる前に見たこと、魔術を解いたあとにわかったこと、倉庫に戻ったときに目撃したことを中心に話をした。「わたし、本当に一週間しかいなくなってなかったんですか?」最後にそう訊く。「だとしたら、とんでもなく密度の濃い一週間だったわ」

「魔法の影響下で時間の感覚が変わるのはよくあることです。異なる世界では時間も異なる流れ方をしますしね」マーリンは苦笑いする。

「それじゃあ、わたし、人より一カ月分くらい早く年を取ってしまったってことですか？」

祖母が鼻を鳴らす。「おまえの年で、そんなこと気にしてどうする」

マーリンはふたたび真剣な表情になった。「シルヴェスターの軍隊を止めなければなりません」

「それから、向こうにいる仲間の奪還ですな」サムが言った。サムがそこにいることに、いま気がついた。考えてみれば、彼ならタクシーよりずっとはやく到着していたはず。お茶を飲むまで、自分がどれほど冷静でなかったかがわかる。

「倉庫のなかの様子を見るかぎり、あの軍隊はそれほど難敵という感じはしません」わたしは言った。「彼らはいま、パーティの真っ最中です。ディスコを知って、その楽しさに夢中になっているという感じです。とても自分たちの任務に信念をもっているようには見えません。というか、本当に自らの意志で来ているのかさえ疑わしいくらいです。もしかしたら、わたしたちが向こうの世界に連れていかれたように、理由もわからずこっちに連れてこられたのかもしれません。魔法をかけられて、これが自分たちのすべきことだと思い込まされているんじゃないかしら」わたしはため息をついた。「でも、もしそうだとしたら、どうやって彼らの魔法を解けばいいかわからないわ。この魔術を解くには現実世界での記憶が必要なんです」

「なかには何人くらいいた？」サムが訊く。

「数百人って感じかしら」

「たしかに、それだけいれば、シルヴェスターの権力を固めて、身内の反対勢力を排除することはできるかもしれないけど、魔法界全体を支配するにはとても十分とは言えないな」ロッドが言った。

「連中をしばらく、あの倉庫に閉じ込めとく方法はねえかな」サムが言った。「あのなかにいるかぎり、シルヴェスターはやつらを軍隊として使えない」

「必要なのはiPodね。すごくいいダンスミュージックが入ったiPod」冗談半分で言ったのだが、疲労でぼんやりした頭のなかで、これはあながち的外れでもないと感じていた。自分でもそのわけを探りながら、とりあえずしゃべり続ける。「この世界の音楽は、彼らにとってかなり新鮮だったらしくて、完全にはまってしまったみたい。エルフって、相当な音楽フリークでしょ?」そのとき、もっと早く思いつくべきだったことに、ようやく気がついた。「もしかしたら、シルヴェスターはそれで彼らをコントロールしているんじゃないかしら。あそこには、こっちの世界のエルフもいるはずだわ。だって、あの人たち全員で『Y.M.C.A.』の振りをやってたもの。それって、はじめての人たちばかりでいきなりできるものじゃないでしょう?」

そう考えると、倉庫で目にしたことがいろいろ理解できてくる。「彼らは皆、魔術にかかっていたんだわ。だから、わたしの存在を気にしなかったのよ。魔術はおそらく音楽のなかにあって、わたしは免疫者《イミューン》に戻ったから影響を受けなかったのね。でも彼らなら、音楽を入れかえてシルヴェスターの魔力の影響がなくなっても、引き続きパーティを楽しむかもしれない」

問題はだれにDJをしてもらうかだ。パーディタがここにいれば、適任だっただろう。ルームメイトのジェンマも以前は足繁くクラブに通っていたが、最近は行っていないようだし、何より彼女をこの事態に巻き込みたくない。ジェンマは魔法がらみの任務となると、必要以上に張り切る傾向がある。「ジェイク！」オーウェンのアシスタントの名前が思わず口をついて出た。ジェイクはどちらかというとパンクの方が好みのようだが、彼ならきっと世界を救うためのプレイリストをつくれるはず。

「おれが連れてくる」サムが言った。「ひょっとしたらまだ会社にいるかもしれねえな。やっこさん、パーマーがいなくなってから、ずいぶん残業してるようだから」

数分後、ジェイクが息を切らして社長室に駆け込んできた。「何かご用ですか？」そして、わたしに気づく。「ケイティ！　無事だったんですね！」ジェイクの視線がだれかを捜すようにさまよい、わたしは首を横に振った。

「彼はいっしょじゃないの。魔法除け《ワード》を抜けて脱出できたのはわたしだけ。でも、彼がどこにいるかはわかってるわ」最後に見たとき、エルフの看守たちに襲われかけていたことは、あえて言わなかった。

「でも、魔法除け《ワード》なら、彼だって……」ジェイクの額にしわが寄る。

わたしは心のなかで天を仰ぐ。うっかりしていた。オーウェンに魔力が戻ったことを向こうであれだけ何度も説明したのだから、こっちの世界でも周知の事実ではないことを覚えていてしかるべきだったのに。

マーリンが助け船を出してくれた。「話せば長くなります。オーウェンが戻ったときに、きっと本人から説明があるでしょう」

ジェイクはうなずいた。さほどショックを受けている様子はない。「なるほど、それでぼくに魔力の注入に関する本を探すよう言ったのか。でも、ぼくはそれで呼ばれたわけじゃないですよね」

「実は、あなたの音楽の知識が必要なの」わたしは言った。「究極のプレイリストをつくってもらいたくて」

オーウェンが魔力を取り戻したことを聞いたときより、いまの方が驚いているようだ。「プレイリスト？　どうして？」

パーティに興じるエルフの軍隊について手短に説明する。「音楽に魔術が組み込まれているみたいなの。音楽をかえれば、魔術が解けるかもしれない。それで、もし新しい方をすごく気に入れば、戦争なんかしたくなくなるかもしれないわ。国へ帰らせるのが難しくなる可能性はあるけど、それについてはあとで考えればいいわ」

「つまり、戦争を阻止できるくらいかっこいい音楽が必要ってことですね？　それなら、できなくもない」

「彼ら、ディスコが相当気に入ったみたい。それから、忘れないで、彼らはエルフよ。メロディとハーモニーはすごく重要な要素だわ。ビージーズは特に人気がある感じだった。たしかに、あの超人的な声や完璧なハーモニーを考えたら、不思議じゃないわね」

ジェイクはにやりとする。「いまごろ気づいたんですか?」そう言うと、白衣のポケットからiPodを取り出し、画面をスクロールしはじめる。「幸い、ぼくの音楽の好みはかなり幅広いですからね。使えそうなものはたくさんありますよ。四、五分ください。プレイリストはどのくらいの長さ必要ですか?」しゃべる間も親指がすばやくiPod上を動く。

「そうねえ、わからないけど、三十分くらいかしら」

「オーケー」ジェイクは顔をあげずに言った。

彼に音楽の準備を任せ、皆の方を向く。「わたし、倉庫へ戻って、音楽を入れかえてきます。いまはパーティ中のエルフたちがポータルの前をふさいでいる状態なので、向こうの世界に送り返されるリスクも低いと思います」それは危険すぎるという声があがるのを待ったが、いまここにオーウェンはいない。彼の過保護気味な態度にはいらいらすることも多いけれど、反対意見を論破する必要のない状態で危険をはらむプランを提案するのは、正直、ちょっと心細い。これまでわたしが提案したアイデアのうち特にうまくいったものは、たいてい彼の懸念を考慮して調整を加えることで生まれた。何か見落としていないといいのだけれど――。

「ひとりでは行かせないよ」祖母が言った。「あたしがいっしょに行く」彼女の反対はオーウェンのそれと必ずしも同じ性質のものではないが、それでも頭を働かすきっかけにはなった。

「それはだめよ」わたしは言った。「わたしが音楽をかえるまでは、おばあちゃん《グラニー》も魔術にかかる可能性があるわ。この魔術、おばあちゃん《グラニー》には我慢ならないタイプのものよ。自分がだれだか忘れちゃうんだから。これはわたしひとりでやるわ」

「あなたにはわたしの方を手伝っていただきたい」マーリンが祖母に言った。「エルフの地下組織と最も密な交流があるのはあなたですから」

「おばあちゃん《グラニー》、エルフの地下組織とつながってるの？」レジスタンスはどうやらうちの血筋らしい。

「公園で〈月の目〉がエルフたちを引き寄せた晩、何人かいい子たちに会ったんだ。そのあと、アールがほかにも紹介してくれてね。以来、ときどき会ってるんだよ。もちろん、おまえには言わなかったよ。秘密組織は、秘密にしてこそ秘密組織だからね」

「ぼくはいっしょに行くよ」ロッドが毅然とした口調で言った。「きみが合図をくれるまで、倉庫のなかには入らない。必要になったらすぐに行けるよう、屋上で待機する」

「おれたちは、倉庫からだれも出さないよう外で見張る」サムが言った。「そうすりゃ、あとは真の悪をつぶすだけだ」

「それはわたしの方でやりましょう」マーリンが言った。

「ダンスミュージックだけでいいですか？　バラードも入れます？」ジェイクが訊いた。

「バラードもあった方がいいわね」わたしは言った。「ビージーズのスローナンバーでは、みんないっしょに歌ってたわ」

「彼らがすでに聞いている曲は入れます？　それとも、新しいのだけにしますか？」

「両方入れたらどうかしら。かわったことに気づかれにくいよう、彼らが知ってる曲から始めて、徐々に新しいのを交ぜていくの」わたしは倉庫で聞いた曲をあげていく。

「了解。もう二、三分待ってください。このリスト、次のパーティ用に保存しておこう。自分で言うのもなんだけど、これ、かなりカッコイイっすよ」

サムが飛んできて、わたしの椅子のひじかけにとまる。「なあ、お嬢。あんたは気に入らねえかもしれないが、おまえさんたちを屋上に連れていくのに、ひとついい方法があるんだ」サムは小声で言った。

「ええ、わかってるわ。中世のゾンビガーゴイルが襲ってこないかぎり、たぶん耐えられると思う」前回、魔法の絨毯に乗ったときは、敵のガーゴイルたちにあやうく殺されかけた。あんな体験は二度とごめんだ。

「がってんだ。おれが絶対に寄せつけねえから心配すんな」

ジェイクがプレイリストを完成させ、iPodを差し出した。「こいつのこと、大事に扱ってやってくださいよ」一瞬、iPodをもつ手に力が入ったが、わたしが引っ張ると、あきらめたように手を離した。「そのプレイリストはまた使いたいんで」ジェイクは白衣のポケットに手を突っ込むと、両端にプラグのついたケーブルを取り出す。「それと、もしかしたら、これが必要になるかもしれません。倉庫にあるのが専用のドッキングステーションなら、本体をはめ込めばいいだけですけど、そうじゃない場合は、これを使って付属の入力端子につなげてください」

急に技術的なことが不安になって、彼をいっしょに連れていきたくなったが、残念ながら祖母と同じ問題が生じる。

「ついでに、おれからも文明の力を渡しておく」サムがマーリンのデスクへ飛んでいき、何かをつかんで戻ってくると、わたしのひざの上にそれを落とした。携帯電話だ。「必要な番号は全部入力してある」

「いつかはもたなきゃならないと思ってたわ」そう言って、携帯電話を手に取る。電話が必要なときは、いつもオーウェンのを使っていた。わたしたちはいつもいっしょだったので、それで不便を感じることはなかった。自分の携帯電話が必要になったことで、彼の不在がいっそう強く実感される。

「魔術が解けたと思ったら、おれたちに電話してくれ」サムはそう言うと、窓の方を振り返る。「ちょうど迎えも到着したようだ」

マーリンのオフィスの窓から空飛ぶ絨毯に乗り込むのは何度やっても好きになれないが、いまは時間の節約が最優先だ。ロッドに手を貸してもらい、恐怖の乗車をする間、サムはわたしの横でホバリングしていた。絨毯の運転席にいたのが小妖精《ピクシー》風の小さな生き物で、少し安心する。彼らはプロだ。前回乗った絨毯の運転手は、みごとな操縦でゾンビガーゴイルの攻撃からわたしたちを救ってくれた。絨毯が飛び立つと、恐怖を紛らわすため、任務のことを考えた。エルフロードのアジトに潜入し、異次元からやってきた軍隊に対峙する。こちらの武器はｉＰｏｄだけ。その恐さに比べたら、マンハッタンの上空を猛スピードで飛ぶくらい大したことはない。

「いなくなってたのは一週間だったのね」わたしはロッドに言った。

「ああ、すごく心配したよ」

「わたしのルームメイトたちは？」

「マルシアには、きみは急遽出張に行くことになったと言ってある。むやみに心配させない方がいいと思ったから」

「ありがとう。彼女たちへの説明をどうしたらいいかと思ってたの。わたし自身、まだよく理解できていないのに」

絨毯はあっという間に倉庫に到着し、屋上に静かに着地した。入口のドアは、木片がはさまれたままの状態だった。ロッドはわたしの手をぎゅっと握って言った。「幸運を祈る。魔術が解けたら電話して。助けが必要になったら、解ける前でもかまわず、すぐに電話するんだよ」

「了解」急いで階段をおり、そっとバルコニーへ出る。ダンスフロアは相変わらずパーティたけなわといった感じだが、何か様子が違う。いきいきとした楽しげな雰囲気がなく、どこか空気が張りつめている。エルフたちはいま、さっきのように音楽に合わせて自由気ままに体を動かしてはいない。まるでだれかに振りつけをされ、指揮されているかのように、全員が同じ動きをしている。笑顔もなくなっている。これはもはやパーティではない。音楽はかわっていないから、組み込まれた魔術がかわったのだろう。エルフたちが足並みそろえてステップを踏んでいるということは、いよいよ軍隊として動き出すときがきたのかもしれない。

20

軍隊形成魔術が完了する前に、音楽の出どころを見つけなくてはならない。DJ風の人を捜してみたが、ヘッドフォンをつけてレコードを回すというような、いかにもそれらしいことをしている人は見当たらない。さりげなくバルコニーを歩きながら、ステレオやコンピュータ、そのほか音源になりそうなものを探す。

反対側まで来たとき、ポータルの後ろにテーブルがあるのが見えた。電子機器らしきものがのっている。あれに違いないと思い、そのままバルコニーを歩いて階段まで行き、ダンスフロアにおりた。

エルフたちの動き――ステップ、キック、スピン、両手を打つ――をまねて踊りながら、目的の場所まで移動していく。彼らのダンスは操られている状態でさえとても優雅で、自分の動きがひどくぎこちなく感じられる。高校一年のときに意を決して出かけたスクールダンスを思い出す。あんな場違いな思いを二度としたくなくて、それ以来、ダンスパーティは極力避けてきた。でも、これに比べたら、あのダンスパーティの方が百倍ましだ。少なくともあのときは、わたしの肩に友人たちの命がかかってはいなかった。

ポータルの近くまで来ると、後ろ側へ回るため、部屋の隅の方に寄っていく。全員が無表情で同じダンスを踊る光景はかなり不気味ではあるが、即興で自分の動きを考えなくていい分、紛れ込むのは楽だった。幸い、わたしが常に半拍遅れることに気づく人はいないようだ。

ここに危険が及ぶとは思っていないのだろう。サウンドシステムのそばにはだれもついていなかった。テーブルまで行くと、ステレオにはドックがあり、ジェイクが貸してくれたものと色違いのｉＰｏｄがセットしてあった。よかった、これならひとりでできそうだ。ポケットからジェイクのｉＰｏｄを出し、いまかかっている曲が終わるのを待つ。曲が終わると、すばやくｉＰｏｄを入れかえて、再生ボタンを押した。曲と曲の間の休止がほんの少し長くなったが、音楽は継続し、異変に気づいた人はいないようだ。

外した方のｉＰｏｄをポケットに突っ込み、急いでサウンドシステムから離れると、ふたたびエルフの集団に紛れ込む。ジェイクは素晴らしい選曲をしてくれた。どれも踊らずにはいられない曲ばかりだ。わたしも自然に足が動き出す。任務を成し遂げた安堵感から、わたしはしばし音楽に身を任せて踊った。それに、こうしている方が、かえって目立たなくていい。

一曲目が終わるころには、ダンスフロアの雰囲気は、さっきの張りつめた空気がうそのように和らいでいた。ダンサーたちはまた思い思いの踊り方に戻っている。そんななか、ひとりまたひとりと、不思議そうに顔をしかめるエルフが現れはじめた。それは、向こうの世界で魔術が解けたときに皆が見せた様子とよく似ていた。ジェイクのプレイリストの三曲目はスローバラードだった。曲が始まると、エルフたちは皆、踊るのをやめ、音楽に耳を傾けた。

会場が次第にざわつきはじめる。ざわめきは次第に大きくなっていき、やがて、わたしの近くでだれかが言った。「ここはどこだ？」続いて、別の声が言った。「おれたち、何をされたんだ？」同じような疑問の声があちこちからあがる。そのとき、ひとりのエルフが階段の方に走っていくのが見えた。エルフはバルコニーにあがると、手すりから乗り出すようにして叫んだ。「諸君、聞きたまえ！」

「あんたはだれだ！」だれかが言った。

「きみたちの司令官だ。きみたちは、わたしの命令に従うのだ」

エルフたちは、ただちに気をつけをするわけでもなく、ただ彼を見つめている。命令に反応するような行動はまったく見られない。どうやら魔術は解けたようだ。わたしは怒りをあらわにしはじめるエルフたちからさりげなく離れると、携帯電話を取り出してロッドに電話をかけた。「うまくいったわ！」

「よし、じゃあ、ぼくもそっちへ行く。サムにはぼくから知らせるよ」

バルコニーにいるエルフは叫んだ。「きみたちは同胞のために戦うのだ！　こちらの世界にいる同胞たちは、抑圧され、搾取されてきた。きみたちは彼らの自由を取り戻すためにここへ来たのだ！」

信じられないようなタイミングの悪さで、アレサ・フランクリンの『シンク』が始まり、やがてサビのコーラス、〝フリーダム！〟が高らかに響き渡った。部屋の空気が変わり、兵士たちは自称司令官の方を向きはじめる。多くのエルフが真剣な表情で彼の話に耳を傾けている。

「……と思ったけど、状況が変わってきたわ」わたしは電話に向かって言った。「プロパガンダの方が優勢になってきちゃった」

「どういう状態なの？」ロッドが訊く。

「ひとりのエルフが、兵士たちに向かって演説してるの。こっちの世界にいるエルフの自由のために戦おうって。司令官か、将校みたいな感じだわ」

「それじゃあ、きみにとってはおあつらえ向きの状況じゃないか」

「どういう意味？」

「きみはマーケティング部の部長だろ？　プロパガンダこそ、究極のマーケティングじゃないか」

「まあ、そういうふうに言えなくもないわね。とりあえず、何かやってみるわ」

電話を切り、ステレオまで戻ると、アレサが自由への戦いモードをつくりあげる前に、〈スキップ〉ボタンを押してひとつ先の曲を出した。ビージーズの『ジャイヴ・トーキン』がかかって、思わずジェイクにキスしたくなる。究極のハーモニーとダンサブルなリズムと相手の言葉に疑念を抱く歌詞とがあいまって、部屋のムードはふたたび変化した。司令官が叫んでいるのをよそに、エルフたちは皆、勝手に踊りはじめる。

わたしはふたたび彼らのなかに紛れ込むと、まわりのエルフたちに聞こえるような声で言った。「自由のための任務なら、どうしてわたしたちの意志を無視して連れてくるようなまねをしたの？　同胞を解放するためだとちゃんと説明すればいいことじゃない」そして、皆が声の主に気づく前に、すばやくその場を離れる。すると、わたしのいた場所からさざ波のように会話が広がっていく。

別の場所へ行き、ふたたびつぶやく。「本当の目的はなんなのかしら。こっちの世界のエルフたちを解放するためだなんて、なんだかうそくさくない？　本当は彼らから自由を奪おうとしてるんじゃないの？」またすぐにその場を離れ、エルフ同士に話を続けさせる。ざわめきはどんどん大きくなっていく。わたしの蒔いた種はうまく育っているようだ。

だれかに肩をたたかれて、思わず跳びあがる。振り向くと、ロッドがいた。「どんな感じ？」

「とりあえず、不協和音を仕込んでるところよ」

「面白そうだな。ぼくもやるよ」わたしたちはダンスフロアを移動しながら、司令官が言ったことに疑問を呈したり、ここに連れてこられたことについて不満を言ったりした。まもなく、エルフたちの話し声が音楽をのみ込むほどの大きさになった。

司令官は軍隊の士気を高めようとやっきになっているが、ちょうどそのとき『Y.M.C.A.』が始まり、エルフたちは司令官への関心を完全に失った。そんななか、ダンスに加わらないエルフが数人いる。おそらく彼らは、連れてこられた兵士ではなく、シルヴェスターの直属の部下なのだろう。たとえ兵士たちを戦いに加わらせないようにできたとしても、こちらの世界の体制支持者《ロイヤリスト》たちとは対峙することになりそうだ。

わたしはサムに電話する。「いまのところ、なんとかコントロールできてるわ。軍隊がいますぐシルヴェスターの大義のために動き出すことはなさそう。ただ、ここには彼の手下たちもいるの。わたしたちの側に、この兵士たちに対して実際の状況を説明できるエルフはいないかしら」

「グラニーが何人か集めてくれた。これから作戦を実行する。おまえさんはどこか安全な場所へ移動してくれ」

ふいに、魔法の効かないわたしでさえ思わずよろめくような強烈な魔力の波を感じた。踊っていたエルフたちの動きが止まる。「やだ、また始まったわ」電話に向かってささやきながら、ロッドの方へ急ぐ。彼にどんな影響があるかが心配だ。

「輝かしい聖戦のときがきた!」司令官が叫んだ。魔力を含んだ声が場内に響き渡る。

エルフたちは恍惚《こうこつ》とした表情でバルコニーを見あげる。〝輝かしい聖戦〟というつぶやきがダンスフロアに広がっていく。幸い、ロッドはエルフの魔術にはかかっていないようだが、わたしの気持ちを代弁するような不安げな顔をしている。この魔術を打ち消せるほど強力なディスコ音楽など、果たしてあるだろうか。そのとき、『ステイン・アライヴ』がかかり、エルフたちの多くが魔術を振り払うように踊りはじめた。幸い、彼らは皆、別の世界から来ているので、ジョン・トラボルタのものまねをしようとする人はいない。

それでも、全員が音楽によって解放されたわけではない。シルヴェスターの部下たちは魔術にかかったままの兵士たちに隊列を組ませ、倉庫の外へ出ていこうとしている。サムたちがどんな作戦を立てているのか知らないが、準備ができていることを祈る。ふと、知らせる手段があることを思い出し、もう一度サムに電話をかけた。「彼ら、そっちに出ていくわ。全員じゃないけど、かなり人数はいる」

「了解。連絡ありがとよ、お嬢」

兵士たちは行進しながら外へ出ていった。わたしは次に起こることを固唾《かたず》をのんで待つ。さほど時間がたたないうちに、兵士たちがなだれ込むように倉庫のなかに戻ってきた。ＭＳＩの部隊があとに続いてくる。評議会《カウンシル》の黒服たちも数人いる。マーリンは評議会《カウンシル》をしっかり味方につけたようだ。倉庫が開くのを待つ間に、ＭＳＩの部隊は外の見張りを突破するための作戦を立てていたらしい。見張りたちはこの混乱に完全にのみ込まれてしまっている。

わたしは急いでステレオのところへ行くと、音量をあげた。ちょうど始まったのは知らない曲だった。ナイトクラブでかかるダンスエレクトロニカ風のナンバーだ。メロディらしいメロディがないので、エルフたちにはあまり受けないのではないかと思ったが、斬新さがよかったらしい。まわりでＭＳＩの部隊とシルヴェスターの手下が戦っているにもかかわらず、彼らはすっかり音楽の方に気を取られているようだ。

すぐ近くで、ＭＳＩのエルフとシルヴェスターの部下のひとりが激しくやり合っている。サムから説明を受けているらしく、ＭＳＩのエルフは叫んだ。「こいつらは、この世界のエルフを抑圧し、支配しようとしている！　そして、きみたちにその手伝いをさせようとしてるんだ！」すぐに、近くにいた何人かの兵士が彼の方についた。

いま、司令官たちに、兵士たちを魔法でコントロールする余裕はない。そのため、戦いは言葉による論戦になった。何人かがシルヴェスターの側に、何人かはＭＳＩの側につき、残りはただ踊り続けている。形勢がどちらに傾いているのかはよくわからないが、軍隊がここにとどまっているかぎり、とりあえずよしとすべきだろう。倉庫内にいれば、世界征服もない。だいたい、倉庫を出たあと、彼らはどこへ行くつもりだったのだろう。

だれかがサウンドシステムの方へ向かうのが見えて、楽観的な気分は消えた。敵は音楽に魔法がかかっていないことに気づいたらしい。一歩先にサウンドシステムにたどりついたわたしは、ステレオの前に立ちはだかった。エルフは魔法で攻撃してきたが、もちろんわたしには効かない。相手が困惑しているすきに、携帯電話のリダイヤルボタンを押して叫ぶ。「サム、ステレオのところに援護を送って！」

「音楽をかえたな！」エルフは言った。

「音楽に魔法をかけたでしょ！」わたしは言い返す。「ディスコをマインドコントロールの場に使って人々を軍隊に引き入れるなんて、悪質にもほどがあるわ！」

エルフはステレオに向かって突進してきた。わたしは体を張って彼をブロックする。魔術の組み込まれたiPodはわたしがもっているので、これさえ渡さなければ彼が兵士たちに魔法をかけ直すことはできない。でも、あまり抵抗しないと、わたしが本物をもっていることを察して捜そうとするかもしれない。何より、ジェイクのiPodにもしものことがあったら、彼に顔向けができなくなる。

一陣の風とともに小さなガーゴイルが飛んできて、ステレオの上にとまった。わたしの知らないガーゴイルだ。「おう、エルフよ、DJブースは譲らない」ガーゴイルはすごむ。わたしが飛びのくのと同時に、ガーゴイルとエルフは魔術の撃ち合いを始めた。エルフの放つ魔術はことごとく見えないバリアに跳ね返されている。しばらくの間ステレオは大丈夫だと判断し、わたしはダンスフロアとポータルの方に注意を戻した。

はやく仲間たちを連れ戻しにいかなければ。オーウェンを助けにいかないと――。彼があのあとどうなったかは、想像するのさえ恐い。司令官のだれかがポータルの魔法除け《ワード》を解く方法を知っているはず。問題はどうやって協力させるかだ。

魔術が火花を散らして頭上を飛び交う。次第に、戦況がこちらの有利には進んでいないことが見えてきた。エルフたちの一部はわたしたちの側についているが、それ以外は戦いに加わらずにいるか、シルヴェスターの側についている。そして、シルヴェスターの部下は思った以上に多いことがわかった。敵を制圧し、拉致された人たちを奪還するにはほど遠い状態だ。

いまのところ、なんとか倉庫内に押しとどめてはいるが、いつまでこの状態を維持できるかわからない。彼らがわたしたちを突破して倉庫を出たら、外の戦力はさほど大きくない。彼らはどこへ行って何を攻撃するつもりなのだろう。主要な戦力がこっちにいる間にＭＳＩの本部をねらう気だろうか。それとも評議会《カウンシル》に向かうのだろうか。あるいは、この陰謀の目的は結局、エルフたちを支配することで、軍隊はまずシルヴェスターの反対勢力を制圧するために使われるのだろうか。

メッセージを伝えるという任務はとりあえず果たしたし、全体の指揮をとるのはわたしの責任ではないけれど、いまここにいる面子《メンツ》のなかで、何が起こっているのかをいちばん理解できているのは――もちろん陰謀の首謀者以外で――おそらくわたしだろう。エルフの国での体験のなかに、いまここで生かせることが何かあるはずだ。あんな目に遭わされたあげく、結局連中の思うままになるなんて、納得できない。

そのとき、ポータルが光って、いくつもの人影がこちら側へ出てきた。敵が新たに入ってきたのだと思い、わたしはとっさに警告の声をあげたが、最初の数人の顔を見て、それがエルフの増援部隊ではないことに気がついた。仲間たちだ。「オーウェン!」わたしは彼に駆け寄り、力いっぱい抱きついた。「無事だったのね!」

オーウェンはさらに強い力でわたしを抱きしめる。「ああ、無事だよ。あのあとすぐ、みんなが援護に来てくれた。きみは大丈夫? このバトルのなかで動けなくなってるの?」

「わたしは大丈夫。一度外へ出て、みんなといっしょにまた戻ってきたの。エルフの兵士たちは魔術をかけられてここに連れてこられたみたい。わたしたちが向こうへ連れていかれたのと同じように。彼らの魔術はジェイクのiPodで解いたわ。ポータルの魔法除け《ワード》は解けたのね」

オーウェンは赤くなって言った。「エルフの魔法は独特で少し手まどったけど、なんとか解くことができたよ。そのころにはマックたちも暴動を終えて、このとおり、みんなで戻ってこられた」

「最高のタイミングだわ。ちょうど助けが必要になってたところなの。兵士たちのほとんどは、本当は戦いたくないんだと思うの。でも、わたしたちの側につくのもいやみたいで……」

拉致された人々がポータルから続々と出てきて、そのまま戦いのなかに飛び込んでいく。どうやらディスコのなかで戦争が始まったようだ。場内には、戦場のサウンドトラックとしてはいささか違和感のあるいきのいいダンスミュージックが大音量で流れている。倉庫内を縦横に駆け巡る光は、どれが魔術の放つ火花で、どれがミラーボールの反射光なのか、見分けがつかない。

　ようやく再会できたのもつかの間、オーウェンはわたしの腕をすり抜け、戦いのなかに入っていった。冷静に考えれば、オーウェンが魔法の戦い《マジカルバトル》に参加するのは賢明なことではない。でも、彼の秘密が公になるのはもはや時間の問題だし、何より、いまそんなことに注意を向ける人はいないだろう。実際、人手はいくらあっても足りないくらいで、とりわけオーウェンの魔法除け《ワード》の才能は大きな戦力となる。

　驚いたことに、エルフの姿になったフローレンスがポータルから出てきた。「あなた、こっちに来て大丈夫なの？」わたしは言った。

「正体がばれちゃったのよ」フローレンスは肩をすくめる。「看守を何人かやっつけたら、気づかれちゃった。潜入していられないなら、堂々とレジスタンスに加わるわ。じゃ、ちょっと失礼。わたし、自由のために戦わなくちゃならないから。これが終わったら、映画でもどう？」

「いいわね。でも、それ、ロマンチックコメディじゃなきゃだめ？」

　フローレンスは顔をしかめる。「やだ、冗談はやめてよ」そう言うと、近づいてきた敵のエルフにすかさず魔術を放つ。

　わたしは階段をのぼってバルコニーへ向かった。魔法では役に立てないので、全体を俯瞰することで、何か貢献できないかと思ったのだ。上にあがってみると、あまり意味のないことがわかった。向こうの世界と違って、シルヴェスターの部下たちはおそろいの制服を着ているわけではない。敵と味方の見分けはほとんどつかず、戦況を見極めるのは難しかった。そんななか、オーウェンが巨大なスペースを魔法除け《ワード》で分割して、人々がひとつのゾーンから別のゾーンへ移動できないようにしているのがわかった。

突然、すぐそばで大きな音がした。見ると、ブラッドがバルコニーの上に立ち、両腕を大きく広げている。音に気づいて、下にいる人たちはいっせいに彼を見あげた。演説が始まるのかと思ったら、ブラッドは話すかわりに、歌い出した。

それはわたしの知らないメロディで、歌詞の意味もわからないが、せつないほど美しい歌だった。ステレオを見張っている小さなガーゴイルに、音楽を止めるよう合図する。ほかのエルフたちも続々と歌に加わり、この世のものとは思えない完璧なハーモニーを奏でた。これをこの場で聞けることが、素晴らしい幸運のようにさえ思える。

ブラッドのねらいがなんなのかはわからないが、作戦はうまくいっているようだ。戦いは完全に停止し、MSIチームのエルフ、軍隊のエルフ、シルヴェスターの手下たちまでもが、いっしょに歌っている。皆、至福の表情をしている。オーウェンの魔法除け《ワード》が倉庫内を格子状に分断していなければ、彼らはきっと手をつないで体を揺らしていただろう。オーウェンに魔法除け《ワード》を解くよう合図してみようか。いや、やはりやめておこう。この同胞愛と連帯の時間が終わったときに備えておくべきだ。

ＭＳＩのエルフ以外のメンバーは、次に起こることを警戒しつつ、彼らの様子を見つめている。ふと、シルヴェスターはどこだろうと思った。エルフたちへの支配力を、あるいは魔法界全体に対する自分の権力を強化するために軍隊をつくったのだとしたら、自ら攻撃を指揮しそうなものなのに。それとも、ほかに何か計画しているのだろうか。

ふと、さっきバルコニーから演説した司令官が演説したとき、この世界のエルフたちは抑圧されていると言っていたのを思い出す。考えてみれば、シルヴェスターに抵抗するエルフたちのような地下組織には、軍隊はあまり有効とは言えない。一方で、異世界のエルフが軍隊を組織して攻撃してきたとなれば、外からの脅威という共通の敵を前に、支持を集めやすくなる。そして、相手が異世界のエルフから魔法使いに変わっても、それは同じことだ。

大急ぎで携帯電話を取り出し、登録されていたマーリンの番号を出す。「これは罠かもしれません！」マーリンが電話に出るなり、わたしは言った。「彼は自分の敵を攻撃させるために軍隊を使うんじゃありません。軍隊に敵の役をさせるつもりなんです。いま、シルヴェスターを攻撃に行けば、ここで足止めを食らっている軍隊のかわりに、わたしたちがその役を担うことになってしまいます」

「なるほど、なかなか鋭い洞察ですな、ミス・チャンドラー。そちらの状況はどうなっていますか？」

「地下組織のエルフのひとりが歌の集いを始めて、いまのところ落ち着いています。拉致された人たちも、ポータルを通って大勢戻ってきています。でも、ここはいったんシルヴェスターを追うのをやめて、こちらにいらした方がいいと思います」

「すでに向かっていますよ。シルヴェスターは留守のようでしたのでね」

それは気になるニュースだ。これまでの行動を見るかぎり、シルヴェスターはかなり抜け目のない男だ。邪悪な魔法の石の影響下にいたときは別として——。彼の策略はたいてい、自分が権力をもつことを周囲が求めるようにもっていくことで、さらに強大な権力を獲得する、という形を取る。前回は、絶対権力を手に入れるために利用しようとした道具を別のだれかが別の目的のために使おうとしたせいで、彼の計画は頓挫し、それを巡る騒動に魔法界全体が巻き込まれた。今回はその失敗を受けての代替策だと思うが、彼のことだから、これにもきっと代替策はあるはず。彼は何か企んでいる。そしてそれは、わたしたちの足をすくうものに違いない。

陛下の元ダンスフロアでは、エルフたちの歌の集いが最高潮に達していた。わたしは歌のもつ魔力の影響を受けないはずなのに、歌そのものの美しさに自分のなかからすべての攻撃性が抜き取られていくようだ。もしいま、だれかに意地悪をしろと言われても、とてもできる気がしない。エルフたちはいまや、全員が歌っていた。シルヴェスター陣営の司令官たちまでもがいっしょに歌っている。ブラッドの隣にはアールがいて、その顔にはうっすら笑みが浮かんでいる。

ブラッドは効果を確実にしようとするかのように、皆を率いてさらにもう一曲歌う。歌が終わるとき、彼は最後の音をひときわ長く伸ばし、ゆっくりとフェイドアウトさせた。音が完全に消えると、アールがひとつ深呼吸し、話し出そうと口を開いた。

ところが、彼が言葉を発する前に、別の声が倉庫内に響き渡った。声の主を捜すと、ブラッドたちのちょうど反対側、屋上に出る階段のそばに、シルヴェスターが立っていた。

「同胞諸君！」シルヴェスターの声がとどろく。ひとことも発することができなかったアールは苦虫を嚙みつぶしたような顔をしている。下の階のエルフたちはいっせいにエルフロードを見あげた。皆の注目が自分に集まったのを確認し、シルヴェスターは話しはじめる。「われわれは皆、非情な陰謀の被害者だ。エルフの国からやってきた諸君は、自分たちの意志に反し、侵略部隊としてこの世界に送り込まれた。このようなことが起こるのを避けるために、われわれははるか昔に異世界間の境界を封鎖したのだ。ところが、最近になって、向こうの世界の者たちが封鎖を解いた。そして、ポータルを発見した者を次々に捕らえ、口を封じていたらしい。しかし、魔法使いの友人たちの協力のおかげで、われわれは侵略を阻止し、同胞たちを恐ろしい魔術から解き放つことに成功した」

「われわれ？」わたしはつぶやく。どの口が言ってるの？

「われわれはどこにいようとエルフだ。そのことを再確認できたいま、異世界の同胞諸君に提案する。きみたちは故郷に帰り、向こうに囚われている捕虜たちを全員こちらへ引き渡してほしい。それが完了し次第、このポータルは封鎖する。今後はこうした脅威に備え、いっそう厳重な警戒態勢を敷いていくことを皆に誓おう」

下のフロアから歓声があがる。戦争が回避できたようでとりあえずほっとしたけれど、一方で、この展開にはものすごく釈然としないものがある。悪いやつはきちんと罰せられるべきで、救世主として称賛されるのはおかしい。

階段を駆けおり、オーウェンのところへ行く。「ねえ、どうする?」彼の腕をつかんで言った。「あいつを止めなきゃ」

「止めるって、何を?」オーウェンは困ったように言った。

「彼は失敗を逆手にとって、あくまで計画を進めようとしてるわ。このままじゃ、こっちのエルフたちは向こうの世界のエルフを脅威と見なして、共通の敵と戦うためにシルヴェスターを支えるべきだと思ってしまう。彼の思惑どおりじゃない」

「でも、ぼくたちに何ができる? シルヴェスターが黒幕だということを裏づける客観的な証拠はないんだ」

「わたしたちは彼の仕業だって知ってるわ!」

「そうだけど、もし、ぼくらがそれを言ったらどうなると思う? MSIを敵に仕立てる口実を彼に与えるだけだ。少なくともいまの状況では、シルヴェスターはぼくらと良好な関係であるふりをしなくちゃならない。その間は彼の動きも鈍るだろうから、こっちも次の陰謀を阻止する準備ができる」

それでもやはり納得がいかない。エルフロードはわたしたちを拉致して、勝手に記憶を改ざんして、わたしをろくでもない男とつき合わせた。人をこんな目に遭わせておいて、のうのうとヒーロー気取りなんてあり得ない。

「フローレンス！」ふと思いついて、わたしは言った。

「フローレンスがどうしたの？」

「彼女なら何か証拠をもってるかもしれない。看守のひとりだったんだもの。あるいは、シルヴェスターから直接命令を受けた人で、責めを負いたくないと思っている人を知ってるかもしれない」オーウェンは難しい顔をしている。わたしは彼の腕をつかんだ。「お願い。まだあきらめたくないわ」

オーウェンはため息をついて言った。「わかった。たしかに、いま止められるなら、それに越したことはない」

わたしたちはシルヴェスターの演説にうっとりと聞き入るエルフたちの間を縫って、不機嫌そうな顔をしたフローレンスのところへ行った。「彼の話、本当じゃないでしょ？」わたしは言った。

フローレンスは眉を片方あげ、ゆがんだ笑みを浮かべる。「ちょっと、それ、わざわざわたしに訊くわけ？」

「何か証拠はある？　じゃなかったら、だれか証言できる人を知らない？」

「監獄をつくるために向こうへ送られる前、シルヴェスターがわたしたちのところに檄を飛ばしにきたわ。自分たちも捕虜となんらかわらず囚われの身なんだってことがわかる前のことよ。でも、わたしが出てってそのことを話したからって、何が変わるの？」

「きみ以外にも同じ証言をできる人がいたらどうだろう」オーウェンが言った。「看守のなかに、ほかにもしゃべってくれそうな人はいないかな」

フローレンスは周囲を見回す。「ちょっと待ってて」そう言って、エルフの集団のなかに入っていく。

オーウェンはわたしの方を向いて言った。「で、このあとはどうする？　何か考えはあるの？」

「とりあえず、彼らにしゃべってもらうしかないわ。疑問を投じるだけでも、何もしないよりはましよ」

フローレンスが数人のエルフを引っ張ってきた。「これが精いっぱいよ」彼女は言った。

「ありがとう」手をもみ合わせながら、何ができるか考える。「サウンドシステムはこっちがコントロールしてるわ。せっかくだから、利用させてもらいましょう」

わたしたちは急いで音源のあるテーブルまで行く。ステレオの上には相変わらず小さなガーゴイルがとまっていた。わたしはポケットから魔術のかかったiPodを取り出す。「最初にちょっとだけマインドコントロールさせてもらいましょ。楽しく踊ることしか考えられなくなれば、シルヴェスターから注意をそらすことができるかもしれないわ」iPodを差しかえて、メニューをスクロールし、エルフたちが確実に踊りたくなる曲を探す。

ここは効果が実証済みのナンバーでいくことにした。『恋のサバイバル』のダンスミックスバージョンが始まって数秒もたたないうちに、エルフたちはいっしょに歌い出した。やがてテンポがあがってくると、周囲のことなどまるで目に入らない様子で踊りはじめる。

バルコニーの上では、シルヴェスターが聞き手を失ったことに気づかないまましばらく演説を続けていたが、やがて表情が変わった。聴衆の注意を引き戻そうと、彼が声を張りあげると、小さなガーゴイルもステレオのボリュームをさらにあげた。フローレンスと彼女の同僚たちも、皆に交じって踊り出す。オーウェンはわたしの手を取り、わたしのことをくるりと一回転させた。

「あなたまで魔法にかかったんじゃないわよね?」

「違うよ。これはエルフ限定の魔術だと思う。でも、ぼくらだって少しは楽しんでもいいんじゃないかな」

曲が終わると、わたしはふたたびiPodを差しかえ、『愛はきらめきの中に』をかけた。音楽が魔術フリーになっても、エルフたちは体を揺らしながらいっしょに歌い、ビージーズが想像すらしなかったであろう素晴らしいハーモニーをかもし出した。シルヴェスターまでもが、歌に引き込まれているように見える。

曲の間、わたしはテーブルのまわりを探して、ステレオにつながれたマイクを見つけ、入力をマイクの方に切りかえる方法を確認した。曲の最後をフェイドアウトさせると、マイクのスイッチを入れてフローレンスに渡し、そっと耳うちする。「思いきりやって」

「全部うそよ!」フローレンスは叫んだ。彼女の声が倉庫内に響き渡る。「侵略はエルフロードのでっちあげよ。ポータルを開けたのは彼なんだから。エルフの国に監獄をつくったのも彼。わたしは彼の命令で、向こうで看守をやってたの。陰謀を察知した人たちを拉致して監獄へ送ったのは彼よ。同胞たちを監獄に閉じ込めて口封じをしたのも、エルフの国からエルフたちを誘拐して軍隊をつくったのも、全部シルヴェスターよ！」

フローレンスはマイクを同僚のひとりに手渡す。彼は囚人のひとりがポータルを通して送られてきたときシルヴェスターがその場にいたという話を追加して、フローレンスの証言を裏づけた。まもなく、マイクの順番を待つ列ができ、エルフたちがそれぞれの体験を競うように話しはじめた。

シルヴェスターの魔術は完全に解けたようだ。これだけの証言があれば、彼が罪のない被害者のふりを続けるのは難しいだろう。怒ったエルフたちが階段を駆けあがる。しかし、シルヴェスターの方に倒れて死んだふりをする気はないようだ。

彼は屋上に出る階段に向かって走り出した。

21

「逃げるわ！」思わず叫んだが、わたしの声などだれの耳にも届かない。携帯電話を取り出し、サムにかける。「シルヴェスターを止めて！　屋根の方に逃げるわ！」

「よっしゃ、お嬢」電話の向こうでサムがそう答えるのと同時に、彼がバルコニーの方へ飛んでいくのが見えた。

「携帯もってるの？」オーウェンが訊く。

「あれからいろんなことがあったのよ」思わせぶりに言いながら、電話をポケットに戻す。

わたしたちはエルフたちをかき分けながら、階段の方へ急ぐ。「ほんとに？　きみがポータルを通ってからどのくらい時間がたったの？」

ひどく不安そうな顔をしているので、これ以上からかうのがかわいそうになった。「ほんの二時間ほどよ。この携帯はマーリンがくれたの。たぶん、わたしたちが行方不明になったとき、わたしの方にもたせておくべきだと思ったのね。たしかに、今夜はこれがすごく重宝してるわ」

シルヴェスターはサムの攻撃に魔法で反撃しながら、徐々に出口の方に近づいている。わたしはふたたび携帯電話を出し、マーリンにかけた。「いまどこですか？」

「まもなく到着します」

「屋上へ行ってください！」わたしは叫んだ。上司に命令していることに気づいたが、状況が状況なので彼も理解してくれるだろう。

オーウェンとわたしはバルコニーの上に到着し、たったいまシルヴェスターが出ていった階段のドアに向かって走った。アールとブラッドも後ろをついてくる。わたしたちが走っているのを見て、マックとマクラスキーも走り出した。ロッドも彼らのあとを追ってくる。全員の足音がまるで暴走するゾウの群れのように階段の吹き抜けにこだました。

わたしたちが屋上に出たのと、マーリンが屋根から五、六十センチの高さでホバリングする絨毯《じゅうたん》から軽やかに降り立ったのは、ほぼ同時だった。マーリンは絨毯の方に向き直り、続いて降りる祖母に手を差し出す。シルヴェスターはマーリンの姿を見るなり急停止した。わたしたちは扇状に広がって彼を取り囲む。

「おやおや、シルヴェスター、こんなところにいらしたとは」マーリンは言った。まるで道でばったり知り合いに会ったかのような口調だ。「ついいましがた、オフィスの方を訪ねたのですよ」

シルヴェスターは階段の方に走り出そうとしたが、オーウェンとわたしが行く手を阻んだ。シルヴェスターはわたしたちを見てぎょっとする。「おまえたち、どうして……」

「どうしてわたしたちが捕まって、あなたのあの薄気味悪い世界の囚人になったのかって？」かわりに続きを言う。「実は、あなたが前回試みた陰謀ね、あれ、想定外のおまけがついてたの。それで、偶然あのポータルを見つけたとき、魔法にかかってしまったわけ」

「そういうことなら、これを食らえ！」シルヴェスターはそう叫ぶと、両手を振りあげた。わたしはオーウェンの前に出る。魔力が体に当たるのを感じたが、なんの影響もない。「悪いわね。もうもとに戻っちゃった」

「ぼくもだ」オーウェンが冷ややかに言った。彼は両手をあげて魔術を放とうとしたが、ふと動きを止めた。彼の視線の先のシルヴェスターを囲む円の反対側に、ふたりの法執行官たちがいる。マクラスキーは自分の主張がついに立証されたと言わんばかりに得意げな顔をし、マックは心配そうに額にしわを寄せている。オーウェンは両手をおろした。

しかし、シルヴェスターがそのチャンスに乗じることはなかった。マーリンと祖母がそうさせなかったからだ。ふたりは驚くほど素晴らしいチームワークを見せた。ちょっと素直に感心できないくらいに――。シルヴェスターは彼らの方を向く。どうやら祖母がシルヴェスターの魔術をブロックし、マーリンが攻撃を担当しているようだ。

マーリンの魔術でシルヴェスターはその場から動けなくなっている。わたしたちを寄せつけないだけの魔術は放っているが、どこにも行けない状態に変わりはない。ブラッドが可能なかぎり接近して言った。「ぼくらを黙らせようとしたようだけど、失敗だったね。いまやあんたの欺瞞《ぎまん》は、皆が知るところとなったよ」ブラッドはにやりと笑って続ける。「でも、一からやり直すなら、いい場所がある。あんたの思うがまま、心ゆくまで支配できる街がね」

「妙なことを考えるなよ」シルヴェスターは唸った。

「どうして？　そもそも、あれ、あんたのアイデアだろ？」アールが言った。

「さあ、あなたの〝夢の人生〟を選んで。きっと向こうで与えてもらえると思うわ」わたしは言った。「まあ、わたしの経験から言って、ロマコメの人生はお薦めしないけど」

「経営者を探している本屋が一軒あるけど」オーウェンが言う。「本は好きかい？」

「待て待て。そう簡単に逃がすわけにはいかないぞ」マックが言った。「複数の誘拐容疑で尋問しなければならない」

「これは評議会《カウンシル》の管轄ではありませんよ」マーリンが穏やかに言った。「これはエルフの問題です。わたしたち魔法使いは問題の解決に協力しただけです」

「エルフの国のリーダーたちに彼の処遇を決めてもらいましょう」ブラッドが言った。「エルフの国から連れてこられたエルフたちの数は、この世界から拉致された魔法使いを大きく上回ります」

「評議会《カウンシル》の審判を受け入れよう！」シルヴェスターは叫んだ。それが彼にとって正しい選択なのかどうかはわからないが、いずれにせよシルヴェスターのキャリアは終わったと言っていいだろう。どんな形にせよ、彼が二度とわたしの人生に手を加えられなくなるなら異論はない。

マックと彼の相棒は、しごく満足げに前に出た。ところが、ふたりがシルヴェスターを拘束しようとしたとき、エルフロードは突然、彼らの手首をつかんだ。法執行官たちの表情が虚ろになる。自分がだれかを忘れてしまったかのように。ふたりはどんどん蒼白になっていく。意識を失いはじめているようだ。これは単にアイデンティティを消すだけの魔術ではない。シルヴェスターは彼らを殺そうとしている。ふたりとも完全に放心していて、無抵抗の状態だ。オーウェンが彼らの名を叫ぶ。反応がないことがわかると、彼は飛び出していって、ふたりの手首からシルヴェスターの手を引き離した。すると、シルヴェスターはすかさずオーウェンの手首をつかむ。オーウェンはがくりとひざをついた。マックとマクラスキーはまだ朦朧《もうろう》としていて、オーウェンを助けられる状態ではない。わたしは走っていくと、シルヴェスターの手首を夢中でたたき、なんとかオーウェンから引き離した。

ほかのメンバーたちがいっせいにエルフロードを止めにかかる。わたしはオーウェンの横にひざをついた。オーウェンは意識があり、呼吸もしているが、若干ふらついているようだ。

「自分がだれだかわかる？」エルフロードから目を離さずに訊く。

「ああ、わかるよ。大丈夫だ」オーウェンは立ちあがりながら言った。

マックとマクラスキーも正気を取り戻したようで、こちらへやってきた。「ありがとよ」マクラスキーがオーウェンに向かって片手を差し出す。オーウェンは一瞬疑わしげにその手を見たが、思い直したように握手をした。マックはうなずきながら、その肩をたたいた。

「評議会《カウンシル》にはそれなりの報告をしてくれますよね？」わたしは言った。「なにしろ、彼は命の危険をかえりみずに、あなたがたを救おうとしたんですから」

「期待してくれてかまわないよ」マックが言った。

シルヴェスターは拘束され、屋上にはいま、あとからあがってきた人たちも加わって、大勢のエルフがいた。ブラッドが彼らのひとりと短い会話を交わし、マーリンのところへ戻ってきた。「彼らがシルヴェスターをポータルの向こう側へ連れていき、例の拘束エリアのなかに収容するそうです。とりあえず、彼がこっちの世界で問題を起こすことはなくなるでしょう。エルフの一部がしばらくこちらに残ることを希望しているようですが、それ以外の者は皆、故郷へ帰るそうです。向こうに囚われたままの人たちを捜して、全員こちらへ返すと言っています」

「それが最善の策だと思いますな」マーリンは言った。「ご協力に感謝しますぞ」

ブラッドはわたしの方を見て、にっこり笑った。「実は、ぼくらを救ってくれたのはケイティなんですよ。彼女はぼくたちレジスタンスの実に頼れるリーダーでした」

マーリンはこちらを見て、片方の眉をあげた。「先ほどの報告には、そうした話は含まれていませんでしたね」

「時間がなかったので、ささいなことは省略しました」わたしは肩をすくめる。

「免疫も戻ったことだし、サムと話をしてはどうかな」オーウェンが言った。「ケイティは彼の部署で優秀なスタッフになると思いますよ。隠密作戦の才能には素晴らしいものがあります」

「警備部の仕事に興味があるのですか、ミス・チャンドラー?」

「ええ、まあ」わたしは答える。「コーヒーをいれなくていいなら、ぜひやってみたいと思っています」マーリンはぽかんとしている。それもまた省略した〝ささいなこと〟のひとつなのでしかたがない。オーウェンとわたしは同時に笑った。

階段をおりると、故郷への帰還を希望するエルフたちが、すでにポータルを通りはじめていた。ふたりのエルフがシルヴェスターを両脇から抱えるようにしてポータルに入っていった。

ときおり、こちら側へも人が出てくる。困惑したように目をぱちくりさせながら――。

ジェイクのiPodを取りにステレオのある場所へ戻ると、テーブルの下の荷物の山が目に入った。よく見ると、わたしのハンドバッグとオーウェンのコートもある。どうやら彼らは、拉致した人々の所持品をただそこに放り投げておいたらしい。つまり、わたしはアパートの鍵もIDもクレジットカードもなくしておらず、オーウェンの財布と携帯電話も無事だということだ。あれだけのことを体験しながら、結局失ったのは一週間だけだったというわけか――。

正直言うと、普通の現実に戻る心の準備が、まだ完全にはできていない。囚われの身だったときは、あれほど家に帰ることばかり願っていたのに、ここへきて、あとにしてきた世界をどこか懐かしく思う自分がいる。もっとも、その大きな要因がアパートだということはわかっている。あの瀟洒《しょうしゃ》なブラウンストーンのアパートにひとりで暮らすというぜいたくにすっかり慣れてしまったのだ。二ベッドルームの古い賃貸アパートを三人のルームメイトとシェアする生活に戻るのは、かなりの覚悟がいりそうだ。

皆が後始末をしているなか、わたしは階段をのぼって屋上に向かった。現実に戻る前に、少しだけ静かな時間に浸りたい。この先しばらくの間、そんな時間は望めないだろう。屋上へ出るドアを開けると、外は雨だった。

「屋上で雨に濡れながらダンスをするっていうのは、なんの話だったっけ」後ろでオーウェンの声がした。

「ロマンチックコメディ映画のお約束のひとつよ」

「やってみる？　ほかのお約束はほぼすべてやったんだ。この際、これもクリアしておかないと。ほら、ぼくらの歌も流れてることだし」

「わたしたちに歌があったなんて初耳ね。それより、彼らどこでこの曲を手に入れたの？　まさか魔法のかかったiPodを使ってるんじゃないわよね？」

「彼らの生歌だよ」

しばし耳を傾ける。それは百人近いエルフたちの歌うビージーズの曲だった。「そういうことなら、ぜひ踊っておかなくちゃ」オーウェンの方に向き直って言う。「こんなチャンス、一生に一度あるかないかだもの」

　オーウェンはわたしの手を取り、屋上へと出ていく。雨は霧雨で、肌に触れるミストのかすかな刺激は、魔力に包まれているときのそれに似ていた。オーウェンはわたしを腕のなかに引き入れる。まったく違うタイプの刺激が体を駆け抜ける。わたしたちは『愛はきらめきの中に』を歌うエルフたちの天上のコーラスに合わせてゆっくりと体を揺らした。

「なかなか興味深い体験だったわ」しばらくしてから、わたしは言った。

「雨のなか屋上でダンスを踊ることが？」

「まあ、その魅力もなんとなくわかったけど。でも、興味深いって言ったのは、今回わたしたちの身に起こったすべてのこと」

「その場合、〝興味深い〟は、ずいぶん控えめな言い方じゃないかな」

「この体験をどう理解したらいいのかわからないの。まるで夢を見ていたみたい。本物のニューヨークに戻ってきたいま、とても現実に起こったこととは思えないわ。それなのに、いまこの瞬間は、ここでの現実よりもかえってリアルに感じられる……」

「今回の件でぼくがいちばんすごいと思ったこと、何かわかる？」

「何？」

「相手のことだけじゃなく、自分がだれかさえも忘れた状態にあったのに、ぼくらはちゃんとお互いを見つけて、いっしょにいるべき相手だということに気づいた。魔法で別人にされていたにもかかわらず、ぼくらはあらためて同じプロセスを繰り返したんだ。こんなこと彼らのプランにはなかったはずだよ」

「フローレンスの協力はあったけどね」

「彼女は基本的に、きみがもうひとりの男性に疑念をもつよう仕向けただけだろう？」

「じゃあ、わたしたちはどこにいても結ばれる運命だということでいいのかしら」わたしはオーウェンの肩に頭をのせる。胸の鼓動がはやくなる。

「そうならないことの方が難しい気がするよ」

「わたしはそれでかまわないけど」にっこりして言った。

「そう言ってくれることを期待してた」オーウェンは片手をさっとひるがえし、頭上から小さな火花を降らせた。書店で降らせたのと同じような、きらきら輝く光のシャワーだ。魔法の使い道はいろいろあるけれど、わたしがこの先、できないことをいちばんさみしく思うのは、きっとこの魔術だろう。

ふいにオーウェンが片ひざをついて、わたしの心臓はいっきにのどの辺りまで跳びあがった。オーウェンはふたたび手をひるがえす。すると、彼の手のひらに小さな光の輪が現れた。「ぼくらはどこへ行っても、たとえ別の次元で別の人物になったとしても、結局いっしょになるみたいだから、この際、ぼくと結婚して、正式なカップルになってくれないかな」

こんなプロポーズは想像もしていなかった。でも、いかにもオーウェンらしい。プライベートで、マジカルで、意味深い。気の利いた返事の言葉が見つからず、わたしはただうなずいて、片手を差し出した。オーウェンはわたしの指にそっと光の輪をはめる。

「これはとりあえず代用品だから」オーウェンは少し震える声で言った。「あとでいっしょに本物を買いにいこう」

わたしはオーウェンを立ちあがらせると、光のシャワーに包まれながら彼にキスをした。わたしたちが放り込まれたロマンチックコメディは、どうやらハッピーエンドを迎えたようだ。『トゥー・マッチ・ヘブン』の旋律が階段の下から聞こえてくる。エルフたちがまた新たにビージーズの歌を歌いはじめたようだ。「これはさしずめエンドロールってとこかな」オーウェンがささやく。

「やれやれね。結ばれた相手が理想の彼氏《ミスター・ライト》で、ほんとによかった」わたしは言った。「これで無事、そしてふたりはいつまでも幸せに暮らしましたとさ、で締めくくれるわ」

訳者あとがき

免疫者《イミューン》からいきなり魔法使いになってしまったケイティ。魔術のレッスンを受けながら、魔法を操れることの楽しさを満喫していた矢先、魔力の量に限りがあることが判明する。会社におけるる自分のポジションに新たな可能性が見えはじめていただけに、ケイティの落胆は大きい。どんな形にせよパワーを授かったのには何か理由があるはずだとグラニーに叱咤され、なんとか気を取り直そうとはするものの、今度はその〝理由〟が気になって不安が募る。

一方、魔法界ではエルフたちが相次いで失踪するという奇怪な事件が起きていた。調査から外されるケイティとオーウェンだが、もちろんこのふたりがおとなしくしているはずはない。デートを装い繰り出した先には、しかし、狡猾《こうかつ》なエルフロードの魔の手が待っていた。

——と、ここまできたところで、物語は劇的な場面転換を遂げる。読者は一瞬、狐につままれたような戸惑いを覚えたことだろう。物語のなかにもうひとつ別の物語を展開させるというのは、このシリーズでは初お目見えの手法だ。しかも、同じ名前の登場人物たちがまったく異なる設定で現れるので、事情がのみ込めるまで、しばし混乱したまま読み進むことになる。本作の執筆は自分で自分のシリーズのファンフィクションを書いているようでとても楽しかった、と著者は言っている。その反面、それを本筋の一部として成り立たせなくてはならないので難しくもあったという。

ロマンチックコメディ的な世界に魔法がからんでくるのが本シリーズの面白さのひとつだが、著者は今回、それを逆転させて、エルフがつくった文字どおりの魔法の世界に思いきりベタなロマンチックコメディをもち込むというアイデアを思いついた。さらにそこに、いつか書きたいと思ってリサーチしていたというレジスタンス運動の要素を盛り込み、著者いわく、なんとも〝クレイジー〟なプロットができあがった。

本作にはロマンチックコメディのパロディが満載だ。理想の彼氏VS間違った彼氏、口の悪いおせっかいな親友、嘘の発覚、街を疾走して本命のもとへ向かうヒロイン、屋上でのダンス、モンタージュ技法、などなど。著者はこうしたクリシェをあくまでクリシェとして、実に楽しげに物語に挿入している。また、ロマンチックコメディがいろんな意味でおとぎ話《フェアリーテール》であることは言うまでもないが、キスで解ける魔法や正体の開示といったフェアリーテールのお約束も、ちゃんとひとひねり加わって入っている。

さて、突然放り込まれた異世界で、ケイティはやがて自分がだれかを思い出す。残り少ない魔力、法執行官たちとオーウェンとの関係、派閥間の面子《メンツ》の張り合いなど、さまざまな制約や障害があるなかで、なんとか家に帰る方法を見つけなければならない。いつも現実的かつ絶妙なアイデアで苦境を乗り越えるケイティだが、今回は、正式なリーダーという立場で皆を引っ張ることになる。これまで裏方としてさまざまな難局の打開に貢献し、巻を追うごとにたくましくなってきたケイティ。はじめは戸惑いながらも、次第にその真価を発揮していく。ミミのもとでびくびくしながら働いていたのが、はるか昔のことのようだ。

ところで、この特異な状況は、ケイティとオーウェンに普通の男女として出会い、普通の初デートをやり直すという、想定外の機会をもたらした。手をつないで夜の街を散歩したり、互いの趣味や子供時代の話をしたりといった、通常つき合いはじめのカップルが経験する定番のステップをあらためて踏みながら、もう一度恋に落ちるプロセスを体験するケイティとオーウェン。デートらしいデートもできないまま、次から次へと起こる事件の解決に奮闘してきたふたりへの、著者からの粋なはからいだ。

魔法使い、普通の人間、イミューン。はからずもこれらのすべてを経験し、ケイティはひとつの気づきに至る。イミューンこそ本来の自分、イミューンの自分がいちばん自分らしいということに。一時は魔法を使えることに未練を感じたりもしたけれど、自分の価値を再認識した彼女は、結局こう言い切る。「わたしはイミューンなの。イミューンに戻るのは、わたし自身に戻るということだわ」「魔法を使えるのはたしかに楽しいけれど、これが本当のわたしだ。免疫の使い方なら、魔力のそれよりはるかに熟知している」なんとも頼もしい言葉ではないか！

裏のかき合いを制して、ついにエルフロードの陰謀を阻止したケイティたち。著者はフィナーレに、とっておきのご褒美を——これは主人公のふたりだけでなく、読者の皆さんにとってもそうかもしれないが――用意していた。オーウェンによるなんともオーウェンらしいプロポーズ。本当に結ばれるべき相手とは、どんな環境にあろうと結ばれる。互いを見つけ合うことさえできれば――。おとぎ話《フェアリーテール》の王道にのっとって、マジカルファンタジーロマンチックコメディは、ハッピーエンドを迎えた。
ふたりのハネムーンがのびのびにならないことを祈りつつ、いつかまたこの素晴らしく魅力的なペアに会えるときを待ちたいと思う。

検印
廃止

訳者紹介　キャロル大学（米国）卒業。主な訳書に，スウェンドソン『ニューヨークの魔法使い』『赤い靴の誘惑』，ローゾフ『神の名はボブ』，スタフォード『すべてがちょうどよいところ』，マイケルズ『猫へ…』，ル・ゲレ『匂いの魔力』などがある。

㈱魔法製作所
魔法使いにキスを

2014年3月20日　初版
2014年4月18日　再版

著　者　シャンナ・スウェンドソン
訳　者　今《いま》　泉《いずみ》　敦《あつ》　子《こ》

発行所　（株）東京創元社
代表者　長谷川晋一

162-0814/東京都新宿区新小川町1-5
電　話　03・3268・8231-営業部
　　　　03・3268・8204-編集部
URL　http://www.tsogen.co.jp
振　替　00160-9-1565
工友会印刷・本間製本

乱丁・落丁本は，ご面倒ですが小社までご送付ください。送料小社負担にてお取替えいたします。

ISBN978-4-488-50308-6　C0197

人気シリーズ文庫化！
決して暗くなってから読まないこと

〈魔使いシリーズ〉

ジョゼフ・ディレイニー◎金原瑞人・田中亜希子 訳

創元推理文庫

魔使いの弟子
魔使いの呪い
魔使いの秘密